GOLDMANN

Buch

Lou ist eine Streunerin, eine Promenadenmischung, eine Gossenkatze - und sie ist wunderschön. Sie lebt auf den Dächern von Paris, mit den Clochards unter den Brücken der Seine und in den verschwiegenen Winkeln geheimnisumwitterter Friedhöfe. Wild und unberechenbar taucht sie überall auf, heute hier, morgen da, und immer dort, wo man sie am wenigsten erwartet.

Auf ihren rastlosen Streifzügen durch den Großstadtdschungel, vom düsteren Labyrinth rattenverseuchter U-Bahnschächte bis in die Hinterhöfe der eleganten Haute Couture, entgeht ihr nichts. Es gibt nichts, was sie nicht schon erlebt hätte. Nichts kann sie mehr erschüttern - bis auf eins: die Liebe. Wenn sie liebt, liebt sie bedingungslos und leidenschaftlich. Aber wer sie verletzt, dem verzeiht sie nie. Lou ist ständig auf der Flucht, sprengt immer wieder ihre goldenen Käfige und sucht verzweifelt und wild entschlossen nach der einen, der ganz großen Liebe.

Als ihr geliebter Vincent sie wieder einmal mit irgendeiner »Zwanzigjährigen« betrügt und über seinen nächtlichen Eskapaden alles andere vergißt, hat sie die Nase voll: sie haut ab. Und wieder spürt sie die Verlockung des heißen Pflasters von Paris unter ihren Pfoten. Aber diesmal weiß sie genau: Sie wird sie finden, die große, die wahre Liebe.

Autor

Remo Forlani, in Paris geborener Italiener, ist auf abenteuerlichen Wegen zum Schreiben gekommen. Seit 1971 arbeitet er als freier Journalist für Fernsehen und Radio.

Mit zahlreichen Theaterstücken und Romanen zählt er in Frankreich zu den populärsten Autoren. 1987 wurde er mit dem »Grand Prix du théâtre de l'Académie française« ausgezeichnet, 1988 erhielt er den »Grand Prix de l'Académie de l'humour noir«.

REMO FORLANI

Die Streunerin

ROMAN

Aus dem Französischen
von Wieland Grommes

GOLDMANN VERLAG

Deutsche Erstveröffentlichung
Die französische Originalausgabe erschien unter dem Titel »Gouttière«
bei Éditions Ramsay, Paris

Der Goldmann Verlag
ist ein Unternehmen der Verlagsgruppe Bertelsmann

Made in Germany · 3. Auflage · 3/92

Umschlaggestaltung: Design Team München
Satz: Compusatz, München
Druck: Elsnerdruck, Berlin
Verlagsnummer: 9978
Lektorat: Anke Knefel
Herstellung: Stefan Hansen/SC
ISBN 3-442-09978-1

»Was auch eine Katze nicht weiß,
ist nicht die Mühe wert,
gewußt zu werden.«

Colette

I

Als Katze in der Verzweiflung der Nacht

D'accord – wirklich wissen kann man's nicht.

Aber fragen kann man sich schon.

Sich fragen, ob sich Gott, nachdem er das Weltall und ein paar Tiere erschaffen hatte, den Streß nicht hätte sparen können, auch noch diese Wesen, die Menschen, zu erfinden.

Weil die Menschen...

Natürlich, darunter gibt's auch ganz passable, die nicht allzu schlimme Übeltäter sind, natürlich gibt's welche, die das bißchen Leben, das ihnen zusteht, auch zu schätzen wissen.

Aber wenige. Verdammt wenige.

Und selbst diese wenigen, die können oft ganz schön...

Der Gerechteste der Gerechten, der Beste unter den Guten kann – im Handumdrehen und ohne Vorwarnung – zu einem miesen Schwein werden, ausrasten, schlimmer werden als der hundsgemeinste Hund.

Der Beweis: Sogar *er*, sogar mein eigener Mann, sogar mein Mann Vincent, mit dem jede Stunde, jede Minute, jede Sekunde nichts als Liebe, Lust, Lachen und Schnurren war, selbst der mußte plötzlich gemein werden, einfach nicht zum Aushalten.

So gemein, daß ich nun ganz allein dahocke und in die Nacht hinausseufze.

So was von unausstehlich, daß ich nun eine Katze bin, die in tiefster Verzweiflung steckt.

In der Verzweiflung einer mondlosen Nacht, in der alles in stockdusterem Nebel liegt, und in der es so kalt ist, daß selbst die anschmiegsamste Katze erfriert bis in die Seele.

Das ist mir noch nie passiert. Nie, nie, nie. Da glaubt man, man hätte bereits alles durchlitten, die härtesten Hämmer eingesteckt, vom Kelch jeder Schande getrunken, die elendsten Erniedrigungen über sich ergehen lassen.

Aber... wenn dir so was passiert...

Vor drei Tagen hat die ganze Chose angefangen, mir zu passieren.

Am Freitag. An dem Tag, an dem Vincent, meinem Mann, zum erstenmal mein Name Lou über die Lippen gekommen ist.

Apropos Namen: da habe ich schon ganz andere gehabt. Schmusemuschi zum Beispiel. Namen, die man mir so auf die Schnelle zuwarf, von irgendwelchen Idioten, hinterlistigen Kretins an den Kopf geworfen, um mich zu verarschen, um mich zu demütigen, Namen wie Krabbe, Hühnerpfote, Streunerin und so. Sogar Nénette – Flittchen! Ja, man ist sogar so weit gegangen, mich Flittchen zu nennen, mich, wo ich doch das absolute Gegenteil von vulgär bin!

Aber man hat mir auch Namen gegeben, die ganz angenehm zu tragen waren. Jolie-Jolie – ›Hübschchen‹. Dentelle – ›Spitzensäumchen‹... Aber das waren nur Verlegenheitslösungen, die nur für die Dauer einer Begegnung hielten. Ziemlich lange hieß ich Poils d'Ange – ›Engelshaar‹. Poils d'Ange, das saß wie maßgeschneidert und war mein erster wirklich eigener Name, stand mir enorm gut.

Aber den schönsten von allen, den, der mir immer am besten gestanden hat und stehen wird, den gab *er* mir, mein Mann Vincent. Er war es, der gesagt hat: »Lou. Wir werden dich Lou nennen.« Lou, das war *der* Fund als Name!

Es ist wahr, ich habe einen hauchzarten Körper, einen eleganten Gang, kann ich Ihnen sagen, feine, flinke Pfoten, schneeweiße Handschuhe, Augen von einem erlesenen Austerngrün und eine hinreißende Ponyfrisur, so daß ich einfach nur Lou heißen kann und nicht anders. Und es ist ebenfalls wahr, daß ich aufgeweckt, geistreich, streichelsüchtig und durstig nach Zärtlichkeit bin wie eben eine Lou.

Er klingt so was von sanft in meinen Ohren (die übrigens sehr spitz und sehr hübsch gesäumt sind), dieser Name. Sogar wenn er geschrien wird, weil ich wieder mal zu weit streunen gegangen bin und mein Mann Vincent sich Sorgen macht, ja sogar wenn er gebrüllt wird, weil ich eine Katzendummheit gemacht habe und mich sofort zur Stelle melden muß, um streng ausgeschimpft und ein bißchen verdroschen zu werden, finde ich meinen Namen Lou einfach himmlisch.

Und wenn mein Mann Vincent ihn mir ins Ohr flüstert... Also dann... wenn er ihn flüstert... Es ist schon komisch: Allein der Klang einer bestimmten Stimme, die nur deinen Namen ausspricht, kann einen in solche Zustände versetzen, daß man auf der Stelle das Bedürfnis hat, sich auf den Rücken zu legen, mit den Augen zu blinzeln, seine Pfoten zu Samt werden zu lassen und nichts zu tun als nur noch zu schnurren, schnurren, schnurren.

Wenn man einmal einen Mann wie meinen Mann Vincent gefunden hat, der für dich einen Namen wie Lou gefunden hat, dann wäre es *das* Glück, das absolut totale Glücksgefühl, wenn er nie mehr aufhören würde, dir diesen Namen zu sagen, wenn er immer da wäre und Lou, Lou, Lou murmeln würde.

Und jetzt, seit drei Tagen...

Das letztemal, als er meinen Namen gesagt hat, das war, als er nach Hause kam mit einer ihn umgurrenden und umklebenden Tussi in einem Alter, daß sie seine Tochter hätte sein können. Seit wir zusammenleben, seit wir in Liebe sind, mein Mann Vincent und ich, habe ich diese Mädchen zur Genüge durchs Haus flattern sehen. Jede Menge. Aber für mich hat er immer genug Liebe gehabt – und Geschmack –, um seinen Eroberungen am Ende »Adieu und mach's gut« zu sagen.

Immer. Bis vor drei Tagen. Bis diese Virginie... Eine Pißnelke um die Zwanzig. Und was für eine! Eine von der Sorte, die Männerhosen tragen, die an allen Stellen zu weit sind, und einen Khaki-Parka. Und nicht ein Gramm Eleganz.

Jene Sorte, die sich sofort wie zu Hause aufführt, sich sofort hinlümmelt, sich hinfläzt auf das Sofa aus diesem empfindlichen malvenfarbenen Bezug in Vincents Wohnbüro und natürlich ihre total verdreckten Tennisschuhe auch noch auf das empfindliche Malvenfarbene setzen muß.

Jene Sorte, die sich für alles interessiert, nur nicht für eine hochinteressante Katze namens Lou. Und doch hatte mein Mann

Vincent mich nach allen Regeln vorgestellt wie immer. Er hatte sich über die Pulloverschublade der Kommode geneigt, in deren Wonneweichheit ich gerade damit beschäftigt war, vor mich hin zu träumen.

»Lou, ma chérie, darf ich dir Virginie vorstellen? Eine kleine vielversprechende Person.«

Vielversprechend worin? Darin, daß sie vor morgen früh nicht mehr abziehen würde wie die anderen »kleinen Personen«, die er so überhäufig an Land zog? Diese Frage stand deutlich in meinen Augen. Aber er übersah sie einfach, kehrte mir einfach den Rücken zu, der Saukerl.

»Das da, Virginie, dieses winzige Haarknäuel, das ist Lou. Mein Leuchtkäfer Lou. Lou, meine einzige und ausschließliche Liebe.«

Die vielversprechende kleine Person erhob sich kaum und schwang nur mäßig die Hüfte, um einen Blick in die Kommode zu werfen. Dabei hatte sie nur für den Nippeskram einen Blick übrig, der darauf stand. Sie stellte nur fest, die chinesische Vasen-Lampe sei echt der Abschuß. Und die kupfernen Kerzenleuchter echt Klasse. Und einen Keramikfrosch, der völlig ramponiert und zum Fürchten häßlich war, hat sie ebenfalls in den höchsten Tönen gelobt.

Die kleine vielversprechende Person interessierte sich für potthäßliche Gegenstände aus der Antike. Nicht aber für hinreißende lebende Katzen.

Die kleine vielversprechende Person war eine kleine dumme Ziege, so daß es schon weh tat.

Aber er, mein Mann Vincent, tat so, als hätte er keine Augen mehr im Kopf. Sie hätten ihn sehen sollen, wie er das empfindliche, malvenfarbene Sofa umtänzelte. Sie hätten ihn sehen sollen, wie er den Zuckersüßen, den Verführerischen mimte. Wie er sich gerade hielt wie eine Eins, um nur ja keinen Millimeter von seinen eins neunzig zu verlieren. Wie er seine Stirn runzelte, damit man auch gut seine Falten – nicht des Alters, sondern der Weisheit – sah. Wie er mehr zur Seite als ihr direkt ins Gesicht schaute, um sein antikes Römerprofil herauszustreichen. Und mehr mit den

Augen als mit dem Mund lächelte, damit man über dem Grün seines Blicks die abgestumpften Zähne nicht bemerkte.

Und wie er möglichst viel redete und mit seinen Händen gestikulierte, um zur Geltung zu bringen, wie gepflegt sie sind und was für schöne Ringe er hat. Und wie er redete und redete und die üblichen Abgeschmacktheiten von sich gab, mit denen man kleine dumme Ziegen mit Samtmuschis unter ihren Baumwoll-Minis oder ihren Jeans in die Falle lockt, ohne daß ihn ein wirklich brennender Appetit trieb.

Einfach so, weil's der Brauch ist, weil es »in« ist, wenn man ein Monsieur geworden ist, dessen sämtliche Mädchen in einem Alter sind, daß sie Ihre Tochter sein könnten. Dämon von ich weiß nicht mehr welcher Stunde nennt man das. Des Mittags? Der Mitternacht? Jedenfalls so eine Art Virus, der den Männern, bei denen bereits der Putz angefangen hat zu bröckeln, das Bedürfnis gibt, sich als Kater aufzuspielen.

Drei Tage geht das nun schon so. Drei Tage und drei Nächte, ohne daß ich ein einziges Mal seine großen Hände auf mir spüre. Drei Tage, ohne daß er meinen Pony krault. Ohne daß er mir verliebt die Ohren knautscht. Ohne daß er mein Rückgrat in Erregung bringt, das doch so aufs Kitzeln abfährt, und ohne daß er meine Bauchhaare mit der Faust beutelt, als wolle er mir jedes Haar einzeln ausreißen. Drei Tage, ohne daß er mich bis zum Ersticken an seine alte Jacke aus dicker, ausgefranster Marine-Wolle preßt.

Eine Jacke, sage ich Ihnen, in der man ganze Tage liegenbleiben kann, ohne sie zu verlassen. Eine, die vielleicht genauso alt ist wie er. Die so stark nach seinem Vanilleparfum riecht, das er sich bei Indern auf dem Flohmarkt von Saint-Ouen kauft, und nach dem Minzgeruch seiner englischen Zigaretten, daß es einen ganz besoffen macht.

Jetzt liegt sie auf dem Boden, die graue alte Jacke. Im Stich gelassen wie ich.

Er will von seiner ausgefransten Jacke nichts mehr wissen. Und auch nichts mehr von seiner Lou. Eine Virginie ist jetzt mit ihm im Bett. Und ich stehe allein da. Absolut grauenhaft allein. Und gezwungen, dieses Haus zu verlassen, das das unsere war, seins und meins. Besonders meins, wo ich doch das Gerümpel, die Ruhe, die unzähligen Ecken und Winkel, die... ach, was weiß ich... noch viel besser zu genießen wußte als er.

Muß ich wirklich fort? Wirklich meinen Schmerz in die Kälte hinausschleppen, statt ihn in der Wärme meines Kokons auszubrüten?

Natürlich, ich könnte weiterhin in all den anderen Räumen außer seinem Zimmer bleiben und mich damit begnügen, in der ausgefransten Jacke zu schlafen. Aber um schlafen zu können, braucht man Schlaf. Sei es auch nur ein ganz klein wenig. Und ich finde überhaupt keinen mehr seit der Ankunft dieser Virginie. Dieser Krätze, die hier nicht hingehört.

Allein schon der Gedanke, daß ich wegen einer Virginie nicht mehr Lou sein werde! C'est la loi – das ist das Gesetz. Wenn du dein Herrchen, dein Haus verläßt, dann läßt du deinen Katzennamen zurück. Dann wirst du wieder irgendein Vieh, das irgendwer irgendwie nennen wird. Wie es ihm gerade paßt.

Ich werde also wieder eine Straßenkatze werden. Nichts anderes. Eine Katze, die gut genug ist für die Kälte, den Regen, den langen einsamen Trott, den Mangel an Zärtlichkeit, den Katzenjammer der nichtgeliebten, nichtliebkosten Katzen, gut genug für all die Gefahren, die draußen auf mich lauern.

Ich war Lou, und er war mein Mann Vincent. Er hatte einen klasse aussehenden großen Körper. Und ein Haupt, das sich elegant entlaubte, um Mädchen zu gefallen, die so alt waren, daß sie seine Töchter sein könnten. Und um noch viel mehr mir zu gefallen.

Und er legte unaufhörlich seine großen Männerhände auf mich, die so stark waren und für mich so zart. Und er verstand mich, wie mich sonst niemand verstanden hatte.

Und das ist nun aus, fini. Und ich bin eine Katze, die geht. Zitternd vor Kälte, vor Wut im Bauch und Schmerz im Herzen.

Eine Katze, die für immer geht.

Mit der winzigen, verrückten Hoffnung, daß eine Stimme sie vielleicht Lou rufen wird.

Von allen Leuten, die meine Herrchen und Frauchen oder ganz simple Bezugspersonen gewesen sind, wußte er am besten zu leben, hatte er am besten begriffen, daß der Schöpfer seine Geschöpfe erschaffen hat, damit sie nichts anderes tun, als sich auf Kissen, auf dicken Teppichen, auf alten flauschigen Stoffen oder in Daunendecken zu räkeln, so wie Er – der liebe Gott – sich auf den wolleflauschigen Wolken seines Himmels räkelt und ewig räkeln wird.

Für einen Menschen wußte er sehr gut zu leben, mein Mann Vincent. Und wenn sehr gut leben für einen Menschen hie und da auch bedeuten sollte, einer Virginie, die zu Ihnen ins Bett schlüpft und gluckst vor Lust, *alles* zu opfern – was dann?

Alles... selbst seine Katze Lou!

Vielleicht ist es für einen Mann Vincent keine Sünde, so was zu tun. Aber wie weh kann Ihnen das tun, wie wahnsinnig kann Ihnen das das Herz zerreißen, wenn Sie dabei geopfert werden!

Richtige Krämpfe habe ich im Magen – wie bei einer Kolik, wenn man zu viel Fressi gefressen hat. Oder ein Fressi, das nicht ganz astrein war. Die Kehle schnürt es mir zu, und die Beine sind stocksteif, daß ich glaube, ich werde nicht einen Schritt mehr tun können.

Ich muß los. Muß mich losreißen von meinen Mauern und Wänden, von meinem sicheren Dach überm Kopf. Aber mein zierlicher kleiner Katzenkörper will nicht. Vielleicht werde ich zu einer Art kleinem Baum im grasigen Hof des Hauses von meinem Mann Vincent werden. Vielleicht werden mir Blätter wachsen und idiotische Vögel sich dann auf mir niederlassen.

Warum ruft er nicht nach mir? Warum? Schläft er etwa auf vollen Touren, umschlungen mit dieser Virginie?

Wenn ich doch wenigstens weinen könnte. Die Menschen tun das in solchen Fällen. Aber nicht die Katzen. Das war nicht vorgesehen. Und das ist so was von ungerecht. Ein Ausbrechen von Tränen, das muß die Schmerzdrüsen lösen, und die Tränen, die einem herunterrinnen, das ist wie ein lindernder Balsam. Todsicher.

Und wenn ich allen Stolz runterschlucke und die Krallen zeige?

Menschliche Untreue? – Kenn ich. Die habe ich schon bitter zu spüren bekommen. Ich habe teuer bezahlt für das Wissen, daß ein Liebeskummer dich umbringt. Aber so ganz doch nicht. Man erholt sich immer wieder – schlecht, aber man erholt sich – egal von welchem Verrat.

Nein! Mein Mann Vincent und ich, das war zu tief, zu schön, zu alles. Keine Liebe kann drei Nächte und drei Tage von dieser Sorte überstehen.

Es war hart, aber ich hab's geschafft, so langsam wie möglich zur Haustür zu gehen, durch die ich in den Hof und in die nebelgraue Nacht hinaus käme. Und keine Stimme hat Lou gerufen.

Und so bin ich also draußen. Und es fängt an zu regnen. Es gießt in Strömen.

Und ich werde mich für längere Zeit, selbst wenn ich meine Pfoten so langsam dahinschleppe, wie ich nur kann, auf der Straße, in der weiten Welt wiederfinden. In der weiten Welt, die bis ans andere Ende der Welt reicht, mit ihren Tausenden von Kreuzungen und Plätzen, wo man im Handumdrehen überfahren werden kann, mit ihren Straßen, die kein Ende nehmen, und sobald man die Tore von Paris hinter sich hat, nichts als Land, feindliche Gefilde mit Leuten, die noch bescheuertere und noch grausamere Menschen sind als die von Paris.

Das Regenwasser kommt mir vor wie Tränen auf meinen Wangen. Aber es sind keine Tränen. Es ist nur Regenwasser.

Es ist zwar nicht offiziell bestätigt, aber doch so gut wie sicher, daß wir Katzen sieben Leben haben. Im wievielten befinde ich mich? Wie viele habe ich noch zu erwarten? Und wie werden sie sein? Auch so eine Katastrophe wie dieses?

Nicht, daß ich besonders wählerisch wäre, aber... An wechselvollen Schicksalshämmern, das kann ich Ihnen flüstern, habe ich schon mehr als meine Ration abbekommen.

Es hatte alles schon so angefangen.

Ganz am Anfang...

II

La Gouttière
oder die Streunerin

Gouttière

Am Anfang, da siehst du überhaupt nichts, weil deine Augenlider noch zugeklebt sind.

Am Anfang, da fühlst du nur.

Aber wenig. Sehr wenig. So wenig, daß es fürs erste so ziemlich egal ist, ob du geboren oder nicht geboren bist. Kaum bist du aus dem Nassen geschlüpft, da stellst du fest, daß du patschnaß bist, richtig durchweicht von einer Tracht Schleckschläge mit der Zunge, die dir deine Mutter verpaßt. Mütterlich, energisch, rauh.

Eine neugeborene Katze zu werden ist eine rauhe Angelegenheit. Aber wenn man bedenkt, daß dein Gedächtnis, deine Erinnerung daran auch seine ersten Schritte macht...

Erst wenn in deine Ohren Leben kommt, fängt es im Grunde so richtig an. Erst ist alles konfus, dann wird's etwas klarer, denn du hörst das allerangenehmste der Geräusche: ein Schnurren. Dein eigenes Schnurren. Das Schnurren eines Kätzchens, das noch nicht größer ist als ein Apfel, das voll seine Zufriedenheit darüber verkündet, daß es ihm nach dem Gerangel mit seinen Geschwistern gelungen ist, sich an eine Zitze zu hängen und sich bis zum Rand mit einer Muttermilch vollzusaugen, die eine viel ›höhere Qualitätsstufe‹ hat als jede Milch, die du trinken kannst, sobald du abgestillt sein wirst.

Danach vernimmst du das Geschnurre deiner Wurfgenossen und ihr Gesauge und die Mruaaahs deiner Katzenmama. Dann kommen andere Geräusche. Diejenigen, die die Leute des Ortes machen, an dem du geboren bist. Dann kommen die Worte. Die Worte, die mit dem Miauen, dem Gemurre und Gefauche deiner Mutter nicht die geringste Ähnlichkeit haben. Die Worte der

Menschen, mit denen wir Tiere so wenig anfangen können, daß niemand unter uns (außer den Papageien, die so dämlich wie ein Echo und grauenhaft blasiert sind) je in der Lage sein wird, sie zu wiederholen.

Und doch habe ich sie sehr schnell sehr deutlich verstanden, die Worte der Leute. Und...

Das erste, das mir an den Latz geknallt wurde, war das Wort *Gouttière*, ein Wortgeräusch, das ›Gossenkatze‹, ›Mischling‹, ›Bastard‹, ›Fehlfarbige‹ und was weiß ich noch alles bedeutet.

»Gouttière? Wie meinst du das, Gossenkatze?«

»Wie? Fehlfarbige Bastards eben, weil von diesen widerlichen Horrormonstern von Katzenbabys eine noch bunter gemischt ist als die andere.«

»Komm, sag nicht so was, Simone, das ist doch nicht möglich.«

»Ich sag ja nicht, daß es möglich ist. Ich sag, was ich sehe. Und ich sehe kaum behaarte, eklige kleine Katzen, deren wenige Haare so schäbig und buntscheckig sind, daß... Also wenn diese häßlichen Katzen keine Promenadenmischungen sind, dann bin ich der Papst!«

»Mensch, überleg doch, Simone. Das ist doch nicht möglich, daß die Katze Ophélie von Madame d'Ouiche ein Wurf x-beliebiger Promenadenmischungen bekommen hat.«

»Du siehst ja, daß es wohl doch möglich ist.«

»Also so was, so ein Pech.«

»Von wegen Pech, André. Eine Katastrophe. Eine wahre Katastrophe!«

Eine wahre Katastrophe

Nach all der Zeit, die inzwischen vergangen ist, und nach all den Orten, an die ich meine Pfoten geschleift habe, begreife ich heute die Katastrophe. In ihrem ganzen Ausmaß.

Und wenn ich nicht schon eine solche unglaubliche Mordswut im Bauch hätte, dann könnte sie mich sofort packen, wenn ich an eine gewisse Madame d'Ouiche und an ihre maßlose Gemeinheit auch nur denke!

Madame d'Ouiche... So eine Art weiblicher Hitler, wenn Sie verstehen, was ich meine. Diese Madame d'Ouiche, das war die Herrin, das Frauchen meiner Mutter, der Katze Ophélie. Und auch die Herrin einer Bonne namens Simone, die mit einem Chauffeur André verheiratet war. Aber Madame d'Ouiche, das war zuallererst und vor allem eine geborene Dame. Nicht so geboren, wie ich geboren wurde. Auch nicht so geboren wie die meisten Menschenbabys, sondern in einem Schloß auf dem Lande. Einem Familienschloß mit einem Donjon oder Bergfried, mit steinernen Fensterkreuzen, mit einem Park ›à la française‹ und einer Meute von Hunden, die speziell dazu abgerichtet waren, zu festgesetzten Terminen im Jahr unter Hirschen, Wildschweinen und Hasen entsetzliches Elend anzurichten.

Geboren mit einem silbernen Löffel im Mund und mit einem Blut in ihren Adern, das nicht rot war wie das von aller Welt, sondern blau. Der Stammbaum der d'Ouiches reichte bis zu den Kreuzzügen zurück, und sie verachteten alle Menschen, deren Vorfahren nicht dafür geadelt worden waren, daß sie in Kriegen eine Menge Leute umgebracht oder die Nachttöpfe von Königen gehalten hatten, wenn die ihr Geschäftchen machten. Für die d'Ouiches war man als Mann oder Frau, wenn man nicht Baron oder Gräfin war, eine Null.

Und was die Hunde und Katzen betrifft...

Die Meutehunde der d'Ouiches kamen aus England, aus einer englischen Grafschaft, wo seit der Erfindung der Hofjagd die Hunde vom Vater zum Sohn Meutehunde waren.

Und ihre Katzen hatten Stammbaum. Obligatorisch. Der von meiner Rasse-Mutter »mit Stammbaum« war astrein. Ein ganz grandioser. Und dekoriert mit neun Goldmedaillen, verliehen auf den renommiertesten Katzenausstellungen. Weil meine Mutter Ophélie das Wunder aller Wunder in der Kategorie *golden shaded* war. Die Crème der Rassekatzen.

Als Madame d'Ouiche – nach ihrer Rückkehr von ihren Gütern, wo sie sich um ihre Meute gekümmert hatte – eines Tages dann entdeckte, daß ihr ganzer Stolz, ihr Ruhmesblatt niedergekommen war mit... mit...

»Gouttières, Fehlfarbige, Madame. Also Mischlinge, Bastarde, wenn ich mir die Bemerkung erlau...«

»*Wie bitte*, Simone, Sie bezeichnen diese ekelhaften kleinen Dinger als Katzen? Als Kätzchen?«

»Die rote, die sich da so am Schwanz knabbert, die ist doch gar nicht übel, und was ihre Haarfärbung betrifft, ist sie ganz die Mutter.«

»Ganz die was?«

»Nun ja, ich meine... Wenn man bedenkt, daß Ophélie sie...«

»Nein, Simone. Nein. *Meine* Ophélie kann unmöglich... Nein. Das ist genetisch unmöglich. Eine reinrassige *golden shaded* kann diese Abscheulichkeiten nicht geworfen haben. Nein. Wenn Sie mir sagen, diese Mißgeburten wären die Frucht der Liebe zwischen dem Straßenköter unserer Concierge und einer Vogelscheuche oder einem Maulwurf, dann würde ich Ihnen darauf antworten: Warum nicht! Aber daß *meine* Ophélie die Mutter von diesem Zeug... Also nein! Und jetzt gehen sie ihr auch noch ans Gesäuge, diese Monster! Aber da werden sie sie mir ja zuschanden machen, sie infizieren, sie... André!«

»Madame wünschen?«

»Sie werden sich diese... diese kleinen Monster schnappen und in einen Müllbeutel werfen und...«

»Unerwünschte Kätzchen ersäuft man, soviel ich weiß, Madame. Was man dazu braucht, ist eine genügend große Blechbüchse, am besten eine Keksdose. Meine Tante von der Sarthe-Gegend, die hat ununterbrochen welche ersäuft, wissen Sie, weil ihre Katze, die war eine große Streunerin. Sie hat sie in eine ›Katzenzungen‹-Büchse gesteckt mit Watte drin, die sie dann mit Fliegen- oder Wanzengift besprüht hat. Ihr Haus war nämlich eine richtige Brutstätte für...«

»Sehr freundlich, André, daß Sie mich mit diesen schmutzigen Details verschonen – und nun seien Sie so gut und...«

»Jawohl, Madame d'Ouiche. Sofort, Madame d'Ouiche. Stets zu Ihren Diensten.«

»Und Sie, Simone, Sie lassen für unsere liebe arme Ophélie ein großes Bad ein. Nicht brühend heiß, aber doch ordentlich heiß. Und wir werden ihr die Brustwärzchen mit Alkohol abtupfen und... Nein, noch besser: Ich werde Dr. Point anrufen, daß er herkommen soll, und zwar dringend. Die können ihr ja was weiß ich für Krankheiten übertragen haben, diese kleinen Bastarde. Und eine Fahndung muß auch eingeleitet werden.«

»Eine was?«

»Fahndung. Eine Fahndung. Um diesen widerlichen herumstreunenden Kater wiederzufinden, der die Gelegenheit, daß unser liebes, schönes Katzenmädchen einen harmlosen kleinen Spaziergang machen wollte, dazu ausgenutzt hat, sie zu vergewaltigen. Denn das war Vergewaltigung. Mit fatalen Folgen. Aber wir werden ihn schon wiederfinden, diesen Satyr, diesen perversen Sextriebtäter. Mit meinen eigenen Händen werde ich ihn erwürgen. Mit meinen eigenen Händen.«

Womöglich war er ja gar kein vergewaltigend herumstreunender Kater, mein leiblicher Vater. Womöglich war ja meine Mutter Ophélie diejenige, die die Annäherungsversuche gemacht hat und ihm nachgestiegen ist, weil er eben ein schöner Kater war und weniger stank vor Arroganz als diese original *golden shaded*, die man ihr einmal jährlich zur gewinnträchtigen Fortpflanzung von High-Society-Katzen in den Korb schob. Womöglich war ich ja ein Kind der Liebe.

Und eins ist gewiß: Die Madame d'Ouiche hat ihn sicher niemals gefunden, meinen Erzeuger. Und ebenso gewiß ist, daß meine Geschwister und ich uns auf einmal in einem Plastikbeutel wiederfanden.

Plastikbeutel

Meine drei Brüder, meine zwei Schwestern und mich umzubringen, war ihm total zuwider, dem Gemahl André von der Bonne Simone.

»Den Chauffeur, den Laufburschen spielen, die verstopften Ausgüsse vom Waschbecken oder vom Klo durchpusten, mir die beschissensten Dreckarbeiten antun, das ist eh' schon nicht zum Jubeln. Aber Katzen umbringen...«

»Wieso? Wen würdest du denn lieber umbringen? Die Nachbarn? Oder mich vielleicht?«

»Am liebsten würde ich gar nichts umbringen. Bin doch kein Henker, verdammte Hacke.«

»Nein, aber du bist höflich und gehorsam. Was willst du tun, André? Willst du, daß wir sie bei uns behalten? Willst du, daß wir sie alle sechs in unserem Schlafzimmer großziehen, in dem wir zu zweit schon einer zuviel sind?«

»Das sag ich ja nicht, Simone. Aber... Aber Gift, wie's meine Tante hatte, haben wir denn so was? Nein. Haben wir nicht.«

»Chloroform, Äther und so, das tut's doch auch, oder?«

»Hast du vielleicht Chloroform oder Äther?«

»Die Apotheker haben so was. Also wirst du zum nächstbesten Apotheker gehn und...«

»Das wird's nur auf Rezept geben. Selbst für Zahnstocher braucht man doch jetzt schon eins bei all dem komplizierten Zirkus mit der Krankenkasse und der... Und überhaupt sind diese Katzen zwar Ausschuß... Aber sie deswegen nicht süß zu finden...«

»André! Du nimmst dir jetzt diesen Müllbeutel, packst sie mir da rein und gehst eine Apotheke suchen. Dann gehst du zur Seine runter...«

Die Seine lag von der Wohnung der Madame d'Ouiche in der Rue de la Pompe aus nicht gerade direkt vor der Haustür. Und Apotheken, die um diese Zeit noch offen hatten...

»So 'ne verdammte Scheiße aber auch!« fluchte er laut vor sich hin, der Gemahl André. »Ihre Euthanasien, die soll sie gefälligst selbst durchziehen, die alte d'Ouiche. Sie hält uns schon zur Genüge auf Trab mit ihrem heiklen Ophélie-Vieh, ganze Stunden muß man damit verplempern, ihr das Fell zu kämmen, ihr Antikatzenschuppenmassagen zu verpassen und – nicht zu vergessen – ihr ihre Vitamine zu geben. Und zur Krönung des Ganzen jetzt noch Überstunden dranhängen wegen Katzen, die keine Sau haben will, – ich glaub, ich spinne!«

Wenn schon die Zeit verplempern, dann verplemperte er sie lieber in seiner Stammkneipe bei einem Anisette mit seinen Bekannten, die bei einem Anisette immer wahnsinnig aufregende Sachen zu erzählen hatten.

Also ließ er den Beutel mit uns drin einfach irgendwo stehen. In einer Straße ohne Apotheke. Weit weg von der Seine. Unter einem Baum.

Und wir in dem Plastikmüllbeutel waren dem Ersticken nahe. Aneinandergequetscht. Strampelten und kämpften um Luft. In wüstem Gewimmel. Versuchten uns anzuklammern. An was? Aneinander? Ans Leben? Einen Moment lang habe ich gesaugt. Ja, an etwas gesaugt. Vielleicht an einem Ohr. Vielleicht an einer Pfote. Vielleicht an meinem eigenen Schwanz.

Wenn man dermaßen in Panik ist... Leben hieß in dem Zustand, in dem ich mich damals befand, Saugen. Also habe ich gesaugt. Gesaugt wie eine Verrückte. Habe gehechelt, gestrampelt, gekämpft. Ich bin gekratzt, zerfetzt, gebissen worden bis aufs Blut. Und halb taub geworden von dem Miauen, das mir von allen Seiten in die Ohren hineinschrie. Was wir da waren, das war kein Wurf mehr. Das war eine Suppe aus Katzenjungen. Eine richtige Pampe. Breiig, klebrig, kochend. Eine Pampe, die nach Plastik und Tierkacke stank. Eine ekelhafte, tödliche Pampe.

Daß und wie ich da in dieser Pampe herumzappelte, war mir nicht bewußt. Aber... wenn mir das alles heute in Schlaf- oder Wachträumen wieder hochkommt... Dann sträuben sich mir jedesmal die Schwanzhaare, die Pfoten krampfen sich zusammen, und das Herz tut, als würde es gleich ausrasten.

Von meiner Geburt weiß ich nichts Genaues, ich reime sie mir irgendwie logisch zusammen. Dafür um so mehr von meinem Tod, meinem ersten Tod, dem ich so haarscharf nahegekommen bin in diesem Müllbeutel... Darin haben wir nämlich viel zu lange geköchelt, viel zu lange. So viel zu lange, daß ich, als irgendwer den Beutel öffnete, die einzige Überlebende war. Meine Brüder, meine Schwestern haben's nicht gepackt, sie haben ihren letzten kleinen Atemzug ausgekotzt. In Andrés Plastikmüllbeutel. Alle.

Obwohl das Ganze auf einer ziemlich belebten Avenue passierte. Aber die Passanten sind Leute, die einfach vorübergehen, ohne einem Müllbeutel voller Leiden die geringste Aufmerksamkeit zu schenken. Selbst wenn's darin derart zuckt und zappelt, daß der Beutel aussieht, als würde er einen Tango tanzen.

Warum haben alle meine Geschwister die Sache mit dem Leben bezahlt, nur ich nicht? Man muß annehmen, daß sich schon damals unter meiner Zartheit, meinem zerbrechlichen Wesen eine erstaunliche Zähigkeit verbarg. Oder aber, daß die Vorsehung...

Die Vorsehung, das ist eine der seltenen, ganz seltenen Erfindungen der Menschen, die ihr Geld wert ist. Die Vorsehung ist wie ein Mensch, der kein Mensch ist, der aber den Menschen, die an sie glauben, ungeheure Dienste erweist.

Als ich bis zum Hals in dieser abartigen Pampe des Plastikbeutels steckte, war ich echt unfähig, auch nur an das mindeste zu glauben. Und doch...

Diesmal hatte die Vorsehung, falls sie es war, ganz viele, ganz schwarze, ganz zerwühlte Haare und trug einen eleganten, aber ganz zerknitterten, fleckigen Regenmantel. Sie hatte einen sehr hübschen Mund mit zu viel verschmiertem Lippenstift drauf und Augen wie jemand, der nicht so ganz durchblickt, wo es langgeht...

Ja, mein erster Mensch – ich sage nicht Herrchen, denn ein Herrchen, das sucht man sich aus –, mein erster Mensch ganz für mich war, wie es der Zufall wollte, eine umherirrende obdachlose Stadtstreicherin.

Stadtstreicherin

Warum sie eine Stadtstreicherin war, diese Frau?

Also, da fragen Sie mich zuviel... Vielleicht war sie rassemäßig nicht astrein genug und eine Madame d'Ouiche hatte sie aus einem

Haus gejagt, vielleicht hatte sie eine riesengroße Dummheit gemacht, und ihre Familie oder ein Ehemann oder Geliebter, mit dem sie zusammenlebte, hatte sie vor die Tür gesetzt, vielleicht hatte sie den Schlüssel von dem Haus verloren, in dem sie ohne Familie, ohne Ehemann oder Geliebten gelebt hatte, vielleicht hatte sie die Adresse ihres Hauses verloren, vielleicht hatte sie jemanden umgebracht, einen schweren Diebstahl begangen und die Flucht ergriffen, um nicht im Gefängnis zu landen, oder vielleicht war sie im Gefängnis gewesen und war ausgebrochen. Oder vielleicht...

Möglicherweise war sie eine Frau, die – oder ein Fräulein, das – einfach nur fortgegangen war. Gegangen für immer.

Bei Katzen kann so was vorkommen. Und bei Hunden. Sicher auch bei Nilpferden, Zebus, Giraffen und anderen exotischen Geschöpfen, über die mir aber leider konkrete Informationen fehlen.

Es kommt vor, daß man ohne Grund einfach geht. Und dann wird man obdachlos, ziellos streift man durch die Stadt.

Sicher ist zumindest, daß sie nicht sehr gut gerüstet war zum obdachlosen Stadtstreichen, zum Ausreißen oder Ausbrechen, diese Dame oder Demoiselle. Weder richtig ausstaffiert noch richtig beschuht. Ein Absatz ihrer Schuhe war abgebrochen. Daher hinkte sie.

Wenn sie freiwillig gegangen war, dann sicher, weil sie plötzlich der Rappel gepackt hatte. Ein plötzlicher Rappel im Kopf einer Dame oder Demoiselle, die ein bißchen durcheinander im Kopf war.

Es kann auch sein, daß sie das Abhauen von einem Zuhause, in dem sie sich zu Hause gefühlt hatte, im Kopf durcheinandergebracht hat. Weil sie in diesem Punkt nicht ganz dicht war.

Aber mir gegenüber war sie derart zuvorkommend, so was von nett...

Zuallererst war sie, als sie einen zuckenden Plastikbeutel an einer Straße gesehen hatte, nicht wie eine Gleichgültige weitergezogen. Sie hatte sich den Beutel angesehen. Und hatte ihn aufgemacht. Sie war ganz schön sprachlos.

»Aber du meine Güte, ihr seid ja Katzen! Und noch so kleine. Was treibt ihr denn da drin? Welche Schnapsidee hat euch darauf gebracht, euch in diesen Sack einzusperren? Das ist doch eine total verrückte Idee. Eine total verrückte. Mensch, ihr seid ja alle erstickt. Alle mausetot. Wirklich oberschlau. Halt, nein! Doch nicht alle. Es sieht so aus, als ob... Du da, du lebst noch. Nicht sehr. Aber immerhin... Dein Herz schlägt, und solang einem noch das Herz im Leibe schlägt... Also... mein Kumpel... Wieso kratzt du mich denn, du kleiner Blödmann? Sag, wieso kratzt du mich? Ich bin dabei, dir das Leben... Und du... Hörst du wohl auf, mich zu kratzen?«

Es war nur ein ganz winziges Kratzen. Nicht böse gemeint. Einfach ein Anklammern.

»Für wen hältst du dich eigentlich? Für den Löwen von Belfort etwa?«

Ich hielt mich für überhaupt keinen Löwen. Ich hielt mich für gar nichts. Ich wollte nur, daß man mich aus dieser klebrigen Pampe aus verendeten Brüdern und Schwestern herausholte. Und die von der Vorsehung geschickte Frau Stadtstreicherin hat mich herausgeholt.

Da ich an diesem Punkt meiner Geschichte immer noch nicht die Augen offen hatte, habe ich meine Retterin nicht sehen können. Aber gefühlt habe ich sie, wie sie mich gepackt hat. Am Schwanz.

»Nein, dieser Schwanz! Ist denn das die Möglichkeit! Man könnte schwören, daß es 'ne grüne Bohne ist. Und keine von den dicken. Eine von der Kategorie ›extra fin‹. Marke ›Princesse‹. Und so eine häßliche Farbe. Und was dein Stimmchen angeht... Wenn du dir einbildest, daß das ein Miauen sein soll, was du mir da gerade angeboten hast... Was willst du damit sagen, mit deinem vergrippten Rabengekrächz? Daß du hoch erfreut bist, meine Bekanntschaft zu machen? Oder daß du's nicht magst, daß man dich am Schwanz packt?«

So wie ich mir die Sache heute denke, dürfte das, was ich da von mir gegeben habe, ein Danke-Miau gewesen sein.

»Wenn's dir wenigstens reichen würde, nicht dicker und nicht häßlicher als 'ne Ratte zu sein... Aber nein, du bist einfach abstoßend zum Davonlaufen, mein Junge. Nicht ma' für mit der Pinzette zum Anfassen. Aber wo ich dich nun schon mal rausgefischt habe...«

Bei diesen Worten muß sie sich an den Bordstein gekniet und mich mit dem Wasser aus der Gosse abgewaschen haben. Auf jeden Fall tat sie das so vorsichtig, daß mir das fast so gut gefiel wie das Lecken von meiner Mutter Ophélie. Das war eine ganz zärtliche Stadtstreicherin.

Aber ich brachte sie arg in die Klemme.

»Was soll ich jetzt, wo ich dich deinem Sarg für kinderreiche Familien entrissen habe, mit dir anfangen? Es reicht mir schon, mich um mich selbst zu kümmern. Aber sich noch ein Tier zur Gesellschaft aufhalsen... Ich brauche keine Gesellschaft. Niemanden brauche ich. Nichts. Du siehst doch, daß ich nichts habe, keinen Koffer, keine Reisetasche, keine Handtasche, nichts. Mich habe ich dabei. Nur mich. Und... Aber sag mal... Na so was, – man kratzt ja gar nicht mehr! Man spielt den Verschmusten, den Einschmeichler. Man küßt mir die Hand. Was hat das zu bedeuten? Daß du versuchst, mein Herz zu rühren? Ja? Erzähl mir bloß nicht das Gegenteil. Du bist dabei, vor mir die Nummer vom kleinen durchtriebenen Schlitzohr abzuziehen, das...«

Man muß mir wohl noch nicht angesehen haben, daß ich kein Kater, sondern eine Katze bin. Daher redete sie mich auf Männlich an.

»... ein Schlawiner, der glaubt, daß man ihn adoptieren wird. Tut mir leid, mein Junge. Kommt nicht in Frage. Ich bin nämlich gerade auf dem Absprung. Die große Flatter machen. Also wenn ich mich da noch mit einem Tier belaste... Außerdem würden sie dich im Flugzeug nicht haben wollen. Auch nicht auf dem Schiff. Nicht mal geimpft. Also dann, mein liebes Kind, ich bin untröstlich, aber...«

Sie stopfte mich schließlich dann doch in eine der Taschen ihres Regenmantels. Gerade meine Größe. So behaglich einladend, daß ich mich schleunigst ans Einschlafen machte und den hervorragenden Schlaf einer nicht gestorbenen jungen Katze schlief.

Azubi – die Auszubildende

Und plötzlich war ich ein Lehrling. Eine Auszubildende. Egal ob Tier oder Mensch, am Anfang läuft die Azubizeit im Fach Leben bei beiden aufs gleiche hinaus. Bis auf den Unterschied, daß wir Katzen (und erst recht wir Kätzinnen) alles viel schneller und sogar besser drauf haben als irgendein anderes Geschöpf.

Aber da wir für weniger Jahre Leben programmiert sind, läuft das Ganze immer noch fast auf das gleiche hinaus.

Ohne weiter ins Detail zu gehen, sind zunächst einmal die einen Vierbeiner und die anderen Zweibeiner. Da die Zweibeiner am Anfang nicht wissen, daß sie Zweibeiner sind, machen sie's zuerst wie wir, um von einem Ort zum anderen zu gelangen. Und fallen dabei ständig um und schlagen sich auf ihren Dielen, auf ihren Teppichen die Nase an. Selbst ein künftiger Nobelpreisträger oder Steptänzer kriecht und krabbelt am Anfang auf allen vieren. Und weniger grazil als wir. Alles machen die weniger elegant, weniger geschickt als wir. Schuld daran sind ein weniger ausgefeilter Gleichgewichtssinn, ein zu voluminöses Hinterteil, eine plumpe Figur und fehlende Fühler.

Die Fühler, das ist das, was die Leute für Schnurrhaare, für einen Katzenschnurrbart halten. Das ist aber alles andere als ein Schnurr- oder Schnauzbart. Sagen wir mal, es ist unser Radar.

Kurz gesagt, ganz gleich, ob es darum geht, sich von einem Ort zum anderen zu bewegen, sich nicht in seine eigenen Sauereien zu hocken, oder darum, sich den Magen zu füllen, geht das Ganze bei den noch unreifen Menschen im Vergleich zu uns ganz schön zäh, ganz schön langsam voran. Menschlich eben!

In Gesellschaft meiner Stadtstreicherin lernte ich im Handumdrehen so wesentliche Dinge wie gutes Fressen von schlechtem zu unterscheiden. Gut oder nicht gut für den Gaumen, für das Wachsen und für die Gesundheit. Die Ausbildung im Fressen ist eine ungeheuer spannende Angelegenheit. Und sie macht aus einer Katze eine Feinschmeckerin, eine Wählerische, ein heikles Leckermaul.

Weniger spannend, aber ebenso wichtig zu lernen: wo man sein

Geschäft macht und wo nicht. In diesem Punkt sind wir unschlagbar. Weil unsere Pipis und das Andere dereinst in unserem Leben eine ganz wichtige Rolle spielen wird. Ein Damen-, Herren- oder Kinderpipi ist nichts weiter als ein Pipi. Ein Katzenpipi dagegen... hat eine eigene Bedeutung. Es kann einen Feind erschrekken, ihn in die Flucht schlagen, einen Unliebsamen auf Distanz halten, oder es kann einen, den man anlocken möchte, anlocken. Unsere ersten Pipis sind wie die Buchstaben, die die Kinderknirpse im Kindergarten malen lernen. Wir haben ein Alphabet aus Pipi. Also ist es ganz natürlich, daß...

Ungeheuer wichtig ist auch das Erkennen von Gefahren. Die wirklich tödlichen und dann die anderen, bei denen du fast draufgehst, die dich fix und fertig machen und übel zurichten, die dich ein bißchen oder total krank machen, diejenigen, bei denen du riskierst, eine Pfote, den Schwanz, ein Ohr, ein Auge oder gleich beides zu verlieren...

Und dann, eines Morgens...

Crevette

Eines Morgens merkte ich plötzlich, daß es so weit war, daß ich die Augen öffnen konnte. Und daß sie sehen konnten.

Was sie gesehen haben?

Das stockfinstere Innere der Regenmanteltasche meiner Stadtstreicherin, in der ich fast alle meine Stunden damit verbrachte, zu schlafen wie ein Murmeltier. Dann, als ich meine Nasenspitze aus dieser Tasche heraussteckte, die so komfortabel wie ein handelsüblicher Katzenkorb war, habe ich zum erstenmal richtig das Licht der Welt erblickt.

Die Welt, das war an jenem Morgen eine Parkbank mit meiner Stadtstreicherin darauf und – noch leicht verschwommen (denn in punkto Sehen machte ich gerade meine ersten unsicheren Versuche) – kleine Grasvierecke, dann Vögel, die sich im Gras vergnügten, ein Mädchen, das mit einem seiner Beine gegen das Bein einer

Frau trat, die mit einer ihrer Hände dem Mädchen ins Gesicht schlug, ein Mann auf der gleichen Bank wie wir, der eine Pfeife rauchte, dann Bäume und ein Stück eher himmelblauer Himmel.

Ehrlich, es lohnte sich voll, daß man Augen hatte, die funktionierten. Es lohnte sich voll, meine unbehauste Stadtstreicherin mit ihren zerzausten Haaren, ihrem wirren Blick und den eleganten, aber verdreckten und zerknitterten Kleidern zu sehen. Mit ihren hastigen Gesten und Bewegungen, die sie anfing und nicht beendete. Mit ihren Lippen, die sie beknabberte, als wollte sie sich ihren Mund blutig beißen, der wüst geschminkt war, weil sie einen Horror vor Spiegeln hatte.

Als sie sah, wie ich gerade die Welt zu entdecken begann, zog sie mich an einem Ohr, um meinem Kopf ganz aus der Manteltasche herauszuhelfen.

»Na, endlich hast du ausgeschmollt! Monsieur geruhen, sich endlich dafür zu interessieren, was außerhalb seiner Tasche so passiert. Da hast du recht, mein Sohn. Weil – sofern du dich vor gewissen Dingen zu hüten weißt – die Welt eine Gegend ist, die es schon verdient, mal besichtigt zu werden. Hier bekommst du allerdings nur eine bescheidene Kostprobe davon zu sehen. Die Bäume an diesem Platz, das sind Bäume, d'accord. Aber, da kannst du dich auf mich verlassen, verglichen mit den Bäumen der fernen Inseln kannst du die hier echt vergessen. Die Bäume der fernen Inseln sind zehnmal, ach was, fünfzigmal höher und haben Blätter so groß wie Bettlaken, und Früchte... Solche Apparate von Früchten! Eine Kirsche ist dort oft so groß wie ein Riesenkürbis aus unseren Breiten und hat mehr Süße, mehr Saft, einfach mehr von allem. Und das Gras auf den fernen Inseln! Gräser wie hierzulande die Bäume. Und diese Vögel! Solche Vögel, sag ich dir... Jeder mit tausendmal mehr Federn als die Vögel von hier. Und jede in einer anderen Farbe. Auf den fernen Inseln, da gibt's Farben, die es anderswo nicht gibt. Die du auf unseren Kontinenten nicht sehen kannst, nicht mal dann, wenn du die Augen schließt. Und ganz zu schweigen von dem Klima, von der Sonne, die sogar nachts scheint, von Flüssen, die in beide Richtungen fließen, ganz zu schweigen von Monaten, die vierzig Tage lang sind, und von Tagen, die dreißig Stunden lang sind ohne eine Minute Nacht.

Aber du, dich lassen die Inseln ja kalt. Was dich interessiert, ist deine Überraschung. Weil ich eine Überraschung für dich habe. Ich hoffe, sie wird dir gefallen. Für eine Katze bin ich nämlich noch nie einkaufen gegangen.«

Meine Überraschung war eine Dose Dosenmilch.

»Na, ist das was für dich? Habe ich richtig ausgesucht? Nein? Du hättest lieber was anderes gewollt? Fleisch? Du bist zu alt für Milch? Was frißt du denn dann so?«

Ich hatte noch nie eine Dose mit Fressen gesehen. Ich hatte ehrlich gesagt überhaupt noch keine Dose gesehen. Ich wußte nicht einmal, daß Milch Milch heißt. Und was Fleisch anging... Wie benommen war ich.

»Willst du, daß ich sie umtausche, diese Dose? Wenn ja, dann sag's ruhig.«

Sich den Menschen verständlich zu machen, das ist selbst dann, wenn man eine außergewöhnlich kluge Katze ist, schon ungemein schwierig. Aber sich den Leuten verständlich zu machen, wenn man noch überhaupt nichts versteht...

Ich war noch ein ganz unschuldiges Junges ohne den Schimmer einer Ahnung von irgend etwas. Ein kleines Tierchen, das gerade entdeckte, daß es sehen konnte. Ich sah eine Blechdose. Meine Stadtstreicherin sah mir zu, der Mann, der eine Pfeife rauchte, sah uns beiden zu. Die Vögel haben uns zugesehen. Die Sache war ins Rollen gekommen und sollte nie mehr aufhören zu rollen.

Irgend etwas – was eigentlich? Instinkt? – hat mir einen Tritt in den Hintern gegeben, um mich Richtung Milchdose zu bewegen, und dieses Etwas hat mich auch dazu bewegt, meinen Kopf, meine Stirn an dieser Dose reiben. Womit sich alle Probleme wie durch ein Wunder in Luft aufgelöst haben.

»Hättest es nur zu sagen brauchen, daß du Milch magst. Also laß mich nur noch... Denn an den Dosenöffner habe ich auch gedacht. Ein Prachtstück. Vernickelt. Mit dem kann man auch Bierflaschen öffnen.«

Auf einmal breitete sich ein guter Geruch überall aus. Also das, das war was Feines, was echt Positives. Und dann…

Milch von einem Finger zu lecken ist komplizierter als zu saugen. Aber wenn du auf die brutale Tour abgestillt worden bist und wenn du fest entschlossen bist, dich nicht draufgehen zu lassen, dann kommt dir das mit dem Zungenlecken ganz von selbst. Und sie war gar nicht schlecht, diese Milch. Wenn auch zu süß, mit nicht genug Geschmack, wenn man sie mit der von meiner Mutter Ophélie vergleicht. Aber es war Milch. Und ich hatte Hunger.

»Wenn du mir meinen Daumen total abwetzen willst, dann genier dich nur nicht. Du scheinst mir gute Chancen zu haben, als Schlemmermaul Karriere zu machen. Freilich, mit dem wenigen, was du gewichtmäßig auf die Waage bringen dürftest… Weißt du, wie du aussiehst, wenn man sich die Mühe macht, dich mal genau zu betrachten? Wie eine Crevette, eine Krabbe, ein Scampi. Ehrlich. Wenn du auf einer Platte mit *frutti di mare* liegen würdest, anstatt auf einer Bank zu sitzen… Absolut wie eine Crevette. Und nicht mal 'ne große. Nicht so rot wie die dickeren Bouquet-Dinger. Sondern zappel-grau.«

Ob das gut war, wenn man wie eine Crevette aussah? Für meine Stadtstreicherin muß das was Gutes gewesen sein, denn sie hat mich auf den Kopf geküßt. Heiß und innig. Heiße und innige Küsse auf den Schädel, das ist so wie Dosenmilch. Das stärkt.

Und das Leben… die Welt…

Sie konnte den fernen Inseln vielleicht nicht das Wasser reichen, aber als ich randvoll von der Milch gesättigt war, da fand ich sie vollkommen, diese Welt in der Viereckform eines Platzes. Genauso wie die anderen Pariser Plätze, die wir, meine Stadtstreicherin und ich, abklapperten! Und Straßen erst. Und erst recht diese verwilderten Schutt- und Abbruchgelände, auf denen meine Stadtstreicherin irgend etwas suchte – Steine, alte Kisten, einen weggeworfenen wackligen Stuhl –, um sich draufzusetzen und eine Zigarette zu paffen. Und dann noch eine und noch eine. Das war ihre Hauptbeschäftigung: Rauch zu machen, während sie mir oder sich selbst von den fernen Inseln erzählte, zu denen sie aufbrechen wollte, sobald sie das Schiff oder das Flugzeug gefunden hatte, was zu finden ihr enorme Mühe machte.

Mit den Flugzeugen und Schiffen hatte sie echt schwere Probleme. Wenn wir an einem Reisebüro vorbeikamen, ging sie hinein und kam mit einem riesigen Packen von Prospekten wieder heraus. Dann setzte sie sich auf die erstbeste Bank, blätterte die Hefte durch und strich darin mit ihrem Augenbrauenstift irgendwelche Sachen an.

Sie steigerte sich in einen Zorn, in eine richtige Wut hinein. Es paßte nicht! Es wollte einfach nie passen! Als ob das richtige Flugzeug, das richtige Schiff zu den fernen Inseln nicht existierte. Oder als ob ihr Entschluß zum Aufbruch nur ein Ammenmärchen war, das sie sich selbst einredete. Oder als ob es so viele verlockende ferne Inseln gab, daß sie sich nicht für eine einzelne entscheiden konnte.

Was wir außer den Plätzen, Abbruchgeländen und Reisebüros noch eifrig besuchten, waren Kinos. Nicht wegen der Filme, die dort liefen. Nein, sondern um von der ersten Vorstellung bis zur letzten im Dunkeln zu sitzen und dort in Ruhe zu schlafen. Sie auf einem Platz tief hinten im Saal, dort wo es die wenigsten Leute gab. Ich in ihrer Regenmanteltasche oder auf ihrem Schoß.

Tagsüber war sie nämlich sehr erschöpft, weil sie nachts ununterbrochen durch die Stadt strich, Kilometer und Aberkilometer Straßen zurücklegte. Straßen, von denen sie sich die einsamsten aussuchte. Menschenleere, öde. Ständig ging sie anderen Menschen aus dem Weg, ergriff die Flucht vor ihnen.

Manchmal gingen wir in ein Café. Aber kaum hatte sie einen hastigen Espresso, ein Croissant verdrückt und dazu ein paar Züge aus der Zigarette getan, dann warf meine Stadtstreicherin ein paar Geldstücke auf den Tisch und ergriff die Flucht vor den Leuten, die sie anstarrten. Oder anfingen, sie anzureden.

Unterhaltungen konnte sie nicht ertragen. Es machte sie rasend vor Panik, ganz zittrig, wenn sich ihr jemand näherte und anfing, ihr auch nur nette Höflichkeiten oder belanglose, komische Sachen zu sagen. Die einzigen Unterhaltungen, die ihr gefielen, waren die mit mir. Sicher deshalb, weil ich ihr nicht antwortete.

Und was die mir alles erzählen konnte. Nicht nur über die fernen Inseln, zu denen sie aufbrechen wollte, sobald sie das geeignete Schiff oder Flugzeug gefunden hatte. Sie erzählte mir von Leuten, die sie immer wieder ins Elend gestürzt hatten. Väter, Onkel, besonders eine Tante, die immer wieder aufs Tapet gebracht wurde, eine Tante, die ihr ihre Träume geraubt hatte, als sie in einem Alter war, wo sie noch nicht einmal ihre Kommunion gehabt hatte. Sie erzählte mir auch von Leuten, die sie von den Bullen – nicht von der Polizei, von den Bullen – verfolgen ließen, um sie an schrecklichen Orten einzusperren, wo man Leute wie sie einsperrte, um ihnen ihr Hirn herauszuoperieren, und wo sie zu Schatten ihrer selbst gemacht würden. Zu Phantomen. Zu Zombies.

Und sie sagte, daß sie mir das alles erzählte, weil sie bei einem so braven Jungen wie mir sicher sei, daß »es nicht durchsickern würde«.

Sie erzählte mir enorm viele, enorm verwickelte Geschichten. Und trug mich enorm viel in ihrer Regenmanteltasche spazieren.

Das große Pech bei dieser Dame oder Demoiselle war, daß sie Ameisen unterm Hintern hatte, daß sie nicht eine Minute lang ruhig sitzenbleiben konnte, selbst wenn sie ein noch so herrliches Plätzchen gefunden hatte, um dort massenweise Zigaretten zu rauchen oder Kuchen, Crêpes, Waffeln, Schokoladentafeln zu futtern, die zusammen mit sehr starken, hastig reingeschlürften Espressos ihre Nahrung ausmachten. Ihre Rastlosigkeit war erschreckend. Nie habe ich einen Menschen getroffen, der so schlechte Schuhe hatte und sie so oft benutzte wie sie. Ich mag vielleicht eine Crevette gewesen sein, aber sie, sie hätte die rastlose Ewige Jüdin in Person sein können.

Sie litt sehr unter der Krankheit, nicht einen Moment eine Pause einlegen zu können. Das ist eine typische Krankheit der Menschen. Aber nicht der Katzen. Hat eine Katze einmal den Ort gefunden, der ihr gefällt, dann bleibt sie dort, setzt sich dort fest. Ihr Territorium nennt man das.

Bei mir hat es Jahre gedauert, bis ich mein Territorium, mein wahres, gefunden hatte. Und zwar bei meinem Mann Vincent.

Und trotzdem bin ich von dort abgehauen. Vertrieben durch die unermeßliche Schweinerei, die sich dieser Mann geleistet hat, der die große Liebe meines Lebens war. Die er immer noch ist und immer sein wird.

Aber davon will er nichts mehr wissen, dieses Schwein! Es ist ihm scheißegal, daß ich nun wieder eine genauso obdachlose, stadtstreichende Katze geworden bin wie diese obdachlose, stadtstreichende Frau, die mich zwar mit Dosenmilch und mit heißen Küssen auf den Kopf verwöhnt hat und mir das kleine Einmaleins des Zusammenlebens beigebracht hat, das Wichtigste aber nicht...

Nämlich, daß ich eine Katze war und kein Kater.

Métro

Zuerst war ich also ein Kater. Jung und aufgeweckt. Und – denn nichts ist ansteckender als die Angst – absolut nicht geneigt, mich mit jemandem einzulassen, der nicht meine stadtstreichende Frau war. Ihre Angst und Scheu vor den Leuten habe ich sofort mit ihr geteilt. Wenn ein stadtstreichender Mann auf einem verwilderten Gelände, ein Ober oder Gast eines Cafés, eine Platzanweiserin im Kino die Frechheit hatte, auch nur ein Wort zu mir zu sagen – wuusch! –, da verschwand ich ins Innere meiner Regenmanteltasche und machte mich winzig klein.

Man hätte glauben können, auch ich hätte gedacht, hinter mir wären Männer her, um mich an schrecklichen Orten einzusperren und mir mein Hirn herauszuoperieren.

Meine Regenmanteltasche, das war mein Nest, mein Kokon. Gut darin verstaut konnte mir nichts passieren. Doch Regenmäntel können nicht wachsen. Katzen, Kätzinnen aber schon! Also konnte ich's bald nicht mehr aushalten in meiner Tasche. Ich konnte darin nicht mehr schlafen, mich nicht mehr hineinflüchten, ich ragte zu weit heraus.

»Das kommt von der Milch, mein Junge. Von der guten

gezuckerten Kondensmilch. Eigentlich müßte ich dir ja eine Katzentragetasche kaufen und ... Nur: ich und Gepäck... Wenn du wenigstens ein Hund wärst, ja dann... Dann würden wir gemeinsam nebeneinander hertraben. Aber du...«

Also ein Hund war ich nun wirklich nicht. Selbst die winzigsten, von der Natur am wenigsten begünstigten, denen wir im Laufe unserer pausenlosen Fußmärsche begegneten, glichen mir in keinem einzigen Punkt.

Also was tun? Also avancierte ich von einer Taschenkatze zu einer Auf-dem-Arm-Katze. Im ersten Moment war das ganz schön hart. Weil ich meine Tasche nämlich ins Herz geschlossen hatte. Aber es war nur im ersten Moment sehr ungewohnt. Denn im Arm meiner Stadtstreicherin war es unheimlich gemütlich, und als ich erst mal oben im Innern des Regenmantels eine Portion Schlummer gekostet hatte... An der idealen Stelle, dort, wo meine Stadtstreicherin ein Gesäuge, einen Busen, hatte. Im Vergleich zu anderen, die ich anschließend kennenlernte, einen bescheidenen Busen. Aber immerhin einen Frauenbusen.

Selbst wenn man sich die kuscheligsten Kissen und Steppdekken, die weichsten Kopfkissen leisten kann, kann man trotzdem nicht anders, als einem Frauenbusen doch den Vorzug zu geben. Ihr Busen kann noch so mickrig sein, aber seine Nase dort hineinzuwühlen, sich da hineinkuscheln, das ist einfach eine Wonne.

Und als das Folgende passierte, war ich gerade dabei, diese Wonne zu genießen.

Und zwar passierte es in der Métrostation *Edgar-Quinet*. In einer Station, die so mies und genauso trist wie alle Métrostationen ist, und in die wir uns hinuntergeflüchtet hatten, weil uns an diesem Tag die Kinos und Cafés zu voll waren.

Wir saßen ganz friedlich auf einer Bank, meine Stadtstreicherin sah sich in einem Prospekt Fotos von fernen Inseln an, und ich genoß meine Wonne, die Katze einer Frau mit Busen zu sein, als sich uns zwei Männer näherten.

Und schon sagte meine Stadtstreicherin zu ihnen – von wegen! –, schrie sie an, daß sie uns »mit ihren verkommenen Scheißbullenaugen« nicht so anglotzen sollten. Und als sie uns weiter anglotzten...

Mir blieb nicht die Zeit, um alles genau zu sehen. Alles kam zu plötzlich, die Schreie wurden immer lauter, die Worte so schmutzig, daß man sie nie in den Mund nehmen sollte, Leute, die sich einmischten, dann echte Scheißbullen, die sich ebenfalls einmischten, ein irres Chaos, hektische Panik...

Und ich stürzte ab. Von hoch oben von dem kuscheligen Busen meiner Stadtstreicherin, die aufgesprungen war und mit wilden, verrückten Bewegungen herumgestikulierte. Den Schädel hätte ich mir spalten können, eine Pfote hätte ich mir brechen können, oder gleich mehrere. Und ich fand mich zwischen lauter Beinen wieder, in hektischem Hin und Her.

Ich hörte meine Stadtstreicherin schreien, ihre Schreie, die noch schriller waren als die Schreie von all den anderen, ihre heulenden Jammerschreie.

»Mein Kater! Ich will meinen Crevettenkrabbenkater haben! Ich will ihn wiederhaben! Gebt ihn mir wieder! Ich muß ihn unbedingt haben, ihr Saubullenbande, ihr! Ich muß ihn haben, um mit ihm zu den fernen Inseln zu fahren! Ich brauch ihn! Meinen Kater! Meinen Crevettenkater! Ich habe nichts, ich habe niemanden. Nur ihn habe ich. Nur meinen Crevettenkater! Gebt ihn mir wieder!«

Ich hörte sie schreien.

Dann hörte ich sie nicht mehr.

Ich befand mich auf einem Bahnsteig. Zwischen den Füßen von Fahrgästen, die der Anblick, wie man »eine Verrückte, sicher eine Verrückte« abführte, total kaltließ und die es zum Schieflachen fanden, eine Katze zu sehen, die von ihrem Sturz völlig durcheinander und total von den Socken war, weil sie sich plötzlich ohne ihre Stadtstreicherin wiederfand. Dann versuchten einige Hände, mich zu packen. Bei Händen weiß man nie, wem sie gehören und wohin sie einen verschleppen können. Also machte ich mich aus dem Staub.

Wer mich gesehen hätte, wie ich mich verpißt habe und dem Gewirr von Füßen, von Beinen entkommen bin, wie ich über die

Treppen hochgeklettert, hochgerast bin, hätte mich für eine zu allem entschlossene Ausreißerin halten können. Ich war fähig, zu flüchten. Eine gute Neuigkeit! Aber kein Mensch hat es bemerkt. Kein Mensch, weil meine Stadtstreicherin aus meinem Leben verschwunden war und weil in der Métro, in ihren Gängen, auf ihren Treppen kein Mensch für einen anderen Blicke übrig hat. Die Métro ist so gemacht, daß die Leute vor sich hin trotten, sich gegenseitig stoßen und rempeln und trotten und sich in Massen zusammendrängen wie die Idioten, die sie nun mal sind.

Gott hat die Welt erschaffen. Die Métro aber nicht. Die Métro gehört zu dem albernen Mist, die er den Menschen selbst hat austüfteln lassen. Gut, darin gibt's noch ein paar Musikanten, ein paar Gitarrenspieler, ein paar Bongotrommler, einige Verkäufer von Kokosnußstreifen, zwei Stück zum Preis von einem. Aber wer hört schon der Musik zu, wer kauft sich schon Kokosnußstreifen? Keine Zeit, zu sehr im Streß!

Halt, jemand hatte schon Zeit. Eine Frau mit ergrautem Haar hatte schon einen Blick für mich übrig, sah mich und nannte mich eine schöne Mieze. Ich hätte ihr vielleicht folgen sollen, mich ein-, zweimal an sie schmiegen. Aber wenn man völlig durcheinander, total von den Socken ist, dann...

Ich zischte davon, soweit die Puste reichte. In eine schummrige Beleuchtung hinein. Und dann gab es schließlich kein Gedränge mehr. Dann auch überhaupt niemanden mehr. Und die Gänge fingen an, immens breit zu werden und überhaupt kein Ende mehr zu nehmen. Und das schummrige Licht war erloschen. Ich konnte zwar noch sehen, wie ich die ganze Zeit sehe. Aber alles total düster.

Und dann fing es an zu riechen, erst ein bißchen, dann immer stärker. Es roch nach Gefahr. Nach unermeßlicher undurchdringlicher Gefahr von allen Seiten. Die einem immer im Nacken sitzt, ohne daß man ihr entrinnen kann. Sämtliche Haare stellten sich mir auf, und mein Herz fing an, gegen meine Brustkorbknochen zu hämmern. So stark, daß es sie fast gesprengt hätte. Und ich hörte, wie ich mit der tiefsten Stelle meiner Kehle nrruuin, nrruuin, nrruuin machte.

Nrruuin, nrruuin, nrruuin. Ehrlich, ich schwör's: So habe ich mich angehört.

Das Ganze war ein ähnlicher Alptraum wie in dem Todesplastikmüllbeutel des Gatten André und der Bonne der Madame d'Ouiche. Nur daß es mir jetzt auch noch bewußt war.

Ich hatte Angst, und ich wußte es. Das ist noch schlimmer – alles ist noch schlimmer –, wenn es einem bewußt ist.

Der furchtbare Geruch nach Gefahr verwandelte sich diesmal in einen ekelhaften Gestank nach Ratten. So viele Ratten, daß sie sich gegenseitig zertrampelten. Man konnte es förmlich sehen. Und da sah ich sie: Hunderte und Aberhunderte von fetten, dunkelgrauen Ratten, die sich beim Trippeln die Zähne wetzen. Unbeschreiblich viele Zähne, die sogar noch winziger waren als meine kleinen Beißer.

Ratten mit ihren spitzen Schnauzen, mit ihren kleinen Händen mit Fingern und Fingernägeln dran. Ratten mit rosigen Schwänzen, die schlängelnd hinter ihnen herschleiften. Ratten, daß einem vor lauter Ekel das Kotzen kam.

Selbst ein ausgewachsener Kater von imposanter Größe, einer, der von Anfang an ein Kater war und ein Herz im Leib hat, das ihm so schnell nicht in die Kniekehlen sackt, ein Kater, der weiß, daß er mit links mit ihnen fertig werden kann, sogar der macht, wenn er eine Ratte erblickt, erst mal einen Satz zurück. Ich in meiner Métro machte überhaupt keinen Satz.

So viele Ratten auf einen Haufen zu sehen, das hatte mich völlig gelähmt. Dann bin ich verduftet, in vollem Galopp, denn ich wäre dran gewesen, ich war ›à point‹, gar und reif zum Gefressenwerden. Einfach gleich roh. Wie eine Kirsche von den fernen Inseln.

Ohne die Männer vom Reinigungsservice und ihre Rattentotschlagbesen wäre ich am Ende von der Horde aufgefressen oder zu Matsch getrampelt worden, das steht fest.

Sie konnten sie aber nicht alle totschlagen. Ein Bataillon, eine ganze Armee von Reinigungsservicemännern hätte sie nicht alle totschlagen können. Aber sie leisteten gute Arbeit. Ohne rumzutrödeln. In nicht mal zehn Minuten hatten sie so viele erledigt, daß sie ihre drei Schubkarren mit Rattenkadavern füllen konnten.

Die anderen müssen immer noch frei herumlaufen. Über *Sèvres-Babylone, Miromesnil, Garibaldi* in Richtung *Saint-Denis.* Oder sie sind vielleicht abgebogen und haben an der Station *Duroc* oder *Saint-Lazare* statt der Dreizehn eine andere Linie genommen. Oder den RER, die S-Bahn, und sind nun in den Yvelines, auf dem Lande.

Bei den Ratten kann man nie wissen. Abgesehen davon, daß sie nach Ratte stinken, abstoßend aussehen, krankheitserregende und seuchenübertragende Monster sind, sind sie auch noch verschlagen und gemein bis zum Gehtnichtmehr.

Die Männer vom Reinigungsservice sind genau das Gegenteil davon. Die sind offen und ehrlich, scheuen weder Zeit noch Mühe, sind sauber selbst im Dreck. Und immer heiter. Sobald die Gefahr weggewischt war, zeigte mir einer von ihnen einen der randvollen Schubkarren und sagte zu mir:

»Wenn du Bock hast, sie alle aufzufuttern, dann tu dir nur keinen Zwang an. Wir haben ja unsere belegten Brote.«

Sie waren sehr heiter. Und waren Schwarze.

Waren das von der Vorsehung geschickte Neger, gekommen von fernen Inseln, um mich davor zu bewahren, daß ich in der Métro sterben mußte?

Ich weiß nur, daß ich ihnen die ganze Nacht lang nicht von den Fersen wich. Ich war zum Umfallen müde, aber ich zwang mich, ihnen durch all den Dreck brav hinterherzutraben. Endlose Gänge, Treppen, Gleise grasten wir ab. Man hätte meinen können, sie hätten mir meine Pfoten bis auf die Knochen abwetzen oder mich wie einen Däumling abhängen wollen. Aber ich hatte bereits meine Stadtstreicherin verloren. Wenn ich diese Männer nun auch noch verlieren würde...

Gaîté

Über die Treppe der Station *Gaîté* gelangte ich wieder an die Erdoberfläche.

Noch heute klingt mir im Ohr, wie der eine Typ von den Reinigungsservicemännern, der mit der bananengelben Bommelmütze, zu mir sagte: »Adieu, mein Tiger, und schönen Tag noch.«

Er hätte mich ruhig in sein Negerzuhause mitnehmen können, das man auf den Inseln Strohhütte und in Paris ›*Habitation à loyer modéré*‹ kurz: *HLM* – mit anderen Worten: Billigwohnsilo – nennt. Er hat's aber nicht getan. Vielleicht, weil sein Haus zu klein war oder weil er schon eine Katze hatte. Oder einen Hund. Oder eßbare Tiere, Fische, Vögel und so. Kurz, er wollte mich nicht haben.

Gaîté, so hieß die Station, was soviel wie Heiterkeit, Unbeschwertheit bedeutet. Ein Wort, das mir damals unbekannt war. War auch besser so, denn die meine war mir in dieser furchterregenden Unterwelt total vergangen. Es war, als hätte man mir meine Heiterkeit zusammen mit meiner Stadtstreicherin genommen. Diese seltsam verrückte Dame oder Demoiselle, die so sehr drauf bestand, daß ich wie eine Crevette aussah.

Was mag aus ihr geworden sein? Ihr richtiges Flugzeug oder Schiff zu den fernen Inseln, hat sie es schließlich doch noch gefunden? Vielleicht ist sie jetzt weit, weit weg auf einer traumhaft schönen Insel in massenhaft viel Sonne und lacht sich einen Ast, während sie zusieht, wie Affen, die nicht größer als Haselnüsse sind, Akrobatengags vollbringen auf Bäumen, die höher als der Eiffelturm sind.

Die einzigen Male, wo ich sie habe lachen sehen, als wir noch zusammen waren, waren die, wenn ich solche Akrobatengags brachte. Tolpatschige Akrobatenkunststücke einer kleinen Katze, die noch viel lernen mußte.

Sie hat nie richtig laut und schallend gelacht. Es war ein Lachen, das man kaum hören konnte. Und nur ein Lachen mit dem Mund. Nie lachte sie mit den Augen. Nie.

Ich lachte dagegen weder mit den Augen noch mit dem Mund. Das tut nur eine Katze, die nicht ganz dicht ist. Aber ich amüsierte mich auf meine Art. Auf den Plätzen, den verwilderten Brachgeländen, in den bizarren, öden Winkeln, in denen sie verschnaufte, um Zigarettenqualm zu machen und an ihre Abreise zu denken. Zuerst unterhielt ich mich damit, Entdeckungen zu machen. Das ist vielleicht komisch, wenn man entdeckt, daß man Pfoten hat, Pfoten mit weißen Handschuhen an ihren Spitzen, Krallen, die aus den weißen Handschuhen hervorschauen, Krallen, die sich zücken lassen, um etwas zu zerreißen, kleine Grausamkeiten anzurichten, Krallen, die sich einziehen, wenn du Lust bekommst, auf Samtpfötchen daherzuspazieren. Es ist lustig, wenn man entdeckt, daß man, wenn man gleichzeitig drei von seinen vier Pfoten hochhebt, auf dem Bauch landet. Und erst recht komisch, wenn man seinen Schwanz entdeckt! Einen Schwanz, der sich bewegt. Der sich bewegt, wie er will, wie es ihm gerade einfällt. Der um dich herumsaust, sich versteckt, nie dort ist, wo man ihn sucht. Der sich in bedrohlichen Situationen aufplustert, größer wird als man selbst. Auch mit ihm zu spielen macht Spaß, so zu tun, als ob der eigene Schwanz eine furchterregende Schlange wäre, oder ein Springseil. Und ihn dann kreisen zu lassen. Und zu versuchen, darüber zu springen. Und dabei auf die Fresse zu fliegen. Ganz schön lästig, wenn man so auf die Nase fällt im Staubsand der Pariser Parkanlagen.

Halt! Noch etwas, was extrem komisch ist: sich totzustellen. Man muß sich so lang und platt wie möglich hinlegen, die Augen ganz fest zumachen und sich bemühen, überall ganz weich und schlaff zu werden und so schwach zu atmen, daß selbst ein Tierarzt nicht mehr sehen könnte, daß da noch was Adermäßiges pulst unter deinem Kinn.

Oder einem Stadtvogel Angst einjagen!... Auf eine Taube losgehen!... Sich voll ins Blutbad stürzen! Ah! Ins Blutbad!

Herumzuspielen, mich zu amüsieren, das war für mich immer das Höchste. Und die Streiche, die ich spielen konnte, wie mich in die linke Tasche eines Regenmantels zu stopfen, obwohl alle Welt weiß, daß die für mich reservierte Tasche die rechte war.

Als ich, nachdem der Neger verschwunden war, aus der Métrostation *Gaîté* herauskam, war plötzlich niemand mehr da, dem ich hätte Streiche spielen können.

Es war zwar besser, auf der Erde als unter ihr zu sein, besser allein als zusammen mit Hunderten und Aberhunderten von Ratten, die sich die Zähne wetzten. Besser schon, aber unheimlich trist. Besonders weil ich doch erst ein Kätzchen von zwei, drei Monaten war. Und das schon seit langem abgestillt und schon einem echt grauenhaften Tod in einem Plastikmüllbeutel entronnen und einer Horde von Ratten entkommen war. Und alles schon bewußt miterlebt hatte.

Kein Wunder also, daß ich in punkto Gestalt eher schmächtig zurückgeblieben und nervmäßig so fragil und anfällig für alle möglichen Launen und Phobien bin. Eine Katze eben, die neurotisch ist bis zum Abwinken!

So hat sich mein Mann Vincent immer ausgedrückt.

Aber das mit meinem Mann Vincent, das kam erst lange nach der Station *Gaîté*. Lange nach meiner Zeit als verwilderte Streunerin, die überall und nirgends zu Hause war, nach guten und schlechten Tagen, guten und schlechten Bekanntschaften mit Menschen.

Da ich mich aufs Schlafen am besten verstand, fiel ich vor lauter Erschöpfung erst einmal in Tiefschlaf, nachdem mich der Neger mit der bananengelben Bommelmütze hatte sitzenlassen.

Auf eiskalten Kacheln, in der Nische eines Hauseingangs. Ich schlief den Schlaf eines im Stich gelassenen Kätzchens mit einem löwenmäßigen Hunger im Bauch.

Und dieser löwenmäßige Hunger, der mich aufweckte. Ich hatte ein solches Loch im Magen. So groß wie mein ganzer Magen überhaupt. Dieses Loch nagte an mir, bis ich ins verwilderte Streunerleben eintrat.

Das heißt, eigentlich wurde ich von einem netten Menschen eingeführt. Ein guter, braver Typ von Mann, der wußte, daß die Autos und noch mehr die Autobusse arge Feinde von kleinen Kätzinnen sind, und der mich davor bewahrt hat, daß ich überfahren wurde, indem er mich in dem Moment, wo ich gerade eine Straße überqueren wollte, wie ein von seinem Baum gefallenes Stück Fallobst vom Boden auflas. Er packte mich einfach am Nackenfell. Und er ließ mir keine Zeit, ihm zu zeigen, daß ich ein Tier war, vor dem man sich in acht nehmen mußte und das man – selbst wenn die Ampel auf Rot stand – besser nicht daran hinderte, die Straße zu überqueren. Einen Dreck scherte er sich um mein Miauen, dieser nette, zuvorkommende Herr. Nett und zuvorkommend, aber nicht gesprächig. Ohne ein Wort zu verlieren, marschierte er auf ein Tor zu, das ins Grüne führte, in einen Garten, wenn Sie so wollen. Dort setzte er mich ab und stupste mich mit einem sanften Tritt in den Hintern vorwärts.

Aber der Garten, stellte sich heraus, war ein Friedhof.

Fressi

Echt schön, so ein Friedhof. Eigentlich wie in einem Stadtpark, nur besser, alles grün und wenig Leute. Die Bäume sind sogenannte Weiden, die trauern. Und Besucher, die ebenfalls trauern. Und da gibt's – was für ein Wunder! – keine Horden von plärrenden, wild durch die Gegend rasenden und katzenjagenden Kindern.

Ein Friedhof, das ist der ideale Ort zum Leben.

Ich war auf dem von Montparnasse gelandet. Er hat mir sofort gefallen, mit seiner Ruhe und diesem tollen Geruch... Einem angenehmen Geruch nach Fressi.

Fressi, das ist nahrhaftes Essen, füllig und sättigend, wie zum Beispiel kräftige, schwere Gemüse wie Kartoffeln oder weiße Bohnen, Nudeln, graupiger Reis, ledrige Brotreste und (– das, was dem Fressi seinen leckeren Geschmack gibt –) sehniges, unbrauchbares Fleischgefaser, Innereien, Gekröse und Hälse vom Geflügel, und Knochen. Das Fressi – auch Pampe, Brei oder Suppi genannt – ist die Grundnahrung für notleidende Katzen und Hunde mit einem nagenden Loch im Magen. Und genau das habe ich sofort gerochen, nachdem ich von dem netten, zuvorkommenden Herrn in den Friedhof bugsiert worden war: einen belebenden Geruch nach Fressi.

Daneben roch es auch noch nach Toten, die ihren Schlaf der Ewigkeit schliefen, nach Witwe, nach Waise, nach Erde, die zum Füllen der Gräber ausgehoben worden war. Düfte von langsam vor sich hin modernden Chrysanthemen, Gebinden und Kränzen, der Geruch nach Gras, Gestänke von Katzen und anderen Tieren, die mir noch ganz schön zu schaffen machen sollten. Aber ich nahm nur den intensiven Fressigeruch auf. Und, geführt von meinen hochempfindlichen Nüstern...

Er kam aus einer Schüssel, dieser wundervolle Duft. Aus einer alten, verbeulten, rissigen und abgeblätterten Emailleschüssel.

Aber sie war leer. Blankgeleckt bis auf den Grund. Nicht ein Atom Fressi war mehr übrig. Aber Geruchsreste... Diese Nachgeschmacke... diese Dufterinnerungen...

Ich sog davon soviel wie nur möglich ein, soviel wie in meine Lungen paßte. Mein nagendes Loch füllte das zwar nicht, aber es richtete mich wenigstens seelisch wieder ein bißchen auf. Ein Ort, an dem es so roch, konnte kein schlechter Ort sein.

Der Fortgang der Ereignisse, wie sich noch am selben Tag, genauer gesagt bei Anbruch der Nacht, zeigte, sollte mir beweisen, wie recht ich hatte.

Als nämlich die zwei barmherzigsten Personen des XIV. Arrondissements von Paris erschienen. Zwei Heilige! Madame Blin und Mademoiselle Nicole.

Madame Blin war so alt, daß sie schon kein Alter mehr hatte. Mademoiselle Nicole war in dem Alter, daß sie die Tochter von Madame Blin hätte sein können. Aber sie waren weder Mutter noch Tochter. Sie waren Katzenmütter. Katzenmutter ist kein Beruf. Das ist eine Berufung. Nützlich und bewundernswert.

Jeden Tag, egal ob Feiertag oder Wochentag, erschienen sie zur gleichen Zeit wie die Nacht auf dem Friedhof, diese heiligen Frauen. Die eine, Mademoiselle Nicole, schob einen Einkaufswagen vor sich her. Die andere, Madame Blin, trug eine große Korbflechttasche in jeder Hand. Und in dem Einkaufswagen wie in den Taschen waren Schüsseln, riesige Kochtöpfe voller Fressi.

Sie waren es, die die alte, verbeulte, rissige Emailschüssel neben das Grab eines Mädchens, das im Jahre 1913 von einer Kehlkopfdiphtherie dahingerafft worden war, jeden Tag bei Anbruch der Nacht auffüllten. Und es gab noch andere Behälter, die sie überall verteilt hatten. Neben dem Grabstein von Charles Baudelaire, von uns gegangen im Jahre 1867. Neben dem des Chirurgen Velpeau, im gleichen Jahr zu Grabe getragen. Hinter der letzten Ruhestätte der Gemahlin des Marschalls Pétain gab es eine sehr große Eisenschüssel. Insgesamt waren es so viele, daß alle Katzen von der Besetzerszene des Friedhofs Montparnasse sich genüßlich den Bauch vollschlagen konnten.

Zwei Heilige, sage ich Ihnen! Die sich zweifellos andere Freuden versagten, damit sich eine Horde von gefräßigen Mäulern meiner Spezies die Backen vollstopfen konnten.

Aber für sie bedeutete es Glück und Ehre, in den Geschäften herumzufeilschen, um dort Gemüse zu niedrigen Preisen zu ergattern, Fleisch, das weder zart noch präsentabel genug war für das Menschen-Fressi, nicht mehr verkäufliche Reis- und Nudelreste. Sie genierten sich nicht, die Mülleimer der Restaurants abzuklappern, um dort Brotbrösel und Tellerreste einzusammeln. Und, sobald sie mit Speiseresten reichlich eingedeckt waren, mit viel Liebe kübelweise unheimlich nahrhafte Katzenkost zuzubereiten. Und sie nahmen es mit einem Lächeln hin, daß die Einwohner des Viertels sich über sie lustig machten und sie als »leicht beknackt« bezeichneten. Das Ganze war um so heiliger von ihnen, als sie nur in den seltensten Fällen ein Dankeschön erhielten, ein Miauen oder eine Pfote, die sich auf ihre Schuhe setzte, eine Stirn, die sich unten an ihren Beinen rieb. Es konnte ihnen sogar passieren, daß sie Krallenhiebe und Bisse ernteten. Ihre Kundschaft bestand nämlich aus Katzen, die nicht nur undankbar waren, wie wir es alle irgendwie sind, sondern auch noch verwilderte Katzen ohne Manieren.

Verwildert, wild? Und wie! Sie können sich gar nicht vorstellen, wie eine Katze verwildern kann, die ganz auf sich selbst gestellt ist, ohne einen Menschen, der ihr Unterschlupf (komfortabel, wohltemperiert und wohlgepflegt), Fressi (reichlich und lecker), Interessens- und Liebesbezeugungen und schließlich die Unterhaltung garantiert, ohne die sie nicht auskommen kann.

Als der Allmächtige den Menschen erschaffen hat – übrigens nach der Katze –, hat er es deshalb getan, damit er sich um sie kümmert, damit er sie herzt und hätschelt. Eine Katze ohne Wohn- und Streicheleinheiten wird unweigerlich zu einer zügellosen Wildkatze, wütend und enttäuscht, im Stich gelassen. Sie ist genauso furchterregend gefährlich wie ein Tiger, eine Hyäne. Aber Madame Blin und Mademoiselle Nicole konnte nichts erschrecken, nichts entmutigen. Sie hatten eine Mission zu erfüllen. Und das taten sie immer mit freudigem Herzen. Besonders Mademoiselle Nicole.

Nein, wie sie sich freute, als sie mich in meiner ganzen Länge ausgestreckt und mit meiner ganzen Seele schnarchend in der so betörend duftenden Schüssel entdeckte!

»Sehen Sie doch nur, Madame Blin, was uns da vom Himmel gefallen ist! Ein neuer Pensionsgast! In der Schüssel hat er sich sein Nest gemacht! Einfach mitten in der Schüssel. Also *der* muß zuerst bedient werden, *das* ist sicher.«

Auch Madame Blin ließ ihren Kommentar los, während sie mich aus der Schüssel leerte und sie mit Fressi füllte (was zur Folge hatte, daß von allen Seiten Katzen von jeglicher Couleur herbeigeströmt kamen).

»Er könnte den ersten Preis gewinnen, das heißt, wenn's so was wie einen Wettbewerb für die reinste Promenadenmischung von Straßenkatze gäbe... Gott weiß, was für mickrige, rachitische, schlechtbehaarte Dinger wir schon gesehen haben, die sich nur noch auf den Beinen halten, weil's nun mal in Mode ist... Aber dieser Winzling da! Ich bin immer wieder überrascht, wie so ein Winzling häßlich und gleichzeitig hübsch wie kein zweiter sein kann.«

»Ja, der ist wirklich was ganz Besonderes, und noch so jung.«

»Und ob, verdammt jung! Und nicht gerade hell im Kopf. Sehen Sie sich das an: nicht mal fähig, sich auf die Hinterpfoten zu stellen. Und nicht mal... So ein Trottel! Jetzt tunkt er gleich die ganze Nase ins Fressi!... Aber der hat noch nicht mitgekriegt, wie das mit dem Schlabbern funktioniert, dieser Trottel. Und die anderen Schleckermäuler werden ihn noch untertauchen, ihn in meiner Suppe ersäufen! Wollt ihr wohl aufhören!... Nein, diese Kannibalen! Die würden sogar Vater und Mutter umbringen... Du da, Tigerstreifen! Willst du wohl den kleinen Neuen meine Hühnerpfotensuppe kosten lassen! Und du, Nur-ein-Ohr! Willst du ihn gefälligst fressen lassen, ja?«

Schon hagelten Schläge mit der Suppenkelle auf Tigerstreifen, auf Nur-ein-Ohr nieder! Und auf die anderen Mistkerle, die mich einfach zurückstießen, mich... Echt, die waren drauf und dran, mich zu fressen, um mich am Fressen zu hindern.

Selbst wenn diese wilden Bestien mich gelassen hätten, hätte ich es kaum geschafft, ein paar winzige Tröpfchen Fressisoße zu schlürfen. Oder vielleicht ein Reiskorn, eine Ecke von einer Möhrenscheibe einzuatmen und daran zu ersticken.

Denn so richtig gefressen, das hatte ich noch nie gemacht. Ich konnte nur saugen, trinken oder Dosenmilch schlabbern.

Und Mademoiselle Nicole – die eine Expertin in Katzenfragen wie sonst niemand war – hatte schon bald begriffen, was mit mir los war.

»Soll ich Ihnen was sagen, Madame Blin, dieser Kleine da, der sich nicht mal am Tisch halten kann, den schickt uns der Himmel.«

»Also Sie mit Ihrem Himmel...«

»Wie dem auch sei, dieser kleine Säugling wird unserer Câline aus der Patsche helfen.«

»Glauben Sie?«

»Dieser kleine Blödmann, der ist noch ein Milchkätzchen. Das sieht man so klar wie 'ne Nase mitten im Gesicht. Und wenn er noch eine Milchkatze ist...«

Ich kam wie gerufen. Im rechten Moment, um einer Katzenmutter mit mindestens zwanzig Jahren auf dem Buckel aus der Patsche zu helfen, die die zwei heiligen Frauen Câline nannten und die ganz allein in einer einsamen Ecke, auf dem Grabstein eines in den sechziger Jahren gestorbenen polnischen Kubisten eine ziemlich üble Phase durchmachte. Zwei Tage zuvor hatte besagte Câline Junge geworfen. Und weil sie wußten, welche fürchterlichen Katastrophen das hemmungslose Fortgepflanze, das Gewimmel von Jungen zur Folge hatte, hatten die beiden heiligen Frauen sie ›weggemacht‹. Zwar nicht auf die brutale Tour, nicht rücksichtslos, zack weg, in einen Plastikbeutel. Nein, sie haben sie feinsäuberlich, ganz mütterlich eingeschläfert: mit liebevollem Zureden und einem Narkosemittel vom Tierarzt.

Die Mama Câline verstand danach die Welt nicht mehr – aber es war besser, einer Kätzin, bei der das (mindestens!) der fünfzigste Wurf gewesen sein mußte, einen Schock zu versetzen, als zuzulassen, daß sich der Friedhof mit zu vielen Katzen bevölkerte, und damit das städtische Entkatzungskommando von Paris herbeizulocken. Wenn nämlich die amtlichen Entkatzer in Aktion treten...

Das Problem war nur, daß Câline nicht nur einen Schock weg hatte, sondern nun auch noch mit Muttermilch dasaß und nicht wußte, was sie damit anfangen sollte. Und ihre Zitzen waren so aufgedunsen, daß sie daran zu krepieren drohte.

Also...

»Schau mal, was wir dir da bringen, Câline. Schau mal, einen Säugling!«

Echt, wie ein Baby fand ich mich an ihrer Brust wieder, säugte völlig verzückt, obwohl ich schon lange abgestillt war und bereits einen Lehrgang in Dosenmilch hinter mir hatte.

Und die schmeckte vielleicht, die Milch der Câline! So was von lecker. Und sie hatte so viel davon, daß man zehn Löcher wie meinen Bauch hätte füllen können! Und damit nicht genug, gab Câline mir auch all ihre mütterliche Liebe. Von der sie ebenfalls jede Menge auf Lager hatte, die sie jetzt endlich loswerden konnte.

Sie fragte sich nicht, ob ich ihrer Familie ähnlich sah oder nicht, ob ich ihre Augen, ihre Nase oder den Schwanz von meinem Papa hatte oder nicht. Sie adoptierte mich auf der Stelle mit begeistertem Schnurren. Was das Bemuttern anging, war sie nicht zu bremsen. Ich konnte mich schon selber waschen, trotzdem leckte sich mich wieder und wieder. Bis in meine verwinkeltsten Winkel hinein, energisch wie der Teufel. Richtig beknabbert hat sie mich, ja sogar gebissen. Und ziemlich fest. Wie die Mütter es machen, damit ihre Leibesfrüchtchen begreifen, daß nun der Ernst des Lebens angefangen hat, und daß es nun nicht mehr in Frage kommt, faul wie 'ne Kartoffel in der Gegend herumzuliegen.

Es war einfach irre, wieder ein Baby zu werden. Das war die Entschädigung für den Verlust meiner Mutter Ophélie, für den Verlust meiner Stadtstreicherin, für den Horror in dem Plastikbeutel, den Schrecken in der Métro mit ihrem wilden Durcheinander und den Ratten.

Bei Câline glaubte ich, ich sei nun voll ins Stadium der Seligkeit eingetreten. Dieses Glück wurde mir aber bald arg vermiest, als aus den mütterlichen Bissen echte grausame Bisse wurden, als sich die riesige Kugel aus schnurrender Zärtlichkeit in eine knurrende, prügelnde Kugel aus Übellaunen verwandelte. Als meine Ziehmami allmählich anfing, mir Pfotenschläge zu verpassen, die einen ganzen Hund zur Strecke gebracht hätten. Als sie nicht wollte, daß ich schlief, daß ich auch nur für den Brösel einer Sekunde lang einnickte.

Und warum nicht? Weil sie verlangte, daß ich ihre Milch, ihre ganze Milch leermolk. Und weil sie davon so viel hatte, daß es für sechs oder sieben oder acht Säuglinge gereicht hätte. Und weil ich nur eine einzige war. Von einer Brust zur nächsten ohne Verschnaufpause... Alles hat seine Grenzen. Selbst ein Hunger, so groß wie die schlimmste Hungersnot. Selbst die schlimmste Völlerei. Mein Magen war schließlich nicht aus Gummi.

Sie duldete es nicht, daß ich mal kurz eine ihrer Zitzen losließ, um zwei Schritte weit von ihr entfernt ein diskretes Pipi abzulassen, daß ich mir kurz mal die Pfoten vertrat. Sie hielt mich einfach fest, indem sie mir ihre Krallen in eines meiner Ohren schlug. Ich mußte selbst im Schlafen säugen, meine Pipis einfach unter mich hin machen. Völlig steif bin ich geworden, stocksteif.

Aber dann gab sie auf einmal diesen Laut von sich. Ein Grrrrugnah, das aus der allertiefsten Tiefe ihrer Eingeweide kam, das selbst die lieben Dahingeschiedenen in ihren Gräbern hätte aufwecken können. Wenn ich nur daran denke, packt mich noch heute der Schüttelfrost. Es war ein Grrrrugnah, um mich zum Teufel zu jagen. Ich war für sie zu nichts mehr zu gebrauchen. Also hau ab! Zieh Leine! Verdufte! Verpiß dich!

Ich war abgefüllt, total versumpft, überall rund und mollig-weich geworden, schwer wie eine Zwanzigliterdose Dosenmilch. Aber ich mußte verduften. Auf der Stelle. Ein einziger Blick hat mir genügt, um aus meinen Augenwinkeln heraus das Glühen in ihren Augen zu erhaschen, das klar und deutlich sagte, daß eine große Kätzin mit links eine kleine Kätzin umbringen kann. Mit links.

Die Bestie in dir

In Câline war die Bestie ausgebrochen.

Und mit der Bestie, die in jeder Katze steckt, damit muß man sich auskennen. Das ist ein Kapitel für sich.

Von allen Tieren sind wir das eigenwilligste, das raffinierteste, ja, im Grunde das am wenigsten tierische Tier. O ja, uns kann's passieren, daß wir wie der Blitz aus heiterem Himmel – pfüittt! – noch gemeiner als die gemeinste Sau werden! Sogar mir, wo ich doch – wer könnte es leugnen? – ein Muster von Feinsinnigkeit bin, ist es schon passiert, daß ich...

Damit befinden wir uns an jenem düsteren Morgen, als meine übertrieben milchreiche Gelegenheitsmutter mir auf eine wilde Art zu verstehen gab, daß für mich die Zeit gekommen war, mich an das Fressi der heiligen Frauen des Friedhofs Montparnasse zu halten.

Es war Zeit, mich mit dem Gedanken vertraut zu machen, daß das rührende, putzige Knäuel, das ich war, alles andere als ein zahmes Haustier war.

Ich war ein wildes Tier, eine Bestie.

Wild wie Tigerstreifen; wie Nur-ein-Ohr; wie eine gewisse Weiße Taube (die aber keine weiße Taube war, sondern eine taube Weiße, und noch dazu eine Katze, die nichts anderes im Kopf

Kopf hatte, als sich zu prügeln), wie die gelbe streitsüchtige Katze, die sogar im Schlaf noch mit den Zähnen knirschte, wie der Pudelnackte, der bei den Vietnamesen vom XIII. Arrondissement, beinahe zu Suppe verarbeitet worden wäre, die ihr Têt-Fest möglichst so würdig feiern wollten, wie sich's gehörte.

Alle haben sie mich angekeift wie die Wilden, als sie sahen, daß ich mich der Schüssel näherte, in die Madame Blin gerade die letzte Kelle Fischkopffressi einfüllte. Madame Blin hat mir mit Latschentritten einen Weg bahnen müssen.

»Ich warne euch, ihr Banditenhorden, wenn ihr dem kleinen Winzling nicht auch seinen Teil von meinem Ragoût überlaßt, dann kipp ich's wieder zurück in meinen Kochtopf und geh woandershin und geb's den Hunden! Denn Hunde, die sind wohlerzogen.«

Plötzlich hörten alle, Tigerstreifen, Nur-ein-Ohr, die Weiße Taube, die Selbst-im-Schlaf-noch-Zähneknirschende, wie auf Kommando auf zu miauen, mir den Weg zu versperren, mich mit Po und Pfoten wegzurempeln. Ich war zwar ein Störenfried, eine Ungebetene auf ihrem Friedhof, aber... Also ihr täglich' Fressi vor die Hunde gehen lassen, das kam überhaupt nicht in Frage! Alles – nur das nicht.

Man wich zur Seite, man hat mich an die heilige Schüssel der heiligen Frauen vorgelassen. »Guten Appetit«, hat man mir zwar nicht zumiaut. Aber viel hat nicht gefehlt.

So bin ich dann doch an das Fressi gekommen. Es bestand aus Billighering, sehnigem Gelabber, pampigen Nudeln und Lauchstrünken. Weder zu heiß noch zu kalt. Kein Hund hätte so was verdient gehabt. Nicht einer. Das war mal was anderes als Milch. Voller Saft und Kraft. Aber es gab darin zu viel zu knacken, zu beißen, zu kauen. Und ich hatte – aus verständlichen Gründen – meine Zähne noch nicht so richtig im Griff. Ich schlang mit Heißhunger dermaßen viel »im Ganzen« in mich hinein, daß das nicht gut ausgehen konnte.

Kaum reingeschlungen, schon wieder rausgewürgt, das Fressi. Eine einzige Blamage. Ich war eine elende Pisseuse, eine Pißnelke, die es nicht mal fertigbrachte, ein richtiges Fressen zu fressen. Ein kleines Schmuddelding, das nicht mal... Und tausend Katzenaugen waren auf mich gerichtet, und dazu noch die von Madame Blin und von Mademoiselle Nicole.

Ich ging meine Schande in der feuchten Kälte einer frischgeschaufelten Grabgrube verbergen, die am nächsten Tag eine der Liebe ihrer lieben Angehörigen zu früh entrissene Hundertjährige aufnehmen sollte.

Um seine Schande auszubrüten, ist ein frisch ausgehobenes Grab genau das Richtige. Vielleicht machen sie genau das, die Menschen, während ihrer ewigen Ruh', vielleicht käuen sie ewig ihre Verletzungen, ihre Demütigungen wieder, die sie erlitten haben, bevor sie der Liebe ihrer lieben Angehörigen entrissen wurden.

Aber ich, ich hatte keine lieben Angehörigen. Ich war eine Kotzkatze ohne Familie, ohne Verwandte.

Aber noch nicht so weit, mich vom Totengräber mit Graberde zuschaufeln zu lassen. Ich wollte meinen Teil vom Fressi abhaben. Und vom Leben wollte ich ebenfalls meinen Teil abhaben.

Noch lange vor der Ankunft des Leichnams der zu früh entrissenen Hundertjährigen tanzte ich bereits wieder in den jungen Morgen. Alle Schande war runtergeschluckt, und es konnte wieder voll losgehen.

Dann habe ich die raffinierten Techniken des Fressens gelernt: des Knackens, Zerbeißens, wie man Gräten, kleine Knochensplitter und alles, was man so an Unverdaulichem im Fressi finden kann, knackt, zerbeißt und ausspuckt. Und auch die Kunst des Zerkleinerns, Tranchierens, Zerschneidens mit den eigens dazu geschaffenen Beißerchen.

Und die Fähigkeit, den anderen Katzen einzutrichtern, daß man zur selben Kantine, zum selben Klub gehört wie sie... Die braucht man nicht zu lernen. Die ist einem angeboren. Man paßt sich an, wird genauso wild und verwildert wie die anderen Katzen. Das ist ein Kinderspiel.

Sein ungezähmtes Katzentemperament, das hat man in sich. Man braucht es nur sprießen, heranwachsen, groß werden zu lassen.

An einem knochendürren Kater mit einer punkmäßigen Puderquastentolle habe ich sie zum erstenmal getestet, meine Wildheit. Nicht lange nach meinem Antrittsfressi.

Ich war intensiv mit einem verrosteten Drahtblütenstrauß vor dem vergilbten Photo einer mitten in strahlender Gesundheit verstorbenen Dame beschäftigt. Der Strauß bewegte sich, der schaukelte im leichten Friedhofslüftchen. Lüftchen hin, Lüftchen her, jedenfalls können Blumen (und selbst, wenn es nur vertrocknete Stengel sind), die hin und her schaukeln, gar nicht anders, als eine Katze intensiv beschäftigen. Sie lassen ihr keine Ruhe, lassen sie lauter intelligente Katzenfragen über Blumen und Blüten und über den Wind stellen. Das mußte ich unbedingt ganz genau beobachten, ich mußte mir unbedingt eine eigene Meinung von der Sache bilden. Also habe ich den Schaukelstrauß erst aus der Ferne betrachtet, dann von etwas näher, dann...

Dann hat er sich mir mitten in den Weg gesetzt, der Kater mit der Puderquastentolle. Da hockte er auf seinen dürren knochigen Pfoten, an denen nichts als Knochen waren. Und hat mich fixiert, von oben bis unten, hat mich aufs Korn genommen. Er war nicht einmal viel größer oder älter als ich – aber rotzfrech.

Ich habe die Vollbremse gezogen, auf der Stelle. Und war sicher, daß ich reif für Dresche gewesen wäre, wenn ich auch nur einen Schritt weiter getan hätte.

Dieser Halbkrepierte, der mich da so ungeniert ins Auge faßte, verlangte noch mehr Aufmerksamkeit als ein rostiger Strauß im Wind. Ich habe mich, so gut ich konnte, auf meinen Pfoten hochgereckt, habe dagestanden und ihn ebenfalls angestarrt.

In Großbuchstaben stand es in seinen pißgelben Augen geschrieben: BERÜHREN VON SCHAUKELNDEN BLUMEN STRENGSTENS UNTERSAGT. – JEDE KATZE, DIE ES WAGT, DIE SCHAUKELBLUMEN ZU BERÜHREN, IST REIF FÜR EINE TRACHT PRÜGEL. Gut. Ich brauchte nur beizudrehen, nur kehrtzumachen und mir eine andere spannende Beschäftigung zu suchen. Daran herrschte auf dem Friedhof kein Mangel.

Aber denkste!

Es kam ganz plötzlich, über ihn hereinbrechend wie ein Platzregen. Im nächsten Moment sah ich mich ihm ins Gesicht fauchen, diesem knochendürren Pfurz mit Puderquastentolle. Tschüükschttttt! Tschüükschttttt! Tschüükschttttt!

Das kam mir ganz von selbst über die Lippen. Mit einer solchen Wucht, daß ich den Eindruck hatte, mit diesem wütenden Zischen wären mir gleichzeitig auch noch meine Zähne, meine Zunge mit herausgeschossen. Ich hatte echt Power! Bravo, gratuliere!

Drei Sprünge rückwärts hat er gemacht, der Pfurz. Drei gigantische Sprünge, als wären seine Beine auf einmal doppelt so lang geworden. Und sein Schwanz… der sträubte sich, bis er voluminöser war als der Kater selbst. Und das Pißgelb seiner Augen färbte sich orange. Aber er hatte sich nur ein Stück zurückgezogen. Auge um Auge, Fauch für Fauch. Und auch von ihm kam ein Fauchen, bei dem sogar einer Schlange das Blut gefroren wäre.

Glauben Sie, mir hätte das Angst eingejagt? Absolut nicht. Es hat mich zu einem Sprung hochgejagt, und ich habe ihm so gehörig sein bekacktes Klappergestell, seine Fresse und seinen Schwanz zerfetzt, daß meine Krallen hinterher ganz voll Blut waren. Voll frischem, ziemlich ätzend riechendem Blut.

Und ich habe sie mir eine nach der anderen abgeleckt. Lange und ausgiebig.

Den Schaukelstrauß, das Friedhofslüftchen habe ich dabei vergessen. Und sogar vergessen, daß man bei Befriedigung schnurrt. Alles war Luft für mich. Alles außer meiner ganz neuen Wildheit.

Einfach super! Ich war ein grausames Tier, ein kleines großes gefährliches wildes Tier.

Blut wirkt wie ein guter Aperitif, macht Durst nach mehr. Blumen zu beobachten, die schaukelten und dling-dling-dling-dling machten, war nun nicht mehr das, worauf ich scharf war. Nein, jetzt war ich scharf aufs Fressen.

Das Fressi aus dem Emailnapf?

Aber garantiert nicht! Was ich brauchte, war frisches Fleisch.

Auf der Stelle. Und nicht gerade das von diesem knochendürren Verlierer, der sich wimmernd und schniefend seine Wunden leckte.

Frisches frisches Fleisch.

Für mich war zur Eröffnung der Jagd geblasen worden. Den Leuten sollten noch die Augen rausfallen, wenn sie sahen, was sie noch sehen sollten. Ein Friedhofswärter, eine Witwe, ein Spaziergänger... die erste Beute, die sich zeigen würde, wäre geliefert. Die Sache war von vornherein gewonnen.

Meine erste Beute war ein Vogel. Ein Sperling, der mit dem Schnabel im Gestrüpp herumpickte. Ein Nichts von einem gemeinen Stadtspatzen. Einer aus der Gattung Haussperling. Ich habe ihm nicht mehr die Zeit gelassen, noch die Mhuaacs Mhuaacs Mhuaacs zu vernehmen, die aus den Tiefen meiner Kehle hervorgrollten. Für nichts mehr hat er Zeit gehabt. Kaum entdeckt, schon gepackt, abgemurkst und aufgeschlitzt, der Haussperling.

Mann, was konnte ich wild sein!

Ich habe ein bißchen von seinem Bauchfleisch angeknabbert. Ich war eigentlich nicht hungrig. Ich mußte einfach etwas fressen, verschlingen. Das ist ein Unterschied.

Sehr genießbar, so ein Vogel. Aber der Haken an der Sache sind die Federn. Die haben einen tranigen, kackemäßigen Geschmack, bleiben zwischen den Zähnen hängen und kitzeln am Gaumen. Das kann sogar dazu führen, daß sie dir den Rachen verstopfen.

Das Lustige an so einem Vogel ist, daß er sich, selbst wenn er schon ziemlich tot und ziemlich gefressen ist, immer noch bewegt. Daß er sozusagen keinen Körper, keinen Kopf mehr hat und immer noch mit den Flügeln schlägt, noch mit den Beinen zuckt.

Auch Hausmäuse und Waldmäuse und Maulwürfe können noch weiterzucken und klägliche Laute mit der Schnauze machen, wenn sie bereits tot sind. Aber diese Nager... Sie fangen, sie abmurksen – soviel Sie wollen! Aber sie fressen!... Sicher, in meinen Phasen des Vagabundendaseins, der vereinsamten Verlorenheit ist mir das schon passiert. Eine Katze, die einiges an Leben hinter sich hat, gibt sich in der Not auch mit mickrigem Jagdwild, mit ekligem, unappetitlichem Beutegetier zufrieden. Aber alles hat seine Grenzen. Nehmen Sie die Ratte. Nicht die Kanalratte, die von giftigen Ausdünstungen, von eitrigen Exkrementen nur so strotzt, daß sie sich manchmal sogar selber vergiftet. Nein. Die Feinkostladen-, die Restaurant-, die gesunde, rundgefressene Ratte, die sich nur vom Feinsten ernährt... Selbst so eine zu fressen, habe ich nie fertiggebracht. Nie. Ja, nicht einmal ein einziges Rattenschwanzhaar habe ich herunterbringen können.

Niemals.

Ich bin zwar wild, aber längst noch kein Aasfresser.

In der Nacht nach meinem Haussperling gönnte ich mir eine Grabgrubenmaus. Eine noch unausgewachsene. Ein Mäuschen, das geradezu danach verlangte, dieses Schätzchen, sich vernaschen zu lassen, und das ich gejagt, verfolgt, gefangen, losgelassen, wieder gefangen und wieder losgelassen habe – drei Stunden lang. Drei Stunden, nach denen es mausetot zusammengebrochen ist, allein schon vor Angst und Erschöpfung. Aber diese drei Stunden... Die hätten doppelt so lange dauern können. Denn sobald der Tiger in dir einmal ausgebrochen ist...

Und den knochendürren Pfurz mit Puderquastentolle, den habe beim zweitenmal ich herausgefordert.

Er räkelte sich gerade in einem Streifen Sonne, als ich aufkreuzte. Er tat, als würde er mich nicht sehen. Er tat, als würde ihn keine einzige Katze, kein einziger Kater interessieren. Er räkelte sich einfach weiter, tat, als ob er sich unbedingt mit einer Hinterpfote ganz oben auf dem Rücken kratzen mußte. Dann leckte er sich seine Hinterpfote, gerade so, als existierte ich überhaupt nicht. Als hätte er das leise drohende Murren überhaupt nicht gehört, das ich mir nicht verkneifen konnte.

Ich kam näher, immer näher, und er hatte mich immer noch nicht registriert. Dann stand ich bereits voll in seinem Sonnenstrahl, und er hatte mich immer noch nicht gesehen, dieser Scheinheilige! Er strich sich mit der Zunge seine Schwanzhaare glatt. Seelenruhig, mit aller Sorgfalt, jedes Haar einzeln.

Es brachte mich schlichtweg zur Weißglut. Man muß es in meinen Pupillen gesehen haben.

Ich hätte nur eine Pfote ausstrecken müssen, um ihn zu berühren. Aber ich streckte gleich alle vier zusammen und mich gleich dazu. Ich startete nur so hoch wie ein Raubvogel. Und stürzte mit einer solchen Wucht auf ihn nieder, daß ich bei meiner Landung mindestens das Zehnfache meines Gewichts hatte. Ich habe ihn geplättet wie einen Pfannkuchen. Und mit meinen sämtlichen Krallen zerkratzt. Und ihn gebissen, in die Schnauze, in die Nüstern, in die Augen.

Diese Schmerzmiaus, die der ausstieß! All dieses Blut, das ihm am ganzen Körper herabrann. Ach was, es floß und spritzte und strömte bächeweise an ihm herunter.

Das hat ihm die Augen geöffnet.

Mich reizte es auch wahnsinnig, einmal mit den anderen, den älteren, denen, die deutlich größer waren als ich, mit Tigerstreifen oder mit Nur-ein-Ohr in die Wolle zu geraten. Aber die Wildheit schließt Vorsicht nicht aus. Ich pustete ihnen drohende Schüükstttts und ganze Graagnaaahs entgegen. Aber von weitem, von dort, wo sie sie nur sehr schwach hören konnten und von wo aus ich mich im Falle eines Falles ganz schnell ganz weit aus dem Staub machen konnte.

Was die unausgewachsenen Mäuse, die Vögel im mundgerechten Format für meine Zähne betraf, standen mir ganze Hekatomben zur Verfügung. Schaufelweise! Schaufelweise Haussperlinge, Amseln und all die Vögel der Stadt, die die Pariser weder vom Namen noch vom Sehen her kennen. Die haben keine Ahnung davon, aber auf ihren Bäumen gibt es sogar Vögel vom Lande. Schnepfen, Meisen, Stockenten, Krähen, Zugvögel, die es aus unerfindlichen Gründen dorthin verschlagen hat.

Die großen dicken hintergitterten Wildtiere ohne Schwung in den Knochen und die Affen von dreißigerlei Sorten, die kennen die Pariser, und die gehen sie im Jardin des Plantes mit Erdnüssen mästen. Sie kennen den Panda, den sie zum Lachen putzig finden, während er im Zoo von Vincennes kilometerweise Bambussprossen mümmelt. Aber nicht die Grillen, die die Métrostation *Châtelet* kolonisiert haben. Nicht die Küchenschaben, von denen es in den Telefonzellen nur so wimmelt.

Die Pariser haben den Kopf vollgestopft von Dingen, die sie für nützlich halten. Aber sie haben keine Ahnung davon, daß ihre Stadt die reinste Arche Noah ist. Oder so gut wie.

Sie haben ja keine Ahnung, die Leute von Paris! Von all den Friedhofstieren, die ich schon ausgerottet habe! Mein Friedhof, der war das Paradies. Ein Paradies mit vielen Bäumen, die noch älter waren als die ältesten Leichen.

Dort lebte auch der schlimmste von allen Vögeln der Welt, nämlich der in zig Sprachen daherschwätzende Star. Ein Vogel mit einem Schnabel, so spitz wie eine Nadel, der nur aufhört, sich mit Insekten vollzufressen, um zu pfeifen und zu kreischen in einer Sprache, die nicht seine eigene ist. Ein wahrer Zirkusvogel, der genauso perfekt auf Grasmücke oder Amsel macht wie eine Grasmücke oder Amsel selbst.

Um den zu erwischen, diesen Kerl... Ihm verdanke ich es, daß ich so gut auf Bäume klettern kann. Zu welchen Klettertouren der mich gezwungen hat! Hundertmal hätte ich mir wegen ihm beinahe das Genick gebrochen. Und alles nur, um in Wochen und Aberwochen nur einen einzigen zu fangen. Einen einzigen, der mir einen Schnabelhieb so dicht ans Auge verpaßte, daß ich davon einäugig hätte bleiben können.

Allem, was um dich herum kreucht und fleucht, jagst du so viel Angst ein, wie du nur kannst. Und alles, was um dich herum kreucht und fleucht, dir wiederum nicht weniger.

Als wilde, unermüdliche Töterin von allem, was ich töten konnte, wie die anderen fähig, meine tägliche Ration vom Fressi der heiligen Frauen zu ergattern, begann ich, so richtig ich selbst zu werden.

Ich selbst. Eine Katze, die noch unter der Kategorie Kater geführt wurde. Eine *Gouttière* aus der Gosse, vom Friedhof. In einer Welt wie für sie maßgeschneidert, mit einer Flora, die sich trotz der unmöglichen Luftverschmutzung abmühte, zu blühen und Frucht zu tragen, und mit einer Fauna, die mindestens genausoviel wert war wie so manche andere. Und mit dem, was man eine Bevölkerung nennt, nicht zu vergessen! Zusammengesetzt aus Friedhofsbesuchern, mit all ihren Marotten.

Friedhofsbesucher oder Aufseher, Totengräber, Bestattungsunternehmertypen, und die sind die ganze Zeit da und sind selten gut Freund mit den Katzen.

Sie kommen zu einer Beerdigung, in Schwarz gekleidet, mit Blumen, mit Weihwasser, und es wird geweint, es wird geseufzt und man ergeht sich in Klagen und Bedauern. Oder sie kommen an irgendeinem x-beliebigen Tag mit Blumen für zehn Francs und murmeln im Stehen Gebete, oder sie flippen total aus und reden zu Grabsteinen, flüstern ihnen Sachen zu wie »Ach! Meine Pauline (oder mein Antoine), wenn du wüßtest, wie sehr du mir fehlst. Wenn du wüßtest. Ach, wenn du nur wüßtest. Wenn du nur wüßtest, wie schwarz die Nächte und wie unheimlich das Fernsehen ist, seitdem du nicht mehr da bist.« Oder sie reden mit dir, ja, mit dir, der Katze, die vorüberstreicht, der Katze, die Grimassen schneidet, sich anschmiegt, Katzenalbernheiten macht, sie aus ihrem Schmerz zu reißen, die untröstlichen Besucher. Sie reden mit dir mit Tränen im Auge und mit den Augen woanders. Sie erzählen dir von Frauen, die wie jeden Morgen, ohne sich was Schlimmes zu denken, ihr Brot, ihre Zeitung kaufen gingen und die ein Autobus entzweigefahren hat. Von Urlaubern, die wegen einer tragischen Zugsache nie in Touquet angekommen sind, von Urlaubern, die schon in Touquet angekommen und dann von einer Flutwelle fortgerissen worden sind, wie es in Touquet eigentlich keine geben durfte, von Typen, die so was wie Alkohol nie getrunken haben, weder geraucht noch sonst einen Mißbrauch getrieben haben und die trotzdem dahingerafft wurden mit nicht mal fünfzig, nicht mal vierzig, von einer schlimmen oder plötzlichen...

Unheimlich bedrückend, diese Untröstlichen!

Dann gibt's noch die alten (Damen und Herren), die sich die Gräber von Toten, die nicht zu ihnen gehören, betrachten kommen, um sich schon einmal einzugewöhnen, weil sie fühlen, daß ihr Stündlein sich bereits fertig macht, ihnen zu schlagen. Diese sagen nichts. Der Gedanke verschlägt ihnen die Sprache, der Gedanke, daß schon bald, schon sehr bald...

Von heiteren Dingen und solchen, die uns auch interessieren, redeten und erzählten uns nur unsere liebe Frau Blin und unsere liebe Jungfrau Nicole. Und die geizten mit Worten ebenso wenig wie mit Fressi, unsere Kantinenchefinnen. Aber für sie war ich nur ein Kater wie die anderen.

Auch ich sah mich selbst noch als einen Kater wie alle anderen.

Muffensausen

Nach kurzer Zeit hatte ich mein eigenes, persönliches Friedhof-Montparnasse-Plätzchen gefunden. In dem Teil an der Ecke Rue Emile-Richard und Boulevard Edgar-Quinet, im Innern eines kleinen Hauses mit nur einem Zimmer, einem arg abgenutzten Kapellenhaus. Aus bemoosten, rissigen Steinen mit einem Emailporträt vom lieben Gott der Russen darin, der sagenhaft rauschebärtig ist und einen leicht schielenden Blick auf frauenhafte Engel wirft, die ihm in goldenen Dosen kostbare Sachen darbieten. Es war ein Haus ohne ein einziges Möbelstück oder Lebewesen darin außer zwei schmächtigen Mäusen, die so dämlich waren, daß sie sich ohne einen Mucks, ohne ein Quiekpieps töten ließen.

Sicher hatte wegen der Feuchtigkeit und dem zähen, intensiven Gestank nach faulem Wasser außer den dämlichen Mäusen kein anderes Tier an diesem Haus Interesse gehabt. Und von den anderen Katzen hat auch keine versucht, mich daran zu hindern, daß ich mich dort häuslich niederließ.

Es fehlte völlig an Komfort, an Kissen. Aber bequeme, weiche Kissen hatte ich zu der Zeit noch nicht kennengelernt. Und ich glaubte, daß ein Büschel Gras oder ein Stein unter dem Kopf bereits das war, was man Bequemlichkeit und Komfort nennt.

In meinem abgenutzten Kapellenhaus, wohin ich auch die sterblichen Überreste meiner ersten Beuten mitnahm, sank ich in meinen ersten guten Friedhofsschlummer. Und dort habe ich auch die erste richtige Angst kennengelernt.

Es genügt bereits, daß man überhaupt am Leben ist, und schon versteht man sich darauf, Angst zu haben, ganz von alleine, ohne Ausbildung. Alles was lebt, inklusive die allerwildesten Raubtiere von Afrika und die am meisten zu fürchtenden Menschen – Jäger, Ordnungskräfte, Häftlinge, Gangster, bewaffnete Militärs. Sogar eine Madame d'Ouiche, ein Métrobulle, ein General de Gaulle mit dem Säbel in der Faust hat Ängste gehabt oder wird welche haben. Das läßt sich nicht umgehen.

Angst haben vor denen, die älter, größer, stärker, schneller und wilder waren als ich, die mir mit oder ohne Grund eine runterhauen konnten, das ließ sich genauso wenig umgehen, das war ganz normal.

Aber ich hatte vor ganz anderen Sachen Muffensausen... Vor Geräuschen zum Beispiel. Nicht vor heimlichem oder unheimlichem, bedrohlichem oder unbedrohlichem Miauen, nicht vor dem Gebell von Hunden, die sich auf der anderen Seite der hohen Friedhofmauern herumtrieben und die, diese Kotzbrocken, über sie hereinspringen und dir mit ihren Katzentotbeißzähnen Löcher in dein Katzenfell beißen konnten. Nicht vor den Schreien der Nacht- und Raubvögel, die regelmäßig unsere Bäume besuchten. Nicht die Angst vor den Anschnauzern oder Fußtritten der zwei drei Aufseher, die es nicht duldeten, daß ihr Friedhof zu einem »Karnickelstall für räudige Katzen« wurde.

Aber ich hatte Muffensausen vor unnatürlichen Geräuschen. Vor Geräuschen von Familiengruftgittern, die plötzlich aufgingen oder zufielen, ohne daß ein Mensch oder ein Windstoß sie auf- oder zugestoßen hätte. Vor einem grundlosen Quietschen oder Knarren. Nur nachts kam so etwas vor. Nur nachts.

Die anderen Katzen schliefen, die nichtkatzenartigen Tiere schliefen. Die Toten waren tot. Und dann kamen Geräusche.

Geräusche, daß man glaubte, die Steinkreuze, die Steinplatten aus Marmor oder Beton, unser Herr Jesus Christus, die aus Stein gehauene Jungfrau Maria und die Englein schnieften, schnarchten, husteten, niesten, schnauften, rülpsten, oder daß es ihnen in den Eingeweiden rumorte – wie es bei jedem von uns vorkommt.

Ich hätte vor Angst sterben können! Mein Haus mit seinem russischen Gott, ohne Komfort, ohne den Schatten eines Kissens hätte besser nicht sein können. Aber wenn es dann ebenfalls anfing, Geräusche von sich zu geben... Sie kamen nicht nur von draußen, sondern auch von drinnen. Von ganz nah, so nah, daß sie direkt in ein Ohr oder in beide Ohren gleichzeitig drangen. Nicht immer mordsmäßig laute, sondern manchmal mikroskopisch feine Geräusche.

Wenn das passierte, wurden meine Pfotenspitzen, meine niedliche kleine rosa Nase beinahe so eisig wie mein Blut, das mir in den Adern gefror, wie Tiefkühlware. Und dieses Zittern, das mich schüttelte. Und noch lauter als diese unheilvollen Geräusche hörte ich dann das Klappern meiner Zähne.

Sich in solchen Fällen in Träume zu flüchten, daran war nicht zu denken. Und Schlaflosigkeit, wenn du eine Katze bist...

Wir sind nämlich Tiere, bei denen an der Spitze ihrer zahllosen Qualitäten diejenige steht, daß wir enorm starke Schläfer sind. Wir brauchen pro vierundzwanzig Stunden so unsere fünfzehn, sechzehn Stunden Schlaf. Die brauchen wir unbedingt, sonst drohen uns abartigste Übellaune und Verkümmerung und Verfinsterung des Charakters. Eine Katze ohne ihre nötige Portion Schlaf wird gereizt, rasend und schließlich wahnsinnig, bis sie reif ist für die Zwangsjacke. Wenn dich also unerklärliche Geräusche (und das Muffensausen, das unweigerlich damit einhergeht) am Schlafen hindern...

Meine Friedhofsängstenächte haben mich total ruiniert, meine Gesundheit, meinen Körper und mein Hirn. Seit meinen nächtlichen Friedhofshorrortrips habe ich fast immer einen unruhigen Schlaf und sogar Perioden ganz ohne Schlaf und Nerven, die sich anspannen, verknoten, zerreißen, auch wenn es gar keinen Grund dafür gibt. Ich bin maßlos überempfindlich und habe reihenweise Schwindelanfälle und massenhaft psychischen Streß, der um so stressiger ist, als man von den vierbeinigen Geschöpfen annimmt, sie hätten keinen.

Eine neurotische Katze. Das haben sie aus mir gemacht, meine Ängste, mein Schiß, mein Muffensausen. Und dabei gibt's echt nichts zu lachen.

Und bei dem, was mir mit dem Puderquastenkater passiert ist, gibt's auch nichts zu lachen. Auch da wurde ich von den sich überstürzenden Ereignissen überrollt. Und zwar von ganz gewaltigen.

In einer Mondnacht, so strahlend hell, daß du fast blind wurdest, in der ich wegen eines Gekratzes, das von nirgendwoher, wirklich von nirgendwoher kam, kein Auge zubrachte.

Da taucht er plötzlich auf dem kleinen Trampelpfad auf, der zu meinem Haus führt, er, der knochendürre Kater mit der Puderquastentolle. Was hat er da zu suchen? Kommt er, um sich für meinen grausamen Draufsprung, für meinen tätlichen Angriff auf ihn zu rächen? Will er es mir heimzahlen? Will er Zoff? Will er, daß wir uns im Mondschein zerfleischen? Genervt wie ich bin, sage ich mir: Gut, wenn er Prügel will, dann soll er welche bekommen.

Aber was will er wirklich? Er blickt mich an. Aber nicht, als ob er Lust hätte, mich zu massakrieren. Ich sehe nichts Herausforderndes oder Drohendes in seinen pißgelben Augen. Ist da nicht so was wie Neugier? Nichts als Neugier?

Sieht mir ganz danach aus. Er hat einen Blick, wie man ihn hat, wenn man interessiert ist.

Überhaupt: interessant sein. Das ist unheimlich interessant – und unerläßlich. Denn wenn du nicht interessant bist, dann gehst du ein, dann bist du reif für die Plastikbeutel, fürs Ersäuftwerden, für die Passanten, die vorübergehen, ohne dich zu sehen. Eine Blume, die so wenig interessant ist, daß sie niemals ein Gießen wert ist, geht ein, oder etwa nicht? Eine Katze, ein Kater, die für heilige Frauen nicht interessant sind, kriegen kein Fressi. Eine Gattin, die für ihren Gatten nicht interessant ist, kriegt kein...

Interessant sein, das ist so wichtig wie das Atmen. Und außerdem... ist das eine Frage der Natur.

In jener Nacht – ah, was für eine Nacht, Sie werden's sehen, eine ganz erstaunliche und hochgenüßliche Nacht –, da kenne ich mich noch nicht so, wie ich mich heute kenne. Aber daß ich jemanden interessiere, das finde ich damals schon himmlisch. Denn eine kleine Portion Stolz habe ich bereits von Geburt an. Damals bin ich noch ein zu junges Küken, meiner Qualitäten noch nicht genügend bewußt, um von meiner Person, von meinem Charme, von allem, was aus mir eine ganz außergewöhnliche Katze macht, schon voll durchdrungen zu sein. Damals bin ich noch nicht die gerissene und selbstbewußte Katze, die ich erst noch werden sollte. Aber jemanden zu interessieren, das finde ich schon damals interessant. Selbst wenn's ein elender Kater ist, der auf mich abfährt, der mich...

Kein Zweifel, er verschlingt mich mit den Augen, er bewundert mich. Er sieht mich, wie ich bin, wunderschön und so grazil. Er sieht meine Ponyfranse, er sieht, wie anbetungswürdig, wie anziehend ich bin. Also los, du Puderquastenskelett! Nur zu! Nur zu! Tu dir nur keinen Zwang an. Bewundere. Bewundere, soviel du kannst. Halt. Ich werde mich sogar noch etwas strecken, mich so lang machen, wie ich kann, damit du noch mehr zu bewundern hast.

Daß er mich bewundert, das macht ihn plötzlich weniger durchschnittlich, weniger knochig, weniger dämlich. Seine Pupillen werden davon weniger pißmäßig, weniger angegilbt. Sie ergrünen richtig.

Und sieh mal einer an: er blinzelt mir zu.

Tatsache, er blinzelt mir zu. Blinzeln, das ist nichts Böses. Im Gegenteil. Blinzeln, das ist freundlich. Es kann sogar leidenschaftlich herzlich werden. Er blinzelt einmal. Zweimal. Sehnsüchtig, schmachtend etwa? Ja, tatsächlich. Was ist bloß in ihn gefahren, in diesen Kater? Was ist bloß in ihn gefahren, daß er gar nicht mehr aufhört, mich anzublinzeln, und noch dazu anfängt, ein Griiiiiiigniiiih auszustoßen von einer Sorte, von der ich überhaupt nicht wußte, daß man sie ausstoßen kann? Ein Griiiiiiigniiiih, das nicht feindselig, nicht beleidigend ist. Weit davon entfernt. Ein Griiiiiiigniiiih wie die melodischen Laute, die bestimmte Vögel in bestimmten Nächten untereinander austauschen. Ein immer wiederkehrendes Griiiiiiigniiiih, das sich in meine Ohrenlöcher einschleust und mich bis ins Innerste durchdringt. Das geht runter bis in die äußersten Pfotenspitzen, daß ich davon Gefühle bekomme, die mich erregen bis in die Krallen.

Das nervtötende, von nirgendwoher kommende Gekratze habe ich dabei vergessen. Alles habe ich vergessen.

Hochgenüßliche Ereignisse

Nach dem Griiiiiiigniiiih hat er mir ein Maaaahuhuh zugemaunzt. Ein Maaaahuhuh von diesem Kaliber in einer strahlenden Mondnacht, also wenn Sie da ein Katzenfräulein sind...

Warum es nicht gleich zugeben: Auf einmal habe ich mich dabei ertappt, daß ich ihn ebenfalls anblinzelte. Daß ich ihm, diesem Knochensack, den ich noch vor kurzem so wild angegriffen und verletzt, ja zerfetzt hatte, schöne Augen machte. Ich habe ihn an meinen persönlichen Privatgrund herankommen lassen, mit so leichten Schritten, daß man hätte schwören können, er hätte Angst gehabt, daß er den Gräsern weh tun könnte. Bildschön, wie der sich bewegte! Und die Farbe seiner Augen war überhaupt keine Pißfarbe mehr, es waren bildschöne Prachtkateraugen. Und er war überhaupt nicht knochendürr. Wie schlecht hatte ich ihn zuvor gesehen! Schlank und rank war er. Mit nicht einem Gramm Fett am Leib. Mit nichts als Muskeln. Für einen Kater, dem nicht das Glück vergönnt war, eine Katze zu sein, war er wirklich ziemlich gelungen. Was für spitze Ohren der hatte! Und Rückenmaserungen in einem Grau, sage ich Ihnen. In hellem Perlgrau. Und diese Schnurrhaare! Nein, diese Schnurrhaare!

Einen Schritt weit vor dem Eingang meines Hauses blieb er stehen. Damit ich verstand, daß er mich auf keinen Fall belästigen wollte. Er ist stehengeblieben und hat mich noch intensiver angesehen. Und mich dabei nicht mehr nur angeblinzelt. Sondern er hat mir solche Augen gemacht. Er kam mir nicht mit Samtpfötchen – er kam mir mit Samtaugen daher.

Mein eigenes Maaaahuhuh hat eher wie ein Mu-u-u-u-uh geklungen. Eine Improvisation. Sicher ziemlich ungewöhnlich, aber einladend genug, um meinen Besucher dazu aufzufordern, meine Schwelle zu überschreiten. Er ist direkt bis an mich herangeglitten – ja, nicht geschritten, sondern geglitten. Mit angehaltenem Atem, wie mir schien. Und noch leichter als die Flaumfeder eines kleinen Vogelkükens hat sich eine seiner Pfoten auf mein Rückgrat gelegt. Das ist mir durch und durch gegangen.

Er hat sie auf mir gelassen, diese Pfote. Ohne noch mehr zu wagen.

Kann sein, daß dann ein Schnurren hörbar wurde. Ein einziges und harmonisches Schnurren à deux. Oder vielleicht ist nur unser Atem gleich gegangen. Sicher bin ich mir aber darin, daß diese mit Muffensausen begonnene Nacht mich in Regionen enthoben hat, die für Katzen und Kater in Ekstase existieren. Und nur, wenn sie sich auf dem Höhepunkt ihrer Ekstase befinden. Am Morgen, als die Aufseher, die Totengräber anfingen, mit ihren Nagelschuhen und ihren Schaufeln ihre Aufseher- und Totengräbergeräusche zu machen, hat mein prächtiger Knochendürrer seine Pfote ganz sanft von mir zurückgezogen und ist, ohne sich zu beeilen, abgezogen. Und hat mich in einer ruhigen Seligkeit zurückgelassen, in der die Sonne, die in Wirklichkeit ziemlich bläßlich war, so strahlend wie beim strahlendsten Sonnenschein für mich war.

Das Glück gibt es genauso wirklich wie das Unglück. Und es hat den Vorteil, daß es milliardenmal angenehmer ist als das Unglück unangenehm. Aber es ist seltener. Zum Unglücklichsein, dazu braucht man sich nicht erst anzustrengen. Weil man es so oft ist, daß man's fast ständig ist. Aber zum Glücklichsein...

Im Grunde sind Friedhöfe noch mehr von Glücklichen als von Katzen bevölkert. Aber von solchen, die an einem anderen Ort als dem Friedhof, als auf der Erde, in die man die Gräber gräbt, glücklich sind. Ich dagegen bin eine Friedhofsglückliche geworden, die ihr Glück dort direkt an Ort und Stelle genossen hat.

Die in dem Glück schwelgte, eine Katze zu sein, die einen Kater gefunden hat, der ihr verliebte Blinzelblicke zuwirft, der ohne Rast und Pause eine federleichte Pfote auf sie legt, der Stunde um Stunde Seite an Seite mit ihr durch die Gräberalleen schnürt, plötzlich stehenbleibt, um sich an sie zu schmiegen, ihr zärtlich an den Ohren oder an der Wolle am Hals knabbert, ihr auf einmal wie ein Irrer die Wangen leckt, ihr milliardenweise Maaaahuhuhs, Griiiiiiigniiiihs und sogar noch leidenschaftlichere Schreie als diese ins Gesicht schmachtet, sie mit Hingerissenheit betrachtet, ihr Kieselsteine zwischen die Vorderpfoten schussert, damit sie sich damit amüsiert, ihr alle Fliegen, alle Insekten, all die Staubfussel zum Hinterherrennen überläßt, ihr kleine Mäuschen, seltenste Pariser Friedhofswaldundwühlmäuse vor die Pfoten legt, kaum daß er sie getötet hat, sie mit ganz sanften Kopfpüffen ins Gras wirft, sich über sie wälzt und ihr dabei vor Vergnügen die Zunge rausstreckt.

Wir vergaßen dabei, zu den Fressiausgaben der heiligen Frauen zu gehen. Wir vergaßen dabei zu schlafen. Oder aber wir schliefen ganz ganz eng umschlungen in meinem eigenen Haus nur für mich allein, das unser Haus nur für uns allein geworden war mit seinem russischen lieben Gott, der uns ein ausgiebiges segnendes Lächeln schenkte.

Glücklichsein ist der Hochgenuß in Reinkultur. Überall wird es einem ganz heiß dabei. Im Bauch, im Herzen. Und auch auf den Wangen, auf der Nase, im Kreuz, im Po. Und noch an einer anderen Stelle.

Wenn du glücklich bist, dann existierst du so intensiv, daß die anderen neben dir verschwinden. Es gab keinen Tigerstreifen mehr, keinen Nur-ein-Ohr, keine Weiße Taube, keine Selbst-im-Schlaf-noch-Zähneknirschende mehr.

Das heißt: es gab sie schon noch. Aber sie waren nicht da, für uns einfach nicht mehr da.

Meine gertenschlanke Puderquaste und ich, wir waren nur noch wir. Und nur noch einer. Und nicht mehr wirklich voll auf dem Boden. Wir waren wie ein Eva-Adam mit acht Pfoten und zwei Schwänzen in einem Friedhof-Paradies.

Und in einem Paradies ohne verführerische Schlange?

Nein, mit.

Weil es ihm, meinem Kater, passieren konnte, daß er seine Nase zwischen meine Hinterpfoten hineinwühlte und so lange verweilte, daß meine Hitze an allen Stellen zu glühenden Verbrennungen wurde. Vor allem die unten im Bauch zwischen meinen Hinterpfoten.

»Also diese beiden da. Also, wenn diese beiden da nicht. Von da bis zu dem Schritt, wo sie einen auf Tier mit zwei Rücken machen, ist's nur ein Katzensprung. Sieh dir das ma' an, Martial, wie doll die in Liebe sind.«

Ja, wir waren in Liebe.

Einer der Aufseher hatte es entdeckt. Ein hinkender Aufseher, nicht mehr weit entfernt von dem Alter, wo er aufhören würde, um die Gräber herumzukreisen, und selbst in einem davon liegen würde. Ein Aufseher, der mir gelegentlich kleine Stückchen von seinem Aufseherfressi zuwarf, das er in einer Art viereckigen Dosenmilchdose transportierte. Er hatte uns gesehen, wie ich's gerade beschrieben habe, und hatte schelmisch gelacht.

Dann beobachtete uns auch der andere, Martial, ein Totengräber, der gerade Kirschen aß, die er aus einer Papiertüte herausangelte. Er lachte aber nicht. Er war sehr nachdenklich ernst.

»Die sollen's nur genießen, sollen's nur genießen, die Schlawiner. Die soll'n sich nur auf der guten Mutter Erde wälzen. Soll'n sich wälzen, solang sie noch auf ihr sind. Denn wenn sie erst mal unter ihr liegen...«.

Und dann hat der Totengräber einen buntscheckigen Kirschkern ausgespuckt. So, wie die Philosophen, die wissen, daß alles taub ist, ihre Kirschkerne ausspucken. Ganz melancholisch.

Wir und genießen? Und *wie* wir genossen haben! Wir haben uns auf der guten Mutter Erde gewälzt, im Gras und auf den Grabsteinen. Und in den frisch ausgehobenen Gräbern. Und wir wälzten uns einen ganzen Sommer lang. An den heiteren Tagen und an den bewölkten Tagen, ja sogar bei wolkenbruchartigen Regengüssen und Kälte. Wie die Wilden. Weil es nämlich passieren konnte, daß er, mein in mich verliebter Kater, plötzlich aufhörte, ganz schmusesanft, ganz Honig zu sein, und mich wie ein Irrer anstarrte, mir mit aller Kraft in die Nackenhaut biß und mich... Er tat mir richtig weh. Da kämpfte ich mich frei und miaute ihm ins Gesicht, daß er gefälligst aufhören sollte, mir seine Zähne ins Fleisch zu schlagen. Aber das war vergebliche Mühe. Er war genauso irre wie der Blick in seinen Augen, wenn's ihn packte. Das war nichts Böses. Das war etwas Unbegreifliches. Er wollte nicht mehr, daß wir uns nur einfach so herumwälzten, er wollte, daß ich mich plattwalzen und flachlegen ließ, daß ich mich nicht mehr rührte, daß ich wie eine tote Katze wurde. Und er bäumte sich zu einem Katzenbuckel auf und ließ ein Gebrüll wie ein Tier aus dem Urwald los.

Und ich war vor Glück und Angst wie versteinert. Aber nicht vor Angst wie in den Nachtängsten, während ich ganz allein dasaß mit meinem russischen lieben Gott. Nein, das hier, das war eine Angst, die mir gefiel. Die mir gefiel und zugleich horrormäßig Angst einjagte.

So wie ich jetzt darüber denke, waren wir trotz dieser hochgenüßlichen Erlebnisse zwar extrem ineinander verliebt, aber eigentlich noch nicht im richtigen Alter dafür. Den Leuten, den Menschen kann so was auch passieren.

Und das ist unheimlich toll und macht einen gleichzeitig fix und fertig. Man bekommt dabei Gefühle, bei denen einem der Atem wegbleibt, und es stürzt einen in mysteriöse Geheimnisse, von denen man überhaupt nichts kapiert, daß man davon für immer gezeichnet bleibt.

Sich verlieben, das schärft einem alle Sinne. Angefangen bei der Sicht. Zuerst ist eine Katze blind. Dann sieht sie wie ein Kurzsichtiger. Dann kommt sie auf die Liebe. Und dann...

Die punkmäßige Puderquastentolle meines Friedhofskaters war überhaupt keine punkmäßige Puderquastentolle. Sondern das war nur ein Büschel Haare auf seiner Stirn, die etwas länger und buschiger waren als seine übrigen Haare und die abstanden und von fast blauer Farbe waren, während er von Kopf bis Fuß in Grau- und Schwarztönen gefärbt war. An Grautönen hatte er mindestens fünfzig verschiedene aufzuweisen.

Dieses Büschel fast blauer Haare mußte er von einem sextriebtätigen Vater, Groß- oder Urgroßvater von den Gattung Siam-, Perser- oder Kartäuserkater haben.

Jede unserer promenadengemischten Gossenkatzenfarben dürfte von einem anderen Ahnen stammen. Und von einem, der von jeder Promenadenbeimischung rein war. Wenn man all die meinen betrachtet, dann muß ich mehr astreine und traumhaft tolle Vorfahren gehabt haben als jede andere Katze. Mein Stammbaum muß bis vor die Sintflut zurückreichen. Bis an Bord der Arche Noah.

Wenn wir, mein Kater und ich, Junge bekommen hätten, dann wären sie in punkto Fell die absolute Augenweide gewesen!

Aber wir haben keine bekommen.

Nicht ein einziges.

Der Hasenkrieg

Am Ende hätten wir doch Nachwuchs bekommen. Aber wir haben aus dem einfachen Grund keine bekommen, weil ich zum Gedecktwerden und Kinderkriegen noch nicht reif war, als der Krieg ausbrach.

Ein Krieg. Vernichtend und beschissen wie ein Menschenkrieg. Einer, bei dem alles mit einem Hasen angefangen hat. Ein Hase im Friedhof Montparnasse, im XIV. Arrondissement von Paris? Von alleine kann er nicht dorthin gekommen sein. Es hat ihn also jemand hergebracht. Aber wer? Warum? Wie?

Von wo kam er überhaupt, dieser Hase? Von einem Draußen-auf-dem-Lande mit Kohl? Aus einem Stadtrandvorort mit Gärten? Aus einem Pariser Hinterhof, in dem eine Concierge, ein Rentner einen Hasenstall aufgestellt hat? Aus einer Wohnung? Es kommt ja vor, daß die Städter Nichtlegehühner auf ihrem Balkon züchten, daß sie sich eine Gans oder eine Pute halten, die ihren Teppich mit Schissen besternen und ganze Wohnblöcke, ganze Häusermassen, ganze Stadtviertel vor Mieterzorn in Aufruhr bringen. Es kommt vor, daß Waschbecken, Badewannen, Bidets als Ententeiche dienen. So was kommt vor und ist eine Katastrophe für das Wohnungs- und »Etagen«-Geflügel, das verdammt ist zum Depressionenkriegen, zu Gefangenschaftskrankheiten, zu Fluchtversuchen, die es immer verfrüht in den Tod führen.

Alles führt das Geflügel verfrüht in den Tod. Das ist eben ihr

Pech, was soll's. Hühnerhofbewohner sind auch alle furchtbar behämmert und häßlich.

Ein Hase, der kommt dagegen aus einem Hasenstall. Er könnte so etwas wie die Imitation einer Katze sein. Aber eine ziemlich mißlungene, so daneben, daß er einen Stummelschwanz hat und Eselsohren und Rattenmacken. Weil er nämlich den Eindruck erweckt, er würde sich ununterbrochen an den eigenen Zähnen knabbern. An den Zähnen oder an einer imaginären Möhre. Und er tut nichts anderes als ständig herumzuhüpfen, nach rechts, nach links, nach vorn, nach hinten und dabei mit dem Po zu wippen. Und er hat rote Augen, die die ganze Zeit mehrere Dinge gleichzeitig beäugen.

So ein Hase wirkt immer leicht verirrt. Und derjenige, der bei uns aufgekreuzt ist, wirkte total verirrt. So verirrt und verloren, wie man's überhaupt nur sein kann.

Und kaum befand er sich innerhalb unserer Mauern, da wurde er bereits um eine Kategorie höher befördert, dieser Bauerntrottel. Vom x-beliebigen Durchschnittskohlhasen wurde er zum Jagdwild befördert. Und das bedeutete: Halali, Aufbruch zur Jagd. Krieg.

Kaum hatte ihn der ziemlich blutdurstige Nur-ein-Ohr gewittert, da schwor er sich bereits, ihn zu vernichten.

Aber zuerst mußte er ihn zu fassen bekommen. Keine leichte Sache, einen Hasenrücken in die Fänge zu bekommen – und sei es auch in die Pfoten einer Katze, selbst der Katze, einer alten Jägerin.

Aber Nur-ein-Ohr war ein Entschlossener, einer, der wußte, was er wollte, und das um jeden Preis. Hoppelte der Hase gemächlich dahin, dann hoppelte er ihm dicht auf den Fersen hinterher. Raste der Hase davon, dann raste er ihm hinterher. Machte der Hase Luftsprünge, dann machte auch Nur-ein-Ohr Sprünge. Und noch höhere. In solche Höhen, daß er sogar einen von diesen spanischen Bergluchsen neidisch gemacht hätte, die – so heißt es jedenfalls – Elstern im Fluge fangen können und bereits aufgefressen haben, bevor sie wieder den Boden berühren.

Zuerst war das Ganze eine irre Show.

Aufseher, Totengräber, Besucher, die auf ein Plauderstündchen zu ihren Verstorbenen gekommen waren, trauten kaum ihren Augen. Was war denn das, diese zwei Maschinen auf Pfoten, die da über Stock und Stein hinweggaloppierten, die alles über den Haufen rannten, die auf den Grabsteinen Trampolin spielten, die die Blumentöpfe, ja sogar die Kreuze umstießen, was waren diese zwei Geschosse, diese Flattermänner, die ohne Flügel flogen? Fledermäuse von einer in diesem Viertel bisher unbekannten Spezies? Amphibien aus einem Alptraum? Riesenhafte, vom Himmel gefallene mexikanische Sprungerbsen? Parapsychologische Phänomene? Vielleicht gar Elmsfeuer, Irrlichter?

Die Idee mit den Irrlichtern finden die einen Leute auf dem Friedhof einleuchtend, die anderen nicht.

»Irrlichter! Also nun spinnst du total, Martial.«

»Was denn dann? Ufos, die Tiefflug üben?«

»Irrlichter, das ist doch was Leuchtendes. Leuchtend und gasförmig. Und das ist doch nicht möglich.«

»Möglich ist das vielleicht nicht. Aber auf alten Friedhöfen in der Bretagne sieht man schon welche.«

»Nicht nur in der Bretagne. Nicht nur in der Bretagne. Als ich klein war, da habe ich mal in der Region Seine-et-Oise, in Dourdan...«

»Und? Haben sie geschrien, Ihre Irrlichter, haben sie Sachen umgerannt? Einen solchen Saustall angerichtet?«

Bei den Aufsehern begann man sich allmählich Sorgen zu machen. Und man kam auf die Idee, die Gelegenheit am Schopf zu packen und alle aufgestauten Ressentiments, allen Haß und jenen Hang zur Gewalt rauszulassen, der seit der Steinzeit im Menschen wohnt.

»Immer wieder habe ich das kommen sehen. Ich hab's gespürt, daß so was kommt. Und nicht erst seit gestern. Ich hab's gewußt, daß das nur so enden kann. Daß es noch ma' dazu kommen würde, daß diese verdammten Biester uns in Teufels Küche bringen. Zigma' habe ich gesagt, daß ein Friedhof kein zo-ho-logischer Garten is' und daß diese Katzen...«

»Aber, Chef, der von den beiden da, der solche mordsmäßigen Schlappohren hat, der ist keine Katze. Das ist ein Hase.«

»Das, Robert, ist sein Problem. Mein Problem ist, daß ich verhindern muß, daß dieser Friedhof sich in ein Disneyland verwandelt. Werden Sie mit dieser Katze, die 'ne Katze ist, und mit dieser Katze, die angeblich ein Hase ist, fertig, wie Sie wollen, aber Hauptsache ...«

Einem Chef, der bis obenhin voll von Aperitif und Zorn ist, muß man gehorchen.

Nur-ein-Ohr hetzte den Hasen. Die Aufseher fingen an, sowohl den Hasen als auch Nur-ein-Ohr zu hetzen. Von den Aufsehern hatte aber jeder nur zwei Beine. Und Beine, die hinkten. Und außerdem unterschied sich diese »Scheißsafari« allzusehr von ihrem eher gemächlichen Job. Aber der Chef hatte befohlen. Die Sache zog sich also ganz schön hin, bis schließlich dem einen der Aufseher, dem dunkelhäutigen, der korsisches Wildererblut in den Adern hatte, das Wunder gelang, am Fuße der lebensgroßen Statue eines Boulevardkomödienautors, den im Jahre 1918 die Spanische Grippe dahingerafft hatte, Nur-ein-Ohr am Schwanz zu packen.

Der Wutschrei von Nur-ein-Ohr gellt mir noch heute in meinen nach wie vor zwei Ohren. Aber die Schmerzensschreie des Aufsehers ... Die muß man bis über die Pforte d'Orléans hinaus, bis nach Vanves, bis nach Bourg-la-Reine gehört haben. Mann, was kann der brüllen, ein Mensch, dem eine Katze die Hälfte einer Lippe, ein großes Stück von der Nase und ein ganzes Auge ausreißt!

In weniger als einer Stunde nach diesem grauenhaften Zwischenfall war Nur-ein-Ohr niedergemetzelt. Ich möchte lieber nicht wissen, wie. Was ich aber weiß, ist, daß der beste Kamerad des heldenhaften Aufsehers, der ein Opfer seiner Pflicht wurde, es getan hat. Darauf wurden sofort auf einen einzigen Schlag Tausende und Abertausende von Flügelschlägen laut, und alle Vögel des Friedhofs suchten das Weite. Alle.

Aber die Katzen, die Ratten, die Mäuse, die Insekten und die Würmer, die die Leichen fraßen, blieben zurück.

Aber der Geruch vom Blut des Aufsehers und vom Blut von Nur-ein-Ohr schwebte in der Luft. Und der Hase, dieser verfluchte, ahnungslose Idiot von Hase, der alles angerichtet hatte, war noch da. Quicklebendig und schlimmer als ein Floh hüpfte er herum. Und ein Riesenaufgebot von Aufsehern, bewaffnet mit Gewehren, Hackenstielen, Schaufeln, Knüppeln, Fischernetzen, machte Treibjagd auf ihn.

Mit Rachegelüsten im Kopf, total wild geworden. Aber wild wie nur Menschen werden können. Ohne Noblesse.

Die Treibjagd dauerte und dauerte.

Alle Katzen, alle Ratten, Mäuse und Mäuschen – alle Geschöpfe des Friedhofs, inklusive die Aufseher – wollten töten, töten, töten.

Alle Geschöpfe außer meinem schönen Kater mit der Puderquastentolle und mir – die wir nur noch ein einziges Haarknäuel im Innern meiner Zufluchts-Insel bildeten. Ein ängstliches Haarknäuel, dem das Lächeln des lieben Gottes der Russen auch nicht die Angst nehmen konnte. Denn der große Weltenbrand, der Holocaust, war angesagt.

Die ganze große Scheiße.

Tigerstreifen wurde unschädlich gemacht, richtig plattgetreten von einem Aufseher, mit dem er seit langer Zeit gut Freund war. Die weiße Katze ließ mehr als die Hälfte von ihrem Schwanz auf dem Schlachtfeld zurück. Acht oder zehn andere Katzen wurden niedergemetzelt. Oder metzelten sich gegenseitig nieder. Ratten fraßen sich gegenseitig auf. Insekten, die seit der Erfindung der Insekten Pflanzenfresser waren, wurden, solange der Hasenkrieg wütete, zu entschlossenen Fleischfressern. Ein Maulwurf, der aus seinem Loch gekrochen kam (was ihm immer seltener passierte), wurde... wurde...

Vergessen wir besser die Details. Vergessen wir besser den Gestank nach Schlachthof. Das war nicht jener leckere Geruch nach Metzgerei und Fleisch- und Wurstwaren, bei dem einem das Wasser in der Schnauze zusammenläuft. Nein, ein Gestank nach Schlachthof, bei dem Ihnen der Ekel hochkommt, obwohl Fleisch doch so was Feines ist.

Er war penetrant anhaltend, dieser widerliche Drecksgestank. Weil sich Kriege immer ewig in die Länge ziehen. Ein Krieg, der weder der von meinem Kater noch der meine war... Der aber leider trotzdem...

Es war Nacht. Wir schliefen keinen wirklich festen Schlaf. Wir waren einfach eingenickt, Arm in Arm und trotzdem noch erfüllt von Unruhe.

Und dann... Der Hase... Dieser Hase!

Dieser Kotzbrocken von verrücktem Arschloch eines Hasen... Er. Ausgerechnet er. Er kam in unser Refugium hereingeschossen. Mit den Ohren voran. Mit Vollgas. Ich habe noch gefühlt, wie sich mein Kater von mir löste, ich habe gefühlt...

Dann ist alles so schnell gegangen, so wahnsinnig schnell. Ich habe noch gesehen, wie mein Liebster davonraste, seine Schwanzhaare verhundertfacht aufgestellt vor Entsetzen.

Und dann... und dann...

Nachkriegszeit

Selbst eine *hoch*-intelligente Katze begreift nur das, was sie begreift.

Es sieht aber so aus, als sei mein gelieber Kater, total erschöpft von seiner rasenden Flucht und vor Angst beinahe erstickt, im Morgengrauen genau im selben Moment in ein frisch geschaufeltes Grab hinabgesprungen, als man dort einen Sarg hinuntergleiten ließ.

Es sieht ganz so aus, als sei er platt in den Boden gestampft worden.

Glaubt man dieser Version des Tathergangs, dann gibt es und wird es in einem der Gräber des Friedhofs Montparnasse bis in alle Ewigkeit zwei Leichen geben. Die eines berühmten Schriftstellers, der Aids hatte. Und die meiner ersten Liebe.

Dieser dämliche und unheilbringende Hammel von Hase, der wird natürlich heil aus der Sache rauskommen. Das heißt: man wird ihn da rausholen. Man, das sind Madame Blin und Mademoiselle Nicole, die auf diesen Hasenkrieg so reagierten, wie man auf jeden Krieg reagieren sollte – und vor allem auf diejenigen, auf die so viele Menschen sogar noch stolz sind. Er hat sie vor Entsetzen sprachlos gemacht, er hat sie angeekelt und sie zu einer Menge schöner und guter Taten bewogen.

Sie haben sich nicht damit begnügt, schon in den ersten Stunden des Massakers in vorderster Front mit 90%igem Alkohol, mit Watte, Heftpflaster und mit Pfefferminzschnaps getränkten Zukkerwürfeln zur Stelle zu sein, um sich der Wunden, Beulen und Ohnmachten sowohl bei den Katzen und verschiedenen Nagern als auch bei Insekten und Aufsehern anzunehmen, sondern sie fanden auch noch Mittel und Wege, um unverzüglich den harten Kern der Friedensbewegung aus dem Viertel zu mobilisieren.

Die besagten Pazifisten – in der Mehrheit hochbetagte Damen und junge Müßiggänger, die sich nie den Bart und die Haare stutzten, da sie Naturfreunde waren – zogen in einer Demo um den Friedhof herum und schrien im Sprechchor: »Wir alle sind Rob-ben-ba-bys.«

Diese mitfühlenden Demonstranten waren rund eintausend Leute. Die Polizei, nur knapp einhundert Mann, zerstreuten sie in weniger als zwei Stunden und mußten nur fünfundzwanzig Buddhisten (mit Puderquastenschopf!) etwas härter anpacken, die sich auf die Grabplatten gelegt hatten, um dort in den Hungerstreik zu treten.

Es gab auch – von Mademoiselle Nicole auf eigene Kosten verfaßte und fotokopierte – Flugblätter mit der Forderung, daß die Nationalversammlung und der Senat sich auf der Stelle daranmachen sollten, eine »Deklaration der Friedhofskatzenrechte« zu verfassen. Flugblätter, die aber sehr wenig gelesen wurden und die die fast alle aus Afrika importierten Straßenfeger Gift und Galle spucken ließen.

Mademoiselle Nicole und Madame Blin machten jedoch noch mehr und Besseres. In ihren Körben und Einkaufswagen fürs Fressi, die aus diesem Anlaß zu Notarztwagen geworden waren, verfrachteten sie, soviel sie konnten, die verletzten und gestreßten Überlebenden zu einem Tierarzt mit gutem Herz und günstigen Preisen, den sie kannten, und zu Menschen mit guten Seelen.

Den Hasen – den Hasen, der drauf und dran war, auch den letzten Rest von seinem sowieso schon geringen Hasenverstand vollends zu verlieren –, gelang es Madame Blin schließlich anzulocken. Und zwar mit Geduld, Kopfsalat und Worten, die nur ihr allein bekannt waren. Nachdem sie ihn angelockt und vor dem Volkszorn der Aufseher errettet hatte, nahm sie ihn in ihrer Wohnung auf, wo er noch heute stumpfsinnig an Karotten und seinen eigenen Zähnen mümmeln dürfte.

Was mich betrifft...

»Aber sehen Sie sich doch nur diesen armen Liebling, diesen Winzling an, der da geduckt in den Chrysanthemen hockt. Was fehlt dem denn?«

»Was dem fehlt? Dem fehlt Hilfe. Aber ist das nicht der kleine Flitzer, dem wir die Câline als Amme gegeben hatten?«

»Sieht ganz so aus. Ist er verletzt, was meinen Sie?«

»Blut seh ich keins. Vielleicht sind's nur Verstauchungen, was der... Wir werden ihn... So hau doch nicht ab, du Blödmann, wir kommen, um dich zu retten, und nicht, um dich zu schlagen.«

Ich und abhauen? Unmöglich. Ich war eingekeilt, saß fest in meinem russischen Haus. Dann streckten sich mir zwei Heiligefrauenhände entgegen, um mich zu greifen. Da bekamen sie aber ganz schön was gepustet, die zwei Heiligefrauenhände, und zwar ein haßerfülltes Scriuiuitschhhh!!!

»Noch so einer, den ihre Schießerei total durcheinander gemacht hat.«

»Armer Kerl. Seine Nerven drehen durch. Das ist ganz normal. Aber er wird sich schon beruhigen, der Wicht. Er wird sich jetzt schön brav abtasten lassen, damit wir sehen, wo er seine Wehwehchen hat. Und er wird sich schön brav hochnehmen lassen. Er wird sich ganz ganz brav...«

Scraaaatsch! Ein Schlag mit den Krallen. Das hätte einer der beiden Heiligefrauenhände beinahe einen Finger gekostet.

»Also so was, reißt mir glatt die Haut von den Händen! Also gut, wenn dir danach wohler ist...«

Ich hätte noch weiter kratzen, noch fester kratzen sollen. Aber wozu? Mein Kater war fort. Und er war nun nicht mehr da, um sich an mich zu kuscheln, um mit mir im gleichen Atemzug zu atmen. Meine gute Laune war im Eimer. Jede Laune überhaupt. Ob mich also die heiligen Frauen packten oder nicht... Bei dem Trümmerhaufen, in dem ich mich befand...

So fand ich mich in dem zum Notarztwagen umfunktionierten Fressikaufhauswagen wieder. Mit noch zwei anderen Katzen, die genau wie ich so fertig waren, daß sie sich nicht mal mehr rührten. Wie Schafe, die man zum Schlachthof führt, waren wir. Es ging aber nicht zum Schlachthof. Weit gefehlt.

Es ging zu Anna.

Anna

Eine Frau. Keine obdachlose, stadtstreichende, auch keine heilige. Oder aber eine Heilige auf ihre eigene Art. Auf ihre sehr gute Art.

Sie war weder eine Dame noch eine Demoiselle. Sie hatte kein genau definierbares Alter. Man konnte lediglich feststellen, daß unter ihrer gestrüppartigen, aprikosenfarbenen Perücke der spärliche Anflug von eigenen Haaren schmutzig weiß war.

Der Rest war übrigens genauso schmutzig wie ihre Haare. Anna, die war überall schmutzig, aber nicht wie jemand, der sich nie wäscht, sondern wie jemand, der sich die ganze Zeit schmutzig macht. Also eine nicht unangenehme Art von Dreck, der sie nur noch sympathischer machte. Sie wohnte in einem riesigen Künstleratelier. Sie war Tierporträtmalerin, eine Künstlerin, »die bei der Ganovenclique von den Kunstgalerien nicht die Anerkennung genießt, die ihr gebührt«. Aber eine total nette Frau, dabei liebenswert beknackt und ausgeflippt.

Anna, das war vielleicht eine! Und ihre verrückte kleine Familie war auch nicht viel besser.

Als wir bei ihr ausstiegen, malte sie gerade ein Pastellporträt von Vincent van Gogh. Mann, war der patzig, richtig ätzend, dieser Typ. »Salut, ihr geilen Schlampen!« krähte er Madame Blin und Mademoiselle Nicole ins Gesicht. Dazu rülpste er laut, wie ein ordinärer Mensch.

Zum Glück war Anna besser erzogen als ihr Papagei mit diesem seltsamen Namen. Sie begrüßte die heiligen Frauen mit einem Lächeln.

»Was schleppt ihr mir nu' wieder an, ihr Katzenmamis? Lekkerbissen für Paul Gauguin oder hungrige Mäuler, die gefüttert werden müssen?«

Paul Gauguin war eine Schlange, die die Augen nur aufmachte, um ihre Opfer in Panik zu versetzen. Und den Rachen sperrte sie nur auf, um Mäuse zu verschlingen. Eine pro Woche, am liebsten weiße.

»Todsicher haben wir was mitgebracht, um Ihrer Kannibalin den Rachen vollzustopfen. Das ist doch ganz unsere Art, oder?«

»Also, was ist dann in diesem Einkaufswagen?«

»Kätzchen, Anna. Zum Verlieben süße kleine Kätzchen. Sie haben doch sicher gehört, was für entsetzliche Dinge sich da auf dem Friedhof abgespielt haben.«

»Seit drei Tagen redet man in den Geschäften von nichts anderem. Wieviel sind's denn, eure Kätzchen?«

»Drei. Aber keine, die Unannehmlichkeiten machen, ganz pflegeleichte.«

»Wissen Sie, wie viele Kostgäste ich hier schon habe?«

»Es sind doch nur drei unglückliche niedliche Kätzchen mehr...«

»Niedlich... Niedlich... Das sind sie immer. Bis zu dem Moment, wo sie anfangen, gar nicht mehr niedlich zu sein. Sehen Sie sich doch dieses fette Monstrum von Modigliani an. Würde man annehmen, daß der jemandem auch nur ein Haar krümmen könnte? Und doch hat er meine Camille Claudel gefressen.«

»Ist das die Möglichkeit? Ihr Wellensittichweibchen?!«

»Ja, Madame Blin. Camille Claudel, die keinen anderen Wunsch hatte, als friedlich auf ihrer Vogelschaukel zu sitzen.«

»Armes Mädchen.«

»›Armes Mädchen‹ ist gut – sagen Sie lieber: dieser gemeine Kerl von Modigliani. Dieser Dreckskater, dem das Böse ja förmlich aus dem Hals stinkt. Katzen nämlich, wissen Sie, also Katzen...«

»Also, sollen wir diese armen Opfer ins Tierheim abschieben?«

»Ins Tierheim abschieben! Also das habe ich nicht gesagt, Mademoiselle Nicole. Das habe ich nicht gesagt. Nicht mal meinen Hausbesitzer, der mich so gerne vor die Tür setzen würde, würde ich da hinschicken. Aber wo soll ich bloß noch drei Katzen hintun? Und wie werden meine Hunde darüber denken? Es reicht schon, daß Rembrandt und Michelangelo sich ununterbrochen in die Wolle geraten. Und daß Fra Angelico mir meterweise Ausschlag an den Hals hängt. Und Auguste Rodin? Was ist mit dem? Also bis der sich an Katzen gewöhnt...«

Auguste Rodin streckte uns die Zunge heraus, während er an seinem Kronleuchter baumelte. Er hing an seinem Schwanz, wie an einer ellenlangen Schnur. Er war ein Affe mit einem Gesicht wie ein kleiner Junge, grimassenschneidend und widerlich wie ein kleiner Rotzbengel.

»Sie haben recht, Anna. Sie haben schon mehr als genug Schnauzen und Schnäbel zu stopfen. Wir werden Sie nicht weiter drängen. Diese Katzenwichte...«

»Wie sind sie denn so? Kann man sie mal sehen?«

Und schon hatte Anna ihren Kopf in den Einkaufswagen gesteckt.

»Also, was meinen Sie?«

»Also... Die da, die Schwarze, die hat Format, die hat Klasse. Für 'n Katzenporträt ganz brauchbar, vorausgesetzt, man gibt ihr einen blauen Schimmer. Denn das Schwarz in der Malerei... Aber die anderen... Was soll ich denn aus diesen kleinen häßlichen Dingern rausholen? Wo es doch immer schwieriger wird, für Gemälde von schönen Katzen Abnehmer aufzutreiben. Wenn Sie ihnen dann noch vorschlagen, sich in ihrem Wohnzimmer das Porträt eines Katers an die Wand zu hängen, der tausendfach auf der Straße herumläuft... Das klingt wie ein Witz, aber selbst vom unfähigsten aller Maler hingepinselt, bringt eine Abessinier-, eine

Kartäuserkatze zehnmal mehr ein als eine x-beliebige fehlfarbige Gossenkatze, selbst wenn ein Rembrandt oder ein Goya sie gemalt hätte. Also ich weiß nicht... Diese kleinen häßlichen Viecher mit diesen furchtbaren Maserungen...«

»Nehmen Sie doch wenigstens die Schwarze. Wo sie doch Format hat.«

»Gut, damit Sie sie los sind.«

Damit war die Schwarze unter Dach und Fach.

»Und die da? Finden Sie nicht, daß die...?«

»Das ist doch nicht Ihr Ernst! Eine *Gouttière*, eine ordinäre Gossenkatze! Und eine, die obendrein noch eingeschnappt ist. Oder gerade deshalb, meinen Sie?«

Ich war überhaupt nicht eingeschnappt. Ich kam einfach nicht über den Verlust meines Puderquastentollenkaters hinweg. Und da konnte mich weder der Umstand, daß ich eben halbherzig von einer großherzigen Anna adoptiert wurde, trösten, noch der, daß ich hören mußte, wie ich Gustave Courbet getauft wurde. Nichts konnte mich von meinem Schmerz erlösen.

Viele Tage lang ging das so weiter. Ich war bis über beide Ohren verliebt gewesen, nun versank ich bis über beide Ohren in Trauer. Ich interessierte mich nicht einmal fürs Fressi. Und das soll was heißen.

Aber ich bin schließlich doch über alles hinweggekommen. Und das war das Unglück. Viel lieber wäre ich da geblieben, wo ich so irre viele süße Augenblicke Schnauze an Schnauze, Wange an Wange, Fell an Fell mit meinem Liebsten erlebt hatte.

Anna hatte richtig gesehen, ich war eingeschnappt. Nicht über sie, nicht über die heiligen Frauen. Sondern über das Leben an sich. Es war allerdings viel mehr als nur so ein leichtes Schmollen.

Verdammt, wo war er, mein Kater?

Wieso konnte ein Kater, der schöner war als alle anderen, der einen so tollen Geruch hatte, der dich in die wahnsinnigsten Zustände versetzte, wenn er dich nur berührte, so ganz plötzlich nicht mehr bei dir sein, überhaupt nirgends mehr sein?

Meine feste Überzeugung war – jedenfalls in jenem Moment meines Lebens –, daß der Tod eine Erfindung der Menschen war. Menschen vom Kaliber einer Madame d'Ouiche, von Plastikbeutelmördern und tobsüchtigen Friedhofsaufsehermenschen.

Später - aber eigentlich viel zu schnell - sollte ich noch Gelegenheit haben zu entdecken, daß der Tod eine derart ausgewachsene Hundsgemeinheit ist, daß nicht einmal die Menschen (obwohl sie in punkto Hundsgemeinheiten fast alle Weltmeister sind) ihn nicht selbst erfunden haben können.

Im Grunde war es Gott, der Allmächtige, der beschlossen hatte, daß die Guten wie die Bösen, egal ob behaart, gefiedert, geschuppt, ob im Damenkleid und Herrendreiteiler, alle ein Herz haben sollten, das einmal aufhören würde zu schlagen. An einem bestimmten Tag, den sie sich nicht aussuchen können. Mit Ausnahme von ein paar bestimmten menschlichen Wesen, die einen noch größeren Sprung in der Schüssel hatten als die anderen.

Später sollte ich begreifen lernen, daß dir ein so wundervoller Kater wie mein Knochendürrer in jedem x-beliebigen Augenblick einfach weggenommen, einfach entrissen werden kann. Aber bei meinem Ausstieg aus dem Einkaufswagen in Annas Haus... Verdammt noch mal, ihn wollte ich haben, meinen Kater. Und er war nicht da.

Anna hat mit mir geredet. Nicht von meinem Kater, davon ahnte sie ja nichts. Sie hat mit mir geredet wie ein guter Kumpel, einer, der sich auskennt mit einer Katze, die anscheinend schmollt, auf null Bock geschaltet hat. Ihr Gerede hat mich nicht mehr interessiert als ihr erstklassig duftendes Fressi. Kaum hatte sie zu mir gesagt, daß ich von nun an der Kater Gustave Courbet (was für ein idiotischer Name!) sein würde, da hatte ich mich bereits in den finstersten Winkel ihres Hauses verkrochen, unter einen Bettkasten, unter dem es noch dreckiger war als obendrauf.

Dort kauerte ich auf harten, kalten, seit Jahrhunderten nicht mehr gewaschenen Fliesen, in großen Flocken aus dreckigem Staub. Total verkrochen und in Schlaf gesunken, einen Schlaf, der auch nichts wiedergutmachen konnte. Denn ich träumte die ganze Zeit, daß ich noch mit meinem Kater zusammen war, Seite an Seite aneinandergekuschelt. Und ich habe ihn so lange ausgedehnt, wie ich nur konnte, diesen Schlaf. Jedesmal wenn ich mit einem Ruck wieder wach wurde, war es schrecklich zu wissen, daß mein Kater nicht eng an mich gekuschelt neben mir lag. Ich war mit meinem Schmerz so allein, wie man es überhaupt nur sein kann.

Hätte Anna gewußt, was los war, dann hätte sie mir Sachen erzählt, die Katzen (sogar solche ohne außergewöhnliche Intelligenz) verstehen, dann hätte sie Spiele für mich erfunden.

Aber wie hätte sie wissen können, was mir in meinem Haus mit dem lieben russischen Gott passiert war?

Wäre ich hingegangen und hätte mich auf ihren Schoß gelegt, statt mich unter dem alten Bettkasten abzusondern, dann hätte sie mir meine Gedanken von den Augen abgelesen. Todsicher. Aber da ich mich nicht blicken lassen wollte...

Bei Anna hatte jeder Pensionsgast die Freiheit, so zu leben, wie er wollte. Sie verschloß keine Tür, kein Fenster. Nichts war verboten. Wir konnten machen, was wir wollten, sogar die größten Dummheiten. Im Falle einer allzu großen Dummheit, die sie dann »nein so was Hirnrissiges« nannte, schnauzte sie ein wenig und verzieh viel.

Sie war noch viel mehr als eine Heilige. Sie hatte fast ALLES vom Leben der Lebenden begriffen. Sie war weise.

Weisheit bei einem Menschen, das bedeutet einen Punkt erreicht zu haben, wo er sich alle Launen, alle Gelüste aus dem Hirn geschlagen hat, die ihn zum Verbrechen, zu Habgier, zu brutalen Mitteln, kurz, zu allem treiben, was anderen und ihm selbst schaden kann. Der weise Mensch bringt seinen Nächsten nicht um die Ecke, rennt nicht der Kohle hinterher, pfurzt nicht lauter, als sein Arsch es kann. Er schüttet nie die Katze mit dem Bade aus, sondern widmet ihr die gebührende Beachtung. Er ist ununterbrochen in bester Laune.

Weise Menschen sind sehr seltene Exemplare.

Anna war eine seltene Frau.

Und einsame Spitze im Reden.

Die Reden, die sie uns an gewissen Abenden hielt, an denen sie vergessen hatte, Tee in ihren Tee mit Rum zu kippen, waren ein Hochgenuß. An solchen Abenden ließ sie sich nach dem Fressi für uns und ihrem Diner (normalerweise Heringe in Crème-Sauce oder winzige saure Gürkchen, die sie sich ohne Gabel gleich direkt aus dem Glas angelte) auf das Bett oder die am wenigsten bevölkerte Sitzgelegenheit sinken, nahm ihre Perücke ab, um ihren Schädel zu lüften... Und dann ging die Post ab!

Sie kam unheimlich in Fahrt. Aber bevor das Ganze anfing, aus ihr herauszusprudeln, war es in ihrem Kopf schon losgegangen. Es war nicht schlimm, wenn uns ein paar Einzelheiten entgingen. Hauptsache, sie redete mit uns, ihrer Familie.

»...an einem total bloody Samstag, Kinder, wo es das einzig Vernünftige gewesen wäre, daß du dich auf die Socken machst und in die Themse stürzt. Aber stürz dich in Paris mal in die Themse... Und außerdem, ihr kennt mich ja... Also sage ich zu meinen weinseligen Säcken: ›Wißt ihr was, Freunde, wir machen eine Fête zum Tanzen, eine Fête mit Musik und so.‹ - ›Aber wo denn? Wo willst du sie denn abziehen, deine Fête?‹ Damals hauste ich in einer Dienstbotenkammer zu dreihundertfünfzig Francs pro Monat. Das reine Elend. Das paßte voll zu mir. Ich war damals voll auf dem Elendstrip. Ich verdiente nur elende Summen mit lauter hoffnungslosen Jobs. Als Kostümbildnerin in Avantgardetheatern, in denen alle Schauspieler nackt waren, als Babysitter in kinderlosen Familien. Jedenfalls haben wir unsere Fête auf der Straße durchgezogen. Der totale Flop. Um so mehr, als meine zwei Suffgurgeln von Bildhauern mich sitzenließen und ich mich auf einmal ganz alleine tanzend wiederfand. Aber ich habe getanzt, und wie. Die ganze Nacht habe ich durchgetanzt. Tangos, Boogies... Und das, Kumpels, das ist das A und O. Wenn man sich entschlossen hat, eine Fête durchzuziehen, dann muß man sie auch durchziehen. Unbedingt! Was? Findest du nicht, Velazquez?«

Der Hund Velazquez klatschte mit den Ohren. Er fand, daß es stimmte. Und Auguste Rodin? Der Affe applaudierte. Er war natürlich noch viel mehr einverstanden, dieser Affe. Selbst die Schlange stimmte zu. Sie hütete sich jedoch, es zu zeigen. Aber Anna spürte es.

Ihre ganze Menagerie war immer einverstanden. Sie hatte eine so melodische Stimme, daß man gar nicht anders konnte, als ihre Worte förmlich zu schlürfen. Und da sie damit nicht geizte...

»Und laßt es euch gesagt sein, wenn das kein Samstag gewesen wäre, um sich eine Kugel in den Kopf zu jagen, dann wär's auch egal gewesen. An jedem Tag seines Lebens muß man sich sagen, heute werde ich dies oder das tun, und dann muß man dieses Dies und Das, koste es was es wolle, auch tun. Ich war fünf Jahre alt, ja, fünf, als ich beschloß, daß ich eine Kuh haben wollte. Genau, eine Kuh! Eine Milchkuh mit braunen Flecken. Warum ich sie haben wollte? Einfach so eine Kleinekinderlaune. Genausogut hätte ich auch einen Maulesel haben wollen, eine Schachtel mit Spielen oder einen Leuchtglobus. Aber nein, es mußte eine Milchkuh mit braunen Flecken sein. Also habe ich bei meinen Eltern, meinen Onkels und Tanten, meinem Taufpaten, dem Weihnachtsmann gebittet und gebettelt. Aber nichts kam. Ich hätte alle Hoffnung aufgeben, drauf verzichten können. Kam nicht in die Tüte! Ich habe sie mir mit Gouache in meinem Kinderzimmer an die Wand gemalt, meine Milchkuh. Lebensgroß. Was mir von meiner Mutter eine Tracht Prügel eingebracht hat. Und von meinem Vater einen Auftrag. Ein Kamel hat er mir in Auftrag gegeben. Um es sich in sein Büro zu hängen. Weil er seinen Militärdienst in Algerien gemacht hatte. Da habe ich ihm aus seinem Larousse-Lexikon ein Kamel abgemalt. Zehn Francs hat er mir dafür gezahlt. Damit ist die Sache ins Rollen gekommen. Ich habe – für einen Franc und nur so zum Spaß – alle Tiere aus dem Larousse abgemalt. Von Abeille (Biene) bis Zorille (Band-Iltis). Und auf diese Weise... Aber was machen wir denn da, Marie Laurencin? Wie, ich langweile euch – also deshalb gähnt man?«

Sie gähnte nicht, die feine Pudeldame, sie sperrte nur sprachlos die Schnauze auf. Annas Leben war nämlich wirklich aufregend. Ein Leben, das sie sich gerne so ausmalte wie das von Rosa Bonheur, ihrem großen Vorbild.

»Rosa Bonheur, das kleine Klasseweib! Ein bekannter Name. Rosa Bonheur. Ein Name, der jedem etwas sagt. Aber was genau? Das ist die Tausendfrancs-Preisfrage und wer sie beantwortet... der bekommt von mir eine Hammelkeule. Oder, wenn er Vegetarier ist, eine Delikatesse von gleichem Wert. Also? Rosa Bonheur? Rosa Bonheur, wer war's?«

Alle unsere Augen waren gespannt auf Anna gerichtet. Die Spannung war unerträglich, aber niemand unter Annas Pensionszöglingen wußte die Antwort. Nicht einmal Vincent van Gogh, der einzige, der hätte antworten können und der natürlich einfach irgendeinen Quatsch daherkrächzte:

»Rosa Bonheur, das war eine verdammt geile Nutte!«

Da hat Anna ihn mit einem so vernichtenden Blick angeblitzt, daß es ihn von seinem Schlafbaum gehauen hat, diesen unhöflichen Papagei, woraufhin er sich dorthin in Vergessenheit verdrückte, wo man ihn am wenigsten sehen konnte, nämlich auf den Gaszähler.

»Rosa Bonheur, ihr Kunstbanausen, das ist eine solche Berühmtheit, daß sie in Paris ihre eigene Straße hat. Und nicht nur in Paris, auch in anderen Städten in Frankreich. Aber nach ihren Gemälden könnt ihr alle Museen von Frankreich und Navarra abgrasen, und ihr werdet nicht eines finden. Nicht eines. Und doch hat kein Maler die Pferde und auch die Kühe so gut gemalt wie sie. Und das war in Paris zur Zeit von Napoleon - nein, ich meine nicht den Petit Caporal, diesen kleinen Gefreiten, sondern den Napoleon Nummer zwei. Eine Tiermalerin war sie, die Rosa Bonheur. Und die größte. Schon als kleines Kind hatte sie mit Gänsen, Enten, Puten angefangen. Mit zwölf hielt sie in der Wohnung ihrer Eltern auf dem vierten Stock ein Schaf. Historisch belegt! Ein Schaf als Modell! In allen Salons hat sie die Auszeichnungen nur so zusammengerafft. Und man gab ihr die Porträts von allen Vollblutpferden, die Rennen gewonnen hatten, in Auftrag. Amerikanische Viehzüchter schickten ihr ganze Packen von *bank notes*, damit sie ihre *Superstar*-Zuchtbullen malte. Und als Buffalo Bill nach Paris kam, hat er ihr höchstpersönlich seinen Colt und seinen Cowboyhut geschenkt. Wahnsinnig berühmt ist sie geworden, und stinkreich. Ein Schloß hatte sie, mit Ställen und Wiesen voller Krokodile, Löwen, Riesenschildkröten. Und überall hat sie Straßen, aber ihre Bilder... Alle Museen von Paris könnt ihr abgrasen... Nicht die Spur von einer Rosa Bonheur werdet ihr dort finden. Die sind alle auf den Ranches in der Gegend von Dallas und in den gepanzerten Safes der amerikanischen Viehzüchter und ihrer Urenkel. Wenn sie aber heute leben würde, die Rosa... Dann wäre sie mit Sicherheit genauso wenig Milliardärin wie ich... Weil heutzutage, da wird das Vieh mit Hormonen gefüttert, da wird es tiefgefroren und wird abstrakt gemalt...«

Immer mußte sie auf die Kunsthändler und ihre Tricks zu sprechen kommen und auf die wahren Liebhaber von guter Malerei, einer Spezies, die noch mehr vom Aussterben bedroht ist als der Wal oder der Elefant.

Zwischen den Kunsthändlern und Anna herrschte ein derart gespanntes Verhältnis, daß sie ihre Werke, die Tiere so naturgetreu wiedergaben, daß die Leute sagten: »Denen fehlt nur noch die Stimme«, für wenig Geld an Leute aus dem Viertel abgab, denen ein Hund in Öl lieber war als einer, der auf den Teppich machte. Oder an Eltern, die einen dahingegangenen Graupapagei nicht durch einen neuen ersetzen wollten, sondern das liebe Andenken an ihn zu verewigen wünschten. Sie tauschte ihre Gemälde besonders mit Geschäftsleuten, die eine Ader für künstlerisches Talent hatten, gegen Fleisch, Nudeln, Reis, Tee, Rum, kurz, gegen alles, womit sie ihre Pensionsgäste und sich selbst ernähren konnte. Selbst ihre Perücke hatte sie per Tausch erstanden. Gegen ein lebensgroßes Porträt von Leonardo da Vinci, einem Meerschweinchen, das von Paul Gauguin verschlungen worden war.

An Annas spannenden Vorträgen fand ich erst lange nach meiner Ankunft bei ihr Geschmack. Zuerst tat ich mein möglichstes, um eine tote Katze zu werden.

Aber es funktionierte nicht. Ich konnte mich noch so wenig aus meiner ungemütlichen Stelle unter dem Bettkasten hervorbewegen, mich nie wie die anderen auf das Fressi stürzen, so wenig atmen, wie ich nur konnte... Der Tod, der meinen knochendürren Kater mit der Puderquastentolle geholt hatte, hatte es offenbar auf mich nicht abgesehen. Irgendwo mußte geschrieben stehen, daß ich dazu verdammt war, am Leben zu bleiben.

Gerüche

Ich hatte so gut wie kein Gewicht mehr und auch keine Kraft, meine Augen noch offenzuhalten, als Anna mich in meinen Staubschäfchen und meiner Isolation fand.

Was sie gerade suchte, war nicht ich, sondern eine Tube Indigofarbe, die der dämliche Promenadenmischlingsköter Albrecht Dürer wie einen Knochen verzogen hatte.

»Aber… Mensch, was machst du denn da? Und wer bist du überhaupt? Habe ich dich nicht schon mal irgendwo gesehen? Warte… Warte mal… Bist du nicht zufällig einer aus der letzten Lieferung der Katzenmamis? Einer der Überlebenden vom Friedhof? Genau, da kommst du her. Stimmt's? Aber warum kommst du denn nie zum Essen? Traust du dich nicht? Hast du denn nicht gesehen, wie man deine Knochen fühlt? Bald werden sie sich dir durch die Haut spießen.«

Aber das konnte Anna gerade noch verhindern. Indem sie mich wieder auf Vordermann mästete, mich stopfte wie eine Neujahrsgans. Nicht mit dem Trichter, sondern mit dem Löffel. Ohne langes Federlesen. Ich mußte wieder zu Kräften kommen! Da ich keine blöde Gans war, wollte ich mir das nicht gefallen lassen. Aber ich hatte nicht genug Power, um zu verhindern, daß man mir Fressi in den Mund stopfte und daß man ihn mir fest zuhielt, bis ich alles runtergeschluckt hatte.

Mein Kopf schrie mir zu, das Zeug nicht zu schlucken. Aber mein Magen flüsterte mir das Gegenteil ins Ohr. Und mein Magen hat gewonnen.

Die wissen eben, was sie wollen, die Mägen. In nicht mal einer Woche haben Anna und mein sturer Bock von Magen mich wieder auf die Pfoten gestellt. Auf Katzenpfoten, nicht auf Katerpfoten.

Anna machte mir nämlich die Hinterbeine breit und untersuchte mich aufmerksam an der Stelle, an der man nachsehen muß.

»Aber du verdammter Scherzkeks von Kater, weißt du eigentlich, daß du eine Katze bist?«

Nein, im Ernst: Ich – eine Katze?

Daß ich eine war, das hätte man schließlich auch gesehen, ohne erst meine intimsten Vertiefungen untersuchen zu müssen. Im Laufe der Jahre wird ein Kater nämlich immer schwerer, er wird ein arroganter, feister Pascha. Während die Katze nie aufhört, immer feiner und graziler zu werden, ihr ganz gewisses Etwas weiter zu kultivieren, was sie so distanziert, so würdevoll macht.

Mein knochendürrer Liebster mit der Puderquastentolle hatte mir auch die Hinterpfoten breit gemacht. Aber erst, nachdem er mich ausgiebig abgeschmust hat. Er brauchte nur meine hübsche Schnauze, meinen hübschen Pony, meine hübschen Augen anzusehen, um zu kapieren, was Sache war. Und brauchte sich dann nur noch auf die ideale Braut zu stürzen, die ich nun mal war.

Und das Schicksal – das in neun von zehn Fällen genauso beschissen wie die Vorsehung vorsehungsmäßig ist – hatte alles über den Haufen geworfen.

Ich war also eine Katze, eine Kätzin. Welchen Vorteil würde mir das bringen? Daß meine Pipis weniger übelriechend sein würden als die der Katzen, die keine Katzen, sondern Kater sind, d'accord. Und was sonst noch?

Ansonsten war ich dazu verdammt, pausenlos vergewaltigt, pausenlos schwanger zu werden, was dir den Bauch ruiniert; dazu verdammt, körbeweise Katzenblagen auszubrüten, die dich genauso fix und fertig machen wie Menschenblagen; dazu verdammt, ständig voll Milch und am Stillen zu sein...

Anna hätte mir erklären müssen, wieviel besser es doch ist, eine Frau statt ein Mann zu sein. Sie hat's vergessen. Schade.

Also mußte ich ganz allein entdecken, daß eine Katze zwar nicht einen zweiten winzigen Schwanz hat, der so stachlig wie ein Stachel ist, dafür aber einen Liebesbrunnen, eine hübsche kleine Lustgrotte. Und unheimlich viel Zartheit und Empfindlichkeit. Und die hatte ich. Von Geburt an. So viel wie Haare im Fell. Wenn nicht noch mehr. Ich war nichts anderes als das, Zartheit und Empfindlichkeit.

Ich brauchte nur anzufangen, am Alltagsleben der anderen Pensionsgäste in dem Künstlerateliershaus teilzunehmen, um zu entdecken, wie zart und empfindlich ich war. Denn bei Anna gab es einen unangenehmen Punkt: das intime Einander-auf-der-Pelle-Hocken.

Auf dem Friedhof, da war man draußen, da gab's viel Platz, viel Luft, und ich hatte meine Isba, in die ich mich zurückziehen konnte. Dort schlief ich, dort konnte ich faul vor mich hin gammeln. Allein. Dann mit meinem bedauernswerten Liebsten. Bei Anna, da waren wir an die fünfzig. Dicht zusammengepfercht. Und mit den verschiedensten Kategorien von Pelzbedekkung, aus Federn, sogar aus nichts als nackter Haut wie bei der ekelhaften Schlange. Also diese Zwangsintimität... Also... dieses Gebelle und Gekläffe, dieses Gequake des Frosches Vasarely, der in einer Salatschüssel herumschwappte, die mit Wasser von einer zweifelhaften Abgestandenheit gefüllt war, das Gezwitscher, Geschilpe, Gepiepse, Gegacker und Gekreische der Gefiederten, das Gepfeife von Paul Gauguin, die Flüche von Vincent van Gogh, seine Top-50-Hits, die er durch die offenen Fenster hörte und völlig falsch nachsang...

Also... diese Gerüche, dieser Gestank... Was dir zur Nase hereindringt, das ist eine noch härtere Prüfung als das, was dir zu den Ohren hereindringt.

Sogar eine Katze, die sich nicht auf der Straße herumtreibt, eine von Typen wie der Madame d'Ouiche gebadete, geseifte, schampunierte und mit Guerlain oder Eau de Cologne eingesprühte, sogar eine Kätzin, die sich von oben bis unten und oft und oft mit ihrer sauberen Zunge wäscht, selbst die riecht. Die riecht nach ihrem Geruch. Nach einem Geruch, der, selbst wenn in keinster Weise stinkend, nicht dein eigener, persönlicher ist. Und der Geruch von anderen nervt deine Nase, ob du's willst oder nicht, immer wie ein Gestank.

Vielleicht habe ich eine feinere Nase als die anderen Kätzinnen. Aber... wenn ich mal ganz ehrlich bin... Selbst mein geliebter Kater, der nicht mehr auf dieser Welt weilt. Selbst der. Ich war wahnsinnig in ihn verliebt, aber trotzdem konnte es passieren, daß ich einen Satz nach rückwärts machen mußte, um außer Reichweite von seinem Geruch zu kommen, der zwar nicht unangenehm war – im Gegenteil! –, aber der nicht der meine war.

Meine Nase, mein kleines ganz rosiges Näschen, ist nämlich nicht nur entzückend. Sondern auch ein Präzisionsgerät. Auf einen Kilometer Entfernung kann ich Ihnen sagen, ob sich da irgendwo eine Maus herumtreibt. Selbst wenn sie sich an einem Ort mit sehr intensiven Stinkgerüchen – wie im Keller eines Weinhändlers oder im Haus eines Pfeifentabakrauchers – herumtreibt. Auf einen Kilometer! Eine Ratte, die rieche ich gleich von einem ganzen Stadtviertel zum anderen. Bei Hunden ist es genauso. Selbst bei den winzigsten Miniaturfifis, selbst bei Yorkshires in Handtäschchenformat.

Man könnte meinen, ich hätte Vergrößerungsnasenlöcher. Eine Lupennase! Ich spaziere auf einem Dach entlang. Auf dem Dach eines acht- oder neunstöckigen Hauses. Und unten bei der Hausmeisterin – also im Erdgeschoß – gibt's ein winzig kleines Stückchen nicht mehr ganz frischen Fisch. Das kann ich riechen!

Unsere Sinne haben eben ihren eigenen Kopf. Ein Beispiel: Den Geruch von der Fotogelatine auf Fotos, warum finden wir, meine Nase und ich, den so himmlisch? Warum habe ich es mir, sobald ich ein Foto erblicke, nie verkneifen können, es zu beschnuppern und daran zu lecken? Warum finde ich, daß bestimmte Leute gut riechen und andere nicht, obwohl sie ansonsten sehr angenehm sein mögen? Anna roch leicht nach Rosenseife und nach dem Rum in ihren Tees und dem Mohnöl zum Malen und dem Terpentin zum Saubermachen der Pinsel. Das fand ich angenehm. Meine obdachlose Stadtstreicherin, die wiederum roch nach einer Mischung aus Guerlain und Royale-Filter. Das fand ich ebenfalls sehr angenehm.

Mein Mann Vincent, der war geruchsmäßig Vanille-Dunhill-Menthol auf einer Basis Geruch nach ihm selbst. Eine Mischung, bei der dir gleich ganz anders wird, bei der du gleich... Allein von seinem Geruch hätte ich mich ernähren können.

Aber an meinen Mann Vincent, an den darf ich nicht denken.

Es ist gar nicht so einfach, sich besonders dufterregende Düfte aus dem Gedächtnis zu verjagen. Aber selbst den – so was von verlockenden – von meinem Mann Vincent muß ich unbedingt vergessen.

Wenn ich doch nur, wo wir gerade davon sprechen, auch den von Fra Angelico vergessen könnte! Der von allen in Annas Haus die größte Beleidigung für meine Nüstern war.

Fra Angelico war bei weitem der am wenigsten Unsympathische der ganzen Sippschaft, der einzige, der mir nicht angst machte. So sehr die unzähligen Katzen, der Cockerspaniel, die beiden sich ständig prügelnden Setter, die Bulldogge mit ihrer häßlichen Monsterfresse, der ewig sabbernde Wachtel, die Käfig- oder frei herumfliegenden Vögel mir Furcht und Ekel einflößten, so wenig störend fand ich Fra Angelico. Ich fand ihn sogar direkt angenehm.

Weil er ein sehr wenig hundemäßiger Hund war, eher ein Witz von einem Hund. Ein Stoffhund, innen statt der Organe mit Watte ausgestopft. Fra Angelico war ganz weich und flauschig. Mit Tapspfoten, als hätte er Bauernpantoffel aus der Charente getragen. Und mit so langen Schlappohren, daß man von der Seite nicht mehr seine Wangen, nicht mehr seine Augen, sondern nur noch seine nasse Nasenknolle sah, die größer war als mein ganzer Kopf. Und seine Haut von einem unglaublichen Milchschokoladenbraun hing ihm überall schlaff herunter. Das war nicht einmal eine Promenadenmischung. Das mußte ein Hund von einer besonders billigen Rasse sein, von der es nur ein einziges Exemplar gab. Nämlich ihn.

Alle anderen Tiere, selbst die unscheinbarsten, behandelten ihn wie einen Outcast, rümpften hochmütig die Nase über ihn, spielten ihm die niederträchtigsten Streiche. Und er ließ Verarschungen, Zurückweisungen, Sticheleien und Gemeinheiten ohne zu knurren über sich ergehen. So als hätte er nichts anderes verdient.

Fra Angelico war gleichzeitig der potthäßlichste Hund der Welt und die Crème aller Hunde in einem. Als ich ihn zum erstenmal erblickte, versetzte es mich fast in gute Laune. Aber sobald ich ihn roch, machte ich erst mal einen Satz nach rückwärts. Mindestens fünf Meter weit.

Er sah mir nach, wie ich vor ihm flüchtete. Mit seinen Augen, die für seinen Kopf viel zu groß waren und die beide nicht genau die gleiche Farbe hatten. Und er warf mir mit seiner Schnauze eine merkwürdige Grimasse zu: Er krempelte sich die Lippen hoch, damit man alle seine Zähne sah. Wie wenn er ein Mensch gewesen wäre und mich angegrinst hätte. Das machte ihn noch potthäßlicher, aber noch unhundemäßiger. Er machte auf galant. Echt. Das war der Zweck der Übung. Ein galantes Anmachen auf Hundeart. Ganz sicher.

Ich muß ihm ganz schön seine mißratenen Augen verdreht haben. Am nächsten Morgen nahm er zur Essenszeit beim täglichen Aufstand um die verschiedenen Fressibehälter ein Stück Fleisch in seine Schnauze, kam zu mir und legte es vor mir auf dem Blütenteppichläufer, auf dem bereits das freigewetzte Gewebe zum Vorschein kam.

Dieses Fleisch roch ziemlich übel. Aber er sah mir so intensiv und so wenig böse in die Augen, daß ich mich verpflichtet fühlte, meinen Ekel zu überwinden und es zu fressen. Ratzeputz aufzufressen. Das gefiel ihm sichtlich.

Ein andermal, als Auguste Rodin mich am Schwanz gepackt hatte und ich mit diesem sauüblen Trick nicht fertig werden konnte, kam er angefegt und brachte Auguste Rodin dazu, mich loszulassen, indem er ihn mit einer solchen Wucht niederbellte, daß man ihn für einen verwilderten Kater und sein Bellen für ein wildes Miauen hätte halten können.

Dann machte er es sich zur Gewohnheit, mir pausenlos Fleischbrocken anzubringen und mir dabei zuzusehen, wie ich sie auffraß. Und warf mir dabei pausenlos so eine Art Hundelächeln zu, ein Grinsen mit krumm und schief in der Gegend herumstehenden Zähnen und Kiefern wie von einem Pferd.

Er war anhänglich. Daß er freundlich gesonnen war, dieser potthäßlichste Hund der Welt, konnte ich unmöglich übersehen. Die anderen, alle anderen – besonders die Katzen – warfen mir nichts als feindselige Blicke zu und ließen nie eine Gelegenheit aus, mich in die Flucht zu schlagen und mir auf die mieseste Tour zu kommen. Alle. Außer Fra Angelico.

Man kann reich an Güte sein und gleichzeitig nicht einen Funken Intelligenz besitzen. Fra Angelico mußte ein guter und zugleich dämlicher Hund sein. So dämlich, daß er nicht mal kapierte, daß ein Hund sich nicht in eine Katze verlieben kann, daß das eine Art Leidenschaft ist, die zu nichts führt. Und doch war das echte Liebe, was er für mich empfand. Und Liebe zu empfangen, das ist immer so wahnsinnig angenehm, daß ich seine Schmachtblicke, seine Fleischbrocken, sein helfendes Eingreifen, sobald ich angegriffen wurde... Kurz: ich war dankbare Abnehmerin.

Aber ihm nahe zu kommen, wo er so streng roch... Also fing ich an, ihm auch zärtliche Blinzelblicke zuzuzwinkern – aber *per distance*. Und bedankte mich nach jedem Fleischstück von ferne mit Maaahs. Das schien ihn schon zu befriedigen.

Mich befriedigte sie ja auch, seine leidenschaftliche Liebe. Ich hatte ja nichts anderes als das und Annas Streichelei – wenn sie Zeit hatte, mir welche zu geben –, um mir dabei zu helfen, über meinen Friedhofsschmerz hinwegzukommen, der mich immer noch quälte.

Er hatte den absolut übelsten aller Körpergerüche, mein Fra Angelico, aber er war derjenige, der mir diese überfüllte Enge erträglich machte.

Eine Katze ist eine Katze

Meine staubfusselige Höhle unter dem Bettkasten war zu meinem privaten Stammplatz geworden. Und da kam dieses Riesenkalb von Hund...

In einer Nacht, einer weiteren Nacht voll abartiger Ausdünstungen, voll Geschnaufe und Geschnarche in allen Tönen, voll alles andere als beruhigenden Geräuschen, in einer Nacht ohne ein anderes Licht als das einer kleinen Lampe, in deren Schein sich Anna die Augen verdarb, während sie aus dem Gedächtnis Feder für Feder die bedauernswerte Wellensittichdame Camille Claudel zeichnete, machte er, Fra Angelico, mir ein Geschenk. Ein prächtiges, königliches Geschenk.

Ich schlief gerade. Und sein ätzender Geruch weckte mich. Warum mußte er gerade jetzt daherkommen und mich an meiner

Privatadresse einstänkern? Was wollte er so mitten in der Nacht, der Stinker?

Mir was Gutes tun. Er schleppte mir ein Geschenk an, einen Wollschal, der noch fast ganz und nicht zu sehr durchlöchert war. Einen Wollschal, vom Müll sicher, den er unterwegs auf seinen Abendgassigängen am Fuß eines Baums in der Avenue du Maine gefunden hatte. Genau das, was ich brauchte, damit aus meinem Versteck eine echt gemütliche behagliche Höhle wurde.

Das war einfach zu gütig. Ich hörte einen Moment auf, seinen Gestank zu inhalieren, um ihm ein dankbares Miaaaaa herauszurufen. Und ein aufrichtiges. Ein wirklich aufrichtiges.

Und am nächsten Morgen... Und am nächsten Morgen, als er zu seinem Morgenspaziergang aufbrechen wollte, kam mir eine rühmliche Idee: Ich folgte ihm. Er wußte gar nicht, wie ihm geschah, aber er war sichtlich entzückt.

Wir schnurrten die Rue Froidevaux entlang. Das war die übliche Route seines Morgenspaziergangs. Durch diese Straße mit wenigen Leuten und nicht zu vielen Autos marschierte ich auf demselben Trottoir entlang wie mein verliebter Riesenhund. In einigem Abstand, damit ich ihn nicht zu sehr roch. Aber fast im gleichen Tempo. Fast. Denn ich machte sechs Schritte, während er mit seinen Pantoffelpfoten gerade einen machte.

Um sich an meinem Anblick weiden zu können, schüttelte er unaufhörlich seine Schlappohren von den Augen, damit er freie Sicht bekam. Ebenso unaufhörlich bellte er mir Buuaaaff-buuaaaffs zu, die sogar für einen, der kein Hündisch verstand, soviel heißen sollten wie: »Ma chérie, meine Angebetete, meine wunderschöne hübsche Kätzin, oh, wie sehr ich dich liebe, wie sehr ich dich liebe.«

Er war ein lieber braver riesiger Trottel von Hund.

Auf diese Art schleppte er mich bis zu dem Platz, an dem er sich auf sein ausladendes flauschiges Hinterteil niederließ und mit seinem Nasenschwamm in eine bestimmte Richtung deutete, in die ich schauen sollte.

Was ich bestaunen sollte, war ein Löwe aus Stein (oder Beton) auf einem Sockel. Der Löwe von Belfort. Ein bekannter Löwe, denn schon meine Obdachlose hatte mir von ihm erzählt. Ein Löwe, der einen gar nicht so wilden Eindruck machte. Der aussah, als würde er darauf warten, daß endlich sein Bus von der Porte d'Orléans käme. Ich warf Fra Angelico eine ausgiebige Blinzelserie zu, um ihm zu zeigen, wie stark ich diese Großkatze fand. Er blinzelte mir auch zu. Voller Befriedigung.

Dieser gemeinsame Morgenspaziergang durch die Rue Froidevaux und die – von ausgiebigem freundschaftlichen und konspirativen Augenblinzeln begleitete – Betrachtung des Löwen von Belfort wurde zu einer Gewohnheit. Zu einer netten Angewohnheit, angenehm und hygienisch. Der einzige schwache Punkt an der Sache – aber das konnte Fra Angelico ja nicht wissen – war, daß wir dabei an der Mauer meines Friedhofs entlanggehen mußten und daß mich jeden Morgen eine leichte Brise Erinnerungen und eine schwere, unheimlich schwere Brise Traurigkeit überkam.

Mit der Zeit flaute die Erinnerungsbrise zu einem ganz ganz linden Lüftchen ab, und meine schwere Traurigkeitsbrise ließ auch ganz schön nach. C'est la vie!

Ich war schließlich eine Katze, oder nicht?

Und... die Katzen... die Kätzinnen...

Eines Morgens lief uns an der Ecke Rue Froidevaux und Rue Emile-Richard ein sehr sehr sehr schöner Kater über den Weg, ein Siamese. Er sah mich an. Nicht so intensiv, wie er (und ich auch) am liebsten gewollt hätte. Denn Fra Angelico stürzte sich gleich auf ihn, um ihn zu lehren, was es heißt, nach dem Objekt seiner Liebe zu schielen.

Er war nämlich rasend eifersüchtig, mein riesiger Clown von Hund. Irgendein Passant brauchte mir nur eine Höflichkeit zuzumurmeln oder sich zu bücken, um mich zu streicheln... und schon donnerte das Gebelle los. Er hielt sich für mein Kindermädchen, für meine Leibwache. Oder für meinen Herrn und Meister? Oder gar für meinen Mann?

Bei Anna im Haus war es ganz genauso. Kein anderes Tier durfte sich in meine Nähe wagen. Kein einziges. Was für mich ein

Segen war. Weil all diese anderen… Ich *kann* Ihnen sagen! Und besonders die Kater, die keine Siamkater waren.

Bald liefen wir ihm wieder an der Ecke Rue Froidevaux und Rue Emile-Richard über den Weg, diesem Siamkater. Immer öfter trafen wir ihn. Erstaunlich – finden Sie nicht? Wirklich sonderbar. Fast die ganze Zeit stand er dort auf Posten. Auf was wartete er? Oder auf wen?

Vielleicht wartete er auf nichts, auf niemanden. Und befand sich nur deshalb in dem Moment dort, wo wir, Fra Angelico und ich, vorüberkamen, weil ihm diese Ecke gefiel. Und weil seine Morgenspaziergangszeit die gleiche wie unsere war. Zufall – so was gibt's. Fest steht zumindest, daß, wenn sich unsere Blicke trafen…

Ebenso erstaunlich wie die Tatsache, daß wir ihn ständig dort sahen, war dieser Schauder, der mir über den Rücken lief, sobald ich ihn erblickte. Ein Schauder wie ein Schüttelfrost. Aber nicht frostig. Sondern eher heiß.

Und nicht weniger erstaunlich: wie rasend mein Riesenhund da wurde. Was ihn beim Anblick des Siamkaters überkam, das war kein Schauder, sondern rasende Wut. Ganz knurrend wurde er davon, knurrend bis aufs Messer, bis auf die blanken Zähne. Hätte ich ihm seinen Willen gelassen, dann hätte er sich auf diesen sehr sehr sehr schönen Kater gestürzt, der zwanzigmal kleiner war als er und die Unverschämtheit besaß, mich mit Blicken zu verschlingen, und dabei fast selbst verschlungen worden wäre, und zwar von Fra Angelico höchstpersönlich. Aber das hätte mir überhaupt nicht gefallen. Also…

Also tat ich so, als würde ich nicht mal bemerken, daß es da an der Ecke zur Rue Emile-Richard eine Katze, einen Kater gab, und ich startete durch in Richtung Endstation: zum Löwen von Belfort. Fra Angelico folgte mir und schluckte – was blieb ihm auch anderes übrig? – seinen Groll und Frust hinunter. Und der Siamkater blickte uns nach.

Ich sah ihn zwar nicht, aber ich fühlte, ich wußte, daß er es tat. Und es hätte mich auch enttäuscht, ja gekränkt, wenn er es nicht getan hätte. Weil er mich interessierte. Der Beweis: In meinen

Schlafträumen, meinem Schlummerdösen tauchte mit der Zeit ein Kater auf, der nicht mehr mein so tief bedauerter Knochendürrer mit der Puderquastentolle war, nein, sondern ein an der Ecke zur Rue Emile-Richard postierter Siamkater. Ein Siamese, bildschön wie ein Tier auf einem von Annas Gemälden.

Er hatte nämlich ein viel fahlgelber, viel fahlröter gemasertes, glänzenderes Fell als sämtliche Kater, die mir zu Gesicht gekommen waren, seit ich aus dem Bauch meiner Mutter Ophélie geschlüpft war. Und er war genauso rassig wie sie. Ich wette meinen Kopf, daß die abartige Madame d'Ouiche diesen Kater dort nicht von ihrem bezahlten Killer André hätte ersäufen lassen. Er war ein Kater, der auf den Leistungsshows alle Goldmedaillen, sämtliche Ersten Preise abgesahnt hätte.

In meinen Schlafträumen, in meinem Schlummerdösen hatte er zusätzlich zu seiner Schönheit, seiner unvergleichlichen Distinguiertheit noch solche Blicke, sage ich Ihnen, solche Aufmerksamkeiten für mich... Da brachte er mir 1-A Klassemäuse an, die Schwänze von einer Länge hatten, die nicht unappetitlich war, die goldene Haare hatten und nicht nach Maus rochen, sondern nach dem erlesensten Fressi. Da verwöhnte er mich mit den Pfoten, mit dem Kopf mit Streicheleinheiten. Da warf er mir schmachtende Marrignaaaaaohs zu, daß man sich beleckte bis über beide Ohren. Da tanzte er mir lüsterne Tänze, richtige Siamkatertangos vor. Da rollte er mir seinen Schwanz um den Hals, und das war ein unheimlich betörendes Halsband.

Selbst meine allerallerhimmlischsten Momente in meinem russischen Haus, in Liebe mit meinem bedauernswerten Puderquastigen, waren nichts im Vergleich zu den Momenten mit dem Siamkater von der Ecke Rue Froidevaux und Rue Emile-Richard in meinen Träumen.

Und wegen diesem Aufpasser, diesem Anstandswauwau von Fra Angelico konnte ich nicht mal kurz stehenbleiben, um ihm auch nur einen Augenaufschlag, ein schlichtes kleines Miau zukommen zu lassen. Er ging mir so auf den Geist, dieses Kalb von Stinkehund, der nach Gullykacke roch!

Ich wußte, daß es Fra Angelico nur gut mit mir meinte, daß ich seine Schmusekatze war, daß er wie ein Bruder zu mir war. Wie ein Bruder, der mich von Herzen gerne besprungen und mir kleine Katzen-Welpen gemacht hätte. Er war in mich verliebt. Das war sein Problem. Nicht meines. Und außerdem... Eine Katze ist eine Katze! Und wenn eine Katze von dem Teufel getrieben wird, den sie nun mal im Leib hat...

Eines Nachts, in einer weiteren Nacht voller Gestank, Geschnaufe und Geschnarche von jeglicher Sorte, schreckte ich plötzlich aus einem Traum hoch. Ohne Grund. Es war ein Traum, der in einem prachtvollen großen Park mit seidenweichem Gras und mit so richtig warmer Sonne spielte. Weit und breit war niemand zu sehen, keine Fliege, kein Floh, keine Ameise. Nur der Siamese und ich, die wir uns Kopf an Kopf aneinander schmiegten und leise Schreie einer großen Lust ausstießen.

Und aus diesem Traum schreckte ich hoch. So jäh, daß es war, als hätte man mir einen Stoß gegeben, daß es mich umhaut. Und ich fand mich in der Stockdunkelheit von Annas Atelier- und Kleintierzoohaus wieder. Unter meinem Bettkastenrefugium. Und dann...

Und dann gab es da so einen Durchschlupf, der auf den Hof hinausführte, der wiederum auf die Straße hinausführte.

Das war mein erster Ausflug ganz allein. Mein erster Ausriß. Logischerweise hätte ich Muffensausen haben müssen. Und zwar gewaltig. Aber ich dachte überhaupt nicht weiter nach. Ich schnürte los mit dem sicheren Schritt einer Katze, die weiß, wohin sie geht und warum sie dorthin geht. Und ich fand mich an der Ecke Rue Froidevaux und Rue Emile-Richard wieder. Dort, wo jeden Tag zur Stunde des Spaziergangs mit Fra Angelico...

Aber der lästige verliebte übelriechende Wauwau war diesmal nicht dabei. Aber er war da. Er. Mein Siamese!

Und seine Augen leuchteten, leuchteten, sage ich Ihnen! Und dann gab er ein – man würde sagen, es war ein Brüllen – von sich. Ich weiß, brüllen, das tun die Tiger.

In jener Nacht wurde aus meinem Siamkater ein Tiger. Und aus mir eine gestrauchelte Katze.

Eine Katze ist nur eine Katze

Das Straucheln und Gestraucheltwerden, das ist so wie alles andere auch, das dauert so lange, wie es eben dauert. Und nach dem Straucheln gibt es ein Nachher. Oder gleich mehrere. Und... die Nachhers... die Folgen... die Auswirkungen...

Während passierte, was passierte, war das Ganze zugleich genüßlich und unerträglich, lustvoll und qualvoll, lecker wie ein Leckerbissen und schmerzhaft wie eine Operation. Wie es für andere Katzen ist, kann ich nicht wissen. Aber was mich betrifft, mich, Lou...

Nach dem Brüllen – ich bleibe dabei, es war eines – bekam ich einen Blick zugeschossen, der mich beinahe mitten auf dem Trottoir der Rue Emile-Richard versteinert hätte. Dann folgte ein ganzes »Cats«-Musical von Schreien eines Katers, der komplett zum Tiger geworden war. Er führte einen ganzen Reigen um mich herum auf. Eine sehr gelungene Aufführung. Mit *envolées* wie von einem Star-Tänzer. Mit tadellosen Pointen. Und mit dem, was die Menschen immer so unbeholfen imitieren: – nämlich den, was sie sich nicht entblöden, auch noch als *entrechats* zu bezeichnen (wo das doch Sachen sind, die nur zwischen Katzen passieren). Ganze Serien von *entrechats*. Mit Wirbeln, Verschlingungen und Schlängelungen von sämtlichen Pfoten, mit lauernden Schleichschritten und Aufbäumsprüngen, so majestätisch wie von einem Wappentier.

Echt große Kunst!

Faszinierend!

Dann hörte »man« auf zu tanzen und ließ ein Grrraaaagnuuuh vom Stapel, das mich noch felsenfester auf das Trottoir der Rue Emile-Richard nagelte. Dann – und da hörte der Spaß echt auf – folgte ein Biß in meinen Nacken.

Aber nicht nur so ein Pseudo-Biß von einem Kater, der lediglich verliebt ist. Ein waschechter Todfeindbiß. Und er warf sich auf mich, dieser wahnsinnige Dämon. In voller Länge. Schwer wie der Löwe von Belfort aus Stein oder Beton. Und dann ging alles viel zu schnell und wollte dennoch kein Ende nehmen. Es tat mir weh wie nicht enden wollende, sehr gewaltsame Dolchstöße in die Eingeweide, und dann Krallenrisse am ganzen Körper. Und dann... und dann...

Während alledem kapierte ich nicht, was da passierte. Das kapiere ich noch heute nicht! Nur wenn ich daran zurückdenke, habe ich immer noch Todfeindschreie im Ohr, daß mir der Schädel platzt, und innen in meinem Bauch brennt es wie Feuer.

An einem bestimmten Moment muß ich mitten auf dem Trottoir eingeschlafen – oder in Ohnmacht gefallen? – sein. Als mein Hirn wieder ein bißchen zu funktionieren begann, fand ich mich wie nach einer langen, schweren Krankheit total meschugge und fix und fertig wieder. Und er, mein Siamese, war nicht mehr da.

Ich habe ihn übrigens nie mehr wiedergesehen. Alles was ich sah, als ich wieder die Augen aufschlug, war das Mondgesicht von Fra Angelico. Sein Mondgesicht, das zum erstenmal gar nicht witzig, gar nicht rührend aussah.

Er sah mir so starr in die Augen wie ein Herrchen, wenn man ihm gerade diejenige von seinen Limogetassen zertrümmert hat, an der er am meisten hing. Seine Schielaugen quollen über vor Verachtung und Vorwurf. Sie beschimpften mich als Verräterin, eine »Streunerin«, eine »Stricherin«, eine Katzennutte, ein nichtswürdiges Noch-weniger-als-Nichts.

Ich machte meine Augen schnell wieder zu, damit ich nicht erfuhr, was für eine Schande ich selbst für meinen mehr als nur freundschaftlich verbundenen Hund geworden war. Es folgte ein kurzer, aber sehr sehr langer Augenblick, in dem nichts passierte. Und dann spürte ich wieder einen Biß im Nacken. Aber diesmal keinen so schmerzhaften, einen Biß mit sehr großen Zähnen, die mich vorsichtig packten. Ich wurde hochgehoben, fortgerissen aus dieser Gosse von Trottoir der Rue Emile-Richard. Und einfach weggetragen, wie ein Katzenbaby.

Wenn die Engel nicht nur so was wie ein Traum sind, dann müssen sie die gleiche Nasentrüffel, die gleiche Superfigur, den gleichen Klassegang haben wie Fra Angelico.

Als sich anschließend bei Anna zu Hause unsere Blicke wieder trafen, hatte er all seine Enttäuschung, all seine Vorwürfe runtergeschluckt. Ein Engel ist nicht nachtragend. Ich war wieder seine Herzallerliebste, zu der er nicht anders als zärtlich sein konnte. Und er nahm mich wieder in sein Herz auf, indem er mich an jeder, aber auch jeder Stelle mit seiner sabbernden Salatblattzunge ableckte.

Und – ich schwör's echt! – er roch nicht mehr nach stinkendem Hund. Er roch nach tröstendem Hund.

Ich leckte ihm sogar zwei-, dreimal sanft mit meiner Zunge eine seiner immensen Pantoffelpfoten. Das war echt nicht viel. Aber es hat ihn in solche Freudentaumel versetzt... Er kläffte, daß er fast keine Luft mehr kriegte. Und sein Schwanz rotierte wie ein Flugzeugpropeller.

Ich war keine Streunerin, keine Stricherin, keine Nutte und was weiß ich noch alles mehr – und war es nie gewesen. Mir war verziehen, die Absolution erteilt worden. Ich durfte mich schlafen legen. Auf dem weichen Bauch meines verliebten Hundes. So tief und so lange schlafen, daß ihm wegen mir mehrere Fressis durch die Lappen gegangen sein müssen.

Wie sehr so ein Hund doch der beste Freund der Katze sein kann, wenn er sich mal die Mühe macht! Wie undankbar eine Katze sein kann!

Als ich aus meinem erholsamen und schmutzlösenden Schlaf erwachte, fing ich sofort wieder an, ihn, meinen Wohltäterhund, übelriechend zu finden. Wieder wurde ich zur »Miss Empfindlichkeit« in Person. Eine von der schlimmsten Sorte, die sich darauf sogar noch etwas einbildete. Auf dem Bauch, auf dem ich geschlafen hatte, war ich wahrhaft auf Rosen gebettet. Aber meine Nase erinnerte mich wieder daran, daß Hunde nach Hund riechen. Und meine niederträchtige Natur erinnerte mich wieder daran, daß eine edle Katze keinem Hund irgendwelchen Dank schuldet. Selbst einem wahren Engel von Hund nicht. Kurz gesagt, ich ließ Fra Angelico liegen, wo er lag, und verkroch mich in meinen Schlupfwinkel unter meinem Bettkasten.

Ich behaupte nicht, daß das nicht beschämend war. Ich bewerte nicht. Ich berichte, vergegenwärtige, erzähle lediglich, wie die Dinge sich entwickelten.

Und die entwickelten sich ziemlich übel.

Denn in punkto »Viechern, ihren Viechereien und tierischen Spielchen«, da kannte Anna sich aus. Sie brauchte nur zu sehen, wie ich mich beim Fressi verhielt, um sich ihren Teil zu denken und die Wahrheit zu erraten.

»Na du, meine kleine Kokotte, für eine allein schlingst du nicht so in dich hinein. Sondern für mehrere. Und wenn ein Mädchen mal anfängt, für mehrere zu futtern... Dein Bauch! Zeig ihn mir mal ein bißchen, damit ich ihn abtasten kann. Siehst du! Hab ich's mir doch gedacht! Volltreffer – richtig geraten. Das ist ein prallvoller Bauch. Und gewiß nicht prallvoll mit Fünfhundertern. Und streß dich bloß nicht, mir einzureden, daß der Papa ein in jeder Hinsicht süßer Schnuckel ist, der dir versprochen hat, die Sache ehelich zu regeln. Was nämlich diese Sache betrifft, die ist schon von vornherein geregelt, denn was die Vermehrung von gefräßigen Mäulern angeht, da bin ich so sehr dagegen wie sonstwas, also bekommst du einen ordentlichen Napf voll Antiblagentee verpaßt.«

Kräutertee

Der Antiblagentee war ein Wunderheilmittel, den Anna von einer betagten Dame vermacht bekommen hatte, die ihn von einer noch betagteren Dame überliefert bekommen hatte. Es war ein Hexenrezept vom Lande, um »die Küken schon im Ei zu töten«.

Dieser Kräutertee war enorm wirksam. Er war für gefiederte Tiere ebenso geeignet wie für behaarte. Aber er hatte auch seine lästigen Macken. Zunächst einmal mußte man ihn nach einem drei Tage langen absoluten Fasten einnehmen. Daher sperrte Anna die Anwärter für ihren Tee in eine Besenkammer ohne Besen, ohne Licht und fast ohne Luft.

Drei Tage ohne Nahrung in einer Besenkammer, das ist tödlich. Aber man stirbt nicht. Am Anfang langweilt man sich ein wenig. Dann langweilt man sich sehr. Dann langweilt man sich so tödlich, daß man alles mögliche versucht, um wieder herauszukommen aus der Kammer, um sie mit dem Schädel, mit den Krallen zu zertrümmern. Und alles was man dabei erreicht, ist, daß man sich den Kopf anschlägt und die Krallen abbricht. Dann versinkt man in Mutlosigkeit. Dann kommt der Abend des dritten Tages und der Napf mit dem Tee, den man sich aber zu trinken weigert. Einen Tag lang rührt man ihn nicht an, diesen Scheißnapf mit dem Scheißtee. Man rührt ihn zwei Tage lang nicht an, drei Tage lang.

Der schwankende Fetzen aus Haut und Knochen, der ich geworden war, muß seinen ersten Schluck von diesem Teezeug erst nach Ablauf einer ganzen Woche geschlappert haben. Alles in mir schrie nach Flüssigkeit. Sie schmeckte bitter, salzig, harzig. Das war untrinkbar.

Anna ließ mich erst aus der Besenkammer heraus, als ich alles ausgetrunken hatte.

Ich war nur noch der Schatten meiner selbst. Fra Angelico, der seit dem Beginn meiner Einkerkerung vor meinem Kerker Wache gehalten hatte, konnte gerade noch eine Pfote ausstrecken, um mich im Fallen abzufangen. Ich brach zusammen. Wieder kam er mit seiner Nummer mit dem Katzenbabytragen und trug mich am Nackenfell gepackt zu meinem in Staub gehüllten Winkel, aus dem er mit einem gepfefferten Tatzenhieb einen Hausbesetzer namens Georges Braque ausquartierte. Nachdem er mich behutsam auf meinem Geschenkschal abgesetzt hatte, wetzte er davon und brachte mir – von wo nur? Aus welchem einbruchssicheren Versteck? – ein Stück Fleisch ohne Knochen, ohne Fett. Der gute Fra Angelico!

Am nächsten Morgen leistete er mir Beistand bei der schmerzhaften, sehr schmerzhaften Austreibung der »schon im Ei getöteten Küken«. Der Kräutertee der Hexe Anna wirkte wie der Teufel. Ein Gebären war das nicht. Aber trotzdem geschah es unter Schmerzen. Und wie!

Natürlich kümmerte sich Fra Angelico darum, die abgetriebenen Ausgeburten – sieben, glaube ich – verschwinden zu lassen, und bellte mich während und nach der Prozedur voller Zärtlichkeit an, um mir Mut zu machen und zu versuchen, mich, nachdem ich das Ganze glücklich überstanden hatte, moralisch wieder aufzurichten.

Leider Gottes konnte er mich am übernächsten Tag nicht im Auto begleiten.

Auto

Ein an allen Ecken und Enden selbst zusammengebasteltes Auto. Vielleicht ein Citroen, vielleicht ein Renault. Ist ja auch egal. Die Namen von Autos sind zu uninteressant, als daß ich sie mir merken würde. Das von Anna mußte schon seit zig Jahren über Straßen gerumpelt sein, die vor Schlaglöchern strotzen und nur von Autoscooters und Hell's Drivers befahren waren. Außen wie innen war alles mit Isolierband, Heftpflaster, Draht und Packschnur zusammengeflickt. Es roch nach dem Pipi von sämtlichen Tieren der Schöpfung, und nach Benzin, wenn es sich dazu herabließ, zu fahren. Langsam und unter Anfällen von Schluckauf. Anna hing sehr an ihrem schrottreifen Vehikel.

»Nicht mal für 'ne Milliarde würde ich diesen Wagen verkaufen. Auch nicht für zwei. Und trotzdem... Bis zu achthundert Francs hat man mir dafür bereits geboten. Ein Schrotthändler, als wir einmal weitab am Stadtrand eine Panne hatten. Aber da habe ich nein gesagt. Und beim Nein wird es immer bleiben. Wir werden unseren Geist gemeinsam aufgeben, meine Karre und ich. Und wir haben noch einige Jährchen vor uns, darauf kannst du dich verlassen. Als ich sie gekauft habe – gebraucht und von einem Verkehrsrowdy, der sie in Grund und Boden gefahren hat –, da war's Liebe auf den ersten Blick. Denn ein Auto in so einem Grün, da kann man lange suchen... Sein Besitzer, das war der hinterletzte Wahnsinnsfahrer, eine gesengte Sau, wie sie im Buche steht, aber er hatte ein Gefühl für Farben. Ein derart giftiges Apfelgrün, das gibt's nicht im Handel. Er hat es erst erfinden müssen. Und da kann ich nur sagen: Hut ab! Nicht mal Mickey-

Maus aus den amerikanischen Comics hatte so ein knalliges Auto. Und es hat nicht nur seine ganz persönliche Farbe. Es hat seinen eigenen Charakter. Das ist kein Serienauto, das sofort in Fahrt kommt, wenn du es am Anlasser kitzelst, keines, das aufhört, sein Eigenleben zu leben, wenn du den Gang rausnimmst, und das allem, was ihm die Füße befehlen, ohne aufzumucken gehorcht. Es fährt, wie es ihm paßt. Es fehlt nicht viel, und es würde selbst entscheiden, wo es langfährt. Ich könnte Straßen, ganze Kaffs aufzählen, in die es sich stets geweigert hat hineinzufahren. Juvisy zum Beispiel! Zehnmal habe ich einen ehemaligen Kumpel von der Ecole des Arts-Décoratifs besuchen wollen, der sich dort niedergelassen hat. Elfmal hat es die Sache so eingefädelt, daß wir nicht ankamen. Reifenpanne, Benzin alle, die Lichtmaschine abgestürzt, die Windschutzscheibe zu Bruch gegangen. Sämtliche Register gezogen. Also habe ich es aufgegeben, bei dem alten Töpferkumpel in der Rue de la Poste in Juvisy vorbeizuschauen. Hin und wieder rufe ich ihn an. Dann erzählt er mir von seiner Töpferei, und ich erzähle ihm von meinen Gemälden. So vom Ohr aus betrachtet kommen sie mir sowieso eher bescheuert vor, seine ewigen Pötte, Vasen und Krüge… Na, fühlst du dich wohl in diesem Katzenkorb? Geht's?«

Nein, es ging nicht. Nein, ich fühlte mich nicht wohl. So ein Weidenkorb war noch enger und demütigender als eine Besenkammer. Warum tat mir die sonst so gute und umsichtige Anna das nur an? Habe ich für meine Ekstasen mit dem Siamesen vielleicht nicht teuer genug bezahlt? Warteten vielleicht noch weitere Strafen auf mich? Und warum mußte ich sie woanders als in dem Atelierhaus über mich ergehen lassen? Und wo war es, dieses Woanders?

»Du fragst dich sicher, wo wir hinfahren, was?«

Klar habe ich mich das gefragt. Dumme Frage!

»Wir fahren zu dem exzellenten Doktor Boulin, meine kleine Dame. Ein praktischer Allgemeinarzt, der um so herausragender ist, als er durchaus gewillt ist, sich mit meinen Gemälden als Honorar zu begnügen. Sein Wartezimmer könnte man sozusagen als mein Museum betrachten. Oh! – ist dir übrigens aufgefallen, daß ich jetzt ›meine kleine Dame‹ zu dir sage? Weil du zwar immer noch so liliputanermäßig klein, aber keine Mademoiselle mehr bist. Nein, das bist du nicht mehr, mein Armes. Sobald man sie einmal begangen hat, die Erbsünde... Ich werde dir nun die vertraulichste aller vertraulichen Mitteilungen machen, meine Große. Ich mit meinen fünfzig Jahren habe sie immer noch nicht begangen. Immer noch nicht. Da bleibt dir die Spucke weg, was? Du glaubst, ich lüge dich an. Nein, mein Kätzchen. Immer noch nicht! Und wo ich schon mal dabei bin... Warum es nicht passiert ist? An Gründen könnte ich dir einen Katalog aufzählen, so dick wie der vom Supergroßmarkt Redoute. Aber der einzige, der wirklich den Ausschlag ab... Du kannst einen noch so tollen Busen wie aus Marmor haben, einen Po wie von einer Achtzehnjährigen und Gelüste, wie sie normaler nicht sein können, aber den Kerl finden, der bereit ist, in ein Bett zu schlüpfen, in dem schon zwei solche Schlampen wie du liegen, dazu drei oder vier Hunde und eine Blindschleiche... Dabei war es oft schon fast soweit... Schau hier, keine zwei Schritte weit von hier, im Hotel de la Louisiane, in der Rue de Buci... Ein amerikanischer Saxophonist. Er war scharf auf mich, ich war scharf auf ihn. Im Laufschritt ist er die Treppe heraufgestürmt. Aber... als er die Kröten im Bidet sah... Und mein Architekt, der hat mich ebenfalls angebetet... Sogar vom Heiraten haben wir schon gesprochen... Wir waren im Bett, ganz nackt... Die Sache war so gut wie vollzogen, als meine Ratte Giotto ihm plötzlich in die Wade biß... Ich könnte sie dir alle aufzählen, meine Männer, und ich könnte dir erzählen, wie sie mich alle so jungfräulich wie eine Jungfrau Maria haben sitzenlassen – du würdest eingehen vor Lachen... Aber das ist ja nicht das, was dir auf den Nägeln brennt. Sondern du möchtest erfahren, was dich erwartet. Was dich erwartet, bei dem exzellenten Doktor...«

Doktor

Nur Tiere behandelte er, der exzellente Doktor. Von Katzen aus dem feinsten Département Seine bis hin zu Krokodilen, die er an Ort und Stelle in den gefährlichen Sümpfen kuriert hatte, bevor er sich im XV. Arrondissement niedergelassen hatte. Er war auf dem Kopf total gerupft, doch gutgelaunt und stets zu Scherzen aufgelegt.

»Aber da ist ja unsre liebe alte Freundin Anna höchstpersönlich! Und wie geht's denn unsrer lieben alten Freundin? Was hat sie denn da Schönes in ihrem Korb?«

»Ein kleines Luder von Rinnsteinkatze, die…«

»Schon im Bilde, Anna. Der Engelmachertee hat also wieder zugeschlagen. Trotzdem müssen Sie mir endlich mal verraten, was Sie da reintun in Ihr tödliches Gebräu.«

»Das können Sie sich abschminken, Doc. Die Zusammensetzung von meinem Tee ist top secret. Ich kann Ihnen nur soviel verraten, daß da nichts Chemisches reinkommt, nur besondere Kräuter, Blätter und Wurzeln. Nur Natürliches, was keine Nebenwirkungen haben kann wie Ihre Labormedikamente.«

»Und das ist für jedes beliebige Tier geeignet?«

»Da ich noch nie einen Elefanten, ein Zebu und ein Dromedar in einem dafür interessanten Zustand in Obhut hatte, würde ich meine Hand dafür nicht ins Feuer legen. Aber was Katzen, Hunde, Affen, Papageien betrifft…«

»Diese Katze ist natürlich hier zum…«

»Erraten, Doc.«

Aha, ich war also hier zum…! Zum was? Das blieb ein Rätsel. Anna öffnete den Korb, zerrte mich heraus und drückte mir einen riesigen Kuß auf den Schädel.

»Mach dir keine Sorgen, mein Hühnchen. Morgen komme ich dich wieder abholen. Und in der Zwischenzeit wird man dich verwöhnen wie in einem Vier-Sterne-Etablissement.«

Was war das nun wieder, ein »Vier-Sterne-Etablissement«?

Warum hatte Anna mich »mein Hühnchen« genannt? Würde man mir den Hals umdrehen, mich abstechen, mich rupfen wie ein Federvieh? Mich braten und auf einer Platte mit goldbraunen Kartoffeln garniert servieren? Wie konnte ich da anders als mir Sorgen machen, wo ich mich an einem unbekannten Ort unter lauter Unbekannten wiederfand?

Und was war das, was ich da in dem Haus des exzellenten Doktors hörte? Ganz eigenartige Schreie: Gebell, Miauen, Gepiepse, aber keine zufriedenen, sondern lauter weinerliche, stöhnende Laute. Das Ganze roch verdächtig nach Schmerz, nach Leiden. Würde man mir etwa weh tun? Mich foltern?

Schon diese Besenkammer, mein Fasten, das Austreiben von unfertigen Babys aus meinem Bauch, das alles hatte mich schon wahnsinnig fertiggemacht. Wenn mir nun zusätzlich noch weitere Eingriffe... Davor mußte ich mich retten, also ganz ganz schnell abhauen. Unbedingt.

Aber eine Dame in himmelblauem Kittel packte mich mit festem Griff und schleppte mich in einen Raum mit gekacheltem Boden, dessen Wände mit lauter übereinandergeschachtelten Käfigen zugestapelt waren. Enge Käfige mit vielen Schlössern und Riegeln davor. Darin konnte ich mit halbem Auge andere Katzen erkennen, auch kleine Hunde. Dann etwas aufrecht Stehendes, das sich quiekend an das Gitter seines Käfigs klammerte und das aussah wie das Chamäleon auf einem von Annas Gemälden. Aber ich kann mich auch getäuscht haben.

Ich hatte gar keine Zeit, alle Gefangenen zu sehen. So schnell hatte die Frau mich eingesperrt.

Eingebuchtet in einen nackten Käfig ohne irgendwas, worauf man schlafen konnte, nicht mal ein kleines Stück Stoff oder Zeitung. Nur ein Plastiknapf mit fünf Croquetten (aus Fleisch, sogar schmackhaft, aber nur fünf) und ein Napf Wasser.

Was sollte ich da drin bloß?

Ich beobachtete alle Gefangenen, die ich von meinem Käfig aus sehen konnte. Sie sahen alle ziemlich übel zugerichtet aus. Manche hatten Verbände oder Armbinden, einige schliefen mit geschlossenen oder offenen Augen, ein paar sprangen herum, waren völlig ausgerastet, versuchten die Gitter ihres Käfigs zu demolieren. Andere stellten sich tot, täuschend echt.

Das schien mir ja ein netter Ort zu sein bei diesem Doktor Boulin! Und was das »Verwöhnen wie in einem Vier-Sterne-Etablissement« anging... Die ganze Arbeit der Frau im himmelblauen Kittel bestand darin, uns zu abgestumpften Tieren zu verblöden. Das Wasser in ihrem Napf war ein Trick, mit einem Verblödungstrank drin. Man brauchte nur einen Tropfen davon zu schlappern, und sofort wurde einem ganz komisch. Man schlaffte total ab, alles war einem plötzlich egal, man hätte mit mir anstellen können, was man wollte.

Dann kam etwas viel Gemeineres als dieser Verblödungstrank: Man bohrte mir eine spitze Nadel in die Rückenschwarte, und in meinem Schädel breitete sich ein teigiger Nebel aus, meine Pfoten funktionierten nicht mehr.

Ergebnis: Ich schlief nicht, sondern dämmerte nur blöde vor mich hin. Blöde vor sich hin dämmern, das macht einen nicht müde. Im Gegenteil, es streßt einen ganz schön.

Wie lange habe ich da wohl vor mich hin gedämmert? Wochen, Monate. Womöglich Jahre. Nicht mal mein Fressi bekam ich. Man brummte mir wieder die Nummer mit der Besenkammer auf. Und nicht mal mehr mit der Hoffnung auf eine Runde Kräutertee am Ende. Mit überhaupt keiner Hoffnung mehr.

Dann hat man mich aus meinem blöden Dämmerloch herausgeholt. Ein junger Mann im grünen Kittel kam und schnappte mich. Er angelte nach mir wie nach einer alten Socke. Ohne ein Wort. Er trug mich in ein Zimmer ohne Fenster und nur mit einer blendenden Lampe und dem exzellenten Doktor darin, dessen Gesicht zur Hälfte hinter einer blauen Maske verborgen war und der mich mit einem verlogenen Lächeln begrüßt hat.

»Bonjour, mein Floh, und willkommen auf dem Billardtisch. Du wirst sehen, das ist ein Klacks, dieser kleine Eingriff.«

Dieser Schlachter besaß die Frechheit zu sagen, ich würde schon sehen! Kaum befand ich mich in seinen kalten Gummihandschuh-Händen, da bekam ich noch einen Nadelstich in den Rücken. Und dann... Und dann nichts mehr. Dichter Nebel. Dicke Suppe.

Als ich mich wieder in meinem Käfig wiederfand, merkte ich

zuerst nicht, wo ich überhaupt war. Irgendwas war mit meinen Augenlidern passiert. Ich konnte sie nicht mehr öffnen. Schwer wie Blei waren sie. Nicht hochzuheben. Blockiert. Gehörte das etwa zu dem »Verwöhnen wie in einem Vier-Sterne-Etablissement«? Hatte mich Anna, Anna, die nette, die selbstlose Freundin der Tiere, deshalb an ihren lieben Freund, den exzellenten, lächelnden Doktor, ausgeliefert? Das Ganze war ein Alptraum.

Nein. Es war doch keiner. Meine Augenlider wollten mir nicht mehr gehorchen. Sie mußten ihren ganz eigenen Willen bekommen haben wie das Auto mit dem Grün, das bei Anna Anfälle von Liebe auf den ersten Blick ausgelöst hatte. Was sollte aus mir werden – mit Augenlidern, die ihre eigenen Wege gingen?

Würde ich nie mehr sehen können? Blind durch die Gegend laufen und schon beim kleinsten Schritt überall anrempeln?

Nur war es leider so, daß ich keinen Schritt mehr tun konnte. Nicht mal mein Kreuz konnte ich mehr bewegen. Nicht genug damit, daß sie mir meine Augenlider vermurkst hatten, sie hatten mich auch noch in eine Wurst verwandelt!

Mein ganzer Körper war rundherum mit Mullbinde umwikkelt. ›Velpeau‹ heißt das Zeug bei uns auf Französisch, das habe ich von Anna erfahren. Aber erst viel später. Als wir in ihrem Auto mit dem eigenen Charakter in ihr Atelier zurückgekehrt waren und ich wahnsinnige Bauchschmerzen, eine Zunge wie aus brechtrockener Pappe und eine irre Lust bekam, massenweise zu kotzen, nur daß ich nichts mehr zum Rauskotzen im Magen hatte.

Und einen Haß bekam ich, auf die gesamte Menschheit, aber auf eine gewisse Anna ganz besonders. Eine gewisse Anna, die mich wie einen kostbaren Gegenstand abholte, mir sechsunddreißig verlogene Küsse gab und auf dem Nachhauseweg tausend Dinge erklärte.

»Überflüssig, mir zu sagen, daß du nicht gerade in bester Form bist. Das weiß ich. Wenn man aus dem Krankenhaus kommt, ist man jedesmal noch kaputter, als man reingekommen ist. Aber da mußtest du durch. Denn jetzt wirst du, wenn der

Klapperstorch angeflattert kommt, seelenruhig zusehen können, ohne Angst zu haben, du könntest einen Braten in der Röhre haben.«

Klapperstorch – was sollte denn das nun wieder? Und wieso sollte *ich* Angst haben, *ich* könnte einen Braten in der Röhre haben? Annas Fressi war manchmal Braten, den sie in ihrem Herd in der ›Bratenröhre‹ machte, wie sie den brüllheißen Käfig mit der Klappe davor nannte. Aber so ein Quatsch – ich wüßte nicht, wieso *ich* auf die Idee kommen sollte, mir in diesem gefährlichen Loch mein Fressi *selbst* zu braten.

»Das mit den Klapperstörchen und dem Braten in der Röhre, mein Kätzchen«, klärte sie mich dann auf, »das ist nur so eine Redensart. In Wirklichkeit...«

Das Fantastische mit Anna war, daß sie genau wußte, was man verstehen konnte und was nicht. Und daß sie, geduldig und ohne sich aufzuregen, unsere Fragen und ihre Antworten immer selbst aussprach.

»In Wirklichkeit hat man dich operiert, damit du keine Jungen mehr bekommst. Ich weiß, das klingt reichlich fies und grausam. Aber vierbeinige Mamas wie dich Junge in die Welt setzen zu lassen, die man anschließend abmurksen oder in einsamen Kellerlöchern oder in Flüssen verrecken lassen muß, das ist noch verdammt viel fieser und grausamer. Wenn dich jetzt die Lust packt, dich mit irgendwelchen Katern herumzukugeln, dann brauchst du dich nicht mehr zu zieren. Obwohl die platonischen Lieben auch nicht die übelsten sind. Sieh nur mich an, obwohl ich immer noch genauso sehr Jungfrau wie eine Jungfrau Maria bin, hindert mich nichts daran, daß ich... Um wieder auf die Operation zurückzukommen: manche sind dafür, manche dagegen. Das ist wie bei uns Frauen die Pille, der Schwangerschaftsabbruch... Was? Du hörst mir gar nicht zu? Du bist sauer, spielst die Beleidigte?«

Ja, ich war sauer, stinksauer. Sie hatte ihre Gründe – sehr vernünftige, daß sie sich in ihrem Haus nicht von Katzen, Hunden, Schlangen, Affen umringt sehen wollte, die sich pausenlos vermehrten. Aber auch ich hatte meine Gründe, sauer zu sein.

Außerdem hatte ich Schmerzen. Verdammt große Schmerzen sogar. Bei jedem Schluckauf, den das Auto hatte, war es, als ob mein Bauch in tausend Fetzen zerreißen würde. Und was für einen Schluckauf es hatte. Vor allem in der Rue de Rennes, offenbar haßte es diese Straße besonders. Als wir im Atelierhaus angekommen waren, kam ich in den Genuß des Privilegs für »operierte Weibchen«. Ich durfte auf Annas Bett liegen.

»Der Platz der Rekonvaleszenten. Da wirst du erst mal deine Ruhe haben, mein Glückspilz.«

Fra Angelico, der sich während meiner ganzen Abwesenheit schwarzgegrämt haben muß vor Sorgen, nützte meine Unfähigkeit, mich zu bewegen, aus, um mir lang und ausgiebig das Gesicht zu lecken. Er war so liebevoll, wie er nur konnte. Genauso wie Anna. Ich badete in einem Meer liebevoller Zuwendung. Dabei wurde ich in regelmäßigen Abständen immer wieder rasend vor Wut.

Rasend vor Wut, weil ich furchtbare Schmerzen hatte und Augenlider, die auf- und zugingen, wann sie wollten, weil ich dichten Nebel im Hirn hatte, immer noch total gelähmt war und nach Desinfektionsmittel stank.

Fra Angelico bekam meine Wut immer voll ab. Er konnte einfach nicht aufhören, mich abzuschlecken, und überschüttete mich auch noch mit seinem ekligen Hundegesabber, daß ich ihm ganz fürchterlich ins Gesicht fauchen mußte. Mit all meiner kraftlosen Kraft einer Rekonvaleszentin.

Er hatte ja eigentlich überhaupt keine Schuld an meinen Leiden und Demütigungen, aber er befand sich nun mal gerade in der Schußrichtung.

Pech gehabt!

Bett

Ein Bett. Das ist echt was. Es gehört zwar nicht zu den Dingen, die die Menschen als Weltwunder bezeichnen, aber das sollten sie eigentlich.

Bis dahin kannte ich nur ein einziges Bett. Sofern man das abgehalfterte Bettgestell, unter dem ich mich anfangs verkrochen hatte, als Bett bezeichnen konnte.

Das von Anna war nicht so schmutzig. Und ich durfte jetzt auf einer weichen Patchwork-Tagesdecke in lauter bunten Farben liegen, wunderbar kuschelig, so richtig zum Wohlfühlen.

Kein Tier, das nicht schwer krank oder eben wieder auf dem Weg der Besserung war, durfte sich auf dieses Bett legen. Ansonsten setzte es sofort eine solide Tracht Prügel.

Dieses Gesetz mußte Anna erfunden haben, nachdem ihr klar geworden war, daß es ihr nie gelingen würde, mit einem Mann die Sünde zu begehen, und sie sich mit dem Gedanken abgefunden hatte, ein Fräulein zu bleiben und nur Tierkinder zu haben. Für die sie dann sorgte, wie nur wenige Mütter für ihre Menschenkinder sorgen.

An meinem ersten Abend im Bett mit ihr servierte sie mir ein richtiges Festmahl, ein echtes Wiederaufputschmittel: eine Untertasse, gestrichen voll geschlagenem Eigelb mit Milch und einer Prise Puderzucker.

»Ist das nicht eine herrliche Leckerei?«

Na, und ob es das war!

»Und nun, meine Große, machen wir das Licht aus, und dann ab ins Land der Träume.«

Sie machte ihre Nachttischlampe aus, aber den Weg ins Land der Träume nahm sie nicht. Statt dessen tastete sie auf ihrem Nachttisch nach Zigaretten und Feuerzeug und fing im Dunkeln an zu rauchen. Nicht mit Volldampf und hastigen Zügen wie meine Obdachlose, sondern in genießerischen kleinen Häppchen. Es roch ungefähr so gut wie das, was aus dem Rohr am Hintern ihres Autos mit den Macken herauskam.

»Na, schläfst du?«

Sie konnte doch deutlich sehen, daß ich nicht schlief, da meine Augen – endlich! – einen Spalt weit geöffnet waren. Und sicher unheimlich leuchteten. »Eine Operierte, die muß sich ordentlich ausruhen, wenn sie wieder auf den Damm kommen will. Warum schläfst du nicht?«

Warum? Wußte sie das etwa nicht?

»Du schläfst nicht, mein Kätzchen, weil du dich noch wohler fühlen willst als auf dem Bett. Weil du scharf drauf bist, in ihm zu sein.«

Ich fühlte mich so wohl, wie man sich wohler nicht fühlen kann. Aber wenn ich mich noch ein bißchen wohler fühlen konnte, als wie man sich wohler nicht fühlen kann...

»Also, wofür entscheiden wir uns? Daß wir miteinander ins Bett gehen? Daß wir uns eine gemeinsame Nacht zwischen Verliebten genehmigen, ja?«

Ja, ja, ja, ja. Dafür entschieden wir uns.

»Einverstanden, ich nehm dich zu mir ins Bett. Aber wenn du auf die Idee kommen solltest, herumzuzappeln...«

Eingeschnürt in Velpeau-Mullbinde, wie ich war, waren die Möglichkeiten zum Herumzappeln verdammt begrenzt.

Aber die Chancen, in Ekstase zu geraten, nicht. Denn sich plötzlich in einem Bett, mit Anna in einem Bett wiederzufinden... Verglichen mit dem von meiner Stadtstreicherin war Annas Busen so reichlich wie alle Tage Sonntagsfressi. Jede ihrer Brüste war mindestens so groß wie ich, füllig und prall, und gab weich nach, damit man sich hineinkuscheln konnte. Prallvoll menschlicher Wärme. Richtige Delikatessenbrüste.

»Na? Fühlst du dich wohl?«

Und ob. So wohl, daß ich das blöde Vormichhindämmern in einem Käfig bei einem Doktor vergaß, die Spritzenstiche, das ausgetrocknete Gefühl im Mund, die enge Mullbinde. So wohl, daß ich all mein Unglück vergaß, den Tod meines Friedhofskaters, mein Muffensausen in den Friedhofsnächten, die hordenweisen Ratten in der Métro, einfach all das, was mir, seitdem ich bei einer abscheulichen Madame d'Ouiche aus dem Bauch meiner Mutter heraus...

Bis zu den Ohren zwischen Annas beiden Brüsten vergraben, steckte ich bis zu den Ohren in Wonne.

Und nachdem sie ihre Zigarette ausgeraucht hatte, flüsterte sie mir weiter ins Ohr:

»Ich fühl mich auch wohl. Endlich im Bett, die Beine haben endlich Ruhe, die Arme, das Kreuz. Und ich spüre dich ganz eng an mir, ganz winzig und zerbrechlich, ganz erhitzt von einem kleinen Fieberchen. Meine ganze Sippschaft gefräßiger Mäuler schnarcht sorglos vor sich hin. Und während wir hier gemütlich in unserem Kokon kuscheln, dreht sich die Welt weiter und das Unkraut wächst weiter. Obwohl... das Unkraut... Wozu Unkraut? Wozu, frage ich mich?«

Das war anscheinend eine ermüdende Frage. Kurze Zeit später versank Anna in tiefen Schlaf. In einen friedlichen Schlummer mit ungemein beruhigenden Atemzügen, und nach kurzer Zeit rutschte ihr Kopf auf mich drauf. Als ob ich ihr Kopfkissen wäre.

Auch mir fielen vor Müdigkeit die Augen zu. Ich hütete mich einzuschlafen. Ein Kopfkissen, das hat seine Arbeit als Kopfkissen zu erledigen.

Um mich wach zu halten, habe ich mir immer wieder die Rätselfrage mit dem Unkraut gestellt. Ohne eine Antwort zu finden. Und immer mehr Fragen tauchten auf. Über Anna, über mich, über die anderen Tiere, über meine Operation, über... Fragen ohne Antworten.

Und Annas Kopf wurde immer schwerer. Zuerst grammweise, dann kiloweise. Langsam, aber sicher begann er, mich völlig plattzuwalzen. Wie ein Kopf aus Stein, der Kopf einer liegenden Anna-Statue, wie auf einem Grab im Friedhof Montparnasse. Meine Anna war plötzlich tot und lag unter der Erde, eine zu Humus zurückverwandelte Anna, gefressen von Horden von ekligem Aasgewürm...

Ich muß schweißgebadet und zu Tode erschrocken aufgewacht sein und so stark gezuckt und so laut geschrien haben, daß ich Anna gleich mit aufgeweckt habe.

»Was ist los? Hast du schlecht geträumt? Ist ja wieder gut.«

Ich konnte ja nichts dafür. Da waren nur diese Fragen.

»Du zitterst ja am ganzen Leib. Ganz schön raffiniert. Na, dann kuschel dich ganz dicht an mich ran, ganz dicht. Ich werde dir so viele kleine Bussis auf die Stirn geben, daß dein Zittern gleich aufhört.«

Ich konnte ihren tausend kleinen angenehmen Küssen nicht widerstehen. Küßchen wie Schneeflocken, aber nicht kalt, und federleicht. Anna war nicht nur im Malen von Tieren eine Künstlerin. Es war einfach himmlisch. Und ich hatte es meinem ganzen Krankenelend zu verdanken, daß ich mich in Annas Bett und mit so viel Zärtlichkeiten verwöhnt fand. Mir wurde gleich ganz anders, und ich schnurrte wie noch nie.

Mitten im Schnauf- und Schnarchkonzert der ganzen Sippschaft hörte ich auf einmal Pfotenschritte. Es waren Fra Angelicos Pantoffelpfoten. Er kam ans Bett, mit arg stinkendem Geruch und seiner komischen Birne. Und wie er mich ansah... Ganz liebevoll. Aber Anna wußte sofort, was los war.

»Dieser verrückte Hund, er ist verrückt nach dir. Das klingt wie ein Witz, aber... Ich beobachte euch alle, ich muß doch rauskriegen, was sich so abspielt in diesem Affenstall... Also, ich kann's dir garantieren: dieser Hund ist verliebt in dich. Ja, ehrlich. In eine Katze! Ein Hund!«

Da hatte sie wohl richtig geraten. Denn als er das hörte, sah Fra Angelico aus, als hätte er eins auf die Nase gekriegt, wie einer, der sich schämt. Hat sich umgedreht und ist abgehauen, nach draußen, in die Nacht hinaus.

Armer Fra Angelico.

Ich sage »armer Fra Angelico«, obwohl ich ihm die ganze Zeit mit Verachtung begegnet war, richtig schlecht und gemein.

Vielleicht war ich eben ein gemeines Unkraut von Katze.

»Das macht doch nichts, mein Kätzchen. Mach dir keine Sorgen. Du kannst ruhig wieder die Augen zumachen und...«

Nachdem sie mich beruhigt hatte, fiel sie wieder in den Schlaf der Gerechten. Diesmal aber mit dem Kopf auf ihrem eigenen Kissen. Wie schön, daß sie da war und nicht im Humus unter der Erde. Daß sie da war mit ihren gleichmäßigen Atemzügen und ihrem prallen Busen und jeder Menge Rundungen.

Also machte ich es mir... vorsichtig, ganz ganz sanft und vorsichtig... weiter unten auf ihrem Bauch gemütlich und fiel sofort in tiefen, wunderbar traumlosen Schlaf.

Am Morgen weckte Anna mich mit einem mütterlichen Kraulen am Kopf und einem Kuß auf die Nase. Einem schmatzenden Kuß.

»Na, meine Kleine, ich habe den Eindruck, daß dir allmählich dämmert, was das wahre Leben ist. Das, das sich wirklich lohnt, gelebt zu werden. Alles, was keine Freude macht, sollte man tunlichst überspringen. Eigentlich sollte es ganze Jahre nur aus Sonnen- und Feiertagen geben. Ich sollte vor allem meine vier Monatsmieten Rückstand bezahlen, ich sollte dieses Waschbekken reparieren lassen, das ununterbrochen gluckert, ich sollte mich endlich einmal ernsthaft dazu durchdringen, so viel zu verdienen, wie ich ausgebe, ich sollte... Wenn du wüßtest, was für ein Glück du hast, daß du vier Pfoten hast, um mit ihnen zu machen, was dir gerade Spaß macht, statt zwei Beine und zwei Arme, um mit ihnen im Schweiße deines Angesichts dein Brot zu verdienen!«

Als sie das gesagt hatte, mußte sie schallend lachen. Sie schob mich von ihrem Bauch herunter in die Nestwärme des Bettes und stand auf. An diesem Tag sogar mit dem richtigen Fuß. Sie hatte einen monumentalen Po von einem sehr rosigen Rosa und unten am Bauch einen so lockigen Pelz, daß Tiere, aus denen man die teuersten Pelze macht, vor Neid erblassen könnten. Sie war eine sehr imposante, gutaussehende Person.

Und dann fing der Tag an. Ein Tag, an dem man mit einem munteren Lied auf den Lippen blau-weiß-rote Hunde – oder in Annas Fall autogrüne Autos – hätte malen können, die auf einer Wiese tanzten. Ein Tag, erfüllt von einem ständigen Kommen und Gehen, von Geschrei, kleinen und großen Dummheiten. Für mich ein Tag, um mal so richtig auszuspannen.

Sich ausschließlich dem Ausspannen zu widmen, das war so zauberhaft, daß ich darüber die Schmerzen in meinem Unterleib und die Velpeau-Mullbinde völlig vergaß.

Anna hatte voll ins Schwarze getroffen, als sie meinte, mir

würde allmählich dämmern, was das wahre Leben ist. Sie hatte recht: ich war dazu geboren, mich faul im Bett zu aalen. Aus den Laken und Decken schaute nur mein Kopf hervor, um zu atmen und um ruhig zu beobachten, was für eine Hektik die anderen machten. Das war ein Schauspiel, bei dem man voll auf seine Kosten kam. Und zwar um so mehr, weil ich seit meiner Ankunft im Atelierhaus keine Gelegenheit gehabt hatte, die anderen so zu beobachten.

Vor jenem Morgen waren sie für mich lediglich eine Bande von Tieren gewesen mit fremden, abstoßenden Gerüchen, lediglich eine Bande von Freßgierigen (wie ich auch), mit denen man sich zur Fressizeit herumschlagen mußte, eine Bande feindlich gesonnener Wesen, Konkurrenten, mehr oder weniger furchteinflößende Rivalen. Aber an jenem Morgen war ich zum erstenmal nicht mehr auf dem Boden mitten unter ihnen allen, sondern konnte sie von meinem Krankenlager aus sicherer Position beobachten.

Ich fühlte mich in meiner neuen Rolle sauwohl, eingehüllt in Bequemlichkeit und Komfort die Hoheit zu spielen mit einem emsigen Gewimmel von Untertanen um mich herum. Genau: ich war *Ihre* Majestät, die Katze, und sie waren *Les Misérables*, das arme Volk, die elenden Kriecher... die auf einem splittrigen Holzboden, auf altersschwachem Teppichboden dahinkriechen mußten. Da gab es welche, die sich vor lauter Flöhen dauernd kratzten. Andere lutschten an abgenagten, verblichenen, ausgedienten Knochen, weil sie jämmerliche Hunde waren. Einige konnten nichts anderes tun, als nach beiden Seiten gleichzeitig zu schauen, weil sie als Vögel zur Welt gekommen waren. Einer sah aus wie ein Stück Gartenschlauch, die Schlange Paul Gauguin. Es gab auch einen, der auf Annas Frisiertisch vor dem Spiegel hockte und sich mit tiefem Ernst betrachtete, zornige Grimassen schnitt, sich heimliche Blicke zuwarf, sich die Zunge rausbleckte, das war der Affe. Und dann gab es noch einen, der nicht da war, weil er Fra Angelico hieß und beleidigt, enttäuscht mitten in der Nacht abgehauen war und sicher seine Trauer irgendwo in der Gegend der Rue Froidevaux spazierenführte.

Stinkwut

Die Erholungszeit nach einer Katzenoperation ist viel zu kurz.

Eines Morgens gab mir Anna einen Kuß aufs Ohr, um mich aus dem schnurrenden Nickerchen zu reißen, das ich gerade zwischen ihren Brüsten hielt. Zu leicht, dieser Kuß. Ich wartete auf einen zweiten – aber nichts kam. Statt dessen erfuhr ich einige Neuigkeiten über mich.

»Weißt du was, ma petite fleur? Heute nehme ich dir diesen verdammten Verband runter, heute ist es soweit, du wirst dein wahres Katzenleben wiederaufnehmen können.«

Aber mein wahres Katzenleben, das hieß doch, mich endlos in diesem Bett zu aalen, damit hatte ich doch gerade erst angefangen.

Keine fünf Minuten brauchte Anna, um mich von meinem Velpeau-Verband zu befreien. Und nicht eine Sekunde, bis sie mich wieder auf die Erde herabsteigen ließ, auf den Teppich, auf den Boden, auf die vielen Quadratmeter Atelierhaus, übervölkert von Katzen, von Hunden, von...

Ich war völlig perplex. Das muß man mir so deutlich angesehen haben, daß sich ein Zwergspitz (Toulouse-Lautrec) vor mich hinpflanzte und mir hämisch ins Gesicht lachte. Der machte sich lustig über mich, dieser Giftzwerg!

Das hätte er aber besser gelassen, denn ich habe ihm mit einem so tiefen Biß in seine Pinschernase geantwortet, daß er dabei fast sein ganzes Blut verloren hätte. Selbst in meiner Zeit als junge Wilde vom Friedhof war ich niemals derart grausam gewesen.

Als die Stimme zu Adam und Eva gesagt hat: »Nun ist Schluß mit dem Garten mit den kernlosen Äpfeln; also verduftet!«, muß das genauso auf sie gewirkt haben.

Ich bekam eine derart unerträgliche Stinkwut, daß selbst Anna der Kragen platzte. Mein Biß in diese blöde Zwergspitznase brachte mir einen Anschiß ein, der sich gewaschen hatte. Als ich – ohne irgendeinen Grund – Fra Angelico gekratzt hatte, der mich immer noch abgöttisch verehrte, bekam ich einen ganzen Tag Knast in der Besenkammer aufgebrummt, ohne auch nur einen Tropfen Antiblagentee, ohne Wasser, ohne Fressi. Und es kam noch schlimmer. Anna hat mich, obwohl sie so was sonst nie tat, geschlagen.

Das war, als ich einer anderen Katze, einer Fuchsigen, die sich nur auf meinem durchlöcherten Geschenkschal ausstrecken wolle, ein Stück Schwanz ausgerissen hatte. Als ich absichtlich auf ihr Bett gepißt habe. Als ich ihr mordsmäßig ins Gesicht gefaucht habe, als sie mir, ohne sich aufzuregen und nur zu meinem Besten, ins Gewissen geredet hat.

Und dann, eines Nachts, als die ganze Sippschaft fest schlief, habe ich – kaltblütig und vorsätzlich – die Täubin Berthe Morisot ermordet.

Diesmal gab es keine Prügel. Nicht einmal ein Wort des Vorwurfs. Aus dem Schlaf geschreckt von Berthes piepsendem Todesringen, kam Anna mit ihren entblößten hübschen monumentalen Pobacken zu mir und starrte mich nur an. Erstaunt und traurig – und entsetzt. Mit einem Blick, der mich bis in alle Ewigkeit verfolgen wird. Sonst tat sie nichts.

Und dann, dann blieb mir nichts übrig, als die Beleidigte zu spielen. Weil sie keinen weiteren Blick mehr für mich übrig hatte. Keinen einzigen. Sie tat, als wäre ich Luft, als würde ich überhaupt nicht mehr existieren. Keiner wollte mich mehr sehen, weder Anna noch eins der andern Tiere. Selbst Fra Angelico sah plötzlich durch mich hindurch. Sogar er…

Eigentlich hätte ich ein schlechtes Gewissen haben sollen. Hatte ich aber nicht. Ich war nur beleidigt. Echt ätzend. Ich war nur noch stinkwütend. Ich war das reinste Unkraut. Würde man mich jetzt ausreißen, mich vernichten? Mich verbrennen wie das Unkraut aus den öffentlichen Anlagen?

Ich würde schon selbst sehen, daß ich wegkam von dieser miesen Bande, von Anna und Fra Angelico, von diesen abstoßenden, stinkenden Kotzkötern, der Schlange, die aussah wie ein alter Abflußschlauch, der Drecksbande von Affen, den blöden Vögeln, die sich einfach abmurksen lassen, den Katzen, die eben keine Puderquastentolle hatten und keine betörend schönen Siamesen waren! Ja, nichts wie weg aus dieser Bruchbude, in der es von miesen Fieslingen nur so wimmelte!

Hand

Den Blick, Annas letzten Blick, den konnte ich einfach nicht verdauen. Das war, als hätte ich eine volle Schüssel Beton gefressen. Nicht einen Happen hätte ich herunterbringen können. Von Schlafen konnte auch keine Rede sein. Ich brachte nichts anderes mehr fertig, als mich zusammengekauert in den hintersten verstaubten Winkel zu verziehen und über meiner Enttäuschung zu brüten, meinen Haß, meine Verbitterung wiederzukäuen.

Dort lauerte ich auf die Gelegenheit zur Flucht aus diesem Haus, wo ich zum unerwünschten schwarzen Schaf geworden war. Tagelang, ohne zu fressen, ohne zu schlafen, ohne auch nur den kleinsten Mucks zu machen.

Dann kam jene Nacht. Die Nacht, nachdem Anna uns einen wütenden Vortrag gehalten hatte. Völlig außer sich über Briefe, die von Nachbarn geschrieben worden waren, die erstens nicht mal wußten, daß man einen Brief auch unterschreibt, und die zweitens auch noch verlangten, daß der Hausbesitzer Anna und ihr Getier – Hausverschmutzer und angeblich Überträger von Erregern unheilbarer Krankheiten – aus dem Haus warf. Anna war die Wut in Person. Die Tiraden, die sie sich aus dem Leib schrie, schnürten ihr schier die Kehle ab und mußten immer wieder mit einer Tasse Rum hinuntergespült werden. Von meinem Bettkastenunterbau konnte ich sehen, wie sie hin und her lief und die Nachbarn, den Hausbesitzer verfluchte, diese Saukerle, und trank und trank und trank. Und wie sie schließlich auf ihrem Bett zusammenbrach, vor Wut und Rum so betrunken, daß sie nicht mehr die Kraft hatte, die einzige brennende Lampe – die auf ihrem Nachttisch – auszuknipsen.

Aber dann breitete sich doch noch der Schlaf über das ganze Haus. Außer über mich.

Ich schlich mich davon, mit leichten unhörbaren Schritten stahl sich die Sünderin davon wie eine Diebin.

Die Unkrautkatze hatte beschlossen, eine verwilderte Katze ohne Zuhause zu werden, eine Vagabundin ohne einen Menschen, der sie streng ansah oder sie bestrafen wollte.

Um von meinem Versteck zu dem offenen Fenster zu gelangen, mußte ich an Annas Bett entlangschleichen, dort wo ich die höchste Glückseligkeit kennengelernt hatte.

Dort lag jetzt Anna, noch genauso wie in dem Moment, als sie zusammengebrochen war. Ihr Rock hatte sich hochgeschoben, an ihren rundlichen Beinen war ein Strumpf heruntergestreift, ihre Perücke verrutscht und halb ihr Gesicht davon verdeckt.

Sie war doch eine ziemliche Schlampe, und ich war froh, sie zu verlassen. Aber wie hübsch sie andererseits doch sein konnte – so herrlich rund und weich!

Eine ihrer Hände baumelte aus dem Bett. Mit ihren verschiedenfarbigen Fingernägeln – nicht so lackiert, sondern fleckig von ihrer Arbeit, die nur mit Terpentin wieder abging. Wenn überhaupt! Es war eine der beiden Hände, die mich geschlagen hatten. Und es war eine der beiden Hände, die mich in gewissen unvergeßlichen Nächten so wunder-wunderbar gestreichelt hatten.

Warum kam ich nur plötzlich auf die Idee, diese Hand zu lecken? Wo ich doch nur eins im Sinn hatte: so schnell wie möglich abzuhauen. Und warum war sie ganz kalt? Warum war sie wie Eis, ihre Hand?

Stille

Dafür gibt's einen Namen: Totenwache. Das gehört zu den Gewohnheiten der Menschen, zu ihren Bräuchen. Wenn bei einem das Herz zu schlagen aufgehört hat, dann versammelt man sich um das Bett, auf das man ihn in seinen schicksten Kleidern gelegt hat, zündet haufenweise Kerzen an und flüstert Gebete an den lieben Gott der Katholiken oder der Juden oder der anderen und jede Menge andere sehr schöne Dinge über den »lieben Dahingegangenen«. Auch wenn es einer war, den man vorher am liebsten aufhängen wollte, dann sagt man, sobald sein Herz stehengeblieben ist, nur noch Gutes über ihn. So eine Totenwache ist also eine verlogene Angelegenheit. Immer.

Aber bei Anna war es ganz anders. Alarmiert durch mein Miauen, sind die anderen alle gleichzeitig aufgewacht. Und alle haben sie sofort die Kälte, die Katastrophe gespürt.

Und langsam haben wir uns alle rings um das Bett, um die Hand geschart, die da herabhing. Und alle, Katzen, Kater, Hunde, haben an ihr geschnüffelt. Ganz still und leise, nicht mal Pfotengetrappel, nicht mal Flügelschläge waren zu hören. Als ob sie alle nur der schrecklichen Stille von Annas Herz lauschen wollten.

Nur Vincent van Gogh mußte natürlich einen Satz loslassen: »Sie hat zu viel Rum gesoffen, die Fette. Sie hat...«

Dann verstummte auch er. Sogar er hatte nicht mehr die Kraft, den Papagei zu mimen. Und Auguste Rodin, der Grimassenschneider, sprang von seinem Kronleuchter herunter, mitten aufs Bett. Dann rückte er die schief gerutschte Perücke wieder zurecht, ganz gerade, damit sie Annas fast kahlen Schädel bedeckte. Er strich sie mit seinen Händen mit Zwergenkinderfingern glatt, kämmte sie – ganz sorgfältig. Damit Anna so schön war wie zuvor, als ihr Herz noch schlug. Und er streichelte ihr zärtlich die Wangen, die Nase, küßte sie, wie die Menschen es tun. Auf ihre Wangen, ihre Stirn, ihren Mund. Er versuchte auch ihren über die Beine hochgerutschten Rock wieder herunterzuziehen, aber das schaffte er nicht. Dazu hätte man sie umdrehen müssen. Aber sie war zu schwer für einen Affen von weniger als drei Kilo Gewicht. Also ist er aus der Badezimmerecke des Atelierhauses ein Frotteehandtuch holen gegangen und hat ihr damit die Schenkel bedeckt. Und er hat sich dicht an ihre Seite hingelegt. Und hat so getan wie ein Sohn, der weint. Aber lautlos.

Und alle Tiere standen nur ganz still da, ohne sich zu rühren. Worauf warteten wir? Auf nichts. Es war, als ob die Erde aufgehört hatte sich zu drehen.

Dann brach der Tag an. Ein Tag voller Sonne, ein Tag voll strahlend hellem Licht für alle Annas und alle Rosa Bonheurs, ein Tag wie geschaffen, um singend und lachend herrliche Gemälde zu malen.

Und immer noch standen wir alle um das Bett herum, reglos

wie ein ausgestopfter Zoo. Ohne Kerzen, ohne verlogene Phrasen. Einfach nur Traurigkeit. Tonnenweise Traurigkeit.

Und alle meine Fluchtgedanken waren plötzlich wie weggeblasen.

Danach

Als der Sohn des Metzgers nachschauen kam, wieso Anna zwei Tage lang nicht die Schlachtabfälle abholen gekommen war, die er ihr immer auf die Seite legte, fand er uns alle in Stille und Schweigen erstarrt.

»Also so was... nein so was,« stammelte er.

Und er stand da wie wir und starrte Anna an.

Dann kamen ganze Massen von Leuten. Der Metzger, der Anna immer sehr mochte. Der Mann vom Lebensmittelladen, der sie mit zerbrochenen Nudeln, mit Gemüseresten versorgte. Ein befreundeter Maler, mit dem sie zwar nicht »die Sünde begangen« hatte, aber mit dem sie sich von Zeit zu Zeit auf ein Glas in der ›Coupole‹ traf. Und einige Damen und Herren, die wußten, was für eine große unterschätzte und großherzige Künstlerin Anna war, und die sie aufrichtig schätzten. Dann andere Damen und Herren, die sie weniger schätzten. Oder überhaupt nicht. Leute aus dem Haus. Von der Straße. Neugierige. Hinterhältige Typen, die herumliegende Zeichnungen mitgehen ließen, Bilder abhängten und Besteck klauten.

Und natürlich Madame Blin und Mademoiselle Nicole.

Mademoiselle Nicole kam zum Weinen. Mit schwarzem Mantel und schwarzen Handschuhen. Und echten Tränen.

Madame Blin kam, um zu tun, was zu tun war. Um endlich die Nachttischlampe auszuknipsen, um Auguste Rodin mit Gewalt dazu zu bringen, Anna loszulassen und aus dem Bett zu verschwinden. Das war gar nicht so leicht, so hatte er sich festgeklammert.

Dann schloß Madame Blin Anna die Augen – ihre Augen, die mir einen letzten Blick zugeworfen hatten! Sie zog ihr ihr Alltagsgewand aus, wusch sie mit Wasser aus der Waschschüssel und einer Duftseife, feilte ihr die Finger- und Fußnägel, zog ihr einen langen Rock, ein Spitzenoberteil an und Schuhe mit hohen Absätzen, die sie im hintersten Winkel in einem Schrank gefunden hatte (und mit denen Anna sicher auf die Nase gefallen wäre). Sie schminkte ihr das Gesicht mit Poudre de Riz und die Lippen mit Lippenstift. Obwohl es überhaupt nicht zu Anna paßte und ihr um so mehr das Aussehen einer Toten gab.

Uns nannte sie »arme kleine Wichte, die die beste aller Mütter verloren« hätten, und sie bereitete uns ein riesiges Fressi.

Dann kam ein Sarg, der Mühe hatte, Anna in voller Größe in sich aufzunehmen. Wegen ihren hübschen prallen Ballonbrüste ließ sich der Deckel nicht schließen. Es war ein ganz schöner Streß, bis sie den Sarg geschlossen hatten. Madame Blin, die alles überwachte, hatte darauf bestanden, daß Pinsel, Öl- und Aquarellfarbtuben und Papier mit in den Sarg gelegt wurden.

»Ich kenn sie doch: Wenn's drüben im Jenseits Tiere gibt, dann wird sie sie porträtieren wollen.«

Als sie das hörte, weinte Mademoiselle Nicole noch herzzerreißender.

Aber Madame Blin fauchte sie ganz schön an.

»Jetzt machen Sie aber mal einen Punkt! Ununterbrochen gehen Sie uns auf den Wecker mit Ihrem Himmel, Ihrem Paradies, wo es einem angeblich so viel besser gehen wird als hier, und sobald einer dorthin aufsteigt, kommt das große Geflenne!«

»Es stimmt ja auch: das Paradies ist das Beste, was man anderen wünschen kann. Aber der Gedanke, daß ich diese gute Anna hier nicht mehr sehen werde mit ihren Kindern, die sie so sehr lieb hatte...«

Als ich Mademoiselle Nicole so bitterlich weinen sah, da ging's auch mir an die Nieren. Ich wußte nicht, wohin vor Kummer und Schmerz.

Da legte sich eine Pfote auf meinen Rücken. Eine Filzpantoffeltatze, die mir bekannt vorkam, Fra Angelico!

Jetzt sah es so aus, daß die beiden heiligen Frauen für uns alle neue Herrchen finden mußten, was aber gar nicht so einfach war.

Auguste Rodin fand – obwohl er, da verwaist, bösartiger war als je zuvor – als erster einen Abnehmer, nämlich einen Mann von einer Reinigung in der Rue du Commandant-Mouchotte, der schon immer davon geträumt hatte, einen Affen zu haben. Das reine Zuckerlecken wird das nicht gewesen sein. Aber er nahm ihn mit.

Eine russische Dame ohne Kinder und ohne Mann wollte allen Ernstes die Schlange haben.

Der Metzger nahm sofort einen von den Hunden, einen Spaniel, der zwar nicht ganz hell im Kopf war, der ihn aber an einen Hund aus seiner Kindheit und Heimat in der Normandie erinnerte.

Die anderen Hunde wurden von Leuten aus dem Viertel aufgenommen. Ebenso die Katzen, die am wenigsten nach Straßenmischlingen aussahen.

Vincent van Gogh wollte niemand haben. Er hatte nämlich, sobald der Leichnam hinausgetragen wurde, angefangen, alle schweinischen Schimpfworte loszulassen, die er kannte. Und er kannte eine ganze Menge. Dann ist er zum Fenster hinausgeflogen und hat die ganzen Leute in Innenhof des Wohnblocks mit allen möglichen unflätigen Schimpfnamen bombardiert. Mit Schnabel und Klauen hangelte er sich an der Leitung der Fernsehantenne bis aufs Dach. Dort brüllte er ein lautes »Arschloch« in den Himmel und flatterte davon – so gut es ein Papagei eben kann. Wir hörten nur noch, wie er auf dem Pflaster im Innenhof aufschlug und einen letzten Schrei ausstieß:

»Kaputter Planet, kaputter!«

Alle Tiere waren mehr oder weniger gut adoptiert worden, und dann kamen irgendwelche Neffen von Anna angerückt und holten alles in einem Lieferwagen ab. Fra Angelico und ich fanden uns plötzlich allein in dem leeren Atelier wieder.

In dem Atelier, das auf einmal kein Atelier mehr war. Auf einmal war die große Leere eingezogen, dort wo Anna gemalt hatte, wo sie ihren Rum getrunken und uns Vorträge gehalten hatte und alles voller Gerüche und Geräusche gewesen war.

Das war einfach unerträglich. Es war nichts mehr übriggeblieben als nur noch viel zu viele Quadratmeter von dreckigem Boden mit Staubflusen in allen Ecken, hellen Flecken, wo früher Möbel gestanden hatten, nur noch dreckige Wände mit Nägeln ohne ihre dazugehörigen Gemälde. In der Leere verflüchtigten sich die vertrauten Gerüche im Handumdrehen.

Schon bald, viel zu bald war nur noch mein geruchloser Geruch und der von Fra Angelico übrig. Er hatte immer noch einen abgestandenen und ungelüfteten Geruch an sich. Aber wenigstens war er weder tot noch fort, mein in mich verknallter vertrottelter Hund.

Aber er war überhaupt nicht gut drauf. Eine beunruhigende Hektik hatte ihn erfaßt. Eine Art Koller, der ihn dazu trieb, ununterbrochen kreuz und quer veitstanzartig durch die Leere zu schießen, hin und her zu wetzen und jede Ecke, jeden Winkel mit seinem Nasenstaubsauger durchzuriechen und jeden Millimeter der ganzen Quadratmeter einzeln durchzuschnüffeln. Und nicht zu finden, was er suchte. Dann riß er seine Schnauze auf, um zu bellen und tat es dann doch nicht.

Seinen Morgenspaziergang, den machte er auch nicht mehr. Und seine Geschäftchen auch nicht mehr. Und wenn seine Augen mich trafen, wandten sie sich ab.

Wenn Madame Blin oder Mademoiselle Nicole mit zwei Portionen Fressi kamen, hörte er nicht auf ihre tröstenden Reden, sondern fletschte die Zähne und fuhr fort mit seinem verrückten Herumsuchen, seinem Herumschnüffeln. Das ergab dann zwei Portionen für mich, die ich – wenn auch widerwillig – in mich hineinwürgte. Weil sich auch in meinem Bauch alles zusammenkrampfte, vor lauter Leere, und dem Loch, das Anna hinterlassen hatte.

Die Kälte ihrer Hand schwebte mir noch auf der Zunge. Und wenn du dich in der Leere, im Nichts wiederfindest mit einem Hund, der ausrastet, und mit der Kälte des Todes auf der Zunge…

Danach ist es mir oft passiert, daß Leute, die von Katzen und Katern nichts verstehen – oder nur ein bißchen oder alles falsch verstehen –, mich fragen:

»Warum machst du so ein trauriges Gesicht, mein Kätzchen?«

Die Frage muß ihnen also wirklich schwer zu schaffen machen. Es macht sie offenbar fix und fertig, so als wäre es etwas schrecklich Kompliziertes, dabei ist es doch ganz einfach: Wenn eine Katze, ein Kater ein trauriges Gesicht macht, dann deshalb, weil sie oder er es auch ist. Ganz einfach.

Die beiden heiligen Frauen konnten das verstehen, und es tat ihnen furchtbar leid. Aber was sollten sie mit uns anfangen?

»Ihr zwei da, also wirklich! Du da, dich, den Hund, kann ich noch mit zu mir nehmen. Nicht lange, vielleicht ein paar Tage, bis ich dich untergebracht habe. Aber bei wem bloß? An dem Tag, als die Schönheit verteilt wurde, hast du verpennt, als du an der Reihe warst. Und *wie*! Wir wissen ja, daß du das gutmütigste aller gutmütigen Tiere bist. Aber dich unterbringen mit *deiner* Visage, mit *deinem* komischen Gang... Also für dich sehe ich nur eine mögliche Zukunft: als Blindenhund. Und was dich betrifft, du Kleine...«

Die Kleine, das war ich.

»Wenn du ein Männchen wärst, dann würde ich dich auch noch mit an Bord nehmen. Bis wir weitersehen. Aber ein Weibchen, unmöglich. Meine Mouquette kann Kätzinnen nicht ab. Sie würde dich umbringen. So sicher wie das Amen in der Kirche würde sie dich in Stücke reißen, meine Mouquette.«

Mademoiselle Nicoles Mouquette wollte von einer Kätzin nichts wissen. Und Madame Blin, hatte die etwa auch eine egoistische Mouquette, die mich in Stücke reißen würde?

Nein, Madame Blin hatte einen Mann. Einen Monsieur Blin, der von Tieren nichts wissen wollte. Das war der Grund, weshalb sie Katzenmutter geworden war. Und Hundemutter.

Schließlich hatten sie für Fra Angelico einen gefunden, einen Blinden. Am anderen Ende von Paris. Aber Fra Angelico dort hinzuschaffen, das war nicht zum Lachen. Er hat es ihnen ganz schön schwer gemacht, den heiligen Frauen! Der Metzger und sein Sohn mußten kommen und helfen, ihn vom Boden abzulösen und in einen Kartoffelsack zu stopfen.

Bis ans Ende meiner Tage werde ich mich fragen, ob er

während der Fahrt ans andere Ende von Paris in diesem Sack nicht eingegangen ist. Eingegangen vor Traurigkeit eines in seinem Haus gekidnappten Hundes. Und wenn er nicht gestorben ist, was hat er dann getrieben, nachdem er bei diesem Blinden gelandet war? Er muß sich aus dem Staub gemacht haben. Wahrscheinlich irrt er seit der Zeit obdachlos umher. Rennt durch die ganze Welt auf der Suche nach dem Atelierhaus.

Oder aber er ist ein treuer Freund seines blinden Herrchens geworden. Und vielleicht ist er auch ein bildschöner Hund geworden. Wenn auch nur in den Augen eines einzigen Menschen. Eines Blinden. Aber das muß ihm genügen, dem braven stinkenden Trottel mit Filzpantoffelpfoten.

Als sie ihn in dem Kartoffelsack abtransportiert hatten, war nur noch ich in der gähnenden Leere übrig. Nur ich, die kein Mensch haben wollte.

Vielleicht war es mit bloßem Auge zu erkennen, daß ich eine Unkrautkatze war. Eine Nichtverpflanzbare. Dann brauchten sie mich nur wieder auf die Straße zu setzen, die heiligen Frauen. Aber selbst eine tollwütige Sau, die ihr Geschäft einfach unter sich fallen läßt, selbst eine Giftschlange hätten sie nicht auf die Straße gesetzt. Also können Sie sich denken, was die mit einer Kleinen...

»Mach dir keine Sorgen, meine Kleine. Kommt Zeit, kommt Rat. Heute früh habe ich geglaubt, die Sache wäre perfekt. Eine Oma wie auf dich zugeschnitten. Eine, die darauf versessen ist, ein paar geneigte Ohren zu bekommen, die ihr zuhören, die sich nur noch von Milchsuppen ernährt und ihr Bett nicht verläßt. Aber ihre Tochter hat gemeint, mit einer Verwöhnten, die sie bemuttern mußte, hätte sie schon genug zu tun, und sie hätte keine Lust, obendrein noch Innereien kaufen zu müssen. Innereien! Da habe ich ihr höflich zu verstehen gegeben, daß das mit Innereien doch Geschichten von vorgestern wären, daß die Katzen von heute... Vergebliche Mühe. Aber sei unbesorgt, wir werden für dich schon irgendwelche Herrchen finden. Und zwar gute. Herrchen, die dich hegen und pflegen, die dich hätscheln und dich verwöhnen...«

»Aber der ist ja gar nicht grau.«

»Doch, ist er schon! Was Graues hat er auch. Auf dem Rücken und auf dem Bauch. Und die Pfote da, ist die vielleicht nicht fast ganz grau?«

»Die da, ja. Aber die anderen...«

»Die andern, die andern... Ein Tier in diesem Alter hat noch nicht sein endgültiges Fell. So wie es beieinander ist, kann es durchaus in einem halben Jahr ganz grau sein.«

»Oder schwarz! Oder weiß! Oder wie Gänsekacke!«

»Aber du mußt zugeben: häßlich ist er nicht.«

»Ich sage ja nicht, daß er häßlich ist. Ich sage, daß er nicht grau ist. Also, was meinst du dazu?«

Du, das war ein Monsieur. Ein Edouard.

Sie, das war eine Brigitte.

Sie war eine kleine nervöse Person mit blond gefärbtem Haar. Mit fast soviel Schmuck wie das Schaufenster eines Juweliergeschäfts und mit so wenig Po, daß es so aussah, als hätte sie keinen. Er war ein kleiner dicklicher Mann mit Brille, beigem Anzug und beiger Krawatte.

Madame Blin hatte sie ausfindig gemacht, indem sie mehrere Katzenmütter angerufen hatte, die wiederum andere Katzenmütter angerufen hatten.

Bevor sie mich hegten und pflegten, hätschelten und herzten, haben sie mich zuerst einmal beobachtet, geprüft und untersucht nach Strich und Faden.

»Also, Edouard? Was meinst du dazu?«

»Also ehrlich gesagt... Das ist ein Kater wie jeder andere Kater.«

Da hat ihn Madame Blin verbessert. Das war ja wohl auch das mindeste.

»Kein Kater. Eine Katze.«

»Auch das noch! Das ist doch Wahnsinn. Wir hatten doch ausdrücklich darauf hingewiesen, daß wir einen Kater wollen. Und grau. Ganz grau.«

»Eine kleine Sie ist genauso angenehm im Umgang wie ein kleiner Er. Sehr oft sogar noch angenehmer. Noch dazu, wo sie kastriert ist.«

»Was – bei Kätzinnen sagt man auch ›kastriert‹?«

»Operiert eben. Das ist doch dasselbe. Also? Kann ich sie Ihnen dalassen?«

»Wird sie auch wirklich nicht alle vierzehn Tage Junge kriegen?«

»Wenn ich's Ihnen doch sage, daß man sie...«

Madame Blin hat immer wieder sämtliche Loblieder auf die Vorzüge von Katzen im allgemeinen und von mir im besonderen gesungen. Mit felsenfester Überzeugung. Zuerst haben sie Widerstand geleistet. Dann kapituliert.

Ich war untergebracht.

Egal ob sie eine Heilige ist oder nicht, ich werde es Madame Blin nie verzeihen, daß sie mich bei diesen beiden bescheuerten Nervensägen zurückgelassen hat. Wäre Vincent van Gogh an meiner Stelle gewesen, dann hätte er wohl »Flachwichser« gekrächzt. Oder einen noch deplazierteren Papageienausdruck. Obwohl, aus dem Schnabel eines Gefiederten... Manchmal brachte er solche harten Hämmer, daß Anna nichts anderes übrigblieb, als ihm seinen dreckigen Schnabel mit Tesafilm zuzukleben.

Aber Vincent van Gogh war nicht an meiner Stelle. Nicht bei Nervensägen untergebracht. Er befand sich nun im Jenseits.

Wie Chichi. Ausgerechnet Chichi! Das war der Kater vor mir gewesen, mein Vorgänger bei der nervensägenden Brigitte und dem nervensägenden Edouard.

Ein unersetzlicher Chichi-Kater! Ein Chichi, dem ich nie das Wasser würde reichen können. Ein Chichi, der alles bis zur Perfektion machen konnte, der alles verstand. Während ich dagegen... Es dauerte nicht lange, bis er passiert war, mein erster Fehler. »Nein, du Katzenweibsstück! He, nicht auf diesen Sessel. Der Katzensessel, das ist der andere da.«

D'accord. Der Katzensessel war nicht der nagelneue Louis-Seize, sondern der mit der runden Rückenlehne und ohne Polster. Aber man durfte dem Katzensessel nicht an die Armlehnen gehen.

»Nein! Man wetzt sich nicht an die Krallen an den Armlehnen.«

Ich wetzte mir ja gar nicht die Krallen. Ich wollte mich nur strecken. Nach einer Reise in Madame Blins Einkaufswagen durfte ich das doch wohl, oder?

»Nein, nicht, Katze! Nein! Nein! Nein! Die Armlehnen, das ist verboten. Du weißt doch, was das bedeutet: verboten?«

Ja, das wußte ich. Ich wußte auch, daß ich nicht die geringste Lust hatte, mich anschnauzen zu lassen. Wo war ich da bloß gelandet! Sie waren sogenannte »schwierige« Menschen, die Nervensäge Brigitte und die Nervensäge Edouard, Menschen, mit denen man vorsichtig umgehen mußte. Da war es besser, klug nachzugeben. Ich habe mir eben einen anderen Winkel gesucht.

Ich habe mich an einen Puff herangepirscht, der einladend bauchig war. Aber leider total versaut durch einen so abscheulichen Gestank nach Kater, daß ich mich schleunigst aus dem Staub gemacht habe.

»Was ist denn an diesem Puff? Gefällt er dir etwa nicht?«

»Komisch, daß sie diesen Puff nicht mag. Chichi, der...«

»Das ist doch ein Luxusplätzchen für eine Mieze.«

»Willst du meine Meinung darüber hören, Brigitte? Ein Tier, das nicht mal in der Lage ist, zu begreifen, daß dieser Puff ein Puff für Katzen ist, ist ein Vieh, das...«

»Halt! Schau! Sie hat die Maus gefunden. Sie ist schön, die Maus, was?«

Schön? Die Maus? Welche Maus? Für wen hielten die mich eigentlich? Selbst mit ausgestochenen Augen und mit einem ganzen Paket Watte in jedem Nasenloch hätte ich dieses Plastikding, das quiek-quiek machte, wenn man draufdrückte, nicht mit einer Maus verwechselt. Wer hätte auch auf die Schnapsidee kommen können, daß das Ding eine Maus war? Ihr Arschloch von Chichi vielleicht?

Nachdem die elenden ersten Minuten verstrichen waren, die ich Ihnen exakt so wiedergegeben habe, wie sie sich abgespielt hatten, habe ich erst mal mein neues Zuhause inspiziert. Bis in alle Einzelheiten.

Eine Katze muß, wenn sie irgendwo neu eintritt, dieses Irgendwo haargenau inspizieren. Das ist eine Regel, die bis auf die erste Katze und ihr erstes Irgendwo zurückgeht.

Das Haus von Brigitte und ihrem Gatten Edouard war eine dritte Etage in der Avenue de Suffren, so sauber wie ein Auto, das noch keinen Meter weit gefahren ist. Mit fünf Zimmern, weder zu groß noch zu klein, mit Sonne in so vielen Stunden wie nur möglich. Mit einer mit allen Schikanen ausgerüsteten Küche, einem Badezimmer mit Badewanne, mit einem Kleiderschrank voller Sachen zum darauf Ausspannen, mit Abstellschränken und -kammern. Gleich ein ganzes Dutzend. Und überall, sogar in der Toilette, Teppichboden, in dem man genüßlich die Pfoten einsinken lassen kann. Überall Kissen und Heizung. Und nicht ein einziges anderes Tier. Kurz: ein so häusliches Haus, wie ein Haus überhaupt sein kann. Aber noch erschlagender als das Parfüm der kunstblinden Brigitte und das Mottenpulver des Kleiderschranks und der Abstellkammern war der ätzende Geruch, den dieser Chichi hinterlassen hatte. Nicht auszuhalten.

Schließlich hatte er fünfzehn Jahre lang in diesem Haus gewohnt.

Und stand – ich konnte machen, was ich wollte – in jedem Augenblick wieder auf der Matte, der ach so wunderbare und unvergleichliche Chichi, und erschien als Geist, um mir alles zu vermiesen.

Nach dem Puff, auf den ich mich nicht gestürzt hatte wie mein Vorgänger, folgte die Aktion mit dem Krallenschneiden. Dringend mußten sie mir mit »dem Chichi seiner« Krallenzange geschnitten werden. Damit ich nicht die Polster am Katzensessel aufriß. Als die Brigitte mich zwischen ihre knochigen Schenkel geklemmt hatte und anfing, mir an den Pfotenballen herumzufummeln, habe ich mich natürlich gesträubt. Und dann aus Leibeskräften miaut. Was hatte sie vor mit meinen Krallen? Sie hatte nicht mal Zeit, pieps zu sagen, als ich bereits hoch oben auf ihrem höchsten Schrank hockte und auf sie herabfauchte! Und zwar äußerst giftig!

Aber sie war nicht einmal überrascht. Von einer Katze, die

nicht der Superkater Chichi war, konnte sie nur das Schlimmste erwarten.

»Chichi, der brauchte seine Krallenzange nur zu erblicken, und schon fing er an zu schnurren. Aber er war ja auch ein Gentleman.«

Da ich nicht von dem Schrank heruntersteigen wollte, kam man überein, mich – vorläufig zumindest – von der Pfotiküre-Sitzung freizustellen. Aber die Lage verbesserte sich auch nicht, als sich mir allein schon vom Geruch des »feinen Essens«, das mich in dem schönen Teller des armen Chichi erwartete, beinahe der Magen umdrehte. Das feine Essen war Kalbsleber! Rohe Kalbsleber, die nach Kalbsblut stank!

»Auf was wartest du? Du zierst dich? Ich bitte dich, glaube mir, daß Chichi, daß der seine Kalbsleber ... Willst du, daß ich sie dir kleinschneide?«

Ich wollte nur eines, nämlich daß man mir auf der Stelle dieses blutbesudelte Aaszeug aus dem Horizont meiner Nase entfernte. Das war mehr als ekelhaft, das war... Ich bekam vor Übelkeit derartige Magenkrämpfe, daß ich dachte, ich würde an ihrem Chichi-Fraß ersticken und tot umfallen.

»Das ist ja eigenartig, wie die sich aufführt. Das Tier wird doch wohl nicht epileptisch sein?«

»Aber Epilepsie ist doch eine Krankheit von Schriftstellern. Dostojewski war epileptisch.«

»Auf jeden Fall, was die uns da vorexerziert, macht einen ganz schön nervös.«

»Ach weißt du, bei den Weibchen... Erinnerst du dich noch an die Probleme, die die Bredins mit ihrer Hündin hatten?«

»Vielleicht kommt das daher, weil es roh ist. Ich werde ihr die Leber mit etwas Butter anbraten.«

Mit etwas Butter angebraten war das Ganze noch weniger genießbar. Es stank noch genauso stark nach Kalbsblut, und außerdem war es außen herum ganz verkrustet. Wie Schuhsohle.

»Ich glaube, die ist krank. Wir haben uns ein krankes Tier aufhalsen lassen. Was für eine schöne Bescherung!«

Krank war ich nicht. Ausgehungert war ich. Die Kacheln hätte ich ihnen von ihrer Küchenwand gefressen, den Keramikteller, signiert von Digouin und mit Chichis Namen darauf, hätte ich am liebsten gefressen. Brigitte und Edouard hätte ich gefressen, so hungrig war ich. Aber keine Kalbsleber.

Ich war so wenig krank, daß ich, als Brigitte ihren Kühlschrank aufmachte, um ihr Leberaaszeug wieder wegzuräumen, hineinstürzte und mich auf einen Rest Ragoût auf einem Menschenteller stürzte. Das, ja das war ein Essen! Das erinnerte sogar fast schon an ein Fressi.

»Hammel! Sie frißt Hammel. Aber Katzen mögen doch Hammel nicht.«

Katzen! Chichi wollte sie wohl sagen!

Beinahe mit einer Art Mitleid sahen sie zu, wie ich in ihrem Kühlschrank ihren Ragoûtrest vertilgte.

Was war ich eigentlich? Eine Fehlbildung der Natur? Eine Hyäne, eine Wölfin, eine Hündin, eine als Katze verkleidete Kuh vielleicht? Immerhin machte ich ihnen ganz schön zu schaffen, diesen guten Leuten.

Ich sage ›diesen guten Leuten‹, denn vielleicht waren sie in ihrem Innern ja nicht bösartig. Vielleicht hatten sie im Innern einen guten Kern. Aber ihr Chichi hatte ihnen so restlos wie ein Vampir den Verstand ausgesaugt, daß ihr ganzes Haus davon stank.

Der nervensägende Edouard und die nervensägende Brigitte waren Leute, die sich anstelle eines eigenen Kindes eine Katze zugelegt hatten. Eine Rinnsteinkatze, so wie ich. Einfarbig grau, aber auch eine Promenadenmischung. Und reichlich fett und vollgefressen, nach den Fotos zu urteilen, die über alle Wände, alle Regale, alle Tischchen verteilt waren. Vollgefressen und verblödet.

Verblödet durch zuviel zu nahrhafte Nahrung, durch zuviel Affenliebe von Nervensägen. Verblödet, weil dazu verurteilt, immer nur mit diesem »Papa« und dieser »Mama« zu tun zu haben, die ihn vergötterten, ihm massenweise alberne Spielsachen kauften, die ihm Schaumbäder verpaßten (allein schon der Gedanke!), die ihm seine kleinen Zähnchen mit einer Menschenbabyzahnbürste bürsteten, die ihm Bänder um den Hals schnürten und sein Miauen, ja sogar sein röchelndes Räuspern für *bel canto* hielten, die ihn gegen Flöhe puderten, ihn Vitamine schlucken ließen, die angeblich gut für seine Schnurrhaare waren, die seine Kackhäufchen mit der Lupe untersuchten, um darin eventuell gefährliche Darmschmarotzer zu entdecken...

Armer, unglücklicher Chichi!

Und arme unglückliche Lou, die ich von einem Fettnapf in den nächsten, von einem Fehltritt in den nächsten, von einem Sakrileg in das nächste stolperte.

Chichi liebte Kalbsleber, und zwar rohe. Ich nicht. Chichi liebte Fischköpfe. Mitsamt ihren Augen. Ich nicht. Chichi schwärmte für Mayonnaise. Ich nicht. Chichi hatte einen Horror vor soßigem Bratengerichten. Ich schwärmte für sie. Chichi liebte nichts so sehr, wie so zu tun, als ob er mit einer eigens für ihn hergestellten Kugel aus Zeitungspapier Fußball spielen würde. Ich war unfähig, auch nur einen Bruchteil meiner kostbaren Zeit damit zu verplempern, mit den Pfoten gegen ein dämliches Balli zu ballern. Es war mir einfach zu dämlich.

»Los! Los! Jetzt wird sie schießen, die Miezmiez! Und Papi wird ihr einen Querpaß zuspielen, und dann wird die Miezmiez... Freistoß, Miezmiez, Freistoß! Los!«

Papi kroch auf allen vieren auf dem Wohnzimmerteppich herum, Papi warf mir das Balli zu. Und ich, ich sah ruhig zu, wie es vorbeirollte. Verächtlich. Souverän beherrscht.

»Was hat dieses Tier nur? Was hat es nur? Das ist unbegreiflich. Die Kater würden ihr ganzes Leben damit zubringen, mit dem Balli zu spielen. Und sie... Was ist nur los mit dir? Was geht in deinem Schädel vor, Chichitte?«

Ja, richtig gehört! Chichitte.

Ich war eine Chichitte geworden. Ein Ersatzprodukt (ein enttäuschendes, sehr enttäuschendes) für das Wunder aller Wunder.

Eine Chichitte, die es nicht abkonnte, wenn man ihr hinterherspionierte, während sie ihre Geschäftchen machte. Wohingegen er, Chichi, dieser Schatz, wenn man ihnen glauben wollte, seine

Küttel nur rausdrücken konnte, wenn man ihm dabei ein Pfötchen hielt. Nicht irgendeines. Nein, sondern das rechte vordere. Ich war eine unbegreifliche und widerspenstige Chichitte, die sich nicht mit einem mit Eau de Cologne getränkten Läppchen über eine gewisse Stelle wischen ließ, wenn sie ihr Geschäftchen gemacht hatte. Wohingegen Chichi, er, absolut darauf bestand, daß man ihm wie einem richtigen kleinen Jungen, der er war, den Hintern abwischte.

Die Chichitte war aber kein richtiges Mädchen. Sie war eine Katze, die sich selbst ihre intimen (und anderen) Stellen mit der Zunge saubermachte, die ihr der Schöpfer eigens dazu eingebaut hatte.

»Drecksvieh, dreckiges! Das kommt davon, daß wir für unseren Jungen einen Ersatz finden wollten.«

»Ein Mädchen braucht vielleicht mehr Zeit, um sich einzugewöhnen.«

Mich in Ruhe eingewöhnen zu können, das war alles, was ich verlangte. Das Appartement war eigentlich ganz passabel. Man hätte mir nur erlauben sollen, in dem Sessel zu schlafen, der mir gefiel, mich am eingelegten Sauerbraten, am Kartoffelpüree, an allem, was nach meinem Geschmack war, zu delektieren. Oder in den Schränken und Speisekammern herumzustöbern, »wo Chichi nicht um alles in der Welt sein niedliches kleines Näschen hineingesteckt hätte«.

Man hätte mir nicht eines Abends ein wundervolles Geschenk mitbringen dürfen. Das wundervolle und kostbare Geschenk war ein Halsband, echt Eidechse mit einem Anhängerschildchen mit meinem eingravierten Namen Chichitte daran. Es hat sie ganz schöne Mühe gekostet, mir ihr Halsband um den Hals zu schnallen. Brigitte hat sogar an einem Arm geblutet. Und an einer Wange.

»Dieses kleine Aas! Wenn ich noch daran denke, wie stolz Chichi war, als er sein Anhängerschildchen bekam. Der hätte auf keinen Fall... Aber wo steckt sie überhaupt, diese Blöde?«

In der Küche steckte sie, die Blöde. Unter dem Spülbecken. Hinter dem Mülleimer. Und derart schäumend vor Wut, daß die beiden Nervensägen es mit der Angst zu tun bekamen und darauf verzichteten, sich ihr Abendessen zu machen. Auch ich habe nicht zu Abend gegessen. Ich habe weiter mit der Nase im feuchten Putzlumpen hinter ihrem Mülleimer gehockt und geschäumt.

Diese brutalen Schweine! Diese Folterknechte! Versuchen eine Katze umzubringen, indem sie sie mit einem Lederriemen strangulieren! Unmöglich, sich aus diesem Ding zu befreien. Ziemlich stabil, ihr schönes Geschenk. Unzerreißbar.

Schließlich bin ich in eine Art – nein, Schlaf war das nicht – eher in eine Art Tod gefallen.

Ein Tod mit Visionen. Nicht mit Träumen. Nicht mal mit Alpträumen. Visionen, richtig wie Visionen, die mich – noch Jahre danach – in Schweiß ausbrechen, am ganzen Leibe zittern lassen, daß es mich fast umhaut.

Chichi-Visionen: er war da, das arme verstorbene Arschloch Chichi. Er war da, so feist wie ein schwangerer Wal. Mit Augen, die ganz zu seiner Feistigkeit paßten, Kugeln, so groß wie die Reifen von einem Fünfzehntonner, leuchtend dottergelb. Mit Pupillen wie Löcher, die mich magnetisch anzogen wie Abgründe. Seine Schnauze wollte mich ebenfalls in die Tiefe reißen. Ein Rachen wie ein Métroeingang, mit lanzenähnlichen Zähnen, die länger waren als ich, selbst wenn ich mich streckte. Und er streckte mir eine Zunge raus, so breit wie ein Bettlaken, triefend vom Blut roher Kalbsleber. Und er pustete mir den Gestank ins Gesicht und kotzte mir Kalbsleberblut auf den Kopf. Und aus seinem Hintern entwichen erstickende Winde eines feisten toten Katers. Und dieses Arschloch, so groß wie ein Wal hoch zwei, füllte den gesamten winzigen Raum unter dem Spülbecken aus, in dem ich mich versteckt hatte. Er machte sich daran, mich zu verschlingen, und pißte auf mich drauf. Einen sintflutartigen Pipiniederschlag, in dem eine ganze Stadt hätte ersaufen können. Und ich mit dazu. Wo ich doch nicht schwimmen konnte. Ich ruderte mit allen vier Pfoten, mit dem Schwanz, mit den Ohren. Vergeblich. Das schwere Gewicht der Plakette mit dem Namen Chichitte zog mich in die Tiefe. Ich versank in einem atlantischen

Ozean von Exkrementen eines mit Kalbsleberblut vollgefressenen Katers. Und ich hatte nichts, woran ich mich hätte festhalten können. Nichts als Putzlumpen, fortgerissen von den Wellen, hinein in Strudel, in einen Sturm. Der Weltuntergang fand unter dem Spülbecken statt. Der Mülleimer wurde fortgerissen. Dann der Küchentisch, die Küchenhocker. Sogar der Kühlschrank wurde zum schiffbrüchigen Treibgut. Sogar der Kühlschrank. Und da war diese Plakette, die immer schwerer wurde. Ich versank, versank immer tiefer. Die Katze Chichitte ging unter wie ein Stein.

Dann bin ich gestorben. Und das war um so unangenehmer, da es mir zum erstenmal passierte. Nach meinem Tod wie nach Annas Tod folgte ein Leben nach dem Tode. Ein weniger tristes. Aber dafür ein noch schmerzhafteres.

Als die Putzfrau (noch so eine Nervensäge) mich total im Koma mitten im Pipi und in dem in tausend Fetzen zerrissenen Putzlumpen fand, sah sie rot.

»Verfluchtes Aas auf Aaspfoten, verfluchtes«, keifte sie los.

Dann hat sie – denn vielleicht war das die Art, wie man auf dem Lande, dort, wo sie herkam, diejenigen, die schlecht beieinander sind, wieder auf die Beine bringt? –, dann hat sie mich mit dem Teppichklopfer verdroschen. So deftig, daß sie mir fast sämtliche Knochen brach. Und ausgiebig lange. Als ob ich ein Teppichläufer gewesen wäre, aus dem man den ganzen Staub herausdreschen muß.

Dann legte sie ihre Waffe ab und fing an, mich mit ihren spitzen Schuhen zu treten. Es machte ihr offenbar Spaß, ein wehrloses Wesen zu verprügeln. Dafür gibt es keine Verzeihung oder Verjährung. Dieses Miststück auf zwei Pfoten wollte mich für die zerrissenen Putzlumpen, für mein Pipi, was vor Wut und Angst aus mir herausgelaufen war, büßen lassen. Sie wollte mich für noch mehr büßen lassen, nämlich für fünfzehn Jahre Chichi. Für fünfzehn Jahre Katersöhnchen des Hauses, von dem sie alle Flausen, alle Arroganz, allen Dreck hatte aushalten müssen, ohne einen Mucks zu tun. Fünfzehn Jahre von angesammeltem und aufgestautem Haß. Aber sie war zwar dem äußeren Anschein nach mickrig und zerbrechlich, aber trotzdem nicht umzubringen, die Chichitte!

Als es an der Tür läutete – die Concierge mit ihrer Post oder jemand, der sich in der Tür geirrt hatte –, schoß ich wie der Blitz unter den Kühlschrank. Es hat mich echt Mühe gekostet, mich platt zu machen. Aber es brachte mich außerhalb jeder Reichweite. Ich saß fest, war wie gelähmt. Aber ich war gerettet.

Die Unverschämtheit, das Halsband aus echt Eidechse mit der Namensplakette abzulehnen, der Heidenschrecken, den ich ihr eingejagt habe, das alles hat Brigitte vollends den Geschmack an mir verdorben. Am liebsten wäre es ihr gewesen, ihre Putzfrau hätte mich mit ihrem Teppichklopfer und ihren Schuhen ganz umgebracht. Das war nicht geschehen. Wie schade. Alles was sie von mir noch erwartete, war, daß ich unter dem Kühlschrank krepierte. Wenn möglich, rasch.

Ihr Mann Edouard war weniger unversöhnlich. Ihn sah ich wieder. An meinem dritten oder vierten Tag unter dem Kühlschrank, während seines Frühstücks aus Grapefruitsaft und Café au lait, ganz alleine, bevor er aus dem Haus ging, um wichtige Geschäfte zu erledigen in der Firma, in der er ein leitender Angestellter war.

Er nahm nicht nur seine Flasche Milch aus dem Kühlschrank, sondern er nahm auch einen kleinen Aluteller mit einem nicht ganz aufgegessenen Schweinekotelett heraus und stellte ihn auf den Boden. Für mich.

»Ich bin zu gutmütig, aber...«

Ich hätte hart bleiben sollen und weiter schmollen. Das wäre angebracht gewesen. Aber ich beschloß, daß ich ein lebenswichtiges Bedürfnis nach Schweinekotelett hatte. Ich kroch aus meinem Versteck hervor. Nicht in voller Länge. Aber weit genug, um den Aluteller zu erreichen, und schaltete auf gefräßig. Als Edouard mich ansah, sah ich ihm auch direkt in die Augen. Nicht reumütig, sondern schamlos, frech.

Da stand er auf und beugte sich über mich.

»Ist dir eigentlich klar, was für eine Enttäuschung du bist?«

Ich war mir nur über eines im klaren: ich mußte ein Geschäftchen machen. Ich habe mich ganz herausgezogen, ich habe mich entplättet und mich gestreckt, um wieder Leben in die eingeschlafenen Glieder zu bringen. Das hätte guttun müssen. Aber es war grauenhaft. Wahrscheinlich waren die meisten meiner Knochen gebrochen, im Eimer, kaputt. Und nicht nur meine Knochen. Auch Muskeln, Nerven, Organe. Gute Arbeit hatte sie geleistet, ihre Putzfrau. Ich dachte, ich würde es nicht mehr bis zur Geschäftchenkiste schaffen.

Aber ich schaffte es. Und kroch wieder zurück unter den Kühlschrank. Das ging noch eine ganze Weile so weiter.

Luftschnappen

Bis zu jenem Sonntag.

Nachdem er, seine halbe Sonntagszigarette rauchend, herumgehangen hatte, war Edouard eine Idee gekommen.

»Weißt du, was wir machen werden? Verdient hast du's ja nicht. Aber vielleicht wird dir das wieder ein bißchen Verstand in deine Drecksbirne bringen. Wir werden ein bißchen Luft schnappen gehen. Chichi, für den war das sonntägliche Luftschnappen...«

Und was brauchte man, um Luft schnappen zu gehen? Eine Leine. An eine Leine hat man mich gehängt! Wie einen Hund. Verblödet von den Tagen und Nächten unter dem Kühlschrank, habe ich mich nicht einmal gewehrt.

Auf dem Champ de Mars fand es statt. Im Grasgrünen. Bei der Jahreszeit nicht sehr grasig, dieses Gras, aber bevölkert mit einer Menge plärrender Kinder mit oder ohne Bällen. Mit alten Leuten auf den Bänken, die anderen alten Leuten, bei denen die Senilität bereits so viel schlimmer zugeschlagen hatte, dabei zusahen, wie sie sich (wie Babys oder schwachsinnige Kater) mit Kugeln amüsierten. Nicht aus zerknülltem Papier, sondern aus Messing.

Die Leine war der Horror. Aber Edouard zog nicht zu fest daran. Wenn ich stehenblieb, blieb er auch stehen.

»Siehst du, das Spazierengehen gefällt dir. Und der Eiffelturm da, siehst du ihn? Chichi war ganz verrückt nach ihm. Und die Tauben. Hast du schon mal Tauben gesehen?«

Mich zu fragen, ob ich schon mal Tauben gesehen habe!

Hätte er mich auch nur einen Augenblick losgelassen, dann hätte er gesehen, ob ich schon mal welche gesehen hatte. Dann hätte er gesehen, wie ich sie fing, wie ich sie niedermachte.

Es gab aber nicht nur Tauben dort. Da saß eine Amsel, die sich über mich einen Ast lachte. Wie sich eben ein freier Vogel einen Ast lacht über eine Katze an der Leine. Meinen Hals hätte ich mir dabei brechen können. Dann hätte ich eben Pech gehabt. Wer nichts riskiert, der...

Und dann passierte es, daß ich einen Satz machte, ohne es bewußt zu wollen, so daß ich es erst nachher merkte.

Ich spurtete so plötzlich los, so kräftig, daß Edouard, mein Herrchen, nicht nur die Leine losgelassen hat, sondern auch noch gestolpert und hingeknallt ist und unter den Boule-Kugeln der steinalten Idioten ein Heidendurcheinander angerichtet hat.

»Chichitte! Komm zurück!« brüllte er noch.

Aber zu spät. Er war nicht mehr mein Herrchen. Niemand war mehr mein Herrchen. Ich war eine Katze auf der Flucht.

Nirgendwo

Ich wollte nicht nur ein Schnäppchen Luft schnappen. Sondern gleich eine ganze Suppenschüssel voll. Ein Faß. Ach was: am besten gleich ganz viele.

Nachdem ich mich losgerissen hatte, rannte ich besinnungslos drauflos. Ich wurde zu einer rasenden Rakete, zu einem Geschoß. Volles Rohr immer geradeaus. Ohne hinzuschauen. Mit einem solchen Feuer unterm Hintern, daß meine Pfoten den Boden nicht berührten. Über Stock und Stein durch die Straßen, durch den dichten Verkehr von Autos und Autobussen, die auch nicht gerade langsam fuhren. Aber nicht schnell genug, um eine Katze einzuholen, die mit einem solchen Tempo davonschoß. Und auch nicht schnell genug, um sie zu überfahren, so geschickt ließ sie der Rausch der Freiheit überall hindurchfegen.

Durch ganz Paris muß ich gerast sein, kreuz und quer. Und nicht nur einmal. Mir war schon seit geraumer Zeit die Puste ausgegangen, und immer noch riß es mich weiter. Die Entfernung zwischen mir und meinen Nervensägen, dem Gefängnis mit ihrem alles erdrückenden Phantom-Chichi mußte so unermeßlich groß werden wie nur möglich. So weit ich nur konnte, flitzte ich zwischen den Autos, zwischen den Beinen der Leute im Slalom dahin. Bis ich nicht mehr konnte und mein Herz kurz vorm Platzen war, bis ich zusammenbrach. Unter einer Straßenbank.

Erst ein Geruch nach Fuselfahne erweckte mich wieder zum Leben. Und eine krächzend rauhe, aber nicht unfreundliche Stimme. Und harte Hände, die mich solide festhielten und mir am Hals herumfummelten.

»Ich warne dich, du Wollknäuel, wenn du mich kratzt, kratz ich dich, wenn du mich beißt, beiß ich dich. Auge um Auge, Beißer um Beißer. Also reg dich nicht auf, sei kooperativ. Du läßt dir schön ruhig dieses Geschirr abnehmen, das dir so gut steht wie Gummistiefel einer Wespe. Dir macht's die Gurgel frei. Und mir bringt's einen firstklassigen Gürtel. Meine Röhren haben nämlich die natürliche Tendenz, nach unten abzufließen, verstehst du. Logisch: beim Arbeitersamariterbund führen die eben keine maßgeschneiderten Hosen. So, das hätten wir. Und schon bist du frei, und ich bin gegürtet wie ein Prinz. Warte. Sekunde noch. Dein Halsband wirst du mir auch noch geben. Das wird mir ein sehr hübsches Uhrenarmband verschaffen. Ohne Uhr allerdings. Was jedes Risiko ausschließt, daß ich das Glas zerdepper oder 'ne Panne im Quarz habe. Echt gute Ware, dein Medaillon da. Kauf ich dito. Wie heißt du? Chichitte? Na ja, Geschmäcker sind eben verschieden. Hätte ich 'ne Katze, oder besser einen Hund, einen Basset oder so, den hätte ich Lotto genannt. Also mach's gut, mein alter Chichitte. Selbst wenn man nirgendwohin geht, darf man noch lange nicht zu spät kommen. Also, bis die Tage.«

Es ihm übelnehmen?

Ich hatte keinen Grund, jemandem übelzunehmen, daß er mich gerade von einer Leine und einem Halsband befreit hatte. Ich war sogar fast schon drauf und dran, dieser Schnapsnase tausend Dank zurückzuschmusen. Ihm seine harten, ungewaschenen Hände mit tausend Küssen zu bedecken.

Ein Obdachloser, ein Stadtstreicher mit nach unten abfließenden Röhren, der vielleicht ein erträgliches Herrchen abgegeben hätte. Aber er mochte Bassethunde lieber als Katzen, und er mußte sich beeilen, um nirgendwohin zu kommen.

Ich brauchte mich nicht beeilen, um nirgendwohin zu kommen. Ich brauchte nur sitzenzubleiben, wo er mich hatte sitzenlassen. Die Straßenbank, an der ich mich befand, war bereits so nirgendwo, wie man es sich nur vorstellen kann. Drum herum lag Paris. Aber welcher Teil von Paris? Welches Viertel? Paris ist ein wirres Gewimmel von Straßen. Ein solches Gewimmel, daß du dich darin heillos verlaufen kannst. In der Zeit mit meiner Stadtstreicherin bin ich viel in Paris unterwegs gewesen. Aber vor allem nachts. Und in der Regenmanteltasche. Und noch so babyklein, daß ich, selbst wenn ich mit einem Auge, ja sogar mit beiden, aus der Tasche lugte, nichts weiter sah als nichts. Wie sollte ich da, jetzt, wo ich frei war, wissen, wo ich gelandet war?

Als ich den nervensägigen Edouard auf dem Champ-de-Mars ausgetrickst hatte, hatte ich mich gleich mit ausgetrickst. Das erste war ja ganz intelligent, das zweite weniger.

Ich hatte mich wirklich völlig verlaufen. Außerdem hatte ein kleiner Hunger begonnen mich zu plagen, der, das konnte nicht ausbleiben, größer werden würde. Also sollte ich besser nicht länger so unlustig vor mich hin träumend unter dieser Bank hocken und mich lieber auf den Weg machen, um meinen kleinen Magen zu füllen.

Aber welchen Weg nehmen? Ich trabte erst mal los in Richtung auf das Nirgendwo des Obdachlosen ohne Lotto-Hund.

Es war ein sonniger Tag. Noch sengte die Sonne nicht vom Himmel, also die passende Zeit für einen Bummel. Der Tag war gerade erst angebrochen, alle Geschäfte machten gerade erst auf.

Geschäfte mit Sachen, die ich nicht gebrauchen konnte. Und Geschäfte mit Sachen zum Essen, die mich wesentlich mehr interessierten. Besonders eines mit einer reichhaltigen Auslage von Koteletts, Steaks, Braten, Hammel-, Lammkeulen... Aber alles roh. Und bewacht von Männern mit bluttriefenden Schürzen, mit bedrohlichen Messern bewaffnet.

Ein Stück weiter starrte ich eine Weile in die Auslage eines arabischen Geschäftes mit Gemüse und Obst und einem ganz hohen Stapel Fressen in Dosen, von denen mich lauter glückliche Katzen ansahen.

Dieser Anblick war ungemein schädlich für das Loch in meinem Magen. Es vergrößerte sich in einem sagenhaften Tempo. Und? Was konnte ich dagegen tun? Eine Dose Katzenfressen einem Araber klauen, der sich mit Sicherheit nichts, aber auch gar nichts einfach so klauen ließ? Und außerdem: Dosen aus Blech, die kann keine Kralle öffnen. Also konnte ich nur eines tun: weiterlaufen, bis ich einen Ort finden würde, wo es Essen gab, das der Schöpfer speziell für die Katzen geschaffen hatte, und zwar so, daß sie sich davon auch bedienen konnten. Ich mußte einen Ort finden, wo es Wild gab. Einen Ort mit Mäusen – oder Tieren von ähnlichem Format, mit Vögeln. Ich mußte einen Friedhof, einen Platz, eine Anlage, ein Champ-de-Mars finden.

Solche Orte gibt es in Paris genügend. Trotzdem stolpert man nicht bei jedem Schritt und Tritt darüber. Ich lief und lief. Ich stieß auf jede Menge Kreuzungen mit gefährlichem Autoverkehr. Auf jede Menge Banken, Cafés, uninteressante Geschäfte, Restaurants mit Leuten, die sich das Zeug nur so reinschaufelten, und auf jede Menge Häuser. Aber nie auf so etwas wie einen Park, eine Anlage, einen Friedhof. Ich sah eine ganze Menge Bäume. Aber keine Vögel.

Meine besinnungslose Flucht hatte mich in ein Viertel verschlagen, das absolut ungeeignet für Katzen war. Das war mein Pech. Ich stieß zwar auf ein paar Leute, die mich ansprachen. Aber nur Sachen wie »Tag, Muschi« oder »Na, du Wilder, wir ziehen wohl gerade unsere Joggingrunde?« oder »Mann, du bist ja ein ganz ein hübscher, du«. Das war ja sehr freundlich von diesen Leuten, aber nicht einer kam auf die Idee, mich zu fragen, ob ich nicht zufällig auf der Suche nach ein bißchen Fressi, nach ein bißchen Freundlichkeit war. Nicht einer dachte daran, mich hochzuheben und mit nach Hause zu nehmen und mir die Hälfte von seinem Fleisch oder seiner Scheibe Schinken abzugeben.

Womöglich hätte ich demjenigen, der auf die Idee gekommen wäre, mich anzufassen und mich mit nach Hause zu nehmen, mordsmäßig ins Gesicht gefaucht. Aus Frechheit. Oder aus Schiß. Oder ohne Grund. Denn wenn du eine ausgerissene Katze geworden bist, dann stürzt dich das im Handumdrehen in das sonderbarste Benehmen, in die unberechenbarsten Launen. Nachdem ich der Nervensäge Edouard auf seinem Champ-de-Mars entwischt war, fiel ich – ohne daß ich es wollte oder wußte – wieder in die Wildheit zurück. Eine Wildheit, die gleichzeitig weniger schlimm und doch schlimmer war als meine Friedhofswildheit.

Weniger schlimm deshalb, weil ich inzwischen die menschliche Wärme von Anna und die so befriedigende Berührung mit ihren molligen Rundungen kennengelernt hatte und die Lust, unter einem schützenden Dach zu leben. Das hatte mich enorm zivilisiert und mir gezeigt, was das wahre Leben ist. Dasjenige, das sich genießen läßt.

Noch schlimmer deshalb, weil ich all das genießen gelernt und plötzlich wieder verloren hatte.

Ich war frei, d'accord. Ich konnte tun und lassen, was ich wollte, konnte hierhin oder dorthin gehen, ganz nach Belieben. Ich konnte so viele Vögel morden, wie es mir Spaß machte, ohne daß eine Anna mir einen strafenden Blick zuwarf. Ich konnte auf egal welchen Sessel klettern und mir an seinen Armlehnen die Krallen feilen, ohne daß irgendwelche Nervensägen mich...

Aber ich saß auf der Straße, allein in den Straßen von Paris, ohne Vögel, ohne Anna. Verloren, mutterseelenallein mit meinem Magen. Er schrie zwar nicht »Hunger!«, weil Mägen ja keinen eigenen Mund haben. Aber er brummte – und wie der brummte! – und krampfte sich zusammen, krampfte sich wahnsinnig zusammen – und *wie* er sich quälte! – und wie er *mich* erst quälte! Fix und fertig und auf dem letzten Loch pfeifend stieß ich auf die Métrostation Chaussée d'Antin.

Die Treppen nach unten waren verstopft von Leuten. Ein wüstes Durcheinander, alles andere als einladend. Aber unten wimmelte es bestimmt vor Ratten. Da war ich ganz sicher.

Ich hatte keine Lust, Ratten zu essen. Allein bei dem Gedanken ekelte es mich schon. Métroratte, so was mußte noch abscheulicher sein als Kalbsleber. Innen total faul und angefüllt mit Milliarden von ekligen Viren. Und außerdem wußte ich, daß man sich, wenn man sich auf die Rattenjagd stürzte, auf ein äußerst lebensgefährliches Abenteuer einließ. Ich wußte, daß die Métroratte keine Friedhofsratte ist, die einsam ihrer Wege zieht. Ich wußte, daß sie in ganzen Horden umherzieht, daß sie mehr Zähne als irgendeine andere Ratte hat und daß sie ein so irres Bedürfnis hat, ununterbrochen zu nagen, daß sie es sogar fertigbringt, sich an Gleise ranzumachen, die unter Strom stehen.

Ich wußte noch so gut wie überhaupt nichts von der Welt. Und doch kannte ich sogar viel zu viele schreckliche Dinge. Also habe ich auf die Métro verzichtet. Mein Magen wollte aber nicht auf das Geringste verzichten. Er wollte was zu fressen haben.

Aber was?

Ob es noch andere Orte mit weniger gefährlichem und ungesundem Jagdwild als die Ratten in der Métro gab? Genau das brauchte ich. Etwas Unterirdisches mit Ratten, die nicht gleich hordenweise daherkamen. Oder noch besser: mit Mäusen. Orte dieser Art gab es mit Sicherheit! Aber ich war erst noch Anfängerin im Umherstreunen, ich hatte noch keine Ahnung, welche luxuriösen Ressourcen Paris zu bieten hatte. Ich hatte mich noch nie in einem Keller herumgetrieben. Ich wußte nicht, daß jedes Haus einen hat. Daß selbst die reichsten, elegantesten Gebäude etwas drunter haben, hinterste, finsterste Winkel, randvoll gefüllt mit Ungeziefer. Ich hatte keine Ahnung, daß sogar Monstergebäude wie der Tour Montparnasse ihre hauseigenen Nager haben, die ebenso durchtrieben, neugierig und schädlich wie die Nager der dürftigsten Baracken und Bruchbuden sind. Angepaßte Spezialnager, Nager, die sogar so weit gehen, daß sie in den Müllschluckerschächten auf Bergsteiger machen und so bis in fünfzigste Stockwerke hinaufgelangen.

Jeder Pariser hat seine Ratte. Er weiß es nur nicht. Ich wußte es auch nicht. Noch nicht.

Ich war eine freie Katze. Aber noch etwas dämlich. Eine Katze, die nichts anderes konnte als laufen, laufen und laufen. Laufen, bis sie schließlich einen Innenhof mit Steinpflaster und ein paar Büscheln mickriges Gras zwischen den Pflastersteinen fand. Einen Innenhof so einladend wie ein Friedhof. Ein Hof nicht von heute, einer mit alten Toren, mit unebenen, rissigen, schartigen, schmuddeligen Mauern. Mit lauter Türen, keine davon wie die andere. Mit Werkstätten von Teppichwebern, von Lampenschirmfabrikanten. Mit einem Aufgang A, einem Aufgang B, einem Aufgang C. Mit einem Aufgang, der weder A noch B, noch C hieß und über den es statt hinauf-, hinunterging. Genau das Richtige für mich.

Es gab kein Licht, abgewetzte Steinstufen und zwei durchdringende Gerüche. Einen nach altem Moder. Und einen, bei dem meinem Herzen das Wasser im Mund zusammenlief. Ein Geruch nach Maus.

Gut. Sehr gut. Perfekt. Ich war an der richtigen Stelle. Das Loch in meinem Magen, das inzwischen zu einem bodenlosen Abgrund geworden war, der mich quälte, daß ich fast schon aufgeschrien hätte, würde gleich gestopft werden.

Aber wann? Das konnte noch eine Weile dauern. Noch ewig dauern. Aber ich war auf der richtigen Fährte. Aber ich mußte mich wirklich gedulden. Vor lauter Spannung hat es mich überall so kribbelig gemacht, daß ich fast erstarrte, als wäre ich eine Plüschkatze. Ich atmete kaum, tat mein möglichstes, um meinen Katzengeruch zu unterdrücken. Ganz schön anstrengend, so auf der Lauer zu liegen, total auf die Folter gespannt. Macht aber auch Spaß.

Und dann ist sie gekommen. Hellgrau, fast weiß. Noch keine richtige Maus, noch unreif. Aber keine Maus aus Plastik, kein Chichi-Spielzeug. Eine Maus aus echtem lebendigen Fleisch. Für mich.

Scrrraffffllttt!

Sie hat gar nicht mitbekommen, wie sie abgemurkst wurde. Inklusive Schwanz waren das keine drei Bissen. Aber immerhin besser als nichts.

Sie hinterließ einen unangenehmen Beigeschmack von ›nicht genug‹ in meinem Mund. Und hat mich an andere Beuten, an andere Zeiten erinnert, erinnert an unsere gemeinsamen Jagden mit meinem Knochendürren mit der Puderquastentolle. Schmerzlich wehmütig-sehnsüchtige Erinnerungen hatte es wachgerufen, dieses Kellermäuschen.

Trübselig verdaute ich meine kleine Beute.

Keller

Das Leben einer Kellerkatze hat durchaus seine Reize.

Wenn man eine Katze im Bett einer Anna – wenn auch mit Mullbinde zur Wurst verschnürt – gewesen ist, dann bedeutet das einen Abstieg. Aber wenn man eine Etagenwohnungskatze von Nervensägen gewesen ist, dann bedeutet das einen Aufstieg.

Als Kellerkatze ist man sein eigener Herr. Das ist sehr befriedigend. Besonders dann, wenn der Keller gut durchgestylt, gut mit Wild durchsortiert und ohne Leute ist, die dich fortjagen oder dir dort auf den Geist gehen.

Mein Keller befand sich in der Rue Mogador. Im Innenhof eines Wohnblocks mit einer Hausmeisterin, die total in Ordnung war. Sie selbst hatte keine Katze, aber Katzen waren bei ihr gerne gesehen. Es regte sie überhaupt nicht auf, daß ich mich in ihrem Keller einmietete. Sie war hocherfreut, ja hingerissen darüber, daß ich mich um ihre Mäuse kümmerte. Das bedeutete für sie eine Sorge weniger. Außerdem fürchtete sie sich vor Mäusen, seit man ihr in der Schule einmal eine in den Schulranzen gesteckt hatte.

Und das war nicht das einzige, was sie mir erzählte. Sie war sehr gesprächig, diese Hausmeisterin. Sie konnte es sehr lange aushalten, auf ihren Besen aufgestützt im Hof zu stehen und mit mir zu schwatzen. Über sich selbst, über die Katze ihrer Eltern, die mit zwanzig Jahren gestorben war, zwei Straßen weiter, über ihren Mann, der sie nicht mehr berührte, seitdem er eine Bedienung aus einem *Fast-food* kennengelernt hatte, eine echte Nutte, über die Mieter, alle Leute aus dem Viertel hier, bis auf den tschechischen Lampenschirmfabrikanten. Mäuse, davon könne ich soviel fressen, wie ich wolle. Alle, alle könne ich fressen. Und wenn mir das nicht reichte, erlaube sie mir, auch einen Blick in ihre Mülltonnen auf Rädern zu werfen.

Kellerkatze, ja.

Müllkatze, nein!

Eine Kellerkatze tötet. Ohne sich die Sache leichtzumachen. Sie kennt keine Gnade. Sie flößt Furcht ein.

Eine Mülltonnenkatze dagegen... ich sah mich echt nicht in Abfällen herumstochern, in schon einmal Gekautem und wieder Ausgekotztem, in verdorbenem Zeug. Ziemlich lange habe ich mich strikt geweigert. Aber Mäuse, wissen Sie, so auf lange Sicht gesehen... Noch dazu, wo sie Mäuseportionen zu fünf, sechs, allerhöchstens sieben Bissen waren, die Mäuse der Rue Mogador. Das muß eine verkümmerte Rasse gewesen sein. Oder die feuchte, modrige Luft hat ihr Wachstum beeinträchtigt.

Eines nachts bin ich weich geworden. Zuerst war ich hin- und hergerissen, hatte eine enorme Wut auf mich selbst. Aber ich bin weich geworden. Und... meine Güte, ich kann Ihnen sagen... So eine Wohnblockmülltonne, die ist ja randvoll von allem möglichen, daß selbst die Katze mit dem größten Stolz am Ende noch etwas Passendes für ihren Geschmack findet. Reste von tadellosem Fleisch zum Beispiel. Manchmal richtig klasse zubereitet. Oder so kleine Leckerbissen wie Krabben- und Krebspanzer mit noch Weißem drin. Oder ein Bodenrest aus einem Topf Fleischschmalz, aus einer Dose Ölsardinen, Andouillettewurstzipfel. Knabberzeug als Vorspeise, wie etwa Chips, Salzstangen, Cocktailwürstchen und so. Nicht so viel, daß es eine komplette Mahlzeit ergibt. Aber genug, um den Gaumen zu erfreuen. Und alles erstklassige Ware.

Der freie Zutritt zu den Mülltonnen, das war echt gut. Echt gut auch die Genehmigung, diesen Keller in der Rue Mogador als mein Eigenheim zu betrachten. Mit massenweise Platz in den labyrinthischen Gängen und reich an Ecken und Winkeln allein für mich. Nur wenige Mieter, die sich selten in den Keller verirrten. Und die insgesamt echt gute Typen waren.

Besonders der alte Mann mit seiner alten Baskenmütze, der pausenlos mit Flaschen herumhantierte. Weil er in seinem Kellerabteil übelriechende Fässer stehen hatte. Aber das schien ihn nicht zu stören. Im Gegenteil, genau diesen Weingestank inhalierte er mit vollen Zügen. Er hatte vier Fässer, größer als er selbst. Und mehrmals täglich kam er eine Flasche voll aus ihnen abzapfen. Dazu benutzte er einen Trichter, der mindestens so alt war wie er selbst und seine Baskenmütze. Und er ließ mich in seinen Privatwinkel hinein, ließ mich eintreten und ihm zuschauen und gab mir Auskünfte über den jeweiligen Inhalt seiner Fässer, die er so liebte wie ein anderer seine Katze, seinen Hund, seinen Freund. Sein liebstes, das war das Faß mit dem Cahors-Wein. Wenn man ihm zuhörte, bekam man richtige Lust, dieses Faß auf einen Zug zu leeren, den ganzen Cahors-Wein in einem einzigen Schluck direkt aus dem Faßhahn zu saufen.

Aber ich hörte ihm schon zu.

Er redete viel, der alte Mann, vor allem mit sich selbst. Sagte sich, daß er auf keinen Fall vergessen durfte, seinem Vetter aus Cahors wegen seiner Bestellung zu schreiben. Und seinen Freunden von Saint-Emilion. Denen auch wegen einer Bestellung. Und seinen Bekannten, die er in Burgund hatte, um sie zu fragen, ob die Traube fruchtig und ob die Ernte gut zu werden versprach. Er mußte zum Haushaltswarengeschäft gehen, um nachzusehen, ob die Korken seinem Wunsch gemäß angekommen waren. Es gab tausend Sachen, die er nicht vergessen durfte zu erledigen. Die er sich immer wieder vorsagte. Und dabei alles durcheinanderbrachte. Und sich nicht mehr erinnerte, an was er sich unbedingt erinnern mußte. Dann fiel es ihm wieder ein. Und er war selig und mußte es begießen. Dann mußte er auf etwas trinken. Dann mußte er sich ölen. Und zwar von innen. Und er wurde immer seliger. Und dann bot er mir auch einen kleinen Schluck an. So zum Spaß. Und er fing an, mir Sachen zu erzählen. Über eine Katze, die sie gehabt hatten, seine Frau und er. Eine Katze namens Galopine.

»Eine wie du. Genauso komisch wie häßlich. Ein schwarzrotes Fell hatte sie außer am Schwanz, da war sie weiß. Eine Straßenkatze, die das Eingesperrtsein nicht mochte. Drei Jahre hat sie's ausgehalten. Dann, als das Frauchen einmal vergessen hatte, ein Fenster zu schließen, ist sie ausgebüchst, die Galopine. Ab die Post über die Dächer. Was aus ihr geworden sein mag – keine Ahnung! Weil die, also die war keine Katze, die sich von Mäusen ernährt.«

Ich auch nicht, ich war auch keine Katze, die sich von Mäusen ernährte. Ich war eine Katze, die sich von sehr reichlichem, sehr feinem Fressi ernährte. Aber ich war zu Kellermäusen und bescheidener Mülltonnenfeinkost verdonnert. Das Gute an meinen Mäusen war, daß sie noch dämlicher als gichtig waren und daß sie sich mir immer, wenn ich Hunger hatte, quasi von selbst in meinen Rachen stürzten.

Es gab sogar eine, also bei der muß eine Schraube im Hirn total gefehlt haben: die für die Angst. Ich hatte in meinem labyrinthischen Keller eine alte Matratze gefunden, die nach alter Matratze roch und die aus sämtlichen Poren ihre Baumwollfüllung verlor – ideal zum Schlafen. Und diese beknackte Maus ist in sie reingekrochen gekommen. In meine Matratze. Jede Nacht, wenn ich gerade ins Bett ging, kam sie an. Nicht mal auf Zehenspitzen. Ihr Nichts von einer Nase in die Höhe gestreckt, ist sie angekommen, unter mir durchgekrochen und in die baumwolligen Tiefen abgetaucht.

Diese eine habe ich nie gefressen. Ich weiß eigentlich nicht, warum. Aber so war es. Ich sah ihr zu, wie sie ankam, und schob ihre Hinrichtung immer auf den nächsten Tag hinaus. Aus Erbarmen? Erbarmen einer Katze für Mäuse, das gibt es nicht. Nach einiger Zeit war es, als ob ich ein Mensch wurde und sie, diese Maus, meine Katze oder mein Hund. Komisch, finden Sie nicht? Sie war *meine* Matratzenmaus. In *meinem* Keller.

Da war also sie, dann war da der alte Mann mit der alten

Baskenmütze, der eine Katze namens Galopine gehabt hatte, die mir ähnlich war, der Alte mit der Baskenkappe, der mehr als einmal wegen des Weins in seinen vier Fässern nicht auf den Beinen, sondern auf seinem Hintern die Treppe herunterkam. Dann gab es eine Frau im ungefähr gleichen Alter wie er, die ein Kellerabteil hatte, das bis zum Platzen mit Trödelkram angefüllt war, und die von Zeit zu Zeit noch mehr davon hinzufügen kam und mir jedesmal dieselbe Story von dem Katzenfell erzählte, das ihre Großmutter von ihrem Rheuma geheilt hatte. Es gab Jungen, die sich in meinem Keller verstecken kamen, um sowjetischen Geheimagenten oder amerikanischen Detektiven zu entwischen. Die konnte ich nicht leiden. Sie zogen mich immer am Schwanz.

Meine Matratzenmaus, die ich nie gefressen habe, dürfte im Schlaf keine Träume gehabt haben. Ich hatte aber schon welche. Träume von Annas Busen, von Annas Pfirsichhautbauch, von Annas zärtlichen Worten, die sie mir ins Ohr flüsterte. Träume von einem geruchlos gewordenen, aber immer noch in mich verliebten Fra Angelico. Von meinem Friedhofskater, wie wir uns derart eng umschlungen herumkugelten, daß es so war, als wären wir eine Katerkatze mit zwei Köpfen. Von meinem nackenbeißenden und herzbetörenden Siamkater.

Eines Nachts, als ich gerade von meinem Siamkater träumte, da stand er auf einmal leibhaftig da. In meinem Traum und in meinem Keller. Er knurrte – graaaqnahhh! –, daß es mich auf einen Schlag aus meinem Traum riß. Er war aber kein Siamese mit der Zauberflöte. Er war ein Siam der Schreckliche. Was hatte der in meinem Keller verloren, dieser Pseudosiamese? Wo kam er her? Mit einem Sprung saß er plötzlich auf meiner Matratze. Die Augen grausam grau und ganz klar. Er wollte meinen Keller, er wollte mir ans Leder.

Da hätten Sie mich sehen sollen, wie ich meine Kellertreppe hinaufgerast bin!

Da hätten Sie hören können, wie mir die Zähne geklappert haben!

Dächer

Sobald ich oben an meiner Treppe angekommen war, raste ich gleich noch eine nächste hinauf. Die nächstbeste, die sich bot. Den Aufgang C. Vier Stufen auf einmal. Und befand mich in einem schmalen Gang, mit Steinfliesen und Gemeinschaftsklo, an dem Dienstbotenkammern lagen. Es war taghell wegen des Vollmonds. Ich war ganz nah am Himmel, den ich durch ein offenes Fenster entdeckte.

Ein Fenster wie das, wodurch die Katze Galopine ins Unbekannte verschwunden war? Mußte ich nun etwa auch in dieses Unbekannte verschwinden – nur wegen eines Eindringlings von Kater? Der hatte mir vielleicht einen Mordsschreck eingejagt, dieser Kerl! Oder einen heilsamen Schreck? Etwa um mir zu ersparen, daß ich es zu nichts Besserem als bis zur Kellerkatze brachte? Das würde sich bald zeigen. Noch ganz durchgebeutelt, gönnte ich mir erst einmal eine kleine Verschnaufpause. Paris aus der Luft und bei Frühlingsvollmond, das war schon einen Blick wert. Fernsehantennen wie kahle Waldbäume, Dachluken, von denen einige knallhell erleuchtet waren, Schornsteine, wovon keiner dem anderen glich, weit, weit in der Ferne ein Stück Eiffelturm und überall Kirchtürme und, das Verblüffendste von allem, ein lecker einladender weißer Riesenkuchen, der (was ich erst viel später erfahren habe) die Sacre-Coeur-Kirche von Montmartre war.

Und Dachrinnen, die an den Dächern entlangliefen mit hie und da einer Pfütze Wasser drin und hie und da Mannschaften von nebeneinander aufgereiht schlafenden Tauben darauf.

Sehr bald ist mir schon klargeworden, daß diese sogenannten Blech-*Gouttières* oder Dachrinnen und ich nicht dazu geschaffen waren, um irgendwie miteinander warm zu werden. Absolut nicht. Ich ließ mich in so eine Dachrinne hineinrutschen, ganz langsam und vorsichtig. Zuerst bekam ich einmal nasse und eiskalte Pfoten, dann gähnte plötzlich neben mir der Abgrund, die Tiefe, das Bodenlose. So hoch wie das ganze Haus in der Rue Mogador. Ein Abgrund, der auf eine Straße hinunterging, auf ein

Trottoir, das – das sah man deutlich – nichts anderes wollte, als daß ich mir auf ihm die Fresse einschlug. Ich fühlte, wie ich zu schwanken anfing, daß sich mein Kopf mit einem erbsensuppigen Nebel füllte und ich mich schon über den Rand kippen sah. Mein Schwanz schien sein Volumen verzehnfacht zu haben. Meine Krallen klammerten sich mit einer solchen Kraft an dem Blechzeug der Dachrinne fest, daß es quietschte und krachte.

Und meine Augen hatten sich schon von alleine geschlossen, die beste Reaktion, die Augen unter diesen Umständen zeigen konnten. Sie haben mir das Leben gerettet. Denn wenn ich den Abgrund gesehen hätte, wäre ich hinuntergefallen.

Ich war wohl doch nicht ganz schwindelfrei. Ich konnte auf egal welchen Baum klettern, so hoch ich wollte, ich konnte Kunstflüge über Friedhofskreuze machen, ich konnte es mir auf einem Wohnzimmerschrank bequem machen. Aber über gewisse Höhen hinaus... Schwindelgefühl, das ist der nackte Horror. Wenn man nicht das Glück hat, Augen zu haben, die die Geistesgegenwart besitzen, sich von selbst zu schließen, dann kann man dabei draufgehen. Denn Katzen wissen, daß sie nicht unbedingt immer auf die Füße fallen. Von Katzen, die durch einen unglücklichen Sturz umgekommen sind, habe ich mehr als eine gekannt. Mehr als hundert sogar.

Ich war also nicht schwindelfrei in allzu schwindeligen Höhen. Und nicht geschaffen für die Dächer und ihre Dachrinnen.

Katzen, die nicht schwindelfrei sind, sind eine besondere Seltenheit. Für mich ist es das Höchste, eine besonders seltene Katze zu sein, mein ganzer Stolz. Trotzdem fand ich mich in dieser Nacht, so zwischen Himmel und Erde schwebend, ganz und gar nicht auf der Höhe. Im Gegenteil: Ich fühlte mich ganz angsthäschen-winzig klein, richtig erbärmlich. Vor Scham schier vergangen, hockte ich lange in der Pfütze aus Dachrinnenwasser und meinem Angstschweiß und zitterte und bebte, daß davon die ganze Rue Mogador hätte einstürzen können. Gott sei Dank war ich so blind, daß ich nicht einmal sah, wie ich schließlich beschloß, mich in eine Schlange zu verwandeln und langsam, ganz langsam zurückzukriechen.

In dieser Nacht hätte ich sterben können, auch ohne in den Abgrund zu stürzen. Sterben vor Ergriffenheit. Bestimmt hatte diesmal ein Engel seine Hand mit im Spiel gehabt, er hatte mir die Augen geschlossen, mich gepackt und der Gefahr entrissen, um mich dort abzusetzen, wo man den hinabreißenden Abgrund nicht mehr sehen konnte. Wie durch ein Wunder sah ich die Schornsteine, die Fernsehantennen und den Mond am Himmel wieder. Und dann sah ich einen Kater, nicht grau, eher ins Bräunliche, ins Beige schimmernd. Einen Kater, der übrigens kein Kater, sondern eine Katze war. Sie hatte auch einen zu grazilen Gang, als daß sie ein männliches Exemplar hätte sein können. Die legte vielleicht eine Sicherheit an den Tag – und das mitten in der Nacht! Die geborene Dachkatze. Da bekam ich es mit der Angst – zwar weniger als dort am Abgrund, aber doch ziemlich –, daß sie mir was anhaben wollte. In dem Zustand, in dem ich mich befand, wäre das fatal für mich gewesen. Aber nein, sie würdigte mich keines Blickes, sie war auf der Jagd nach Tauben.

Ich dagegen war eher auf der Jagd nach dem Notausgang. Ich tauchte in das nächstbeste Loch. In ein Loch zwischen zerschlagenen Dachplatten, das in einen Speicher mit Ratten führte, vier, fünf Ratten, die sich in Kistenstroh eine tolle Nacht machten, als ich hereinplatzte und sie in die Flucht schlug. Ich folgte ihnen. Nicht um sie zu verfolgen – jetzt hatte ich wirklich nicht den Kopf für so was. Sondern einfach, um von dem Dach, von dem Abgrund fortzukommen.

Was für ein Hochgenuß, wieder drinnen, unter dem schützenden Dach zu sein, in einem gekachelten Gang mit Wänden um mich herum. Schließlich konnte ich wieder anfangen zu atmen, richtig wie es sich gehört, ohne zu hecheln. Und ich hinterließ auf einer Fußmatte eines der erleichterndsten Pipis meines Lebens. Ich mußte gleich ein Freudenpipi hinterherschicken. Nur einen Tropfen.

Dem Katereindringling, dem Schwindelanfall, dem Abgrund war ich entronnen. Ich war unversehrt, wohlbehalten, gerettet und machte mich wieder auf den Weg.

Aber wohin?

Stoffe

Von der Rue Mogador bis zur Rue Poissonnière, das ist zu Fuß ein ziemlicher Marsch. Und doch hatte es mich nach meinem schwindelerregenden Abstecher in die himmlischen Höhen bis dorthin verschlagen. Weit entfernt von jedem verhängnisvollen Abgrund. Wohl gebettet inmitten von Stoffen, Tüchern und Klamotten fand ich mich wieder.

Stoff- und Kleiderteile können es zwar mit einem Bett nicht aufnehmen. Besonders nicht, wenn man es mit einem menschlichen Wesen mit Rundungen und Gefühlen teilt. Aber zur Erholung nach einem immensen Fußmarsch sind Stoffe auch ganz in Ordnung. Es handelte sich um einen Haufen von kleinen Stoffresten. Sauber geschnitten, alle in unterschiedlichem Format und verschiedener Farbe, die sich alle unterschiedlich anfühlten. Fetzen aus Baumwolle, aus Seide, aus Nylon. Alle Stoffe der Welt sollte ich kennenlernen, in der Rue Poissonnière, wo man, aus Gründen, die ich erst noch erforschen mußte, jeden Abend vor fast jeder Tür haufenweise Stoffreste findet. Für die Müllaufsammler der Stadtverwaltung von Paris, für die privaten Stoff- und Altkleidersammler. Und natürlich für die Katzen.

Es ist weder häßlich noch besonders schön, dort in der Rue Poissonnière. Aber sehr heiter belebt durch die Hersteller und Händler von bunten Kleidern, die sich dort während der Geschäftszeiten hektisch herumtreiben und mit dem schwindenden Tageslicht ebenfalls verschwinden. Sie mögen Katzen gern, und es stört sie nicht allzusehr, wenn man einmal eine Nacht in ihren Boutiquen oder Hinterzimmern übernachtet auf Stoffzuschnitten, Stapeln von Hosen, Röcken, Mänteln, Blousons. Stapeln von allem, was sich die Leute so überziehen, damit sie nicht frieren und damit sie *à la mode* sind.

Es stört sie nicht, wenn man mal kurz bei ihnen eintritt, vorausgesetzt, man macht dort keinen Dreck und keine Unordnung. Da ich so was sowieso nie mache, hatte ich bald das beste Verhältnis mit mehreren Maßanzugschneidern und -händlern in dieser Straße. Leute, die so menschlich waren, wie es bei Menschen überhaupt möglich ist. Pariser. Aber Pariser auf ihre besondere Art. Nämlich Pariser vom Sentier.

Der Sentier, das ist die Rue Poissonnière und die Rue d'Aboukir, dann ein Stück vom Boulevard Sébastopol und von der Rue du Nil, die Rue d'Alexandrie und du Caire und noch andere Straßen, die sich kreuzen, sich vereinen und eine Art Dorf innerhalb der Stadt bilden. Aber kein Dorf wie auf dem Lande, sondern mit Hunderten von Sams, Samuels und Sammys, von Charlys und Ben Soundsos. Juden, die nicht zuviel Lärm machen, weil sie Ashkenasim sind und Juden, die viel mehr Lärm machen, weil sie Sephardim heißen. Dorfeinwohner des Sentier, seit der Sentier existiert oder seit sie gezwungen wurden, ihr Polen, ihr Armenien, ihr Rußland oder Bab-el-Oued, Istanbul, Tunis zu verlassen, und hierherkamen, um Gewänder, Klamotten, Tücher, Nippes und was weiß ich noch alles zu verkaufen. Sie können einunddieselbe Hose, ein und dasselbe Hemd mit zehn verschiedenen Namen bezeichnen, weil sie ihr ganz spezielles Pariserisch und dazu noch Jiddisch, Tunesisch, Bab-el-Ouedisch sprechen. In jedem Atelier, in jedem Geschäft hört man Worte, die man woanders nicht hört. Weder in Paris noch in anderen Ateliers und Geschäften. Eine komplizierte Angelegenheit, aber nicht für sie, die allesamt Leute sind, die sehr froh darüber sind, daß sie im Sentier-Viertel leben. Und die bis auf sehr seltene Ausnahmen zueinander und zu Katzen sehr gesprächig sind. Geschwätzig und gleich per du.

Kaum hatte mich ein muffiger Clochard brutal von meinem Haufen aus Stoffen gescheucht, weil er sie haben und auf seine Handkarre mit quietschenden Rädern werfen wollte, da wurde ich schon von einem gar nicht muffigen Krauskopf eingeladen, in sein Geschäft zu kommen.

»Nur zu, hereinspaziert«, hat er zu mir gesagt. »Das hier ist ›*La Villa du Bonheur*‹ – die Villa des Glücks. Wenn du hier eintrittst, gehst du in die ewigen Jagdgründe ein.«

Das war natürlich nur ein Scherz. Ich trat ein, ohne auf der Stelle tot umzufallen. Da gab es getüpfelte Sommerkleider und getüpfelte Bermudashorts in Fülle und kraushaarige Frauen, die an der Maschine nähten. Und die mir alle wegen meiner Schönheit Komplimente machten. Sehr lobreiche Damen. Eine von ihnen – eine Sarah mit einem ähnlichen Busen wie Anna – hörte auf zu nähen und nahm mich auf ihren Schoß. Sie gab mir einen Kuß. Dann noch viele weitere – weil ich so gut roch. Dann hat sie mich gefragt, wo ich mich ›decrêpieren‹, entkrausen, lasse. Eine komische Frage.

Dann hat sie zu den anderen Näherinnen gemeint, daß ich zusätzlich zu meinen decrêpierten Haaren auch noch »geschminkte Augen« hätte, daß ich sie mir, um mein Augengrün noch mehr zu betonen, mit Khôl umrahmen würde. Daß ich eine verdammt Kokette sei, die wahnsinnig viel Zeit vor ihrem Spiegel verbringen mußte. Aber es stünde mir irre gut. Und sie fand, daß ich Stil hätte und eigentlich Dentelle – Spitzensaum – heißen müßte. Das fanden die anderen Näherinnen auch. Genau, diesen Stil hatte ich.

Nachdem ich für die Näherinnen der »Villa du Bonheur – Wenn du hier eintrittst, brichst du zusammen« zur ›Dentelle‹ geworden war, bekam ich gleich eine Portion *lait* in einer Café-au-lait-Untertasse aus dem Bistrot serviert. Sehr erfrischend.

Die Milch in der Bistrot-Untertasse wurde zu einer Gewohnheit. An allen Arbeitstagen konnte ich sie gegen acht Uhr morgens trinken kommen. Man hob sie für mich auf. Eine Untertasse voll, das ist nicht genug Milch, um satt zu werden. Aber sie ist gut zum unterwegs mal eben Mitnehmen und gut im Geschmack. Und es ist gut, Leute zu haben, die sich freuen, wenn sie dich kommen sehen, und die dir immer wieder sagen, daß du die allerschönste Dentelle, die Spitzen-Dentelle bist.

Eine andere Frau, drei Geschäfte weiter und auf Herrenhemden mit Blumenmuster spezialisiert, fand heraus, daß mein Name Jolie-Jolie – ›Hübschchen‹ – sein mußte. Sobald sie mich aus noch so weiter Ferne erblickte, rief sie ihn mir zu.

Ein Reißverschlußhändler nannte mich immer Schlemihl und hielt mir Vorträge, die absolut unmöglich zu verstehen waren.

Das brachte einen ganz durcheinander. Tagsüber brachte einen alles in der Rue Poissonnière ganz durcheinander. Das Hinundher von all den Leuten. Ein dichter Verkehr von Autos, die Stoßstange an Stoßstange fuhren, damit sich ihre Fahrer gegenseitig anschnauzen konnten. Fuchsteufelswild oder lachend und sich Schimpfworte zuwerfend, die noch unanständiger waren als die Worte, die der Papagei auf Lager gehabt hatte. Aber ich fand es herrlich, es war ein unterhaltsames Durcheinander. So unterhaltsam, daß ich allmählich so richtig zufrieden war, daß ich zur Straßenkatze einer weder schönen noch häßlichen, aber heiteren und freundlichen Straße geworden war.

Und ich habe ganze Orgien von Schlaf, von dösendem Faulsein auf den seidigsten, einlullendsten Stoffen durchgezogen. Gelebt habe ich von Untertassen voll Milch, von aufgelesenen Kuchenkrümeln, Sandwichstückchen und Couscousresten, von Speck und koscherem Schinken, von echt ätzenden Fressiresten von Pakistanis, die sich in bestimmten Hinterräumen drängten und echte original-amerikanische Jeans herstellten.

Es waren gute Zeiten. Wenn auch nicht so gute wie andere Zeiten, die ich danach kennenlernen sollte. Aber wenn du nicht weißt, daß das Gute noch besser sein könnte, dann findest du es super. Und dann gab es da in der Rue Poissonnière noch diese Mimi.

Mimi

Sie war zwar weder jüdisch noch polnisch, noch unter Palmen oder am Ufer von irgendwelchen kaspischen Meeren geboren. Aber trotzdem durch und durch eine vom Sentier. Nicht vom Sentier der Klamotten oder der Stoffe. Nein, sondern vom Sentier der Häuser. Sie kam aus einer echten Pariser Familie und wurde geboren, schon lange bevor in Sentier ein Turmbau-zu-Babel-Dorf entstand. Sie hatte schon als ganz kleines Mädchen und Schülerin dort gelebt und wohnte in einem alten und angenehm verdreckten Haus. Über einem Fahrradgeschäft, um das ich einen besonders großen Bogen machte, seit ich einmal gehört hatte, wie der dicke Mann, der es führte, – ich traute meinen Ohren nicht – zu einer Dame gesagt hatte:

»Madame haben ja gar keine Rückstrahler am Rad. Hinten und an den Speichen müssen große Katzenaugen angeschraubt sein. Kommen Sie herein, ich habe immer welche auf Lager.«

Ein so abartig grauenhafter Fahrradhändler war echt nichts für mich.

Mimi dagegen war sehr wohl was für mich. Unsere erste Begegnung fand an einem nicht verkaufsoffenen Tag statt. An einem Tag, an dem das Katzenkillerunternehmen seinen Eisernen Vorhang heruntergezogen hatte. Und alle anderen Geschäfte auch. Es mußte also Sonntag sein. Noch kein Altkleider- oder Lumpensammler war vorbeigekommen, ich bummelte gerade von einem Haufen zum anderen. Ich war auf der Suche nach dem geeignetsten, um darauf den Tag zu verpennen, an dem mir niemand was zu fressen geben würde.

Sie kam zu Fuß daherspaziert. Mit Schritten, die so lang waren wie ihre Beine, und sie hatte feine, gut gebaute, sehr schöne Beine. Mimi war eine ebenso hübsche junge Dame, wie ich eine hübsche junge Katze war. Sie kam, bepackt mit mehreren Plastiktüten der verschiedenen Geschäfte, von ihren Markteinkäufen zurück. Sie bemerkte mich genauso, wie ich sie bemerkte, und ich war für sie sicher ein genauso angenehmer Anblick wie sie für mich. Ja, das kommt vor, daß zwei Geschöpfe im selben Moment das dringende Bedürfnis haben, sich von oben bis unten eingehend anzusehen. Einen einzigen Augenblick. Oder länger. Und da wird einem ganz heiß ums Herz, glühend heiß.

Und da ich für meine besten Freunde von der Straße Dentelle, Jolie-Jolie und Schlemihl geworden war, wurde sie für mich sofort Mimi. Vielleicht war sie eine Paulette, eine Antoinette, eine Nadine. Ich habe es nie erfahren. Für mich war sie Mimi.

Einen Menschen zu taufen, das war mir noch nie passiert. Vielleicht macht keine Katze jemals so etwas. Ich aber schon. Und ich habe Mimi gegenüber noch andere Sachen gemacht, die ich einem

Menschen gegenüber noch nie gemacht hatte. Sachen, die man von Katze zu Kater und von Kater zu Katze macht. Und nur in Ausnahmefällen. In den liebesdurstigen, rolligen Phasen. Ich habe ihr zugeblinzelt, habe mich erwartungsvoll schmachtend auf den Stoffen ausgestreckt, habe ihr meine vier Pfoten – selbstverständlich alle Krallen eingezogen – hingestreckt, habe ihr viele Maaaaaaahs zugegurrt. Ich habe mit ihr auf Teufel komm raus geflirtet.

Etwas Unerwartetes passierte mir. Ich verging vor Lust darauf, daß sie mich anredet, daß sie mich hochhebt, daß sie mich richtig fest nimmt und an sich drückt. Obwohl sie unter ihrem jambonrosa T-Shirt so viel Busen auch wieder nicht hatte. Aber ich hatte Lust. Mich hochheben bei all den Tüten, die sie in den Händen hatte, das konnte sie nicht. Außer sie setzte sie auf dem Boden ab. Aber mich anreden, das konnte sie. Sie hatte eine Stimme, die zu ihren Beinen, ihren klasse Beinen, zu ihrem glänzendschwarzen Haar wie maßgeschneidert paßte, zu ihren Augen, die so himmlisch wie die meinen waren.

»Das ist schon nicht mehr nur Höflichkeit, was du mir da entgegenbringst. Das ist eine astreine Liebeserklärung.«

Genau. Das war's.

»Was ist los mit dir? Hast du dich verlaufen? Suchst du jemanden, der dich nach Hause begleitet? Du willst 'ne Münze, um dir dein Métroticket zu kaufen?«

Ich wollte, daß sie dablieb und weiter mit mir plauderte. Dazu hatte sie keine Zeit. Sie hatte aber doch noch so viel, um mir aus einer ihrer Tüten eine Scheibe Wurst herauszufischen.

»Das ist ›Sec de Lyon‹. Ich bin gespannt, was du dazu sagen wirst. Also dann bis bald.«

Warum ist sie so schnell abgehauen? Warum ist sie ausgerechnet in das Haus des Katzenfressers abgetaucht? Den Genuß an der Scheibe Wurst, einer himmlischen Schweinssalami, zog ich in die Länge, wie es nur ging. Über den ganzen Sonntag und die dazugehörige Nacht. Als die Stoffsammler mich aus dem Mimis Haus am nächsten gelegenen Stoffhaufen ausquartierten, blieb ich weiter dort hocken.

Mitten auf dem Trottoir. Ich wollte sie wiedersehen. Um ihr zu berichten, was ich von der Wurst hielt? Quatsch: einfach um sie wiederzusehen! Ich mußte noch bis zum nächsten Morgen warten.

»Was, du bist noch da?«

Klar war ich noch da. Sie war noch schöner. Mit denselben Beinen, demselben Haar, denselben Augen wie am Tag davor. Und einem T-Shirt mit einer Donald-Duck-Ente drauf. Und nur mit einer einzigen Tasche an der Hand. Mit der anderen konnte sie mir den Rücken streicheln. Eine Hand, sage ich Ihnen. Eine echte Mimi-Hand.

Ich hatte beschlossen, ihr zu folgen. Wahrscheinlich mußte sie zu ihrer Arbeit gehen. Vielleicht mit der Métro, mit dem Bus fahren. Ich wollte ihr trotzdem folgen. Aber das ging nicht. Ein Auto kam, hielt an und sie stieg ein. Ein wirklich schreckliches Unglück.

Den ganzen Montag lang besuchte ich keinen meiner Freunde in der Straße. Ging nicht meine Bistrot-Untertassen-Milch trinken oder etwas essen. Sondern lag auf der Lauer. Nicht nach Mäusen. Nach Mimi.

Es war bereits dunkel, kein Mensch mehr auf der Straße – bis auf die Leute, die vor dem Kino Grand Rex Schlange standen. Sie kam zu Fuß. Mit einer Zigarette im Mund. Ich hockte auf einem Haufen frischer Stoffreste.

»Aber da ist ja meine verlaufene Katze!«

Sie hockte sich zu mir. Sie duftete nach Blumen.

»Du wirst mir doch nicht weismachen wollen, daß du hier auf der Straße wohnst. Wessen Katze bist du? Und warum habe ich dich noch nie zuvor gesehen? Und warum sehe ich dich immer wieder hier? Gönnst du dir einen freien Sabbath, weil's die Jahreszeit ist, wo es draußen schöner ist als drinnen? Ja? Oh! Ja, das ist gut. Ich werde immer wahnsinnig, wenn man mir an den Fingern leckt. Das ist vielleicht ein Gefühl. Ein Gefühl, bei dem ich gleich solche Gefühle bekomme...«

Am liebsten hätte ich ihr die ganze Nacht lang an den Fingern geleckt.

Versprechen für die Katz

Mein Leben einer Straßenkatze von der Rue Poissonnière wurde zum Leben einer Auf-Mimi-Lauer-Katze.

Außer ihrem Nachhausekommen am Abend und ihrem Fortgehen am Morgen war plötzlich alles andere unwichtig. Nichts zu tun, als zu warten, war schon hart. Hart, sie nur einmal, immer zur gleichen Zeit, am Morgen und einmal am Abend zu haben, um mit mir zu reden und mich (immer mehr und immer besser) zu streicheln. Abends manchmal zu total unchristlichen Zeiten – wie sie selbst bemerkte, während sie gähnte und sich bemühte zu verhindern, daß ihr die Augen zufielen.

»Total unchristlich, Genosse Kater. Aber mit den Hühnern zu Bett gehen, wo man noch so viel Zeit und so viel Bock wie ich hat, einen draufzumachen...«

Christliche Stunden, waren das vielleicht Stunden, in denen man in Hühnerställen schlief? Wenn man Mimi glaubte, sah es ganz danach aus. Sie hätte weiß der Geier was sagen können, und ich hätte es ihr geglaubt. Und je später sie nach Hause kam, desto redseliger wurde sie.

»Ist doch normal. Je länger du deine Nacht ausgedehnt hast, desto weniger willst du, daß sie zu Ende geht. Weißt du, wo ich gerade herkomme? In der Disco war ich. Mit tristen Homos Cola mit Grenadine trinken. Aber klar doch, in die Disco gehen, das ist schon noch was für mein Alter. Daß du anfängst, ein graues Haar zu kriegen, heißt doch nichts. D'accord: nicht eins. Sieben. Bevor ich losgezogen bin, habe ich sie gezählt. Aber bei dir schimmert's auch schon grau aus der Matte, und das hindert dich auch nicht dran, ein Nachtkater zu sein.«

Sie konnte es einfach nicht lassen: für sie war ich ein Kater. Das ging mir ganz schön gegen den Strich. Aber wenn mir eine wie

Mimi gegen den Strich ging, war das für mich immer noch das Höchste. Mit ihr war für mich alles das Höchste. Angefangen von unseren kleinen Imbissen bei ihrer Rückkehr vom Markt. Weil sie anfing, immer etwas für mich in ihren Einkaufsplastiktüten zu haben. Scheiben von verschiedenen Würsten, Pastete mit Bratkruste (auf die sie selbst unheimlich scharf war) oder kleinformatige Würstchen mit unterschiedlichen Geschmacksrichtungen, manchmal so scharf, daß es dir den Gaumen aus der Schnauze riß.

»Das zieht dir die Schuhe aus, stimmt's? Das ist Paprika. Das findet er fein, der Kater, wa'!«

Ich fand es widerlich. Aber ich tat so, als ob ich es genoß. Ungekaut würgte ich das Zeug hinunter. Es brannte trotzdem. Was soll's, dann brannte es eben. Scheinheilig leckte ich mir die Pfoten. Für Mimi.

»Wir zwei haben den gleichen Geschmack. Ich steh echt nicht, absolut überhaupt nicht auf Süßes. Ich esse nur salzige, scharfe Sachen. Aber ich lecke mir nicht nach jedem Bissen die Lippen, ich nicht. Eine Frage der Erziehung. Meine Eltern waren sehr streng. Die Ellbogen auf den Tisch lümmeln, mit vollem Mund »danke« sagen, mit der Gabel Straßen durchs Kartoffelpüree ziehen: verboten, streng verboten. Aber ich bin schon dabei, mich zu bessern. Unsere kleinen Brunches, einfach so, ohne Tischdecke, ohne Besteck, ohne Platzdeckchen – einfach traumhaft, Genosse Kater. Traumhaft. Also? Kosten wir noch eine kleine Wurst? Aber nur noch eine. Sonst werde ich noch ohne Horsd'œuvres dastehen. Ich werde dich schon mal zu einem echten Diner in meine Bude einladen. Aber mein Bekannter, verstehst du, das einzige Tier, das er erträgt, das bin ich.«

Ihr Bekannter, das war das Auto, das sie manchmal morgens abholen kam. Ein Unsympath mit Sonnenbrille. Er mußte Blicke haben, die er wohl besser versteckte, weil es anscheinend sehr heimliche Blicke waren. Selbst nachts hatte er seine Sonnenbrille auf. Wenn er mit Mimi zu total unchristlichen Zeiten zurückkehrte. Und sie an der Taille oder an den Schultern so fest an sich drückte, daß sie sich nicht – auch nicht eine Sekunde lang – unterbrechen konnte, um mir auch nur ein »Gute Nacht, Genosse

Kater« zu sagen. Er hatte es eilig, sich in ihrem Bett an sie zu drücken, der Heimliche. Und sie, sie schien es auch wahnsinnig eilig zu haben. Und ich hockte da, enttäuscht, unzufrieden und unfähig, Schlaf zu finden, selbst wenn's eine Nacht auf dem besten aller Stoffhaufen war.

Sie sagte *mon copain*, mein Bekannter. Aber er war mehr als das. Sobald sie sich oben auf Mimis Etage befanden, müssen sie ganz schön heiße Sachen gemacht haben! Da müssen Mademoiselle Mimis Fetzen nur so geflogen sein und ihre Kopfkissen nur so getanzt haben!

Er hatte sich die knackigste Maus vom ganzen Sentier gefangen, dieser Bekannte. Die beste. So was von hübsch von oben bis unten. Und mit Kleidern auf dem Leib, die nie mausgrau, nie die Farbe von alten Mauern, abgelatschten Trottoirs, schmutzpfützigem Himmel hatten. Bei ihr waren es immer nur knalligste Rottöne, oranges Orange, neongrelles Blau. Sie hätte dem Papageiengefieder von Vincent van Gogh Konkurrenz machen können. Mit ihrer unflätigen Ausdrucksweise ebenfalls. Sie konnte Ausdrücke vom Stapel lassen, daß selbst den abgebrühtesten Geschäftsleuten der Rue Montorgeuil die Luft wegblieb.

Eine der aufregendsten Straßen von Paris übrigens. Eine Marktstraße vollgestopft mit Auslagen, die sich unter lauter wunderlichen Sachen nur so bogen. Eines Morgens, als sie nicht von ihren Einkäufen zurückkam, sondern erst dazu aufbrach, machte Mimi mich mit ihr bekannt.

»Vielleicht macht's dir Spaß, mit mir auf den Markt zu gehen...«

Spaß? Und ob es mir Spaß gemacht hat. Diese Straße ist eine einzige Ekstase für Nase und Augen. Eine Ekstase, daß dir schier schwindlig wird. Wenn man so durch Düfte von heißen, dampfenden, fertigen Speisen steuert, durch Düfte von Sauerkrautplatten bei den Fleisch- und Wurstwarenmachern, die solche Künstler sind, daß sie sogar so weit gehen, in ihre Sauerkräuter sieben verschiedene Würstesorten zu packen und Koteletts, zubereitet auf drei verschiedene Arten, und gekochten Speck und geräucherten Speck und gebratenen Speck und dazu noch Halsgrat und

Schweinshaxe. Bei jedem Schritt, den Mimi machte – sie trug Schuhe, die noch blauweißroter waren als eine Trikolore –, überfiel mich ein neuer Geruch, machte mir den Mund wäßrig, alles drehte sich mir im Kopf – wie bei einem Schwindelanfall. Aber einem angenehmen.

Diese Straße war das reinste Paradies! Und nicht nur für die Nase und die Augen. Auch meine Ohren bekamen was zum Sattwerden. Von allen Seiten kamen Rufe und Geschrei dahergeschossen, um die Leute und mich anzulocken.

Und wie es dahergeschossen kam! Die Fischstandschreier... »Tolle frische Scholle! Tolle frische Scholle!«... »Monsieur Max, wie wär's mit Lachs! Wie wär's mit Lachs, Monsieur Max!«... Die Fleischwarenschreier... »Frische Würste, frische Würste, Andouille, Andouille«... »Zartes Kotelett, gar nicht fett, gar nicht fett«... »Frischer Braten, frisch aus der Röhre, fix und fertig zum Mitnehmen, zum Kosten und kostet fast nichts!«... »Frische Pastete, heiße, frische Pastete, ideal für die Fête!«... »Rosette, frische Rosette, wer ist scharf auf meine Rosette?«... »Rippchen – *petit salé*! Na, wolln Sie nicht mal kosten, meine kleine Dame?«

Mimi war eine große Schlemmerin, die natürlich von allem, was *salé* war, kosten wollte. Und die auch mich probieren lassen wollte. Und auch ein Scheibchen von der Rosette de Lyon, ein ganzes, ganz allein für mich! Auch von kleinen Cocktail-Pastetchen »mit Bacon«, »im Brotteig« und »im Angebot« haben wir gekostet. Auf den hohlen Zahn, aber zum Süchtigwerden. Wir haben alles gekostet, was man kosten konnte. Nicht zufrieden mit allem, was sie sowieso schon war, war Mimi auch mit dem Gaumen genauso neugierig wie ich. Mir machte das keine Sorgen. Ihr aber schon. Ihre gourmetmäßige Naschsucht war für sie soviel Grund zu Stolz wie Grund zu Sorgen.

»Weil all die Kilos von feinen Sachen am Ende zu Kilos von Mimi werden und ich keine Lust habe, daß ich dann mit mehr Popo dasteh, als in meine Röcke paßt.«

Und was für einen sie hatte! Aus der Perspektive, von wo ich ihn sah, war er einfach makellos, ihr Popo. Besonders an jenem

Morgen, wo mir ihr Minirock eine Aussicht bis zu ihrem Slip hinauf erlaubte. Einem winzigen, aus Seidenspitze und grünem Nylon mit weißen Herzen. Der letzte Schrei vom Sentier. Wie geschaffen, um ihren runden knackigen Popo zu betonen. Hätte sie nicht ihren Bekannten gehabt, der kein Tier ausstehen konnte, dann hätte sie mich am Ende sicher adoptiert, und ich hätte meine Schläfchen machen können auf ihren Bäckchen. Die bestimmt unheimlich zart waren. Aber sie hatte diesen Bekannten mit dem heimlichen Blick.

Nach dem gemeinsamen Einkaufsbummel durch die Rue Montorgeuil befanden wir uns auf einmal wieder unten vor ihrem Haus. Sie holte eine ganze Scheibe *Pâté de Campagne* aus der Tasche, die sie heimlich für mich ganz allein gekauft hatte. Die legte sie mir fein säuberlich auf ihr Fleischdelikatessenpapier, das mit einem aufgedruckten Schwein mit bretonischer Baskenkappe verziert war.

»Du mußt sie nicht auf einmal auffressen. Und auch nicht gleich sofort. Man muß es verstehen, die Genüsse in die Länge zu ziehen.«

Ich wünschte, sie hätte es verstanden, den Genuß unseres Beisammenseins etwas in die Länge zu ziehen! Aber vielleicht wartete der Heimliche-Blicke-Typ auf sie. Vielleicht in ihrem Bett.

Ich hatte eine solche Lust, ihr in ihre Etage hinauf zu folgen. Aber daß sie meine Geliebte wurde, das war ja nicht möglich. Wir konnten nur Fast- aber nicht Ganzverliebte werden, sie und ich. Gute Freundinnen, nicht mehr, nicht weniger. Schade, sie war total mein Geschmack. Ich war sicher, daß wir fantastisch miteinander geschlafen hätten, daß wir uns endlose Stunden lang in ihrem Bett aneinandergekuschelt, einander gekrault, gestreichelt und liebkost hätten. Und Orgien mit feinen salzigen Sachen gefeiert hätten. Aber nein, sie mußte einen Heimliche-Blicke-Typ am Hals haben, der was gegen Katzen hatte. So wie Anna eine ganze Sippschaft von Tieren am Hals gehabt hatte. Als ob es so etwas wie alleinstehende Frauen, mit denen es sich leben läßt, nicht geben würde.

Die *Pâté de Campagne* war *pur porc*, Schweinefleisch pur. Ich habe sie in die Länge gezogen. Aber mein salziger Genuß war mir versalzen worden. Warum ließ es mein Schicksal nicht zu, daß ich zur Mimi-Katze wurde? Es hätte etwas passieren müssen, daß er aufhörte, sich an sie zu kletten, ihr sogenannter Bekannter, daß er, wenn er ohne sie in seinem Auto saß, einen Unfall hatte und dabei draufging!

Er ging natürlich nicht drauf. Aber er leistete sich mir gegenüber eine Bodenlosigkeit, bei der ich beinahe draufgegangen wäre. Am Morgen eines nicht verkaufsoffenen Tages habe ich sie beide herauskommen sehen, den widerlichen Bekannten mit dem heimlichen Blick und Mimi. Ausnahmsweise hielt er sie einmal nicht an sich gedrückt in den Armen. Diesmal hatte er die Arme voll Taschen. Reisetaschen. Sie ebenfalls. Sie hatte pistazienfarbene Shorts an, noch kürzer als ihre ministen Miniröcke. Und einen Strohhut auf. Und ein Lächeln, das ich an ihr nicht kannte.

Sie waren sehr glücklich, sehr strahlend.

Als sie mich erblickte, dort, wo ich mich nicht mehr von der Stelle rührte, ging sie zu mir in die Hocke.

»Also, Genosse, das ist zwar nur ein Salut bis bald, aber bis dahin wird's einige Zeit dauern. Weil wir nämlich fortfahren. Dorthin, wo du noch nackter als in deiner Badewanne baden und mit den Fischen in ihrem eigenen Wasser plaudern kannst. Aber ich werde an dich denken. Hör zu, ich versprech dir, ich werde so tief tauchen, bis ich einen Katzenfisch für dich finde. Okay?«

Dann hat sie mich umarmt und geküßt. Fest. Aber nicht lange genug. Der Heimliche-Blicke-Typ hatte es eilig. Da ließ Mimi mich wieder los.

»Wenn's kein Katzenfisch ist, dann ein Katzenhai. Oder eine Ölsardine.«

Dann tauchte sie in den Wagen, der düste los und kotzte mir eine volle Ladung Auspuffgase ins Gesicht, daß mir übel wurde.

Tote Hose

Einen Tag der geschlossenen Geschäfte pro Woche, zur Not auch zwei, falls es ein verlängertes Wochenende gibt – das kann man zur Not noch aushalten. Aber gleich ganze Wochen...

Die Rue Poissonnière war zu einer Straße des Unglücks, zu einer Wenn-du-dableibst-dann-brichst-du-zusammen-Straße geworden. Noch viele andere Autos waren losgedüst und hatten mir erstickendes Gequalme ins Gesicht gekotzt. Fast alle aus meiner Straße, fast alle aus dem Viertel. Eine richtige Abreiseepidemie hatte alle gepackt. Ein Wettrennen, wer als erster aufbrechen, wer als erster mit Koffern, Sack und Pack abhauen würde. Wer als erster dem Nachbarn seinen Schlüssel unter die Fußmatte legen würde, um dann davonzufahren, um (Katzen- und andere) Fische zu angeln, sich zu bräunen, sich saubere Luft in die Lungen und jede Menge Autobahnkilometer reinzuziehen. Alle hatte es gepackt. Die Samuels, Sams und Sammys, meine Bistrountertassenmilch spendierende Sarah und alle Nähmaschinenfrauen, die Reizwäsche-, Rock-, Blusen- und Korsagenschneider samt den dazugehörigen Boutique- und Ladenbesitzern. Alle. Fildenberg le roi und La Jupe culotte, ›die flotte Boutique für Hosenröcke‹, und Ben Moko, der mit den besten-billigsten Lederjacken, und den Katzenkillertyp und die Cohens, die Solals, die Cohen-Solals und Cohen-Cohens. Alle, die irgendwie in der Kleider- und Klamottenbranche arbeiteten. Für die Altkleider- und Stoffrestesammler kam die Saison der toten Hose.

Nur die Pariser aus Paris blieben übrig, die zu knapp bei Kasse waren, um sich einen Urlaub leisten zu können, nur gebürtige Franzosen, die zu betagt waren, als daß sie es riskieren wollten, auswärts ihren letzten Atemzug zu tun, nur zittrige und sabbernde Hundertjährige, nur antike Concierges, die es nur gerade noch schafften, einen Stuhl ins Freie zu schleppen und vor ihrer Tür zu sitzen und sich gegenseitig bis zum Überdruß ihre x-mal wiedergekäuten Lebensgeschichten vorzubrabbeln.

Auf die fieberhafte, ohrenbetäubende, heitere Hektik folgte

eine Ruhe, die genauso niederdrückend war wie die Sonne, die allmählich schwer wie Blei wurde. Eine erschlagende Ruhe, die in die Rue Montorgeuil und die Rue des Petit-Carreaux einfiel, wo nur noch jede dritte Metzgerei, jede vierte Bäckerei geöffnet hatte, wo die Auslagen leer blieben, wo das Geschrei verstummte und wo kein einziger Marktschrei-Witz mehr ertönte. Als ob dieser beschissene Bekannte nicht nur meine Mimi, sondern gleich das ganze Viertel, das noch vor kurzem ein Viertel voller Leben gewesen war, in seinem beschissenen Wagen mitgenommen hätte. Mitsamt meiner Mimi, von der nur noch die Abwesenheit übrig war, die mir wie ein unverdaulicher Klotz im Magen lag.

Selbst in kleinen Dosen, selbst äußerst sparsam genossen, war sie mir so unersetzlich geworden wie die Sonne oder der Schlaf. Ohne sie – auch wenn ich sie nur zu christlichen oder unchristlichen Zeiten mal kurz zwischen Tür und Angel sah – hatte mein Herz keinen Grund mehr zu schlagen.

Auf die eigens für den »Genossen Kater« gekauften Kostprobescheiben von Andouille de Guémenée oder Portionen von Pâté de Campagne konnte ich verzichten. Ich konnte überhaupt auf das Fressen verzichten. Wenn dein Herz nur noch auf einem Auge schlägt, dann macht's der Magen genauso. Eine von Mimi entvölkerte Rue Poissonnière, das brach mir das Herz. Daß alle Welt einfach so verschwunden war, das brach mir das Herz.

Meinen bedauernswerten Kater mit der Puderquastentolle hatte ich für immer verloren. Aber ich wußte zumindest, wo. Selbst wenn ich nicht genügend Grips im Kopf hatte, um sein Grab auf dem Friedhof Montparnasse wiederzufinden, so befand es sich doch irgendwo in Paris. Aber das Irgendwo meiner geliebten Mimi, das von Sarah, vom Katzenschlächter, von all meinen Freunden der verkaufsoffenen Tage, wo befand sich das? Dieses Irgendwo – wo war es?

Juli-August, das ist die Hölle.

Innerhalb einer Woche hatte ich ganze Trottoirs ganz allein für mich, Straßen, die man mit geschlossenen Augen überqueren konnte ohne das geringste Risiko, daß man überfahren wurde.

Alle Hauseingänge, alle Innenhöfe, alle Hausflure waren für mich allein da. Für mich und für ein paar Hunde und Katzen. Die weniger tief verzweifelt waren als ich, da sie ja keine Mimi gefunden und wieder verloren hatten. Aber genauso überrascht, entsetzt, von den Socken und untröstlich, daß ihre Menschen sie einfach im Stich gelassen hatten, daß sie sie im allerletzten Moment auf die Straße gesetzt hatten, um Platz zu schaffen in Autos, die ohnehin schon überfüllt waren mit Oberarschlöchern von Urlaubern und Gepäck.

Für die war diese Zeit eine noch totere Hose als für die Altkleidersammler. Und wie viele würden dabei ganz draufgehen? Dezimiert durch den Mangel an Fressi, durch die menschliche Hundsgemeinheit in ihrer ganzen Entfaltung!

Selbst wenn man nicht verliebt ist, selbst wenn man keine edle Qualitätskatze ist, selbst wenn man ein Hund ist, so blöde, wie ein Hund eben ist, braucht jeder, egal ob Katze oder Hund, eine Frau oder einen Mann für sich, womit er sei es auch nur ein paar Blicke wechseln kann. Und da gibt es Frauen, da gibt es Männer, die es fertigbringen, eine Katze, einen Hund in dem Moment, wo sie abhauen, um sich von der Sonne die Schwarte braten zu lassen, einfach zum Teufel zu jagen...

Ladendiebin

Die wenigen Menschen, die nicht von der Reiseepidemie gepackt worden waren, die Katzen, die Hunde, die von niederträchtigen Herrchen zu Waisen gemacht worden waren, und ich teilten uns also das Viertel. Ich hatte meine Rue Poissonnière ganz für mich allein. Reichlich Platz, um meinen Katzenjammer mit mir herumzuschleppen. Und zu meinem Katzenjammer kam noch eine viel zu heiße Hitze. Eine solche Affenhitze, daß man nichts anderes tun konnte, als sich einfach an einer x-beliebigen Stelle auf dem Trottoir – ja sogar mitten auf der Straße – auszustrecken und in Stumpfsinn, in abgeschlaffte Zeitlupenträume zu versinken. In

Träume voller Leute, die mich im Stich ließen und die alle aussahen wie Mimi.

Warum wollte sie mich nicht bei sich zu Hause, auf ihren Etagen und in ihren Laken haben, wo ich sie doch so sehr begehrte? Warum hatte sie mich nicht ein einziges Mal, nur ein einziges Mal auf ihren Bauch, an ihren niedlichen kleinen Busen, auf ihren Po gelassen?

Aus meiner düsteren Abgeschlafftheit in der glühenden Hitze tauchte ich nur auf, um etwas Eßbares zu organisieren. Keine rosige Ausbeute und nur zu einem hohen Preis von viel Mühe und noch mehr Hinterlist. Ich war eine Katze. Und Katzen klauen. Also habe ich geklaut. Auf Samtpfoten, aber überall, wo ich hinkam, soviel ich konnte. Wurstwaren, Fleisch – leider nur rohes, pfui Teufel! – in den paar nicht geschlossenen Geschäften, in die man sich mit ganz schön viel List und Tücke einschleichen mußte. List und Tücke, das machte mir Spaß, das fand ich aufregend und brachte mich ein wenig aus meiner Juli-August-Lethargie heraus.

Klauen, das bringt Dresche, wenn man sich auf frischer Tat ertappen läßt. Oder es geht sogar noch schlimmer aus, viel schlimmer. Während meines Isolierhaftsommers habe ich Katzen gesehen (und solche, die echt nicht blöde waren), die geschnappt und schwer verletzt wurden in Fallen, die man eigens für uns aufgestellt hatte. Katzenfallen. Sie lauerten überall, in Tiefgeschossen unter Lebensmittel-Souks habe ich selbst welche gesehen.

Klauen heißt dem Menschen eins auszuwischen, der in punkto Instinkt und Trieb ziemlich spärlich ausgerüstet ist, der von allen Instinkten nur einen ganz schändlichen, dafür aber fest verwurzelten besitzt, nämlich den Besitzerinstinkt.

Klauen, das ist wie der Sprung ins Wasser, obwohl du weißt, daß du nicht schwimmen kannst. Es mag eine Sünde sein. Aber dann eine von den dreien oder vieren, die wirklich der Mühe wert sind, begangen zu werden. Ein Diebstahl verbindet das Angenehme mit dem Nützlichen. Und meine Einbrüche als ausgehungerte Juli-August-Katze hatten, da sie nun mal auch ihre spannende

Seite hatten, auch ihren besonderen Reiz. Sich von seiner Nase an Orte locken zu lassen, zu denen auch nicht-diebischen Katzen der Zutritt verboten ist, sich riskante Boshaftigkeiten zu erlauben, den Einzelhandel anzugreifen, ihn zu provozieren, das ist schon auf eine andere Art berauschend, als mit einem »Papi« Fußball zu spielen wie ein Chichi oder ein armes Nagetier zu hetzen und zur Strecke zu bringen, auch wenn es noch so schlau ist.

Ich wurde eine Lebensmittelladen-, Fertigmenüservice-, Restaurant-, Fast-food-Diebin. Eine Frischfischräuberkatze, die ihre Beute, nachdem sie sie gefischt hatte, sofort wieder zurückwarf; die kleine Fischwürstchen stahl, die eine besondere Delikatesse waren. Ich war eine ladendiebische Katze in Großmärkten, in die man nur hineinkam, indem man sich zwischen den Rädern der Einkaufswagen unsichtbar machte. Sobald man drinnen war, mußte man – denn die Großkaufmärkte sind wirklich riesengroß – lange Strecken in allen Himmelsrichtungen zurücklegen, bevor man ein für Katzen interessantes Regal fand. Das von Butter- und Milchprodukten zum Beispiel.

Am besten war es, wenn man sich in die Riesensupermärkte hineinschlich und sich dort zuerst einmal nur einen Winkel suchte, wo man sich verstecken konnte, bis geschlossen wurde, bis die letzten Kunden, Verkäufer, Kassiererinnen endlich gegangen waren. Sobald diese Störenfriede ausgeräumt waren, konnte das Absahnen beginnen.

Ich erinnere mich noch an eine Nacht in einem Franprix-Markt. Eine Nacht, in der ich meinen Bauch dick wie einen Ballon gefressen hatte. Eine unvergeßliche Nacht. Ich hatte gewartet, bis sich nichts mehr rührte, bis kein Licht mehr brannte. Nichts bewegte sich außer dem gleichmäßigen violetten Blinken einer elektronischen Alarmanlage, die ein tick-tick-tick machte, so leise, daß man es kaum hören konnte. Für die Ohren war das Geräusch nicht wahrnehmbar. Man konnte es nur wittern, und das nur schwach. Was für eine Nacht! Welche Freßorgie! Welch ein Spaziergang zwischen den Butterbergen, den Crème-fraîche-Bechern, den Cottage-Cheese- und Petits-Suisses-Käsen in verschiedenen Größen. Gut, ich hatte Schwierigkeiten beim Aufreißen, beim Zerfetzen der Verpackungen. Aber diese Gier, diese Lust, ohne Hemmungen an zehn verschiedenen Buttersorten, salzigen, ungesalzenen, aus der Normandie stammenden, teilentrahmten, süßrahmvollfettigen zu naschen, meine Pfote in Becher mit Vollmilch-Sahne zu tunken, in Becher, die so groß und tief waren, daß man, selbst wenn man aus Leibeskräften die Pfoten streckt, es nicht schafft, den Boden zu berühren! Und die Ziegenkäse auf Stroh, *chèvre à la paille*! Wer noch nie in ein Stück *chèvre à la paille* gebissen hat, der hat überhaupt noch nicht gelebt! Der reine Wahnsinn! Sogar noch besser war dieser leicht bläuliche, ganz sahnige, ganz flockige Käse, dessen Namen ich nie aussprechen konnte, der den leicht herben Beigeschmack meiner ersten Muttermilchschlucke hatte. In diesem Franprix brach ich in punkto Gefräßigkeit meine sämtlichen Rekorde. Am Ende zog mich das Gewicht meiner Wampe so nieder, daß ich Übergewicht bekam und einfach vornüberkippte. Mitten in den Cancoillotte, frisch aus der Franche-Comté.

Als der uniformierte Nachtwächter mich entdeckte, mußte er noch schneller blinzeln als die elektronische Alarmanlage. Er machte Augen wie mit Batterie getrieben, die mich am liebsten gleich mitten im Cancoillotte erschlagen hätten. Und zwar mit seiner großen elektrischen Funzel. »Verdammtes Hurenaas!« brüllte er. Und schon hagelten die Schläge nur so nieder, daß von mir beinahe nur ein Katzenbrei übriggeblieben wäre.

Am Ende gelang es mir doch – wie? Keine Ahnung! – aus dem Niederschlagsgebiet der Funzelschläge zu entkommen und uns, mich und meinen Bauch (der zu diesem Zeitpunkt Dimensionen wie ein ausgereifter Kürbis angenommen hatte), in eine Art Schacht zu schleppen, der nach fauligem Obst und nach ranzigem Gemüse stank. Zumindest war er zu eng für einen Nachtwächter. Drinnen war es stockfinster, und es sah nicht aus, als hätte er einen Ausgang.

Es gab aber doch einen, der in ein Tiefgeschoß unter einem Keller mündete, kalt wie eine Tiefkühltruhe und voller mit Rauhreif bedeckter Ratten. Ratten – so ein Zufall! –, die waren mindestens so überfressen, gesättigt und aufgedunsen wie ich. Ratten, die völlig k.o. waren und mir hinterherglotzten, wie ich mehr schiebend als kriechend auf einen Ausgang zusteuerte, der in einen kiesigen Hof hinaus und von dort in schmale Gäßchen mündete. Und dann in eine Straße namens Rue Saint-Sauveur.

Das große Kotzen

Das war das Ende der Nacht. Das Ende einer jener deprimierenden Sommernächte mit drohenden Gewittern, die sich aber nicht zum Ausbrechen entschließen konnten, und ohne eine Menschenseele auf der Straße.

Doch, da war schon eine Menschenseele. Oder so was Ähnliches, etwas kam näher. Eine Gestalt mit einem ramponierten Säuferhut auf dem Kopf, die Pipi auf ein weißes Auto machte, das sicher nicht ihr gehörte. Dieser Jemand machte Pipi und sang dabei mit leiernder Stimme, daß er bald *»nach Miami, zurück zu ma chérie«* fahren würde. Ich hatte plötzlich auch ein dringendes Bedürfnis. Auf Zeitungspapier, das auf dem Trottoir herumflog. Und dabei kam mir der Gedanke, daß Mimi vielleicht in diesem Miami war. Aber sicher war es nicht. Und wo lag es, dieses Miami?

Dann packte mich der totale Ekel, und ich mußte kotzen. Woraufhin es in meinem Bauch gluckerte, was das Zeug hielt. Aber so wurde er wieder der Bauch einer bildhübschen Katze.

Das Problem ist nur, daß sich der Ekel, das große Kotzen selbst nicht auskotzen läßt.

Ich machte mich auf den Weg und fand meinen Sentier wieder, die vertrauten Straßen. Die Rue de Réaumur, die Rue Aboukir, und von dort wieder zu meiner Rue Poissonnière zurück, das war einfach.

Im Hausflur von Mimis Haus legte ich mich zu einem Schläfchen nieder. In meinem Traum lag plötzlich Mimi neben mir im Hausflur. Sie schob eines ihrer T-Shirts mit den so elegant schreienden Farben hoch und legte mich auf ihren Bauch, wo ich sie mit Samtpfötchen, Samtbauch, Samtkopf, Samtschwanz samtweich verwöhnte.

Eine Frau weckte mich im Vorbeigehen auf. Eine potthäßliche Frau mit potthäßlichen Schuhen, die Mimi überhaupt nicht ähnlich sah und gegen Clochards, gegen Ausländer, insbesonders Jugoslawen, loswetterte, die die Métro verseuchen, gegen streunende Hunde und Katzen und gegen Bäcker, die sich untereinander absprechen, um alle zur selben Zeit in ihre Villen in Deauville zu verduften, so daß die Rentner, die weder Villen noch Kohle, noch überhaupt was haben, mit nicht mal einem Krümel Baguette dastehen. Das alles schleuderte sie mir im Hausflur entgegen. Und zu mir sagte sie:

»Wenn du dich nicht im Tierheim wiedersehen willst, dann tust du gut daran, dir eine andere Ecke zu suchen. Weil ich mit Katzen nämlich...«

Was sie ›mit Katzen nämlich...‹, habe ich gar nicht erst abgewartet. Ich bin dorthin geflüchtet, wo es immer weniger Leute gab, die mir immer weniger anhaben wollten. Und es wurde immer drückendheißer und schwüler, so daß die Trottoirs an den Pfotenballen klebten und die Gewitter, die lähmend herumtrödelten, anstatt sich zum Ausbrechen zu entschließen, plötzlich doch ausbrachen, und zwar so plötzlich, daß sich alle Straßen auf einmal in strömende Bäche verwandelten, patschnaß, aufgeweicht wie in der Brotsuppe mit Chance auf eine beidseitige Lungenentzündung, die noch schneller da sein konnte, als man ›gag‹ sagen kann.

Nach der Szene mit der potthäßlichen Frau mit den potthäßlichen Schuhen schüttete es aus vollen Kübeln. Und es hagelte, Hagelkörner so groß wie Taubeneier. Von denen mir eines fast den Schädel eingeschlagen hätte. Und wenn schon, das wär auch nicht schlimm gewesen. Überhaupt nicht.

Der Regen konnte mein großes Kotzen nicht fortwaschen. Als die niederschmetternde Sonne wieder zum Vorschein kam, fühlte ich mich wie ein begossener Pudel. Das gab mir den Rest. Was, wenn mir vor allem und jedem so sehr das große Kotzen kam, daß mir auch vor mir selbst das große Kotzen kam... Was sollte ich tun? Laufen, laufen und noch mal laufen wie eine blöde Irre, die nicht weiß, wo sie hinrennt, und dann haltmachen, mir eine Ecke suchen, um wieder in so einen Drecksschlaf und Dreckstraum abzustürzen? Sollte ich vielleicht nichts anderes mehr tun, als nur noch traben, schlafen, traben, schlafen, traben, schlafen?

Und natürlich... fressen.

Prisunic

Fressen, natürlich. Ein Ekel vor Sahne-, Rahm- und Milchprodukten, so etwas ist nur vorübergehend. Ich mußte etwas fressen. Aber was? Was wollte er, mein Magen? Daß ich ihm ein Essen im Restaurant ausgebe, daß ich auf den Boulevards in ein Freetime oder MacDonalds hineingehe und ihm eine Tüte Pommes kaufe? Einen Hamburger? Mit Senf und Ketchup?

Ich war bereit, in irgendeinem Innenhof, auf irgendeinem Abbruchgelände oder unter einem parkenden Auto eine Nummer ›Wer-schläft-sündigt-nicht‹ zu schieben. Aber mein Magen forderte seinen Teil. Egal, wie mäßig er ausfallen würde. Aber so schnell wie möglich.

Ein Prisunic-Supermarkt war alles, was ich fand. Er hatte sogar geöffnet. Es mußte ein Samstag gewesen sein. Nicht ein Sonntag.

Und in diesem Prisunic...

»Nur zu! Zier dich nur nicht! Fühl dich wie zu Hause!«

Eine hart zupackende Verkäuferin hatte mich hochgehoben und hielt mich mit ausgestrecktem Arm vor sich in die Luft und rief den Abteilungsleiter, er solle herkommen, mich packen und in ein Gefängnis für diebische Katzen abführen. Das hätte er fertiggebracht. So wie der aussah. Aber da war Mona.

Sie stand in der Nähe der Theke, von der ich gerade einen winzigen Hauch Rillettes genascht hatte. Mit ihrem bewußt zerstrubbelten, roten, aber noch röter getönten Haar und ihrem weißen Kleid, das so leicht und dünn war, daß man sehen konnte, wie sie aussah, wenn sie kein Kleid anhatte. Mona zog sich immer an, um so auszusehen, als ob sie nackt wäre. Was noch schicker als schic war. In ihrem Einkaufswagen hatte sie lauter Delikatessen. Sie fragte die grobe Verkäuferin, was ich denn angestellt hätte, daß sie mich so hart anpackte. »Mindestens hundert Gramm Rillettes hat sie verschlungen, das hat sie angestellt.«

»Na und? Sind Rillettes vielleicht gesundheitsschädlich für Katzen?«

»Darum geht's nicht. Es geht darum, daß... Und überhaupt, wieso geht Sie das was an, was dieses Hurenaas angestellt hat?«

»Zuerst möchte ich schon sehr bitten, daß Sie die Güte hätten, *meine* Katze nicht ein Hurenaas zu schimpfen.«

»Ah! Weil sie Ihnen gehört!«

»Richtig. Das ist meine Katze. Und Sie werden sofort aufhören, sie zu mißhandeln. Sonst...«

Die Stimme des Abteilungsleiters war genauso stur wie sein Schädel. Und was für einen Ton der sich geleistet hat, als er sich an Mona wandte!

»Sie können wohl nicht lesen, wie? Steht vielleicht nicht groß und deutlich am Eingang angeschlagen, daß...?«

»Am Eingang klebt ein kleines Schildchen mit dem Hinweis, daß das Betreten dieses Geschäfts für Hunde verboten ist.«

»Für Hunde, das bedeutet auch für Katzen.«

»Verzeihen Sie. So weit konnte ich nicht kombinieren. Und nun geben Sie mir eine Rechnung über die Rillettes, die meine Katze angeblich verschlungen hat, und Sie werden sie mir auf der Stelle wieder zurückgeben.«

Ich wechselte von hart zupackenden Händen in zarte Hände über, die mich an einen wohlgewölbten und bebenden Busen drückten. An einen so was von busenmäßigen Busen, daß ich fast in Ohnmacht fiel. Und ich bekam einen Kuß auf den Mund. Auf den Mund!

»Ich habe auch schon weniger promenadengemischte Katzen als dich gesehen. Und die weniger nach Rillettes riechen. Aber das wird dich nicht daran hindern, daß du meine geliebte Muschi werden wirst. Es sei denn…«

Es gab nicht die geringste Spur eines Es-sei-denns. Die geliebte Muschi dieser Frau zu werden, die geradezu stank vor Schönheit und Güte, damit war ich aus tiefster Seele einverstanden.

Dame mit Dame

Mona hatte einen Gammelsack aus dem gleichen weißen Stoff wie dem ihr Kleides. Dort stopfte sie mich zusammen mit Gläsern mit gefüllten Oliven und Konfitüren und Kekspäckchen und Schokolade hinein.

Sie nahm mich mit zu sich in ihr Haus, das eigentlich das Haus eines anderen hervorragenden Geschöpfs war. Das Haus einer Elisabeth, die lieber Babeth genannt werden wollte. Ein Haus richtig wie ein Haus. Nicht eine Wohnung auf irgendwelchen Etagen oder nach einem Innenhof hinaus gelegen wie die von Anna. Seinem eigenen ersten Stock. Seinem eigenen Dach. Aus ziegelroten Dachziegeln. Etwas abseits, geschützt vor dem Verkehr, vor den Leuten. Mit einem Teppich von grünem Rasen, mit Büschen, mit Blumen, einem Baum mit Blättern und Vögeln und drei Stufen, die man erst hochsteigen mußte, um in das Villahaus aus Stein und Efeu zu gelangen. Es lag nur einen Katzensprung weit vom Sentier entfernt. In der Nähe von einem richtigen Königspalast, einem Palais-Royal.

Als wir auf der obersten der drei Stufen ohne zu läuten durch eine Tür aus rotem Holz eintraten, war die Frau Elisabeth-Babeth gerade damit beschäftigt, Tee zu trinken, während sie dabei ein Buch las. Und kaum war sie eingetreten, stieß Mona richtige Freudenschreie aus:

»Babeth! Wenn du wüßtest… Wenn du wüßtest, meine Babeth!«

»Wenn ich was wüßte?«

»Gott…«

»Wer, sagst du?«

»Gott, Babeth, Gott. Der bärtige Typ da, der für Michelangelo Modell gesessen hat, der, von dem du behauptest, er hätte nie existiert und würde nie existieren. Rat mal, was er gemacht hat?«

»Was hat er denn gemacht? Sag schon.«

»Er hat unsere Vereinigung gesegnet.«

»Er hat was?«

»Wir haben endlich ein Baby, Babeth!«

»Ein waaas?«

»Ein Baby. Ein Kind. Sogar so gut wie sicher ein Mädchen, und eines, das für Rillettes schwärmt und einfach himmlisch ist. Ist sie das vielleicht nicht?«

Und damit zog Mona mich aus ihrem Gammelsack.

»Wo hast du diese Katze gefunden?«

»Die Frucht unserer Liebe? In einem Prisu. Aber nicht gekauft. Empfangen aus Gottes Hand.«

»Wenn ich gewußt hätte, daß du eine Katze haben möchtest...«

»Schon lange möchte ich ein Kind haben. Ein Baby von uns beiden. Das deines und meines ist. Du willst doch auch eins haben. Sag jetzt bloß nicht das Gegenteil. Aber das war ja nicht möglich. Weil Mama werden ohne einen Papa... Aber nein, es war doch nicht unmöglich. Gib's zu, unser Kind ist himmlisch. Gib's zu, Babeth.«

»Alle Katzen sind himmlisch.«

»Nicht alle Katzen sind die Frucht der Liebe einer Mama Mona und einer Mama Babeth.»

Gleich zwei Mamas auf einmal!

Das waren fast schon zu viele Mamas. Ich wäre schon mit einer Mona-Mama zufrieden gewesen, die unter ihrem weißen Kleid mit nichts drunter so ohnmachtsmäßig stark drauf war.

Die Mama Babeth, die hatte einen Pullover ohne Eleganz und eine formlose Samthose an. Schrottfarben. Wie ihr kurzes, dichtes Haar. Und ihre Augen waren so stahlblau, wie die von Mona haselnußbraun waren. Und kein Rouge auf den Lippen, kein leuchtendes, wenn auch schon leicht gestriges Make-up um die Augen wie sie. Ihr Gesicht sah im Vergleich zu dem knackfrischen von Mona ziemlich abgelebt aus.

Aber sie hatten das gleiche Lächeln. Bei dem sie ihre zweiunddreißig tadellos sauberen, tadellos in einer Reihe stehenden Zähne zeigten und sich um die Mundwinkel intelligente, lebenslustige Fältchen bildeten.

»Hat sie einen Namen, unsere Tochter?«

»Woher sollen wir das wissen? Das muß ein Tier sein, das die Scheißmacker einfach auf die Straße gesetzt haben, als sie in ein Konzentrationscamping abgehauen sind.«

»Armes Liebes.«

Mama Babeth nahm mich hoch und kraulte mir mit der Spitze nur eines Fingernagels einmal sanft zwischen den Augen. Ein Kraulen, das mich so verhexenzauberte wie im Prisunic Monas Kuß auf meinen Mund.

Ich schnurrte leise. Das war mir seit Mimi nicht mehr passiert. Mimi, wer war das doch gleich? Mimi war dabei, ziemlich stark aus meinem Kopf zu verschwinden. Vielleicht hatte es ja doch sein Gutes, daß ihr Heimliche-Blicke-Bekannter sie zu den Katzenfischen mitgenommen hatte? War es nur deshalb so gekommen, damit ich die Frucht der Liebe von zwei ganz tollen Mamas in einem Haus gleich neben einem Palais-Royal werden konnte? Wenn bei der Riesenpackung Glück, die mir seit meinem Rillettes-Diebstahl widerfahren war, Gott seine Hand im Spiel hatte, sollte das eine seiner immensen und unvorhersehbaren guten Taten gewesen sein?

Sicher ist jedenfalls, daß ich vom Kuß zum Fingernagelkraulen, von der Befriedigung zum Hochgenuß promovierte und daß meine Schnurrdrüsen anfingen, auf Dauerfunktion zu schalten. Als Ersatz für den Rillettes-Rest, den ich an der Theke mit der hart zupackenden Verkäuferin zurücklassen mußte, spendierte mir Babeth die Hälfte einer mit mehr Butter als mit Brioche angereicherte Butterbrioche. Und dann Milch in einer Tasse aus einem chinesischen Teeservice. Ganz zerbrechliches und kunstvoll gearbeitetes Porzellan. Nicht alles war in Babeths Haus zerbrechlich. Aber alles war kunstvoll gearbeitet. Kunstvoll, komfortabel, Geborgenheit verbreitend.

Was für eine Veränderung für eine, die gerade erst eine Kur auf menschenleerer verödeter und hundstageheißer Straße verpaßt bekommen hatte!

Und das Ganze war kein Traum. Ich war hellwach. Hellwach, aber so was von gebadet in Befriedigung, daß ich die rituelle Inspektion der Räumlichkeiten auf später verschob und erst einmal auf dem Sofa, auf das man mich gesetzt hatte, hockenblieb und in aller Ruhe meine Brioche, meine Butter, meine Milch verdaute. Zwischen meinen beiden Mamas. Die ihre Zärtlichkeiten dagegen nicht auf später verschoben.

Es ging darum, wer von beiden, Mona oder Babeth, mir das Fell am glattesten glattstrich, wer mir mit sachkundig kraulenden Fingern am meisten unterm Kinn kraulte, wer mir am verspieltesten am Schwanz zupfte, wer mir die meisten Küßchen auf den Mund, auf die Nase, auf die Ohren, auf jede Stelle auf meinem Bauch und auf meinen Katzenpopo gab.

Richtige fachmännische Streichelmeisterinnen. Unerschöpfliche Küsserinnen. Derart kußbesessene Küsserinnen, daß sie sich auch gegenseitig jede Menge Küsse gaben. Auf die Ohren, auf den Hals, auf (und in) den Mund. Und sich dabei »Mona, chérie«, »Mona, Liebste«, »Mein Täubchen, mein Täubchen«, »meine ganznurmeine Babeth«, »mon amour«, »meine kleine Grotte« und so nannten.

Ganze Rosenkranzlitaneien von Worten sagten sie einander, so erlesen gewählt, daß man hätte schwören können, sie wären gerade dabei, ein Gedicht für zwei Stimmen zu erfinden. Ein Gedicht von verliebten Mamas.

Und die Mama Babeth berührte ununterbrochen Monas nicht sehr bekleidendes weißes Kleid. Sie ließ ihre Hand in den Ausschnitt des weißen Kleides hineingleiten. Massierte ihr ein bißchen die bebenden Brüste. Massierte ihr Täubchen durch das Kleid hindurch ein bißchen am Bauch. Und sie zerstrubbelte ihr ihre zerstrubbelten Haare.

Und die Mama Mona lachte in schrillen Tönen. In sehr kunstvollen.

Nach der Stärkung aus Butterbrioche und Milch und der Küß- und Liebkose-Séance kam die Zeremonie der Taufe. Mona hatte darauf bestanden, daß es eine Zeremonie werden sollte. Ohne Pfarrer. Ohne Orgel, darauf konnte man pfeifen. Aber sonst mit allen Schikanen. Ihrer Meinung nach war es das wert.

»Ein Kind von einer Dame mit einer Dame, das ist immerhin smarter als ein Retortenbaby, oder?«

Sie mußten einen Namen für mich finden. Das war ganz schön kompliziert.

»Poupette – Püppchen – könnte ich mir gut vorstellen. Oder Nonnette. Oder Moustachette – Schnurrbärtchen –«

»Ich nicht. Diese Muschi hat es verdient, den Namen... Den Namen... Warte... Einen Namen wie... Ha, ich hab's! Virginia! Würde ihr das nicht wie maßgeschneidert passen, Virginia?«

»Wie Virginia Woolf? Was willst du? Daß sie nebeldüstere Bücher schreibt und dann mit Selbstmord endet? Wenn man bedenkt, daß sich unsere Nachkommenschaft sicher auf diese Katzenmuschi beschränken wird, denke ich, daß...«

»Amélia? Cynthia? Theodora vielleicht?«

»Du stellst sie dir wohl bereits im Lycée vor mit einem so verstiegenen Namen? Im Lycée Jules Ferry, da hatten wir eine Gwendoline. Nach einer Woche hat sie uns angefleht, wir sollten sie Linette nennen.«

»Félina?«

»Wieso nicht gleich Fantomas? Félina, das riecht nach Fortsetzungsroman aus der Belle Epoque.«

»Chapelure – Krümel? Das ist doch zum Schießen, findest du nicht?«

»Wo sie doch sowieso schon keine Schönheit, sagen wir keine klassische Schönheit, ist – wenn wir sie da obendrein noch mit einem Namen verhunzen, der zum Lachen ist...«

»Du hast recht, Babeth. Wir müssen... Warte... Warte... Poils d'Ange – Engelshaar? Das ist doch ein Name für sie, oder nicht? Ist das nicht *der* Fund des Jahrhunderts, Poils d'Ange?«

»O ja! Poils d'Ange... Engelshaar... Ich muß zugeben, da...«

Man blieb also bei Poils d'Ange.

Ich bekam ein Korn grobes handgemahlenes Natursalz auf die Zunge und auf den Scheitel einen Tropfen Champagner.

Und (– das war nicht gerade angenehm –) ich bekam die Ehre, in einen Häkelspitzenschal gewandet zu werden. Damit ich wie ein Püppchen aussah.

Ein Püppchen, das von seiner Mama Mona so mütterlich im Arm gewiegt wurde, daß es in einen so guten Schlummer verfiel, daß ich, an Monas Brüste gekuschelt, träumte, ich läge an Monas Brüste gekuschelt. Und daß ich an ihnen saugte, weil sie eine Katzenmutter und ich eine Katzentochter war.

Und es war ein Traum, in dem ich gerade erst geboren worden war. Nicht bei einer Madame d'Ouiche. Ich war zwar immer noch ein fehlfarbener *Gouttière*-Katzensäugling. Aber geboren in einem Haus in einem Palais-Royal-Viertel und in Liebe.

Poils d'Ange

Mein Name bei Anna, mein Name eines berühmten toten Malers war einfach ein Name, um mich unter zu vielen anderen rufen zu können. Ein Scherzname. Anna war als Frau echt erste Sahne. Aber eine, die die Tiere in der Masse liebte. Nicht jedes einzeln. Und nicht nur ein einziges. Was sie brauchte, war eine ganze Familie. Zwanzig, dreißig, vierzig waren wir in ihrem Atelierhaus. Am liebsten wär's ihr gewesen, wenn wir eine ganze Million gewesen wären. Sie war wie diese Leute, die unfähig sind, sich für ihren Gatten zu erbarmen oder für ihre Gattin oder ihr Kind oder ihren Nachbarn vom selben Stockwerk, und die in Tränen ausbrechen über das harte Los von fernen Völkerschaften, von denen ihnen die Zeitungen, das Radio und das Fernsehen berichten. Sie interessieren sich nicht für ein einzelnes Geschöpf, sondern für die ganze Menschheit. Annas Lieben galten der ganzen Tierheit.

Mein Name »Gustave Courbet« von Annas Zuhause hatte sich mir nicht gerade fest ins Hirn eingeprägt.

Was meine Namen vom Sentier betrifft, davon hatte ich zu viele gleichzeitig, als daß ich an einem einzigen festhalten konnte.

Mein Name Poils d'Ange – Engelshaar – bei meinen zwei Mamas zu Hause, der setzte sich dagegen sofort fest. Vielleicht deshalb, weil es eine Taufe gegeben hatte. Sicher aber deshalb, weil man ihn richtig ausgesucht hatte und weil man ihn immer ganz ernst und nicht nur so aus Flachs zu mir sagte.

Ein Name ist alles andere als Nebensache. Félina, Poupette, Virginia, Nonnette hätten mir als Name durchaus gefallen. Aber Poils d'Ange, das war einfach das Höchste. Der paßte zu mir wie kein anderer in dem Augenblick, als ich zu Mona und Babeth kam. Ich, die noch nicht ganz fertig war und erst noch stapelweise Sachen zu lernen hatte, um wirklich eine Katze, wirklich *ich* zu werden. Ich, noch tapsig, nicht richtig ausgewachsen, körperlich zwar schon fein entwickelt, aber in soundso vielen Finessen noch echt ahnungslos. Poils d'Ange, das klang wunderschön, luftig und ein bißchen – aber nicht zu – amüsant. Das hatte Witz. Aber nichts Allerweltsmäßiges. Er war wie Mona, dieser Name, auf eine heitere Art hübsch.

Und sie konnte ihn so schön schnurren. Mona fürchtete sich vor niemandem, wenn's ums Anschnauzen, ums Losbrüllen ging. Ich sollte von ihr noch Wutausbrüche zu hören bekommen, so lautstark, daß sie die Fensterscheiben zum Zerspringen brachten. Mit mir hat sie aber immer nur geschnurrt.

»Poils d'Ange, mein Baby, jetzt ist aber Schluß mit dem Schlummer. Jetzt ist Schluß, denn wenn du noch eine Sekunde länger auf mir schlummern bleibst...«

Richtig plattgewalzt, gelähmt hatte ich Mona mit meinem betonschweren Schlaf auf ihrem delikaten Busen. Aber sie hatte mich nicht von sich herunterquartiert. Sie hatte gewartet, bis ich reichlich wach genug war, um von alleine ihre Brüste zu verlassen. Um mich um das zu kümmern, was ich auf später vertagt hatte, meine Inspektion der Räumlichkeiten.

Und was für Räumlichkeiten! Da ich von da kam, von wo ich

herkam, und nur erlebt hatte, was ich erlebt hatte, und noch keine Pfote in ein einziges Haus gesetzt hatte, das dieses Namens würdig gewesen wäre, konnte ich nicht darauf gefaßt sein, daß sie so sein konnten, wie sie waren.

Unglaublich, daß eine Behausung von so bescheidener Größe so viele Zimmer haben konnte, so viele Ecken, Winkel und Nischen, daß sie so wunderbar gestylt und dabei behaglich wie ein Kokon sein konnte. Dieses Haus hatte einen Salon zum Teetrinken, Bücherlesen, Katzentaufen und um ein Maximum an einfach umhauenden Sachen darin zu machen. Es hatte ein sa-gen-haf-tes Schlafzimmer! Eine Küche mit einer schönen, so wunderbaren Unordnung, daß man die Wände, den in allen Rottönen gekachelten Boden, die Balkenzimmerdecke, den nicht klinisch tierarztweißen, sondern rosafarbenen, mit antiken Bildern beklebten Kühlschrank, den baufälligen Tisch, der sich unter kunstvollem Geschirr, kunstvollen Kasserollen, kunstvollen Marmeladengläsern, kunstvollen Broten nur so bog, am liebsten gleich abgeleckt hätte. Dieses Haus hatte ich weiß nicht wie viele Flure von weniger als einem Quadratmeter Fläche, schnuckelige kleine Versteckflure und eine Treppe mit einem flauschigzarten Teppich, die sich mit der Anmut einer Tänzerin um sich selbst drehte, einen Speicher, von dem aus es auf ein so niedriges Dach hinausging, daß einem wäre auch nur im mindesten schwindlig wurde, ein Badezimmer, so luxuriös wie der Salon und mit genauso vielen Gegenständen von Qualität und kuscheligem Komfort, dann eine Toilette, ein stilles Örtchen mit Bibliothek, damit man seine Lieblingsbücher lesen konnte, während man seine Damengeschäftchen verrichtete, und kleine Kammern mit Stapeln von alten Zeitschriften, bedeckt mit kunstvollem Staub. Und überall Fauteuils mit draufrumkratzbaren Armlehnen und verlockenden Kissen. So viele, daß sie mehr als zwölf Dutzend gastlich aufnehmen konnten.

Während meiner ganzen minutiösen Inspektion folgte mir Mona diskret auf Schritt und Tritt. Daß ich ganz schön anspruchsvoll, ja versnobt war, muß man mir angesehen haben.

»Das gefällt dir, was? Ja. Das gefällt dir.«

Und wie mir das gefiel! Nicht das mindeste gab es zu bemängeln an diesem Haus. Es hatte, selbst wenn man aus Leibeskräften schnupperte, auch nicht den leichtesten Gestank nach Maus, nach Ratte, nach Schmutzinsekt oder nach dem Geist eines dahingeschiedenen Katers.

»Wenn du ein Zimmer für dich haben möchtest, dann sagst du mir, welches. Ich an deiner Stelle würde mir die kleine Rumpelkammer reservieren. Da hättest du diese Empire-Chaiselongue zum Schlafen und diesen Bambusrohrstuhl, um dir daran die Krallen zu feilen. Wenn dir aber der Speicher lieber ist... Der Vorteil auf dem Speicher ist, daß du da durchs Oberlicht die Vögel beobachten könntest. Und den Schnee, wenn es welchen gibt, jedenfalls. Also, wofür entscheiden wir uns? Ziehst du hier oder dort oben ein?«

Wir entschieden uns für das Rumpelkammerzimmer. Ich machte einen Satz auf das Fauteuil-Bett, das Mona Empire-Chaiselongue oder so nannte. Es roch nach altem Bett, aber überhaupt nicht unangenehm. Es roch nach Mona-, nach Babeth-Mittagsschläfchen.

»Wir sagen also, daß das dein Zimmer ist? Ja, sagen wir. Zuschlag, verkauft, wie gesehen! Nun bist du also in deinem Zuhause, Poils d'Ange.«

Sie warf mir von weitem einen Kuß zu, indem sie einen Finger an ihren Mund legte, der so rot war wie eine Kirsche, und ich bedauerte, daß ich ein Tier bin, das keine Kirschen frißt.

»Wir dinieren um neun. Wenn du uns die Ehre erweisen möchtest, unser bescheidenes Abendbrot mit uns zu teilen...«

Ich hatte mein eigenes Zimmer! Ich wartete, bis Mona die ganze Treppe bis zum Parterre hinuntergestiegen war, bevor ich tat, was ich tun mußte. Pipi. Das war unbedingt notwendig. Niemand hatte es mir beigebracht. Und doch wußte ich, daß ich in meinem Zimmer absolut unbedingt einen kräftigen Schuß Pipi machen mußte, das so ätzend wie möglich roch. Damit alle Katzen der ganzen Erde wußten, daß das mein Territorium war, wo sie gut daran taten, nicht ihre Nase hineinzustecken.

Was sein mußte, mußte sein. Auch wenn das unsauber war. Es

konnte meine Mamas empören, klar. Aber dieses Haus, das wollte ich absolut unbedingt haben. Viermal habe ich gepißt, in alle vier Ecken meines Rumpelkammerzimmers. Auf den Teppich. Der zwar nicht ganz neu war, aber noch ziemlich. Pipi riechen zu müssen, selbst eines von mir, finde ich ekelhaft. Aber weil dieses Zimmer dank meines Pipis mein Zimmer wurde, fand ich es himmlisch.

Dieses Teppichversauen konnte für mich einen ganz schönen Anschiß, ja sogar Schläge zur Folge haben. Ich riskierte sogar, daß ich genauso rasch wieder zur Waisen wurde, wie ich zur geliebten Tochter geworden war.

Aber es hatte keinerlei Folgen, nur ein leichtes Lästern. Als ich zum Diner herunterkam, *war man bereits im Bilde*. Aber *man* nahm die Sache äußerst taktvoll auf. *Man* begnügte sich damit, lächelnd festzustellen:

»Da ist ja die kleine Pisseuse.«

Und dann kam das Diner um neun. Ich stand aufrecht auf einem Stuhl mit langgestrecktem Hals und dem Mund in der Höhe eines Tellers. Aber kein Katzenteller aus Plastik, sondern aus Fayence wie die von Mona und Babeth. Auf einem weißen Deckchen mit goldenen Stickereien.

Es gab Fisch (Merlan in Bratfolie) und dazu goldbraun angeröstete Kartoffeln mit Extrabutter noch zusätzlich zur eigentlichen Soße. Und mehrere Sorten Käse. Und harte Kuchenkruste. In überschäumender Ausgelassenheit. Wegen des Champagners zur Feier der Taufzeremonie, den sie geköpft hatten, während ich meine unbedingt notwendigen Pipis gemacht hatte.

Ich war auch besoffen. Wie fünfzig Regimenter von Kosakenkatzen. Besoffen vor Zufriedenheit. Aus guten Gründen. Und es sollte sich noch steigern. Denn nach dem Diner, nach dem Abendtee von zwei Mamas, die sich eng umschlungen eine CD mit einer f-Moll-Suite anhörten (keine Ahnung, was das bedeutete, aber es muß etwas mit Fressi zu tun gehabt haben, jedenfalls mit irgendwas sehr Zartem und Geköchelten, denn sie seufzten immer wieder begeistert irgendwas von ›Mozart‹ und ›Köchelverzeichnis‹ oder so …), kam die Nummer mit dem Schlafzimmer an die Reihe.

Mona fragte mich, ob ich noch einen Verdauungsspaziergang machen wollte. Nein, ich wollte das häusliche Nest nicht verlassen. Dann fragte sie mich, ob ich nach oben gehen und in meinem Zimmer schlafen wollte oder lieber in ihrem. In ihrem natürlich, – blöde Frage! In ihrem Bett.

Dieses Bett! Nein, dieses Bett! Ein Bett aus Holz aus der Zeit, wo man den Tick mit diesen Säulen hatte. ›Directoire‹-Stil, hat man mir gesagt. Ein Ozeanriese von Directoire-Bett. Mit einem Stapel Daunenmatratzen, unendlich kuschelig, mit nachthimmelblauen Laken mit sternweißen Punkten darauf und einer Daunendecke, genauso weich wie die Matratzen, und einer Steppüberdecke aus Makramee und einer Tagesdecke aus Patchwork und mit Kopfkissen für sechs oder sieben Köpfe. Und nicht nur mit einer Anna, um mich zu wärmen und mir Gesellschaft zu leisten. Sondern mit einer Mona und einer Babeth. Einer Babeth, die noch imposantere Formen hatte als Anna, mehr aus Statuenguß als aus Damenfleisch in ihrem johannisbeerroten Nachthemd, das ihr bis zu den Füßen reichte. Und einer Mona, die komplett nackt war und an den Füßen, die zierlich klein waren, genauso seidig zart war wie auf dem Bauch, wie auf dem Rücken, wie überall.

Man muß sagen, Babeth war ganz gut mit von der Partie bei all dem Streicheln, all den Küssen, mit denen sie sie verwöhnte. Mit Küssen nicht nur auf und in den Mund. Sondern auf jede Stelle von Monas Körper.

In meiner ersten Nacht mit meinen Mamas machte ich Entdekkungen, wie man sie eben an jedem unbekannten Ort macht. Aber diese hauten mich ganz schön um. Bei meinen Mamas entdeckte ich nämlich, was Liebe ist. Die Liebe der Leute untereinander. Von der zwischen Katzen und Kater kannte ich das, was ich mit meinem Knochendürren und mit meinem Siamesen von der Rue Emile-Richard gekostet hatte. Von der Liebe der Menschen, der Leute wußte ich das sehr wenige, was Anna uns davon erzählte, wobei sie immer betonte, daß sie sie nie ganz und gar gemacht hatte.

Also... wie lief das mit der Liebe der Menschen miteinander? Im Bett von Babeth und Mona war das der total wilde Wahnsinn, was zeigt, daß Frauen genauso wild werden, genauso sonderbare Schreie ausstoßen, genauso aufblühen, genauso ausrasten können wie eine Katze, die in einen Friedhofs- oder Siamkater verliebt ist. Bei einer Frau mit einer Frau kann's ganz schön heiß zugehen. Echt atemberaubend.

Bei Mona, ihrer Mona, ihrer Meine-Taube-mein-Herz-Mona, konnte sich Babeth nicht zurückhalten, ununterbrochen mußte sie sie Haut an Haut an sich gedrückt halten, ihren Duft und Atem einatmen und sie beknabbern. Sie beißen. Und mit einer Hand beide Augen zuhalten, während die andere Hand ihr die Füße mit bemalten Fußnägeln massierte, ihr in die Brustwarzen zwickte, sie an den Seiten kitzelte, was Mona ein gurrendes Lachen entlockte. Mona, die sich von ihrer Babeth-meine-Geliebte-meine Gattin-meine-Göttin-meine Seele voller Verzückung beschnäbeln, beschnuppern, kneten und kitzeln ließ. Unter ihren Laken samt Daunendecke und Steppüberdecke wurden sie zu Vögeln von fernen Inseln. Zu gurrenden Wesen mit verdrehten Pupillen.

Und ich war zwischen ihnen, auf ihnen, unter ihnen. Ihrer Ansicht nach war es ein Segen des Himmels, daß ich eine Katze und kein Kater war, daß ich keine »Eier« oder »Nüsse« hatte. Eier oder Nüsse, das waren, besonders für Babeth, so etwas wie Warzen, wie die Buckel von Bucklingen, wie Kröpfe. Lieber wollte sie gar nicht erst davon reden, gar nicht erst daran denken. Lieber wollte sie mich knautschen und knutschen und mir sagen, wie gut es ist, daß ich eine Sie und kein Er bin. Und poils d'ange – Haare wie ein Engel habe. Wie eine Engelin!

Und ich hatte so wenige Flöhe, daß meine Mamas sie alle in einer einzigen Verschnaufpause zwischen ihren Schmusereien und Liebeleien ausmerzen konnten. Flohfrei – was mir seit meiner Ankunft hier auf Erden noch nie passiert war –, bin ich in der glühendheißen Lust des Ozeanriesenbetts eingeschlafen. Ich hatte keine Träume. Wozu auch. Ich befand mich in einer Art Wirklichkeit, die soviel wert war wie sämtliche Träume.

Es herrschte bereits voller Sonnenschein, als Babeth mich mit

Gutenmorgenküssen und mit einem Teller lauwarmer Milch mit eingeweichtem Croissant auf der Bettdecke vor meiner Nase begrüßte.

»Bonjour, Poils d'Ange. Guten Morgen, Königin der Kätzchen.«

Sie sahen mir zu, wie ich mir den Bauch vollschlug. Beide nackt, die eine baumlang und stämmig, die andere klein und fleischig, mollig und rundlich überall, wo es sich gehörte. Nackt und rauchend. Babeth eine Zigarre mit ätzendem Rauch, Mona eine Zigarette, so dünn wie ein Spaghetti und nach getrockneter Blüte riechend.

Und für mich brach der erste Tag des wahren Lebens an.

Das wahre Leben

Leben bedeutet genießen, vor allem wissen zu genießen. Wer das weiß, weiß alles. Aus meiner Höhe betrachtet – die nicht einmal so hoch wie der niedrigste Hocker ihres Hauses war oder jemals sein würde – waren Mona und Babeth zwei vollendete Genießerinnen. Das wahre Leben begann für sie schon vor dem *p'tit déj*, dem Frühstück, das sie einander abwechselnd in dem Ozeanriesenbett servierten. Wobei Babeth öfter an die Reihe kam als Mona, denn sie war im Genießen die erfahrenere von meinen beiden Mamas.

Es begann damit, daß die eine von der anderen geweckt wurde. Diejenige, die als erste von einem auf dem Ziegeldach oder einem Baum quinquilierenden Miststück von Vogel aus dem Schlaf gezetert wurde, ließ einen Schauer von Küßchen auf die andere nieder. Küßchen, so leicht wie Schmetterlinge, kaum gehauchte Bussis.

Von denen ich auch meinen Anteil abbekam. Keine tropenhitzigen, keine so erregenden wie die vor dem Einschlafen. Von einer lauen Wärme, bei der dich nur ein ganz leichter Schauder überkam und die dich in Zeitlupe sanft aus deinem Traum holten.

Ob man von griesgrämigen Typen, von Lumpensammlern mit kratzbürstiger Stimme, von Fußtritten austeilenden Beinen aus dem Schlaf geschleudert wird oder durch eine Flut von kaum gehauchten Küßchen aufgeweckt wird, das ist ein verdammt großer Unterschied. Besonders deshalb, weil die Aufweckküßchen von Mona und Babeth von zärtlichem Geflüster begleitet waren. »Poils d'Ange, unsre Poils d'Ange! Jetzt ist's Zeit, daß wir unsere hübschen Augen aufmachen, du graziles Wesen, du.«

Ich graziles Wesen, ich! Sie sahen mich genau, wie ich war. Haargenau. Und sie genossen mich, wie sie alles genossen. Hände ergriffen mich, rieben mich, als ob ich ein Stück Seife gewesen wäre, an einem Bauch, an einer Wange. Ich war aus Pelz. Das tat ihnen gut, dieses Reiben. Und mir auch.

Nachdem ich das sogenannte *p'tit déj* gekostet hatte, kam eine Arbeit auf mich zu. Keine strapaziöse, anstrengende. Eine Arbeit, die voll zu einer grazilen Katze paßte. Ich mußte alle Croissant- oder Briochekrümel in den Laken wiederfinden und sie auffressen.

Das beschäftigte mich eine ganze Weile. So lange, wie meine Mamas sich im Badezimmer mit ihrer Körperpflege beschäftigen gingen. Ich erledigte meine im Bett – sobald ich mit dem Krümelaufsaugen fertig war. Ich putzte mich astrein sauber von oben bis unten. Gründlicher, als ich es jemals getan hatte. Bei meinen Mamas wurde mein Haar makellos rein. Selbst wenn man von Natur aus so reinlich wie eine Katze ist, bringt man es bei einem Leben auf den Straßen, in Kellern, in einem verdreckten und vor Annas Geschöpfen nur so wimmelnden Haus zu keiner total reinen Reinheit. In einem richtigen Haus schon.

Und *wie* gut kann man riechen, wenn sich zum eigenen guten Geruch noch der von perfekt gepflegten Damen hinzumischt, die zusätzlich zu ihren raffinierten, in den besten Parfümerien gekauften Parfüms noch erlesene natürliche Körpergerüche haben.

Sobald wir, Babeth, Mona und ich, vor Schönheit glänzten, gingen wir alle unseren Beschäftigungen nach. Die meinen bestanden am Vormittag darin, eine Inspektion des ganzen Hauses vorzunehmen, um nachzusehen, ob seit dem Vorabend nicht irgendwo etwas aus dem Lot geraten war. Das ganze Erdgeschoß habe ich inspiziert. Dann die ganze Etage darüber. Mit allergrößter Aufmerksamkeit.

Aber nichts war verändert. Die Möbel waren immer noch am selben Platz. Die Teppiche, die Kissen, alles war immer noch so weich und flauschig wie am Tag zuvor. Keine Ratte oder Maus hatte die Schamlosigkeit besessen, einen Fuß über unsere Schwelle zu setzen. Nur einer Fliege, das kam eben vor, oder einem anderen Störenfried der nämlichen Spezies war es gelungen, sich durch eine Ritze in einem Rolladen einzuschleichen. Kein Problem. Ich erledigte die Sache. Ohne auch nur ein einziges Stück aus der (kunstvollen) Nippessammlung zu zerdeppern, ohne auch nur eine einzige Vase oder ein Figürchen ins Wanken zu bringen, fing ich die fliegende Sauerei. Und bereitete ihr das nämliche Schicksal wie den Bettbröseln.

Meine tägliche, von kleinen Ruhepausen auf einer Sitzgelegenheit oder einem Teppich unterbrochene Inspektionsrunde beschäftigte mich bis zum *déjeuner*, dem Mittagessen, um zwölf Uhr. Das wir vor dem Haus auf dem Rasenteppich einnahmen, da es ein warmer Spätsommer war. Ein sonniger Spätsommer, in dem sich das Grün ins Rötliche verfärbte, eine Zeit, die zum Faulsein einlud.

Nach dem mittäglichen *déjeuner* mit Barbecue-Steaks, Barbecue-Würstchen, Barbecue-Spießchen, einer endlosen Folge von Babecue-Köstlichkeiten ging Babeth an ihren eigenen Platz zum Arbeiten. Und Mona machte sich – wenn ihr Metier sie nicht zwang, mit dem Taxi irgendwo an ein anderes Ende von Paris oder in die »beschissenen« Vororte zu fahren – ans Bräunen. Ganz fleißig.

»Nur weil die Sonne leicht blasser wird, darf man noch längst nicht resignieren und es auch dazu kommen lassen. Ich bin sicher, daß du ganz meiner Meinung bist.«

Ich war ganz ihrer Meinung. Ich riß mir zwar nicht mein Fell so vom Leib, wie sie sich alles vom Leib riß, was sie anhatte – bis auf ihren Slip aus einem Stoff, der so durchsichtig wie Fensterscheiben war. Aber ich legte mich ins Gras wie sie. Und wir schlossen die Augen. Die Leute, die in den Wohnblöcken wohnten, die über unserem kleinen Garten aufragten, und nicht irgendwo auf dem Lande in Urlaub waren, schlossen dagegen nicht die Augen. Sie rissen sie sogar noch weiter auf. Und sie hatten auch allen Grund dazu.

An bedeckten Tagen aßen wir im Haus zu Mittag. Fleisch, zwar nicht vom Barbecue, aber immer *à point* gebraten. Dann legten wir, Mona und ich, uns hin, sobald Babeth sich an ihre Arbeit gemacht hatte. Wenn wir nicht in der einlullenden Sonne dösten, waren wir damit beschäftigt, uns mit Zärtlichkeiten zu verwöhnen. In jenen Tagen ging ich kein einziges Mal aus dem Haus. Nicht, daß meine Mamas es mir verboten hätten. Im Gegenteil. Oft fragten sie mich sogar, warum ich denn »nicht ein bißchen spazierenging«.

Warum? Weil ich, meine lieben Mamas, seit meiner Geburt genug herumgestreunt bin, weil ich von den Vögeln, den Pariser Erd- und Grastieren die Schnauze mehr als gestrichen voll hatte, weil man, wenn man das richtige, das wirklich richtige Plätzchen gefunden hat, vor Anker gehen muß. *›Jagt die Katz, verliert sie ihren Platz‹* – oder vielleicht nicht?

Ich ging nicht spazieren, weil ich nicht den Fünfuhrtee, die Plaudereien zu jeder Tages- und Nachtzeit zwischen Babeth und Mona, ihr Lachen, ihre Umarmungen (von denen auch ich ganz wesentliche und exquisite Einheiten abbekam) nicht verpassen wollte, weil ich das abendliche Diner, das abendliche After-Diner nicht verpassen wollte, weil ich nichts von dem wahren genießerischen Leben in diesem Haus verpassen wollte.

Ich ging nicht spazieren, weil ich was Besseres zu tun hatte. Ich zog es vor, mich in mein Rumpelkammerzimmer zurückzuziehen, um über das Glück zu meditieren, in einem eigenen Zuhause zu sein, das gleichzeitig das Zuhause von zwei anderen war, die ich allmählich anfing, bis zum Wahnsinn zu lieben. Besonders Mona.

Wie sehr schmerzte es mich, wenn ich sah, wie sie ihre Handtasche nahm, wenn ich hörte, wie sie nach einem Taxi telefonierte, um zu irgendwelchen Terminen zu fahren. Wegen ihrer Arbeit. Monas Metier, ihr »Job« war der einer Schauspielerin auf der Suche nach einer Rolle, »bei der es sich echt lohnt, sich draufzustürzen«.

Psycho

Babeths »Job« nannte sich »Psycho«. Psycho, das ist ein Beruf im Sitzen. In einem Voltaire-Fauteuil. Voltaire wie der Platz und der Boulevard in der Nähe des Friedhofs Père-Lachaise, bezogen mit granatfarbenem Samt und genügend hochlehnig, damit man sich mit dem Nacken anlehnen kann, falls man zwischendurch kurz wegdöst.

Es ist nämlich unheimlich einschläfernd, ein Psycho zu sein. Weil man sich nicht rühren, seinen Voltaire-Fauteuil nicht verlassen darf, den ganzen Tag dasitzen und zuhören muß (oder so tun muß, als ob man zuhört). Und zwar Leuten, die sich auf einen Diwan mit Ripsbezug (diesmal nicht granatfarben, sondern flaschengrün) legen kommen, um fünfundvierzig Minuten lang einfach irgendwas x-beliebiges daherzureden, was ihnen gerade in den Sinn kommt. Eigentlich ist es aber überhaupt nicht einfach irgendwas x-beliebiges. Aber das wissen nur die ganz diplomierten Psychos.

Sich auf die Couch eines Psychos zu legen und einfach irgendwas x-beliebiges daherzureden, das kostet mindestens dreihundert Francs. Das x-beliebige Irgendwas, das die Leute bei den Psychos daherreden, ist ziemlicher Schwachsinn. Sätze, die nicht immer so ganz aneinanderpassen, stinklangweilige Erinnerungen, Schweinereien, Ungereimtheiten, Unsinn, der manchmal so unsinnig ist, daß es vorkommt, daß der Psycho ihn sich auf kleine Zettel notiert. Aber nicht zu häufig. Nur dann, wenn der Psycho der Meinung ist, daß es ein Jammer wäre, solchen Bockmist wieder zu vergessen.

Die Hauptbeschäftigung des Psychos ist die, seine Praxis ätzend mit seinen Zigarren oder seinen Pfeifen einzuräuchern. Denn das Ganze spielt sich in einer Praxis ab. In einem ruhigen, gut abgeschlossenen Zimmer mit einem – wenn ich allein schon an den von Babeth zurückdenke, kommt mir das Schnurren – Marokkanerteppich ganz aus Wolle, dick wie zwei Lexika, und mit sechs Stühlen aus einer alten Epoche, in der man auf das Polstern der Sitze sehr viel Wert legte.

Außer auf der Couch – für dreihundertfünfzig Francs pro Dreiviertelstunde – fühlte man sich in Babeths Psycho-Praxis überall wohl. Aber die auf der Couch Liegenden – die Patienten – kamen sich nicht dort hinlegen, um sich auszuruhen, sie kamen dorthin, um alles von sich zu geben, was sich in obskuren Winkeln im Innern ihrer Köpfe staute.

Der wichtigste Winkel, sagt Babeth, heißt Hypothalamus und ist ein Stück Hirn, in dem die Lüste auf Fressen oder nicht Fressen nisten, oder auf Durst- oder nicht Dursthaben oder auf Müdesein oder auf Bock, mit jemand anderem ins Bett zu gehen und darin Sachen zu machen, oder auf Lust zu töten, im Wald zu zündeln, unanständige Sachen auf Mauern zu malen oder was weiß ich noch alles. Allein dadurch, daß ich wie Babeth nichts anderes tat, als während der endlosen Sitzungen nur den Patienten zuzuhören, habe ich Sachen erfahren – den haarsträubendsten Blödsinn, echt! – über das, was sich die Menschen, ohne es zu wissen, in den verborgenen Winkeln ihres Schädels so zusammenspinnen. Selbst die beknacktesten Tiere, selbst die schlitzohrigen und geilen Affen, selbst die Chamäleons, die nicht ganz dichten Dingohunde der Antipoden, die vampirischen Nachtgreifvögel, selbst bestimmte Insekten, die sich (wie behauptet wird) gegenseitig auffressen, sind im Vergleich mit dem Durchschnitt der Menschen wahre Jesusse, ganz sauber, ganz unkompliziert.

Die menschlichen Patienten der Psychos haben alle möglichen Arten von Komplexen, Neurosen, Tabus, Verklemmungen, Blockierungen und Wahnsinns. Vor allem sind sie – und das war BabethsTheorie, die sie uns, Mona und mir, häufig vortrug – unzufrieden mit dem Leben. Und diese Unzufriedenheit macht sie dermaßen unzufrieden, daß sie überhaupt nicht mehr mit dem Leben fertig werden. Und daran sterben. Oder so mies leben, daß sie zu den Psychos gehen.

Man brauchte sich nur anzusehen, wie sie in die Praxis kamen. Leute, die wie stinknormale Leute aussahen, korrekt gekleidet waren und zu Babeth höflich »Guten Tag, Frau Doktor« sagten. Und dann legten sie sich auf die Couch. Dann begann zum Beispiel der Herr mit diskreter Krawatte und Ingenieursbrille (er war übrigens ein Ingenieur) von seinen Geschäftchen zu labern. Ja: Geschäft*chen*, – nicht Geschäften! Er redete nichts als Kacke. Von nichts als Kacke. Von seiner. Von jedem Haufen davon. Und von anderen. Seine eigenen hatte er sich alle gemerkt. Alle. Angefangen von seinen ersten, die er in einen Nachttopf machte, während seine große Schwester im Zimmer direkt neben seinem Kleine-Jungen-Zimmer Klavier spielte, bis zu den letzten, die er nur machen konnte, wenn... Das war vielleicht ekelhaft! Kein deplaziertes Wort kam ihm dabei über die Lippen, diesem Geschäftchenmann von Kacke-Ingenieur, aber jeder seiner Gedanken war schlicht zum Kotzen. Das führte bei ihm zu Verstörungen. Zu schwerwiegenden. Das lähmte ihn, machte ihn fertig. Das hinderte ihn daran, Bücher zu lesen, ins Kino zu gehen. Er beklagte sich darüber. Bitterlich.

»Stellen Sie sich vor, Frau Doktor, zum Beispiel im Theater... Ein Stück, das heute ein Klassiker ist. *Die drei Schwestern*, Frau Doktor. Die drei Schwestern von Tschechow! Stellen Sie sich das einmal bildlich vor. Es genügt schon, daß sie ihren Tee mit Plätzchen dazu trinken, und schon stelle ich mir vor, wie sie sich von diesem Tee, von diesen Plätzchen wieder erleichtern. In WCs aus der Zarenzeit. Ich sehe sie in türkischen Aborteinrichtungen vor mir. Ich sehe sie deutlich vor mir! Wie sie drücken! Alle drei. Olga. Macha. Irina. Beim Stuhlgang! Und wie sie sich mit russischen Zeitungsblättern abwischen... Sogar die Herzogin von Guermantes... Stellen Sie sich das vor, Frau Doktor. *Proust*, Sie wissen schon! Ich lese ihren Namen, ich lese, wie sie gekleidet ist, und – und ich sehe, wie sie ihr Kleid hochschiebt, ihren Unterrock, sich den Schlüpfer zum Knie hinunterschiebt und... Blähungen hat sie, Koliken! Ihre Durchlaucht und Durchfall! Das ist schrecklich! Schrecklich!«

Dann hatten wir eine junge Apothekerin, die fast genauso hübsch wie Mona oder Mimi war und die, koste es, was es wolle von ihrem Ehemann gezüchtigt werden wollte, wenn sie zu spät zum Abendessen kam oder wenn sie schlecht frisiert war. Sie war felsenfest davon überzeugt, daß sie Schläge auf den Po verdient hatte. Sie hatte Schläge verdient. Und zwar kräftige. Und auf den nackten Hintern. Sie konnte nicht aufhören, welche verdient zu haben. Und ihr Mann – ein gewisser Serge, den sie abgöttisch liebte – gab ihr nie welche.

Wir hatten noch eine andere Dame, nicht hübsch, aber Studienrätin für Deutsch, die in kein Auto steigen, nicht mit dem Bus oder der U-Bahn fahren, nicht mit dem Flugzeug fliegen und keinen Lift betreten konnte und die sich nur noch von Bonbons ernährte seit dem Tod ihres Papas, der schon in den fünfziger Jahren gestorben war, was weit zurücklag. Und darüber mußte sie ihre vollen fünfundvierzig Minuten lang weinen. Daß sie gleich zwei Kartons Kleenex naß machte.

Wir hatten einen Herrn, der das Haus nur verließ, um Babeth aufzusuchen (im Taxi und während der ganzen Fahrt mit verbundenen Augen), denn sobald er eine Brücke überquerte, stürzte er sich in die Seine, aus der ihn Feuerwehrmänner oder furchtlose Passanten wieder herausfischen mußten. Wenn er drankam, mußte ich wie der Blitz unter die Couch flitzen. Weil er es nicht ertragen konnte, daß ich ihm zuhörte. Er wollte, daß Babeth alles erfuhr. Aber nicht, daß ich alles erfuhr.

Unter der Couch horchen zu müssen, das erinnerte mich an Annas Atelierhaus und mein Refugium unter dem Bettkasten inmitten von Staubfusseln. Aber hier kam mir kein Fra-Angelico-Hund mit Gefälligkeiten, die ich nur mit Gemeinheiten erwiderte. Vielleicht hätte ich mich auch auf die Couch der Psycho-Babeth legen sollen. Und meinen ganzen Müllsack voller Durcheinander einer Unkrautkatze, einer nicht schwindelfreien Katze ausschütten sollen.

Der Herr In-die-Seine-Taucher verabschiedete sich mit einem

»Auf Wiedersehen, Frau Doktor, bis Mittwoch«, und ich kam wieder zum Vorschein. Der folgende Patient konnte es schon ertragen, daß ich zuhörte. Er schien sich sogar darüber zu freuen, mich zu sehen.

»Wirklich niedlich, Ihr Kater.«

»Das ist eine Katze.«

»Meine Mutter hat auch eine. Sie heißt Marlene Dietrich. Und sie – ihr Name?«

Der war Poils d'Ange. Aber Babeth war nicht dazu da, um mit ihren Patienten zu plaudern. Sie gab keine Antwort. Sie deutete mit dem Kinn auf die Couch, und der Patient – ein gutaussehender magerer junger Mann – legte sich darauf. Und... ab ging die Post.

»Ich habe schon wieder von Ihnen geträumt, Frau Doktor. Sie waren in dem Alter, das Sie tatsächlich haben, und ich, ich war neun oder zehn. Wir waren auf einer Fête. Bei Leuten, die ich nicht kannte, die ich nie gesehen habe. Es gab Musik. Sie hatten ein langes Kleid an. Sehr tief ausgeschnitten. Sie haben eine kleine Zigarre geraucht wie jetzt auch. Und... Das geht nun schon seit Wochen so. Seit Wochen. Und ich kann mich nicht dagegen wehren, daß ich an Sie denke. In meinem Büro. Im Auto. Und ich... Einfach unerträglich... Das ist...«

»Das ist die Übertragung. Das ist so normal wie nur etwas.«

»Aber, Frau Doktor, Sie hören mir ja nicht zu. Ich habe den Eindruck, daß... Das ist ernsthaft zum Verrücktwerden. Ich bin verliebt in Sie. Verliebt, daß ich fast daran krepiere. Und... Sie...«

Babeth antwortete nicht, antwortete nicht mehr. Sie konzentrierte ihre ganze Aufmerksamkeit auf den Rauch ihrer Zigarre. Mann, ließ die sich wenig davon aus der Ruhe bringen, daß dieser junge magere Mann – und das Gegenteil von Unsympath – ihr eine so feurige Liebeserklärung machte. Und er rackerte sich ganz schön ab auf der Couch, er fing an zu reden, als ob Babeth taub oder hundert Kilometer weit entfernt gewesen wäre. Er tat einem leid. Leid wie die heulende Waise mit den Kleenextüchern, wie eine Menge anderer Patienten, die bis zum Hals in ihrem Durcheinander steckten.

Aber ein Psycho, der ist aus Marmor. Der sitzt seine dreihundert Francs ab, ohne sich zu rühren, ohne sich rühren zu lassen. Ich habe miterlebt, wie sie, Babeth, nicht ein einziges gnädiges Wort für eine Frau übrig hatte, die ihr erklärte, daß sie sich schon zweimal umgebracht hätte und daß sie es noch am selben Abend wieder tun würde, daß sie dreißig Schlaftabletten mit einer ganzen Flasche Whisky nehmen und ihren Gashahn aufdrehen würde. Und angesichts der Offenheit, mit der sie das sagte, war es sicher, daß sie es tatsächlich tun würde. Und als sie aufbrach, um es zu tun, hat Babeth ihr auf einen Fünfhundertfrancsschein herausgegeben und zu ihr gesagt: »Auf Wiedersehen, bis Montag, Madame Pronce.« Das war alles.

Und diese Frau ist erst einen Monat später wiedergekommen. Quicklebendig. Und Babeth hat jenen Monat verbracht, als wäre nichts gewesen. Was für eine war Babeth? Eine Herzlose? Nein, denn sobald ihre von allen guten Geistern verlassenen Patienten aufgehört hatten, ihr auf den Geist zu gehen, wurde sie wieder eine Frau voller Zärtlichkeit. Eine Frau, die nichts anderes hätte tun können, als nur ihre Mona zu beschmusen und mich zu beschmusen. Eien noch verschmustere, noch anschmiegsüchtigere als Babeth habe ich nie getroffen. Nirgends.

Kaum waren ihre letzten dreihundert Francs des Tages in die Schublade ihres Sekretärs gewandert, stürzte sie sich auf mich und riß mich von dem Marokkanerteppich auf einen der Polsterstühlesitze hoch und drückte mich an ihren säugetierischen Brüsten platt und biß in mich hinein, wie wenn sie in knusprigfrisches Brot gebissen hätte.

»Aber da ist ja ma fifille – mein Töchterchen! Aber da ist ja Mademoiselle Poils d'Ange! Aber da ist ja mein himmliches, herzallerliebstes Kind!«

Und sie vergaß ihre ganze Psychowürde, ließ sich auf den Teppich fallen und wälzte ihr himmlisches, herzallerliebstes Kind so fest in der tiefen Wolle, daß sie es hätte zerquetschen oder ersticken können. Und sie selbst wälzte sich auch auf dem Boden. Und lachte. Und wir verbrachten eine echt superhimmlisch lange Weile so auf dem Teppich.

Eine Nummer, die nur ein Horsd'œuvre war, nur ein bescheidenes Horsd'œuvre für die Zeit, während wir auf die Rückkehr von Mona warteten. Einer Mona, die den ganzen Tag lang auf der Suche nach einer Rolle durch die Gegend gerannt und so frustriert und so fertig war, daß sie nicht mehr die Kraft hatte, sich ein erquickendes Bad einlaufen zu lassen.

Aber Babeth, die hatte noch Kraft. Die Kraft, gleichzeitig den Heißwasserhahn und den Kaltwasserhahn aufzudrehen, wie es sich gehört, und Duftsalze in die Badewanne zu kippen und Mona aus ihrem – weißen oder lemongrünen oder strohgelben – Kleid mit nichts darunter zu schälen und den Körper ihrer »Chérie chérie chérie« fest fest fest zu massieren. Ihren ganzen Körper. Von den Zehen bis zu den Ohren und von der geraden und feinen Nase über die Waden, die Schenkel, die Liebesgrotte, die Pobacken, auf die sie einen Kuß drückte, den Bauch, die Hüften und die Brüste. Wir teilten sie uns, Monas Brüste. Babeth nuckelte an der einen. Ich an der anderen. Und Mona ließ sich von Babeth einseifen und abspülen und mit einem Frotteebadetuch abtrocknen, das ihr während des anschließenden Tees als Kleid diente.

Und wieder kamen die mit Butter bestrichenen Butterbrioches, die Milch, das Umarmen, Belecken und Beknutschen.

Das war das wahre Leben.

Liebesgrotte

Samstags und sonntags kam niemand in Babeths Psychopraxis. Selbst die nette italienische Frau, die zum Staubsaugen und zum Einschalten der Geschirrspül- und Waschmaschine ins Haus kam, durfte an diesen beiden Tagen nicht die Tür zu diesem Raum öffnen. Babeth hatte Angst, das psychische Durcheinander, das sich dort seit Jahren ansammelte, könnte dabei entfleuchen. Das Durcheinander war das, was ihre Patienten miteinander verband.

»Mein Job ist«, wie sie immer sagte, »den Beknackten oder Anwärtern auf Beknacktheit beim Entwirren der Knoten zu helfen, die sie daran hindern, gelassen auf den Tod warten.«

Was Knoten anging, so hatte sie selbst auch einige. Und auch Mona hatte schon auf Babeths Couch gelegen. Das war vor zwei Jahren. Wegen Problemen in punkto talentierte, aber ungenügend beschäftigte Schauspielerin und in punkto unbefriedigender Kohabitation mit einem Mann, der ihr Ehemann war.

Mona war eine Schauspielerin, die unfähig war, in einem Theater auf die Bühne zu treten, ohne daß sie anfing, sich zu verhaspeln und wie Espenlaub zu zittern, und eine Ehefrau, die unfähig war, sich von ihrem Ehemann auf seine Art lieben zu lassen. Damals spielte sie mit dem Gedanken, sich eine Kugel durch den Kopf zu blasen. Und sie hatte eine mordsmäßige Angst vor dem Tod. Da hatte ihr eine Freundin die Adresse von Dr. Elisabeth Friedman gegeben.

Und dann lief alles wie von selbst. Nach einer gewissen Zeit hatte die Patientin Mona ihre »Übertragung« vollzogen. Sie hatte angefangen, zu Dr. Elisabeth Friedman zu sagen, daß sie besessen von ihr sei, daß sie dabei sei, sich in sie zu verlieben. Oder so gut wie. Und daß sie das fürchterlich durcheinanderbrachte, weil mit Frauen, so was sei ganz und gar nicht nach ihrem Geschmack.

Soweit ging alles seinen normalen Gang. Doch während sie zuhörte, begnügte sich Dr. Elisabeth Friedman nicht mehr damit, festgeschraubt in ihrem Voltaire-Fauteuil sitzenzubleiben und zuzusehen, wie der Rauch ihrer Zigarre Ringe bildete. Von wegen! Sie hatte die Zigarre auf den Marokkanerteppich fallen lassen, war von ihrem Sessel aufgesprungen und hatte sich auf die Couch, auf Mona gestürzt.

Was sie selbst ebenso überrascht hatte, wie es Mona überrascht hatte. Denn sie, Elisabeth, war ebenfalls verheiratet. Mit einem Dr. Friedman, einem Hals-Nasen-Ohren-Arzt mit Bart.

Und dann hatten meine zwei zukünftigen Mamas viele, viele Küsse miteinander ausgetauscht, so wie Herren und Damen sie miteinander austauschen. Auf der Couch. Was für eine Überraschung!

Sie waren allerdings noch viel mehr überrascht, als sie sich beide nackt im ehelichen Ozeanriesenbett der beiden Doktoren Elisabeth und Oscar Friedman wiederfanden. Ausgezogen und kreischend vor Freude, vor Lust. Vor Liebe. Etwas Noch-nie-Erlebtes, etwas Wahnsinniges war passiert – die Psychotherapeutin hatte ebenfalls ihre »Übertragung« vollzogen!

Noch am selben Abend packte der bärtige Doktor Oscar Friedman seine Koffer und zog – nicht wütend, sondern verständnisvoll – in ein Hotel.

Monas Mann dagegen – dreimal hintereinander kam er an und versuchte seine »ausgeflippte« Gattin wieder zurückzuholen. Beim drittenmal mit einer Pistole, und er ballerte in die Fensterscheiben von Babeths Haus. Dann gab er die Sache auf.

Und meine beiden Mamas tauchten in einen Ozean der Liebe, schwelgten und plätscherten ausgelassen in einem Meer der Seligkeit. Und eines verkaterten Nachmittags im Sommer machte ihnen Gott (der nur für Mona existierte und gerade die Fleisch- und Wurstwarenauslage eines Supermarkts im Blick hatte) eine liebeshungrige Sprößlingin zum Geschenk. Das war ich. Ich, Poils d'Ange.

Poils d'Ange, die schon bald begriffen hatte, daß es genauso, wie es Monate mit »r« und mit Austern und Monate ohne »r« und ohne Austern gibt, auch Menschen mit »Nüssen« oder »Eiern« und Menschen ohne gibt. Und daß die mit den Nüssen (oder, wenn es erwachsene Menschen waren, mit Hoden) ausgestatteten Menschen nur immer alles falsch machen konnten mit den weiblichen Menschen, die an der Stelle dieser hinderlichen Säckchen mit Samenflüssigkeit und eines unästhetischen Schniepels (oder Penis) eine Liebesgrotte haben.

Und die besagte Liebesgrotte... Was die mir alles beigebracht und offenbart haben, meine beiden Mamas! Was die mich gelehrt haben bei den Gelegenheiten, wenn Mona ihr Bad nahm, wenn wir ins Bett gingen oder aufwachten, kurz bei allen Gelegenheiten in dem Ozeanriesenbett und überall in ihrem Haus!

Weder Anna noch mein Knochendürrer mit der Puderquastentolle vom Friedhof, noch mein feuriger Siamese von der Rue

Emile-Bernard hatten mich auch nur ein Viertel vom Zehntel der Hälfte der Lust ahnen lassen können, die eine Katze schon empfinden kann, wenn sie einen anderen Körper als ihren eigenen auch nur flüchtig berührt. Den Körper einer Frau. Der von Babeth, mit ihren bildhauerisch gemeißelten Rundungen war hundert-, ach was, zweihundertmal soviel wert wie der bereits nonplusultramäßige von Anna.

Und Mona erst... Monas Körper, den brauchte man nur flüchtig zu sehen, aus der Ferne zu wittern, und man fiel in Ohmacht. Ihr Körper, der war wie... Wie nichts. Also unvergleichlich. Denn etwas noch Anrührenderes, noch Aufregenderes, noch Verlockenderes, das gibt's nicht.

Ich konnte egal wo auf ihr liegen, immer wurde ich zur genäschigen Verliebten. Und wenn ich zwischen ihren Schenkeln lag, die Nase in ihrem Hügelbüschel aus kleinen krausen Frauenbauchhaaren... Jedesmal, wenn mir das passierte, habe ich gedacht, ich sterbe. Und habe mit Vollgas geschnurrt. Denn an dieser Stelle zu sterben, das wäre die Mühe wert gewesen, denn das wäre ein Sterben vor Lust gewesen. Kein Parfümeur, kein Monsieur Guerlain, keine Madame Chanel N°- 5 wird, selbst wenn sie sich höllisch viel Mühe geben, einen so duftenden Duft erfinden können wie den von Monas zerstruwweltem Büschelhügel.

Wenn es mir gelang, mich an diese Stelle von Mona vorzubohren, mußte Babeth mich erst windelweich schlagen, bevor sie mich von dort wieder fortziehen konnte. Windelweich. Was saumäßig weh tat. Und dann lachte Mona ein Lachen, das uns, Babeth, mich und sie, zu noch genäschigeren Verliebten machte. Und das Ozeanriesenbett schlingerte dabei so stark, daß wir an den Rand des Schiffbruchs gerieten. Und Mona wurde auf Babeth böse und sagte zu mir Sachen, die Babeth gar nicht leiden konnte.

»Weißt du, was du bist, meine Trulla? Eine inzestuöse Schlampe bist du. Und lesbisch noch dazu.«

Das brachte Babeth derart auf Hundert, daß sie aus dem Ozeanriesenbett flüchtete. Nackt wie eine Stadtparkstatue. Und sie ging in die Küche, um einen Champagner aus dem Kühlschrank zu trinken und eine zu rauchen. Und das brachte Mona noch wahnsinniger zum Lachen. Und sie sagte noch andere Sachen zu mir. Echt unanständige.

»Jetzt, wo wir nur noch wir zwei sind, meine Meise, werden wir mal die ganz geilen Muschis spielen. D'accord?«

D'accord! Und ich bohrte meine Nase noch tiefer in ihren Hügelbüschel...

Eifersucht

Daß sie aus Marmor war, wie es die Psychos eben sind, hinderte Babeth nicht daran, so viel Eifersucht im Leib zu haben, daß es für zehn gereicht hätte. Auf eine ganze Menge Leute war sie eifersüchtig. Das sah sogar ein Blinder. Alle Schauspieler, Regisseure und Regieassistenten, die Mona anriefen, waren ihr ein Dorn im Auge. Die Männer und Frauen, die Mona zu Vorsprech- und Stückproben abholen kamen, empfing sie mit einem Lächeln, das tötete. Am liebsten wäre es ihr gewesen, wenn Mona nie aus dem Haus gegangen wäre, wenn sie mit niemand anderem außer ihr gesprochen hätte, wenn niemand anderer außer ihr Mona in ihren so wenig verhüllenden Kleidern zu Gesicht bekommen und kein Mensch gewußt hätte, daß es überhaupt eine Mona auf Erden gab. Sie, Babeth, hätte es am liebsten gesehen, wenn Mona so wie ich gewesen wäre, nämlich die ganze Zeit in Reichweite ihrer Streichelhände.

Aber Mona hatte immer Lust, ja, ein unheimlich dringendes Bedürfnis, rauszugehen und Luft zu schnappen, Leute zu treffen, mit Menschen zu reden. Sie hatte einen Beruf, der ihr Spaß machte. Sie liebte es, ihre Tage, ihre Nächte zusammen mit Babeth zu verbringen. Aber nicht alle Tage, nicht die ganzen Nächte.

Also kam es zuweilen vor, daß es ganz schön krachte. Manchmal dann, wenn Mona erst zum Abendessen heimkam, wenn wir zwei schon fertig gegessen hatten. Oder wenn Mona tagsüber von dem Theater oder dem Filmstudio aus anrufen sollte, wo sie steckte, und vergaß, es auch zu tun. Und manchmal dann, wenn es überhaupt keinen Anlaß gab. Plötzlich krachte es einfach.

Alle drei saßen wir ganz ruhig bei einem Tee, einer Milch, englischen Keksen oder englischem Teekuchen vor dem Fernseher. Oder jede in ihrem Sessel und hörten kunstvolle, aber überhaupt nicht nervtötende Musik. Und da quetschte Babeth plötzlich ihre kleine Zigarre aus. Wutentbrannt. Nicht in einem Aschenbecher. In einem Teller, einer Tasse, einem kleinen Champagnerkelch ihrer Nippessammlung. Und sie verließ ihren Platz, ging sich ein Glas Wein oder Schnaps einschenken und kippte es auf einen Zug hinunter. Und pflanzte sich riesengroß vor der kleinen Mona auf. Und die große Szene war da. Das giftige Anfauchen. Mit Fragen von Babeths Seite. Und Antworten von Monas Seite. Fragen einer argwöhnischen Frau. Und Antworten eines kleinen Mädchens, das wirklich alles brav sagen will. Aber so, wie es ihr in den Kram paßt.

»Was für ein endloser Telefonanruf war das da eben?«

»So ein Typ, der einen Film fürs Fernsehen drehen will.«

Dieser Typ, das war eine Agnès (eine Agnès-chérie sogar!). Ich wußte es, ich befand mich nämlich während des endlosen Telefonanrufs auf Monas Schoß.

»Und wer ist dieser Typ?«

»Habe ich dir doch gerade gesagt. Ein Regisseur. Ein sehr guter Regisseur. Gérard heißt er. Gérard Martin. Du weißt doch, dieser Junge, der Kurzfilme über den Stierkampf gemacht hat. Er hat eine echt wichtige Sache an Land gezogen. Eine Fernsehserie. In Spanien. Eine Coproduktion.«

Also wenn Mona mal zu lügen anfing... Eine Agnès-chérie als einen sehr guten Regisseur Gérard auszugeben, das war schon raffiniert. Aber gleich eine ganze Fernsehserie in Spanien erfinden! Und sie erzählte auch noch die ganze Handlung der Serie! Mit allen dramatischen Höhepunkten.

»Es ist die Geschichte von einem Mädchen. Aus Barcelona. Einem Mädchen aus Barcelona, dessen Vater während des Bürgerkriegs unter mysteriösen Umständen verschwunden ist, und das nun – das Ganze spielt in den fünfziger Jahren – alle Hebel in Bewegung setzen wird, um herauszufinden, ob er wirklich tot ist oder ob... Das ist wie so eine Art Krimi. Aber Gérard hat ein Drehbuch geschrieben, das viel weiter als ein Krimi geht. Das Mädchen Conchita, seine Hauptfigur, erbt einen Gutsbesitz in der Guadalquivir-Gegend. Da...«

Sie hatte jede Menge Episoden, die angebliche Fernsehserie des angeblichen Gérard. Aber ob diese Conchita ihren Vater am Ende wiederfinden würde und ob es ihren Brüdern schließlich gelingen würde, ihr das Gut in der Guadalquivir-Gegend abzujagen, wollte Babeth nicht wissen.

»Diese spanische Serie, wird die in Spanien gedreht?«

»Logo. Man wird doch nicht die ganze Guadalquivir-Gegend in Paris im Studio nachbauen.«

»Mit anderen Worten: du willst nach Spanien gehen?«

»Was ich will, Babeth, ist arbeiten! Ich bin Schauspielerin. Die Schauspielerei ist mein Beruf. Ist es denn ein Verbrechen, wenn man arbeiten will? Schon sieben Monate lang habe ich nicht gespielt. Nicht mal 'ne miese Nebenrolle. Seit sieben Monaten bin ich am Durchdrehen. Seit sieben Monaten bin ich...«

»... bist du unglücklich! Hab den Mut, es zuzugeben.«

»Ich bin sehr glücklich mit dir. Und das weißt du. Aber...«

»Aber du träumst davon, nach Spanien zu gehen. Oder woandershin. Du liebst dieses Haus nicht. Du liebst meine Liebe nicht. Du...«

»Babeth, worauf willst du hinaus?«

»Auf nichts. Oder doch, ich versuche herauszufinden, was für ein Spiel du mit mir spielst, ich versuche herausfinden, was du mit deinen ganzen Tagen anfängst. Wo du sie verbringst. Mit wem.«

»Was möchtest du? Daß ich dir sage, daß es keinen Gérard Martin gibt? Keine Rolle, die mich in Spanien erwartet? Daß es eine Frau war, die mich angerufen hat? Ein Mädchen in meinem Alter. Mit der ich mich am Telefon immens amüsiere. Und nicht nur am Telefon. Bist du wirklich darauf aus, zu erfahren, daß diese Vorsprechprobe vorigen Montag im Studio von Buttes-Chaumont nie stattgefunden hat? Daß ich am Montag den ganzen

Tag mit Freunden rumgehangen bin, daß wir auf der Ile Saint-Louis *cake à la carotte* gegessen haben?«

Nach dem Krach kam das Zuschlagen der Haustür. Daß es fast die Angeln aus der Wand sprengte. Und das war's dann. Die darauffolgende Nacht pflegte Babeth allein in ihrem Praxis-Zimmer auf ihrer Patientencouch zu verbringen. Ohne ein Auge zuzumachen.

Das ließ uns, Mona und mir, in dem Ozeanriesenbett mehr Platz. Und den ließen wir nicht ungenutzt. Denn in diesen Nächten mit nur uns zweien kuschelten wir uns noch fester aneinander. Und das waren noch wunderbarere Liebesnächte als die Nächte à trois im Bett. Nur mit Mona allein, war ich nicht mehr »Poils d'Ange mon amour«. Da war ich nur noch »mon amour«.

Die auf diese Nächte folgenden Morgen ließ Babeth schmollend das Frühstück sausen. Und ich machte mich auf die Suche nach ihr und fand sie auf unserem Rasenflecken vor dem Haus hocken. Mit Erschöpfung über dem ganzen Gesicht. Und Kummer. Und wenn ich mich ihr näherte, griff sie mich wortlos und wühlte mir ihre Nase ins Fell, um darin den Geruch nach Mona zu inhalieren.

Und dann fing sie zu reden an. Aber nicht mit mir. Mit sich selbst. So leise, daß ich sie nur mit Mühe verstehen konnte. Flüsternd sagte sie, daß Mona von der gleichen Rasse wie ich und auch eine *gouttière*, eine Streunerin, ein Gossenmädchen sei. Ein himmlisches kleines Aas von Gossenschlampe.

Ich war echt schockiert, als ich das hörte. Aber wenn ich heute daran zurückdenke...

Nach den Krächen, nach den nicht gemeinsam verbrachten Nächten beeilten sich Babeth und Mona, sich wieder auszusöhnen. Ihre Aussöhnungen waren noch viel heftiger als ihre Auseinandersetzungen. Sie wurden vollzogen mit Champagner, zertrümmerten Gläsern, überall herumgespritztem Schaum, mit Zerfetzen von Monas Kleidern, heftigen, wildgewordenen Umarmungen auf dem Wohnzimmerteppich und wildem Geschrei. Richtig wahnsinnig liebten sie sich. Zu wahnsinnig.

Manchmal machten sie mir richtig angst, meine beiden Mamas. Dann rannte ich von einer zur anderen und miaute ihnen ins Gesicht, sie sollten weniger furienmäßig ausflippen und ihre Liebe wie ihre Haßausfälle weniger laut herausbrüllen.

Für uns Katzen ist unheimlich wichtig, daß unsere Menschen, je enger wir uns an sie binden, um so braver, ruhiger und um so weniger hektisch sind. Wenn sie sich aufregen, wenn sie in der Gegend herumbrüllen, versetzen sie uns in Panik.

Die einzig echte und furchtbare Macke von Babeth und Mona waren diese hitzigen Ausbrüche.

Knoten

Vielleicht wäre es für Mona und Babeth gut gewesen, wenn sich jede von beiden einmal bei einem Psycho (aber einem anderen als Babeth) auf die Couch gelegt und ausgespuckt hätte, was die eine wie die andere innerlich verknotete. Denn sie *hatten* Knoten. Jede ihre eigenen. Die bei beiden bis auf die Kindheit, Volksschule und das Lycée und danach bei Babeth auf ihre Uni und bei Mona auf ihr Herumtreiben an mehr oder weniger obskuren Orten zurückgingen. Knoten, die sich notgedrungen viel zu fest verknotet hatten.

Und wenn Babeth auch im Entknoten der Knoten von Patienten unschlagbar war, so stand sie ihren eigenen jedoch machtlos gegenüber. Und das zehrte an ihr und machte sie fix und fertig. Bei ihr kam es ebenso häufig vor, daß sie in Tränen ausbrach, wie bei Mona, daß sie sich in Lügen verstieg oder sich benahm wie ein himmlisches kleines Aas von Gossenschlampe.

Ich habe sie gesehen, mit eigenen Augen gesehen, wie sie, Mona, sich auf die Stirn, auf die Nase, auf den Mund küssen und sich mit vollen Händen an allen möglichen Körperstellen betatschen ließ von dieser oder jener Agnes, Guisou, Poussine oder Charlotte. Und von einem Charles. Und von einem Doudou. Im Wohnzimmer ihres (unseres) Hauses, im Flur, auf den drei Stufen hinaus in unseren kleinen Garten. Sie machte sich nicht einmal die Mühe, sich dabei zu verstecken, da Babeth ja in ihrer Praxis mit ihren Beknackten festsaß. Mit ihrem Kacke-Besessenen, mit ihrem notorischen In-die-Seine-Springer, mit einer sechzehnjährigen Göre, die jeden kleinen blonden Jungen, dem sie auf der Straße begegnete, für ihren kleinen Bruder hielt und ihn unter fahrende Autos stieß, mit einem Hotelportier, der einmal auf einem Flur Jesus Christus begegnet war und sich seitdem nicht mehr in die Reihe kriegte, mit einem unverschämt geilen Satyrhengst, mit einem geistig Zugefetteten.

Der Hotelportier, der Christus gesehen hatte (in natürlicher Lebensgröße, mitsamt seinem Kreuz und seinen Dornenkronenwunden!) war ein Katzenliebhaber. Er fragte Babeth, ob sie es ihm erlaubte, mich mit zu sich auf die Couch zu nehmen. Babeth hat es erlaubt.

Er pflanzte mich auf seinen Bauch und zupfte mir während seiner ganzen fünfundvierzig Minuten ununterbrochen an den Fellhaaren. Nicht böse. Aber fest. Wollte er mich vielleicht rupfen? Hielt er mich vielleicht für den Vogel Heiliger Geist?

Dann wurde es zur Gewohnheit, daß er sich mit mir auf die Couch legte. Eine Frau hatte sich ebenfalls in mich verschossen. Eine Madame Gaillard, die auf ihren Gatten und ihre drei Kinder mit der Zeit einen solchen Haß hatte, daß er ihr alle Gefühle abdrehte.

»Ich fühle mich immer weniger wie eine Mutter und überhaupt nicht mehr wie eine Ehefrau, Frau Doktor. Was soll ich tun?«

Tief eingesunken in ihren Voltaire-Fauteuil, mit trübem Blick, hängenden Mundwinkeln und den Haaren noch grauer als gewöhnlich, fragte sich Babeth hinter ihrem Rücken ihrerseits, was sie tun sollte, um zu verhindern, daß Mona jeden Tag immer früher aus dem Haus ging und immer häufiger zu schon nicht mehr nur »unchristlicheren«, sondern bereits unmöglichen Zeiten zurückkam.

Mona war nämlich inzwischen so weit gegangen, daß sie fast nie mehr da war und sogar samstags und sonntags für ihre Karriere wichtige Verabredungen, Proben von Theaterstücken am anderen

Ende von Paris, Vorsprechtermine irgendwo in der Banlieue und Filmdrehtage in der Provinz hatte. In Provinzen mit Telefonen, die nicht funktionierten. Oder überhaupt ohne Telefon.

Babeth hatte nur noch mich, um ihr Gesellschaft zu leisten. Und ich genügte ihr nicht. Sie behandelte mich weiterhin als geliebtes Kind. Aber ihr Herz war nicht bei der Sache. Es hatte Ausfallerscheinungen. Sie plauderte mit mir – aber mit dem Kopf woanders (vielleicht dort, wo Mona gerade war?). Sie ließ mich meine Portion vom Abendessen fressen und auch noch ihre dazu. Schlief mit einer Wange an meiner Wange ein. Aber das machte sie nicht einmal um ein Milligramm ihres Kummers leichter. Und machte jeden Gedanken an Liebkosungen der Liebe, an die Kapriolen der Nacht zunichte.

Ich konnte ihr meine Pfote auf die Hand legen, diese Hand küssen, ihr kleine mamakindliche Grimassen zuwerfen, mich an sie schmiegen, ihr kleine und möglichst schmachtende Schreie zuflüstern – aber das half alles nichts. Nichts zählte außer ihrem sehnlichen Verlangen nach Mona. Nach einer Mona, die immer weniger mit ihr zusammen war. Nach dem himmlischen, heißgeliebten Aas von Gossenmuschi Mona.

Himmlisch heißgeliebt, das war sie nach wie vor. Aber allmählich ging sie doch zu weit mit ihrem ständigen Fortgehen und Uns-allein-Lassen. Babeth war voller Kummer. Ich auch. Babeth war eifersüchtig. Ich auch.

Hinter einer Tür auf dem Hintern zu hocken und darauf zu warten, daß eine Mona von ihrem Tageslauf zurückkehrt, das geht eine oder zwei Stunden ganz gut. Das ist so wie das Lauern auf eine Kellermaus, von der man sicher ist, daß sie schließlich doch noch kommt und sich schnappen läßt. Aber wenn die eine oder zwei Stunden fünf Stunden, sechs Stunden, eine Nacht, einen Tag, zwei Tage lange dauern...

Doch mit der Zeit wird man fuchsteufelswild, völlig genervt, wütend und besorgt bis an den Rand des Wahnsinns, und hat das Bedürfnis, alles kurz und klein zu schlagen, den Wunsch, diese Mona umzubringen, die ihr Leben lebt, ohne einen Gedanken daran zu verschwenden, ob sie andere dabei kaputtmacht.

Babeth war sich nie sicher, ob sie wirklich Anlaß zu Eifersucht hatte. Für mich war alles glasklar: Ich wußte, daß das mit Monas Vorsprechterminen, Theaterproben und Filmdrehterminen gleichzeitig die volle und doch nicht – jedenfalls nicht die ganze – Wahrheit war.

Sie log nicht, als sie stolz verkündete, daß sie endlich – endlich, nein so ein Glück! – den Mann treffen würde, der in den Studios von Boulogne echt das ganz große Sagen hatte. Sie log nicht, als sie jubelte, daß sie die Rolle einer Anstandsdame in einem Stück über die Amouren der Marie-Antoinette und ihres nordischen Liebhabers spielen würde. Sie log nicht, als sie darüber jammerte, daß sie unbedingt drei Vorstellungen lang für eine ergrippte Freundin in einem miesen Nullstück in einem elenden Theater und noch dazu in Calais einspringen müßte.

Aber sie log, wenn sie dazu zu sagen vergaß, daß sie sich mit dem Mann, der in den Studios von Boulogne das ganz große Sagen hatte, nicht in seinem Büro, sondern in seinem Junggesellenappartement treffen würde. Aber sie log, wenn sie Babeth nichts davon sagte, daß der Schauspieler, der die Rolle des nordischen Liebhabers der Marie-Antoinette spielte, seit Wochen und Aberwochen mit ihr Liebe und noch ganz andere Sachen machte. Eine Katze, die immer ein Ohr auf Empfang geschaltet läßt, während eine Mona telefoniert, weiß alles. Eine Babeth dagegen nicht.

Immer noch verlogenere Lügen von Mona, – oh, wie viele habe ich davon hören können. Und wie toll sie sie daherfantasierte. Je haarsträubender sie waren, mit um so mehr Aufrichtigkeit im Blick und in der Stimme servierte sie sie Babeth.

Babeth konnte nie anders, als ihr glauben. Niemand hätte anders gekonnt, als Mona glauben, wenn sie die wahnwitzigsten Storys auftischte. Sogar mir ist es passiert, daß ich mich von Mona einwickeln ließ, als sie zu mir sagte, zu *uns* sagte, daß sie sich in Marseille sicher ganz schön Sorgen um uns machen würde, obwohl ich sogar so voll im Bilde war, daß ich die Flugnummer des Flugzeugs wußte, das sie nach Nizza nehmen würde.

Weder himmlisch heißgeliebt noch eine süße Streunerin! Aber ein gemeines Aas – o ja: das war sie! Und dabei genau zu wissen, welches Spiel sie treibt, das ist die Hölle. So gesehen war Babeth im Vergleich zu mir sogar noch in einer relativ glücklichen Lage.

Aber eine Babeth, die so verliebt und eifersüchtig ist, wie sie es war, die wittert Sachen, die noch horrormäßiger sind als die wirklichen, und tut genau das, was man tunlichst vermeiden sollte, so daß sich die versaute Situation vollends zur Katastrophe auswächst.

Zusammenbruch

Es war an dem Tag, als Mona aus Brüssel zurückkam. In bester Laune. Sie kam aus Brüssel zurück, nachdem sie sich zuvor einen Platz in einem Zug nach Rom hatte reservieren lassen!

Die Rolle, die sie in dem Marivaux-Stück in Brüssel gespielt hatte, wo das Wetter noch dazu furchtbar mies gewesen war, hatte sie total geschlaucht. Aber trotzdem kam sie mit einem Sonnenbrand auf ihrer himmlischen Nase und mit bester Laune und Geschenken zurück.

Mit Schokoladenriegeln für Babeth und einem Katzenkorb für mich. Schokoladenriegel in einer Schachtel mit einer verwegenen Schleife aus Seidenband und einem Korb aus Weidengeflecht, innen tapeziert mit Stoffen mit aufgedruckten Mäusen. »Auf diese Weise kannst du dir im Schlafen den Bauch mit Mäusen vollschlagen, mein Mädchen. Und Babeth, die wird sich einen Bauchvoll Schokoriegel genehmigen.«

Babeth dachte aber nicht daran, sich einen Bauchvoll von irgendwas zu genehmigen. Sie nahm die Schachtel mit den Schokoriegeln – zartbitter, ihre Lieblingssorte, für die sie sogar bereit war, einen Anfall von Sodbrennen in Kauf zu nehmen. Und ohne ein Dankeschön öffnete sie das Fenster und warf die Schachtel mit der dicken Seidenbandschleife hinaus.

»Deine Schokoriegel, Mona... Deine Schokoriegel, die kannst du dir sonstwohin...«

Und sie war drauf und dran, Sachen zu sagen, die sowohl für

die Schokoladenriegel wie für Mona, die sie gekauft hatte, allzu unfein gewesen wären. Aber sie zog es vor, den Mund zu halten. Und starrte Mona dabei von oben bis unten an, als ob sie sie zum erstenmal gesehen hätte. Ich starrte sie auch von oben bis unten an.

Sie trug einen Rock und eine Bluse, aber in einer Art, die sie nicht angehabt hatte, als sie fortfuhr. Ziemlich kurz der Rock. Durchsichtig die Bluse. Neue Klamotten, die ihr so klasse standen, daß ich mich zurückhalten mußte, um mich nicht auf der Stelle vor ihre Füße zu legen und mich in schmachtenden Willkommenszärtlichkeiten zu winden.

Babeth dagegen konnte sich nicht zurückhalten. Sie trat auf Mona zu. Und – plafff! – da klatschte die Ohrfeige. Eine Ohrfeige von einer Wucht, daß es Mona den Kopf vom Rumpf hätte reißen können. Mona hätte davon sacktot umfallen können.

Sie tat aber keinen Mucks. Ihr kam einfach nur eine Träne, eine einzige, in nur einem Auge. Wie eine Perle. Selbst ihre Tränen waren himmlisch.

Und dann war Stille. Eine Stille, wie ich noch nie eine gehört hatte. Daß man sich fragte, ob die Erde sich überhaupt noch drehte. Sie drehte sich noch.

Sie drehte sich sogar noch weiter, als Mona abgehauen war. Abgehauen mit leeren Händen. Ohne ihre Handtasche. Und auch ohne ihre Reisetasche, die sie vielleicht weder nach Brüssel noch nach Rom begleitet hatte. Wie jemand, der für immer abhaut.

Babeth ist ihr nicht hinterhergerannt. Ich auch nicht. Wir hätten es tun sollen. Wir haben es nicht getan. Wir haben alles zusammenbrechen lassen.

Abgesehen von Monas davonrennenden Schritten und dem leisen Zuschnappen der Tür herrschte nichts als Stille. Dann – aber unendlich lange danach in der Nacht ohne eine einzige angeknipste Lampe – war ein würgendes Röcheln von Babeth zu hören. Ein ersticktes Röcheln aus einer Kehle, die zugeschnürt war von Seufzern, von einem Weinen, das nicht herauskonnte. Man hätte schwören können, daß es von einer Katze in tiefster Verzweiflung kam. Sie hatte sich zur Kugel zusammengerollt – wie ich es auch so oft machte –, aber nicht auf einem Sofa. Auf der Erde. In einer

Ecke. In sich zusammengekrümmt. Man konnte nicht einmal mehr ihren Kopf sehen. Man konnte nur noch sehen, wie sie von ersticktem Aufschluchzen geschüttelt wurde.

Sie tat einem leid. Das mit der Ohrfeige hätte sie nicht tun dürfen. Und auch sonst nichts, was Mona dazu brachte, für immer abzuhauen. Aber sie tat einem leid. Auch ich konnte einem leid tun, auch mir schnürte es die Kehle zu. Aber ich rieb meinen Schädel an Babeths Beinen, um sie zu trösten.

Ich sagte ihr das wenige, was ein Tier einem Menschen sagen kann. Ich versuchte ihr Trost zuzumiauen, ihr klarzumachen, daß ich mehr denn je ihre Tochter war, daß ich, *ich*, nie abhauen würde – nicht einmal im Fall einer Ohrfeige von einer Wucht, daß es mir den Kopf vom Rumpf reißen könnte –, daß ich sie mehr liebte als das verlogene Aas von Mona.

Doch vergeblich. Am nächsten Morgen stand in punkto *p'tit déj*, in punkto Mittagessen nichts auf dem Programm. Überhaupt nichts stand auf dem Programm. Sie lag immer noch zusammengekugelt in einer Ecke auf dem Boden. Nicht mehr erstickend röchelnd. Leblos. Ich war genauso leblos wie sie.

Erst ein drängendes Pipi riß mich aus meiner Leblosigkeit. Das ich *notgedrungen* in mein Katzenklo mit absorbierendem Kies machen *mußte*, obwohl er noch vom Vortag schmutzig war.

Erst ein nervöses Sturmläuten, dann Faustschläge an die Tür zwangen Babeth, sich wieder zu entrollen, wieder auf die Beine zu kommen und wieder eine Psycho zu werden.

Wer da so ungeduldig war, war eine Patientin, die Dame mit dem flachmuldigen Bauch und dem Verkümmern ihrer Ehefrau- und Muttergefühle. Madame Gaillard.

»Guten Tag, Frau Doktor, wie geht es Ihnen, Frau Doktor«, sagte sie zu Babeth, die nicht in der Verfassung war, auf ein ›Guten Tag‹ zu antworten, und erst recht, jemandem zu sagen, wie wahnsinnig schlecht es ihr ging.

Sie ließ sich übrigens nie dazu herab, ihren Patienten darüber Auskunft zu erteilen, wie es ihr ging. Das ging sie nichts an. Sie kamen zu ihr, um zu sagen, wie es ihnen ging. Aber nicht um zu fragen, wie es ihr ging.

Also antwortete sie nichts. Und die Dame schnappte mich im Flug, legte sich auf den Boden und drückte mich in der Mulde ihres hohlen Bauchs platt. Ich war in einer Verfassung, in der einen überhaupt nichts interessiert. Ob ich mich also in dieser Mulde oder weiß der Geier wo befand...

Die Patientin griff ihren Monolog haargenau an dem Punkt wieder auf, wo sie ihn unterbrochen hatte, als sie das letztemal gekommen war. Sie war gekommen, um uns mit ihren Gejammer auf den Geist zu gehen. Sofort ließ sie alles aus sich heraussprudeln. Eimerweise, ohne Luft zu holen, ohne Unterbrechung, wie ein durchgedrehtes Tonbandgerät:

»Also mir, Frau Doktor, mir geht's echt nicht gut. Mir geht's nur noch immer schlimmer. Das letztemal, sicher erinnern Sie sich, ahnte ich noch so einen Hauch von Besserung. Statt einer ganzen Lexomyl nahm ich nur noch eine halbe. Ich spielte wieder Trivial Pursuit mit meinen Kindern. Ich küßte sie ganz normal. Ich war sogar bereit, daß mein Mann mich... Und, am Donnerstag... Donnerstag morgen... Ich habe den Kakao für die Kinder hergerichtet, ich habe mit meinem Mann geplaudert, während er sich rasierte. Ganz normal habe ich mit ihm geredet. Dann sind sie alle vier aus dem Haus gegangen. Ich fühlte mich richtig wohl in meiner Haut. Gegen elf Uhr habe ich meine Wildlederjacke angezogen, meine Tasche und etwas Geld genommen. Ich war ganz entspannt. So weit, so gut. Und in dem Augenblick, als ich auf den Knopf drücken wollte, um den Lift zu holen... Wie ein Deckel aus Blei. Dieses Gefühl, wie soll ich sagen, von Erschlagenheit, das sich da über mich senkt. So als läge ich unter einer Gebirgslawine. Und wieder dieses Eingequetschtwerden. Wie in einem Schraubstock. Von beiden Seiten. Und ich habe gefühlt, wie mich mein Ekel wieder überkommt. Mein Ekel!!! In den Lift steigen, meine Einkäufe erledigen, das war nicht mehr drin. Ich mußte mich ins Bad stürzen, mir die Hände waschen, die meine Kinder angefaßt hatten, mir das Gesicht waschen, mir den Mund ausspülen. Den Mund, der sie geküßt hatte. Und es sind meine Kinder. Ich liebe sie so sehr, wie eine Mutter ihre Kinder nur lieben kann. Aber wenn's dann wieder losgeht... Ich bin machtlos dagegen. Ich weiß, es ist absurd, ungeheuerlich. Verliere ich den Verstand? Ist es so? Wenn's so ist, dann müssen Sie ganz offen zu mir sein, Frau Doktor, wenn's so ist, dann...«

Sie war zum Kotzen, echt zum Kotzen, diese Madame Gaillard. Babeth war der gleichen Meinung wie ich, denn plötzlich verließ sie – eine Ausnahme zur allgemeinen Psycho-Regel – ihren Fauteuil. Sie stand auf und kam her und beugte sich über die mit mir in ihrer Bauchmulde auf der Couch liegende Patientin.

»Madame Gaillard!«

Da ließ Madame Gaillard einen kurzen, abgehackten Piepslaut los. Darauf war sie nicht gefaßt gewesen. Und sie zuckte, daß es mich fast aus ihrer Bauchmulde katapultiert hätte.

»Madame Gaillard...«

»Frau Doktor? Was ist?«

Babeth hatte die Augenbrauen zusammengekniffen und die Stirn gerunzelt. Sie suchte nach Worten. Nach ihren Worten. Dieses Suchen dauerte eine eindrucksvoll lange Weile. Schließlich hatte sie sie gefunden, ihre Worte:

»Madame Gaillard, vielleicht werde ich Sie jetzt erschrecken, aber... Wenn wir uns an die Konventionen hielten, die die Beziehung zwischen Analytiker und Analysiertem regeln, dann müßte ich Sie noch einundvierzig Minuten lang ungehindert ausreden lassen. Aber... Aber wir werden beschließen, daß für heute Schluß ist, daß Sie sich von dieser Couch erheben und nach Hause gehen werden. Ohne sich Sorgen zu machen, ohne irgendwelche Erklärungen von mir zu verlangen. Sie werden jetzt gehen. Einfach so. Wie jemand, der alles gesagt hat, was er heute zu sagen hatte. Und...«

»Und?«

»Madame Gaillard, diese Sitzung ist beendet. Und...«

Babeth hatte keine zusammengekniffenen Brauen mehr und nicht mehr Falten auf der Stirn als die, die sie an allen Tagen hatte. Sie brauchte nach keinen Worten mehr zu suchen. Was sie zu sagen hatte, hatte sie gesagt. Klar und deutlich.

»Und es wird keine nächste Sitzung geben, Madame Gaillard. Ihre Analyse ist beendet.«

»Wie? Beendet? Sie erklären mich für geheilt, während ich immer noch tiefer und noch tiefer versinke in meine... Das ist doch unlogisch! Das ist doch...«

»Ich sagte nicht, daß Sie geheilt sind. Ich sage nichts Definitives. Ich teile Ihnen lediglich mit, daß ich am Dienstag um vierzehn Uhr nicht hier sein werde, um Sie zu empfangen.«

»Sie werden nicht hier sein?«

»Nein, Madame Gaillard. Am Donnerstag um vierzehn Uhr gehen Sie... Da gehen Sie zu einem Kollegen von mir. Das Telefonbuch ist voll von Analytikern. Und falls Sie keinen finden sollten, der Ihnen zusagt, dann gehen Sie... Was weiß ich, dann gehen Sie ins Kino und sehen sich einen Film an, einen guten Krimi, oder Sie machen shopping, bummeln durch die Geschäfte, besuchen ein Museum. Wenn weder das Kino noch das Shopping, noch die Museen Sie reizen, dann können Sie sich genausogut auch zusammen mit Ihren Skistöcken und Ihrem Bügelbrett in Ihrer Besenkammer einschließen.«

»In der Abstellkammer meinen Sie?«

»Ich meine, Madame Gaillard, daß ich die Schnauze gestrichen voll habe von Ihrem Gewinsel, daß mir Ihre Stories von Thierry-Söhnen, von Sophie-, Caroline- oder Ernestine-Töchtern und versteckten Seifen und Badewannen, um darin Ihre albernen Ängstchen und Nötchen einer guten Haus- und Ehefrau abzuwaschen, die mit sich nicht zu Rande kommt, verdammt scheißegal sind! Scheiß-scheiß-scheißegal!!!«

Das letzte brüllte sie ihr genauso laut ins Gesicht wie die Vorwürfe, die sie Mona manchmal ins Gesicht brüllen konnte.

Madame Gaillard kam keine so hübsche Träne wie Mona vor ihrem Abhauen für immer. Sondern sie krümmte sich auf der Couch zusammen, krallte sich mit ihren knochigen Händen an mir fest, als wäre ich eine Rettungsboje.

»Aber Frau Doktor, das ist doch unmöglich. Sie können doch nicht...«

»Was kann ich nicht? Ich kann nicht, wenigstens einmal in meinem Leben, ein einziges Mal auch alles rauslassen? Wo steht das geschrieben – in der Bibel? Im Koran? Im offiziellen Amtsblatt? Wo steht, daß Mutter Friedman, diese arme, betrogenen Lesbenschwuchtel von Mutter Friedman dazu verurteilt ist, die Schnauze zu halten und nur ihre Ohren aufzusperren und unglücklichen Typen – die meistens weniger unglücklich sind als sie –, dabei zuzuhören, wie sie ihr immer und ewig ihre beschissenen Unglücke vorleiern? Madame Gaillard, Sie haben noch vierzig Minuten. Nützen Sie sie gut. Halt, ich hab's... Gehen Sie in ein Waffengeschäft, kaufen Sie sich einen Revolver und eine Packung Munition. Und wenn sie aus der Schule kommen, Ihre Thierrys, Ihre Sophies, Ihre Carolines, Ihre Ernestines, dann schießen Sie sie über den Haufen! Knallen Sie sie ein für allemal ab. Tot und begraben, werden sie Ihnen kein Gefühl von Eingequetschtsein, keinen Ekel mehr verursachen. Noch niemals hat ein Toter jemals seiner Mutter ein Trauma eingejagt, indem er wieder aus dem Grab stieg und Bussis von ihr verlangte! Noch nie! Und wenn Ihnen der Revolver nicht zuverlässig genug erscheint, dann nehmen Sie ein Infanteriegewehr oder eine Maschinenpistole. Ja. Genau. Eine MP! Etwas für drei Blagen und einen Ehemann brauchen Sie, war's nicht so? Bei einer Maschinenpistole bleiben Ihnen sogar noch ein paar Schuß übrig, um Ihr Kindermädchen, Ihre Concierge und ihren Mann, wenn sie einen hat, auch noch umzunieten. Also greifen Sie zu!«

»Das ist doch unmöglich! Unmöglich und unzulässig! Es muß doch Verordnungen, Gesetze geben, es muß doch...«

»Und ob es Gesetze gibt: noch und nöcher! Soll ich Ihnen die Adresse der Ärztekammer, der Gesellschaft für Psychoanalyse geben? Wollen Sie mich einbuchten lassen? Wollen Sie sich beschweren? Beschweren, ja, das sieht Ihnen ähnlich. Seitdem Sie herkommen, tun Sie nichts anderes, als sich zu beschweren! Dann also los, gehen Sie mich doch verpfeifen. Die Telefonnummer der Ärztekammer ist...«

»Frau Doktor, ich flehe Sie an. Sie können mich doch nicht im Stich lassen in dem Zustand, in dem ich bin. Ich befinde mich in einem Abgrund! Ich habe nur Sie. Nur Sie. Meine Familie ist keine Hilfe mehr für mich. Ich habe nur noch Sie, nur noch Sie.«

»Und ich, wen habe ich? Wen ich?«

Da strampelte ich mich aus der Bauchmulde der Madame Gaillard heraus und stürzte mich auf Babeth – damit sie begriff, daß sie mich, mich hatte. Damit sie vor allem begriff, daß sie nicht so zu brüllen brauchte, daß sie vor allem wieder einrasten mußte, daß sie... Ein Fußtritt beförderte mich ans andere Ende der Praxis.

»Und du verpiß dich und laß mich in Frieden. Jetzt ist nicht der Moment, um mich...«

Um sie was? Um sie daran zu hindern, daß sie wahnsinnig wurde?

Genau, das war's: Ich wurde Zeugin eines Anfalls von Wahnsinn. Von zweien sogar. Denn Madame Gaillard... duckte sich noch enger auf der Couch zusammen. Sie duckte sich wie ich, wenn ich mich heimlich in einen Prisunic einschmuggelte. Bald würde sie ganz verschwunden sein, wenn sie noch weiter in diesem Tempo zusammenschrumpfte. Und außerdem kaute sie noch an einem ihrer Ärmel. Ja, sie war dabei, einen Ärmel ihres Kleides anzufressen, ohne es zu merken. Jersey mit Streifen futterte sie. Und sie weinte trocken ohne Tränen.

Ich fühlte einen heftigen Schmerz in der linken Hinterpfote. Als sie mich durch die Gegend gefeuert hatte, mußte Babeth sie mir gebrochen haben. Wenn eben alles zusammenbricht...

Was würden sie noch alles anstellen, diese beiden wahnsinnig gewordenen Damen? Sich gegenseitig umbringen? Sich beide auf mich stürzen und mir auch noch die drei anderen Pfoten brechen? Und den Schwanz? Und den Schädel einschlagen?

Ich hörte, wie ich in meiner Kehle Laute produzierte wie von einer Ratte. Von einer Ratte oder einem anderen mir unbekannten Tier. Einem Tier, das ebenfalls wahnsinnig wurde?

Was war da los? Waren Wahnsinnsviren, die in dieser Couch verborgen waren, ausgebrochen und zuerst über Babeth, dann über Madame Gaillard hergefallen? Und dann über mich? Und die Tür war geschlossen. Die Fenster waren geschlossen. Was konnte ich tun, um sie daran zu hindern, daß sie auch mich befielen, die Viren des Wahnsinns?

»Madame Gaillard...«

»Ja?«

»Ich werde Ihnen das ganze Geld zurückerstatten, das Sie mir seit unserer ersten Sitzung gezahlt haben. Alles, bis auf den letzten Sou. Und ich werde Ihnen die Adresse eines kompetenten Kollegen geben. Doktor Berger. Das ist ganz in der Nähe von hier. Place Valois. Mit ihm werden Sie noch einmal bei Null anfangen...«

»Aber ich will Sie haben. Nur Ihnen kann ich...«

»Was können Sie nur mir? Mir zum hunderttausendsten Mal erzählen, daß Ihre Kinder und Ihr Mann und Ihre Wohnung Ihnen auf die Eier gehen, die Sie nicht mal besitzen? Das können Sie sich sparen. Ich kann Ihnen nicht mehr zuhören. Weder Ihnen noch den anderen. Davon habe ich die Schnauze gestrichen voll, Madame Gaillard, so wahr ich hier vor Ihnen stehe. Ich verstehe Ihre Verwirrung voll und ganz. Ich weiß genau, was Sie empfinden. Der totale Schlag. Der totale Schlag. Aber auch ich habe einen Schlag abbekommen. Einen Riß in der Rübe. K.o. Deshalb müssen wir uns nun wie Erwachsene benehmen. Sie wie ich. Und ich wie Sie. Wie Erwachsene. Und das ist am allerschwierigsten. Besonders für einen Erwachsenen. Kommen Sie... Fassen Sie sich wieder, Madame Gaillard. Beruhigen Sie sich. Sehen Sie, ich, ich...«

Babeth zündete sich eine Zigarre an. Sie tat drei Züge. Ließ sich auf einen der gepolsterten Stühle fallen.

»Das Ganze mußte mal explodieren, Madame Gaillard. Es ist explodiert. Das wird Spuren hinterlassen. Alles hinterläßt welche. Selbst ein welkes Blatt, das ganz sanft herunterfällt. Wir sind übersät von Spuren. Außen. Innen. Überall. Und so eine Schramme, die läßt sich nicht mehr auslöschen. Leben heißt damit auskommen. Was mir passiert ist, ist der klassische Fall. Ich könnte Ihnen, ich weiß nicht wie viele, Fälle von Psychoanalytikern anführen, von Psychiatern, so robust wie Felsgestein, die ausgerastet sind, wie ich es gerade getan habe. Sie saßen ruhig in ihrem Sessel. Und dann... Ich habe einmal einen sehr nahen Freund gehabt. Eine Berühmtheit auf seinem Gebiet. Autor von Werken von Rang. Er hat sich einen Brieföffner in den Bauch gerammt, während ein autistisches Mädchen ihm das Telefonbuch von Tarn-et-Garonne aufsagte, das es auswendig kannte. Er hat sein ganzes Blut verloren. Ein Genie. Mit einer eisernen Gesundheit, aber total überlastet. Man müßte die Weisheit besitzen, von Zeit zu Zeit einmal den Druck abzulassen... Aber... die Weisheit... Diese Aversion, hie und da so ein kleiner Anflug von Ekel, der Ihnen zu schaffen macht, Madame Gaillard...«

»Von wegen kleiner Anflug! Haushohe Wolken sind das! Undurchdringliche, finstere Wolken. Ich kann nicht die gleiche Luft atmen wie sie. Ich hasse sie. Ich...«

»Das ist ein ernstes Problem, Madame Gaillard. Zugegeben, ein ernstes Problem. Ernst, aber nicht tragisch.«

»Ich bin sicher, wenn ich diese Analyse unterbreche, dann...«

»Ich muß mir unbedingt ein paar Wochen Ruhe gönnen. Dann werden wir... Eine Verschnaufpause kann für Sie sehr von Nutzen sein. Das Unbewußte arbeitet weiter. Vergessen Sie nicht, daß Sie selbst sich ja heilen müssen. Diesen Stimmungskurzschluß von eben werden Sie mir doch wohl verzeihen. Stimmungen sind wie die Sicherungen, die haut es eben manchmal raus. Ich bin untröstlich, Madame Gaillard. Untröstlich, aber absolut nicht besorgt über Ihren Zustand. Ich weiß, wie hart es sein muß, das durchzustehen. Aber es ist heilsam. Sie haben eine Schwelle Ihres Erlebten als Frau, als Hausfrau und Mutter erreicht, wo... In Ihrem Alter beschließen viele Frauen, sich ins Geschäftsleben zu stürzen, ein seit langer Zeit unterbrochenes Studium wiederaufzunehmen. Eine meiner Patientinnen – ein, wie es aussah, aussichtsloser Fall – hat sich in der Hochschule für orientalische Sprachen immatrikuliert. Sie lernt Sanskrit. Oder Tamilisch. Sie hat aufgehört, zu mir zu kommen. Ganz von selber. Von heute auf morgen. Also werden wir uns, sagen wir... einen Monat gönnen... Einen Monat, einverstanden? Ich trage Sie für den vierten des kommenden Monats vor. Zur gleichen Uhrzeit. Der Vierte, ein Montag, paßt Ihnen das?«

»Aber was mache ich bis dahin?«

»Leben werden Sie. Und genieren Sie sich nur ja nicht vor

diesem ... vor Ihrem Ekel. Der kann nur vorübergehend aufkommen. Das kann ich Ihnen garantieren. Also leben Sie. Und wenn Sie die Lust packt, sich in Ihrer Rumpelkammer einzuschließen ...«

»In meiner Abstellkammer.«

»Gut, in Ihrer Abstellkammer. Verbringen Sie ruhig ganze Tage darin, wenn das der Ort ist, an dem Sie sich wohl fühlen. Daran ist überhaupt nichts auszusetzen. Es ist sehr gut, wenn man eine Abstellkammer hat. Jedes Lebewesen braucht eine Abstellkammer. Ich glaube sogar, Sie sollten sie sich so gemütlich, so komfortabel wie möglich einrichten. Wenn Ihre Skistöcke, Ihr Bügelbrett Sie stören, dann schaffen Sie sie woandershin. Es ist Ihre persönliche Abstellkammer. Richten Sie sie nach Ihrem Geschmack ein. Stellen Sie sich einen Stuhl, ein Klappbett hinein. Pinnen Sie sich, was weiß ich, Fotos, alte Stiche, die Ihnen gefallen, an die Wand. Es ist Ihr Reich. Es liegt nur an Ihnen, daraus Ihr Feriendomizil, Ihr Puppenhaus zu machen.«

»Glauben Sie wirklich?«

»Das ist doch ganz logisch. Und wir werden sogar ... Wissen Sie, was Sie machen werden, Madame Gaillard? Diese Katze. Poils d'Ange, so heißt sie. Sie werden sie mitnehmen. Ich schenke sie ihnen. Doch, doch, doch. Ich werde nämlich einen Monat lang fortfahren. Wer würde sich hier um sie kümmern? Wenn Sie sie nehmen würden, täten Sie mir einen Gefallen. Und sich selbst täten Sie auch einen Gefallen. Denn Sie werden sie bald lieb gewinnen. Sie wird bei Ihnen, in Ihrer Besenkammer oder Ihrer Abstellkammer bleiben. Sie werden zu zweit sein. Wie zwei Känguruhkinder in der Bauchtasche ihrer Mutter.«

Das waren keine Wahnsinnsviren. Das waren schon reinrassige Hundsgemeinheitsviren. Das Ganze ist echt so hundsgemein abgelaufen, wie ich es hier erzähle. Und so schnell, daß mir keine Zeit blieb, mich in mein Gerümpelkabuff im ersten Stock zu verkriechen und dort abzuwarten, bis sich Babeth ausgesponnen hatte, keine Zeit, mich aus dem Staub zu machen, meine Zähne zu zeigen, meine Krallen auszufahren. Mir blieb zu überhaupt nichts mehr Zeit. Nicht mal zum kleinsten Reflex. Ich war total geplättet. Ich ließ mich in Madame Gaillards Handtasche stopfen, mich mitnehmen, mich kidnappen.

Nur zwei Straßen weit war sie von Babeths Haus entfernt, die Wohnung der Kotzekelfamilie Gaillard.

Familie

Die Familie Gaillard war eine Familie. Ich wußte nicht, was das war, eine Familie. Ich hab's aber gelernt: eine Familie, das ist die Hölle.

Die Hölle, denn eine Familie, das sind zuerst und vor allem – außer sie ist eine königliche und wohnt in historischen Schlössern oder in Buckingham-Palästen oder in Palästen aus Tausendundeiner Nacht – unweigerlich zu viele Leute auf zu wenig Raum.

Die Wohnung der Gaillards hatte zwar Quadratmeter in Hülle und Fülle. Aber ihre fünf Einwohner (aus denen acht wurden, wenn man eine zu oft anwesende Putzfrau mit zwei hinter ihr herkriechenden Bälgern dazurechnet) rempelten sich ununterbrochen an und traten sich andauernd auf die Füße. Und die Familie Gaillard hatte auch noch ein ganzes Heer von Brüdern, Schwägern, Schwestern, Schwägerinnen und Onkeln und Tanten. Die selbst Kinder hatten. Dazu eine Großmutter und einen Großvater. Und nicht zu vergessen, zwei zwanzigjährige riesenblöde Ziegen, von denen eine lispelte, entfernt verwandte Studentinnen in Paris, die oft zum Essen, Schlafen, Haarewaschen und Telefonieren in die große, aber nicht genügend große Wohnung der Gaillards kamen.

Und, als ob das noch nicht genügt hätte, hatte jeder von den fünf eigentlichen Gaillards seine Freunde und Bekannten, die ihrerseits Familien hatten, die Freunde und Bekannte hatten, denen es ebenfalls Vergnügen machte, sich bei den Gaillards zusammenzurotten.

Das Vergnügen, so massenweise herumzuwimmeln wie die Holzwürmer, die ebenfalls scharenweise in den Balken und Täfelungen dieser Altbauwohnung herumwimmelten. Das ist vielleicht ein Hammer, diese Lust der Leute, sich so zusammenzurotten. Das muß man mit eigenen Augen sehen, um es zu glauben. Mit wenigen Ausnahmen müssen die Leute unbedingt in dichten Trauben aneinanderkleben, sich gegenseitig die Nase verpesten und eine schon mal eingeatmete Luft einatmen, die brühwarm aus den Nasenlöchern von anderen kommt. Selbst auf dem Land, selbst an den Stränden, wo sie angeblich frische Luft tanken gehen, machen sie es genauso. Sie sind wie die Ameisen, wie Fliegen, wie Ratten, diese Leute. Sogar die, die sich einbilden, sie wären wegen der Position, wegen ihres Reichtums anders als die anderen.

An einem normalen Samstagabend rotteten sich bei den Gaillards zwanzig bis dreißig Erwachsene zusammen, die sich Drinks reinzogen und über ihre Autos redeten, über Leute, die sie kannten und die beeindruckende Krankheiten hatten, über die Politik oder über die Börse. Die redeten und redeten, ohne daß sie auch nur das mindeste zu sagen hatten. Und die zehn, fünfzehn, dreißig Kinder dieser Erwachsenen machten einen Höllenradau, veranstalteten einen Saustall in den Gängen, den Toiletten und den beiden Kinderzimmern. Und in der Küche erzählten sich die ältere Tochter Clémence und ihre Freundinnen vom Lycée und die beiden entfernt verwandten blöden Ziegen Jungmädchenschwachsinn und kicherten.

An den Samstagabenden, die nicht wie die anderen waren, an Sonntagen mit eingeladenen Gästen, an Geburtstags- oder Spaghettipartytagen hätte man meinen können, man wäre in einem Métroabteil. Obendrein noch mit Getanze zu ohrenbetäubender Musik, die die Leute aus der Nachbarschaft aus dem Schlaf dröhnte, so daß sie wütend an die Eingangstür trommeln kamen.

Die Familie Gaillard, die Familie der Familie Gaillard und ihre Freunde und die Freunde ihrer Freunde redeten sich nämlich ununterbrochen ein, sie wären »Lebenskünstler«. Die einzige Leidenskünstlerin unter ihnen, das war ausgerechnet *meine* Madame Gaillard. Ich habe sie nie riechen können, sie mit ihrem zum drauf Schlafen so wenig geeigneten Bauch. Mit ihrem nicht vorhandenen Busen, ihrem flachen Po und den dürren Stelzenbeinen. Und die glaubte, sie würde dich streicheln, wenn sie nichts weiter machte, als dir mit ihren knochigen harten Händen nervös auf der Wirbelsäule hin und her zu fahren.

Ich habe sie nie gemocht. Aber ihren Ekel, ihre Angewidertheit, ihre Aversion, die habe ich sofort mit ihr geteilt, sobald ich gesehen habe, was es hieß, in einer Familie von sogenannten »Lebenskünstlern« zu leben.

Wenn man es nicht aushalten kann, in einem Karnickelstall zu leben, der von zweibeinigen Karnickeln bevölkert ist, die ›erlesene‹ Getränke trinken, mit verzückt in die Luft gestrecktem kleinen Finger über den letzten Wim-Wenders-Film oder von der postmodernen Pyramide am Louvre labern und zu *house music* tanzen, dann heißt das nicht, daß man geisteskrank oder neurotisch ist. Sondern daß man Würde hat.

Und Madame Gaillard hatte Würde. Aber leider war sie ansonsten eine Unausstehliche. Besonders für eine Katze wie mich. Ihre Stories von versteckter Seife, von der Badewanne, die sie ununterbrochen ausscheuerte, weil ihre Kinder, ihr Mann sich darin gebadet hatten, waren die volle Wahrheit. Das mit der Abstellkammer auch.

Eine winzig kleine Abstellkammer. Mit einer Glühbirne mit gerade soviel Watt, wie man brauchte, um gerade noch die Skier, ihre Stöcke, das Bügelbrett erkennen zu können. Eine Abstellkammer voller Naphtalin-Mottenkugeln, daß man darin von Rechts wegen eine Gasmaske hätte tragen müssen.

Dort hatten wir uns auf direktem Wege hineinbegeben, sobald wir ankamen, und dort verbrachte ich eine Nacht, in der ich – von zusammengekrampften Fingern fest gegen herausstehende Rippen gedrückt – nicht schlafen konnte.

Als Geschenk von ihrer Psycho war ich für Madame Gaillard so etwas wie ein Talisman oder ein wunderwirkendes Amulett geworden. Ein toller Job! Bis zum Morgen hielt ich es noch aus. Als ihr Mann ihr eine Tasse Kaffee brachte, die sie ablehnte. Er war sehr korrekt zu ihr, ihr Lebenskünstler von Gemahl.

»Wenn du keinen Kaffee willst, dann trinkst du eben keinen Kaffee. Ganz wie du willst. Die Kinder haben gefrühstückt. Sie sind fort. Und ich mache mich jetzt auf den Weg zur Bank. Also dann, schönen Tag noch.«

Dann machte er sich auf den Weg zur Bank, die ihm und seinen Brüdern gehörte.

Ich hatte zwar keine Brüder und keine Bank. Trotzdem verließ ich die Rumpelkammer, bevor Monsieur Gaillard wieder die Tür hinter sich schloß. Ich brauchte Madame Gaillard nur meine Zähne in die Handknochen zu schlagen, und schon löste sie ihren Griff. Ich durchquerte einen langen Flur und entdeckte die Küche, wo die Putzfrau Maria mit ihren kriechenden Ausgeburten hockte. Maria redete mir liebevoll zu, ihrer Miene nach zu urteilen. Aber in was für einer Sprache?

Dann packte mich der weniger babyhafte ihrer zwei Kleinen so ungeschickt, daß er mir eine Pfote ausrenkte. Und er wollte mich nicht mehr loslassen. Und der andere fing an, mir an den Schnurrhaaren zu zerren. Womit er sich ein Anfauchen in der barbarischen Sprache, die Maria redete, einfing. Trotzdem zerrte er mir weiter an den Schnurrhaaren. Ich wehrte mich, er fing an zu plärren, worauf wir, die Blagen und ich, eine Tracht Prügel mit dem Besen bekamen.

Nach einer Flucht durch die Flure fand ich mich schließlich in einem Zimmer voller Spielzeug wieder. Darunter viele Plüschtiere. Zwei davon Imitationen von Katzen. Eine rote! Eine blaue! Mit Augen aus Knöpfen von einem Herrenanzug!

Und wenn?

Und wenn...? Wenn was? Ich war hübsch und traurig und lag hingeworfen auf demselben kleinen Bett wie die zwei falschen, häßlichen Katzen, als es anfing, mich zu kitzeln, dieses Wenn.

Ein heimtückisches Wenn, ein Wenn, so hinterhältig, daß man sich fast das Genick daran brechen konnte.

Und wenn weder die Schlampe Mona, die entweder derart viel gelogen oder derart viel gearbeitet hatte, noch die verrückt gewordene Babeth die wahre Verantwortliche für den Zusammenbruch des Glücks war, in dem ich mit meinen beiden Mamas schwelgte? Wenn ihre heißgeliebte Tochter, Poils d'Ange, diejenige war, die die schwerste Sünde begangen hatte?

Welche Sünde? Die Sünde, der keine Katze jemals verfallen dürfte: die Sünde des Zutrauens, der Zutraulichkeit. Eine Sünde, die ich seit den Schweineschmalz-Rillettes in dem Prisunic, seit Mona lächelnd wie die Sonne selbst mitten in die Verzweiflung einer diebischen Katze hineingeplatzt war, nie aufgehört hatte zu begehen.

Zutrauen – eine Sünde? Und was für eine! Gott hat sich nicht nur damit begnügt, Katzen und Kater schöner und fähiger zu machen, alles besser zu verstehen und in allem besser zu leben als die anderen Geschöpfe, sondern er hat ihnen zusätzlich noch das Mißtrauen geschenkt.

Und was tat ich? – Während ich mich durch Schmeicheleien leimen ließ, während ich mich mit butterbestrichenen Butterbrioches und süßen Bettgenüssen verwöhnen ließ, hatte ich aufgehört, auf der Hut zu bleiben, hatte ich angefangen zu glauben, daß...

Keinem Menschen darf eine Katze glauben. Keinem. Ich hatte mich zwei Wölfinnen in den Rachen gestürzt. Und ich... Ich arme dumme Gans! Ich hatte zu wenig Grips im Hirn, das Ganze zu wittern, der Katastrophe zuvorzukommen, nichts hatte ich gemerkt, rein gar nichts. Ich hatte mich täuschen lassen, hatte mich einwickeln lassen. Ich hatte zwar nicht wie Babeth Monas Geschichten für bare Münze genommen, aber ich war auf eine noch verlogenere Lüge hereingefallen: Ich hatte geglaubt, daß die Menschen fähig wären, mich zu lieben.

Zur Strafe hätte ich mir meine eigene Leber aus dem Leib fressen müssen. Und zwar roh. Hundertmal hatte Mona recht, wenn sie uns, die alte eifersüchtige Babeth und mich, betrogen hatte. Hundertmal hatte Babeth recht, wenn sie Mona eine Ohrfeige gab und mich nicht mehr haben wollte. Die Wahrheit war, daß Babeth Mona ebenso sehr verdient hatte, wie Mona Babeth verdient hatte.

Und ich? Was hatte ich verdient? Ich hatte genau das verdient, was mir passierte. Eine Katze, die aufhört, mißtrauisch zu sein, hat nichts anderes als Unglück verdient.

Und dennoch... Und dennoch hatte ich Mona verdient. Ich hatte sie verdient, weil ich sie leidenschaftlich lieb hatte.

Aber Mona hatte es nicht verdient, daß man sie verdient.

Also?

Also blieb mir nichts anderes mehr übrig, als mich mit meinem wohlverdienten Unglück abzufinden. Ich war so tief gesunken, daß ich Vertrauen hatte, also hatte ich nichts anderes verdient, als noch tiefer zu sinken, nichts anderes verdient, als...

»Mystère und Boule de Gomme haben ein Junges!«

Mystère, das war die Katzenimitation aus rotem Plüsch. Boule de Gomme, ›Gummikugel‹, die blaue. Und es war Sophie, die jüngere Tochter von Madame Gaillard, die das sagte, als sie mich in ihrem Zimmer entdeckte. Sie hatte Pippi-Langstrumpf-Zöpfchen und an der Stelle von drei ihrer Vorderzähne Lücken. Vielleicht war sie ein hübsches kleines Mädchen. Vielleicht. Sicher ist jedenfalls, daß diese kleine Rotzgöre mir den allergrößten Dienst erwiesen hat. Als sie mit Vollgas in ihr Zimmer geschossen kam, hat sie mir mein gesundes Mißtrauen wiedergegeben.

Daß ihr Mystère und ihre Gummikugel ein Junges geworfen hatten, fand sie wahnsinnig witzig. Und sie war überaus zufrieden, daß sie nun drei Katzen statt zwei hatte und daß die dritte eine echte war und nicht Augen aus Knöpfen hatte, das war wie Weihnachten, das war...

»Wie schön von Boule de Gomme, daß sie dich ausgebrütet hat! Und wie gut ich für dich sorgen werde!«

Wie gut ich der ins Gesicht gefaucht habe! Wie gut ich ihre Wade mit dem heruntergerutschten Strumpf zerkratzt habe!

»Mensch, bist du doof! Wieso willst du denn nicht, daß ich dich...?«

Da war ich schon nicht mehr in Sophies Zimmer. Ich war auf der Flucht. Schäumend vor Wut. Sämtliche Krallen gezückt. Gierig danach, mich auf den einen oder anderen Gaillard zu stürzen. Auf irgendeinen Menschen, egal welchen. Nein, ich wollte mich auf niemandem stürzen. Ich wollte nur mißtrauisch sein.

Madame Bauchmulde brütete in ihrer Abstellkammer vor sich hin. Für mich fand ich im Flur eine Wandvertiefung ohne Licht, eine Vertiefung, die nicht mal so groß wie mein Körper war. Um darin zu brüten, hineingequetscht, zusammengekauert, mißtrauisch.

Diese Flurwandnische ohne Licht war wie ein Mauseloch, und dort drin hatte ich vor, noch weniger dick als eine Maus zu werden, da ich vor lauter Mißtrauen vorhatte, dort hineingeklemmt hockenzubleiben. Also ohne etwas zu fressen.

Es war eine Nische zum Sterben. Und es war ein beruhigendes Gefühl, mit den Leuten, mit überhaupt allem abgeschlossen zu haben.

Bequem war es nicht gerade, überall am ganzen Körper spürte ich die harte Wand, von allen Seiten ein Kribbeln, dazu den Drang, ein großes Geschäftchen zu machen, was ein heftiges Reißen in meinen Därmen hervorrief, mein Magen meldete sich lauter denn je. Aber ich fühlte mich so, wie wenn man zufrieden ist.

Ich hatte mich in der Illusion des Glücks treiben lassen. Nun ließ ich mich in den Fluten des Todes untergehen. Sich untergehen lassen, ist gar nicht so schwer.

Schlimme Tage

Als ich mich (nach wie vielen Sommern, Herbsten, Wintern?) wieder aus meiner Nische herausgezwängt hatte, war kein einziger Gaillard am Horizont in Sicht, und eine Menge Türen waren verschlossen. Die zur Küche aber nicht.

Aber alle Vorratsschränke und Anrichten der Küche waren verschlossen. Und nichts Freßbares lag herum, außer einer Birne auf dem Tisch und ein paar Nüssen in einer Salatschüssel. Der Abfalleimer unter dem Spülbecken war leer.

Blieb nur noch der Kühlschrank. Anna hatte bei sich zu Hause wegen Toulouse-Lautrec, wegen der Hunde und Katzen ihren Kühlschrank immer mit Riemen oder Seilen zugeschnürt, denn sonst wäre es ihnen gelungen, ihn aufzumachen.

Entweder hatte mich das geduckte fressilose Dahocken in meiner Nische total geschwächt, oder ich war eine Katze, die zwei linke Pfoten hatte, oder der Kühlschrank der Familie Gaillard war einbruchssicher. Mit aller Kraft versuchte ich ihn aufzukriegen. Aber nichts zu machen. Zum erstenmal in meinem Katzenleben saß ich da, mit abgebrochenen Krallen, ich selbst überhaupt total daneben.

In dem Moment tauchte ein Mädchen auf. Ein Mädchen in einem Alter, daß es Clémence, die ältere Tochter der Gaillards sein konnte. Wie ein Engel sah sie aus mit ihrem langen blaßgoldenen Haar, ihren Augen von der Farbe eines blaßblauen Himmels und ihrem Rock, der so kurz wie der von Mimi oder Mona war. Und der nichts von ihren Beinen verbarg, die so dünn waren wie meine Pfoten und in Strumpfhosen steckten, die Ton in Ton zu ihren Augen paßten.

Sie lachte mich aus. Goldig wie ein Engel.

»Falls du beschlossen hast, in der Einbruchsbranche Karriere zu machen, dann hast du aber echt schlechte Karten. Echt schlechte Karten.«

Sie öffnete den Kühlschrank. Er war noch mehr mit Eßbarem vollgestopft, als ich vermutete. Clémence holte sich aber nichts weiter als ein Joghurt heraus. Sie ließ sich auf einen Hocker nieder und aß. Mit dem Finger. Nicht mit einem Löffel. Dann hielt sie mir ihren Finger hin.

»Stehst du auf so was?«

Na, und ob! Aber eine innere Stimme riet mir wiederum, mißtrauisch zu bleiben.

»Was, du bist eine Katze, die kein Joghurt mag?«

Die andere innere Stimme war stärker als die von Clémence.

»Ich, ich könnte immer nur Joghurt essen und sonst nichts.«

Laber ruhig weiter! Sind die Ohren vom Mißtrauen verstopft, ist man taub.

»Also – heißt das, nein?«

Nein, das hieß nicht nein. Ich wurde doch schwach. Ich leckte an ihrem Finger. Es war Magerjoghurt, Fettgehalt 0%. Gipsmäßig. Trotzdem leckte ich den Finger von Clémence vollkommen sauber.

»Noch ein kleines Schleckerchen?«

Hunderte von solchen Schleckerchen hätte ich gebraucht. Und keine kleinen. Aber leider hatte Clémence soviel Appetit wie ein kleiner Vogel und bildete sich wohl ein, ich auch.

Ich leckte alles, was noch auf dem Pappdeckel übrig war, ich tat mein möglichstes, um von den Rändern und vom Boden des Bechers alles zu ergattern.

»Du zierst dich, aber du magst ihn, den Joghurt.«

Ich mochte ihn nicht, aber ich hatte einen Magen, der auf dem letzten Loch pfiff. Aber das war nicht ihr Problem. Sie hatte ganz andere – Probleme, meine ich.

»Weißt du... mein Problem, ich werd's dir verraten. Mein Problem ist, daß ich als erste auf bin, weil ich noch gar nicht im Bett war. Weil ich, so wie du mich hier siehst, gerade von meiner Freundin Charlotte heimgekommen bin, mit der ich gequatscht habe, seitdem wir gestern abend aus dem Lycée kamen. Das ist die offizielle Version für den Fall, daß Verdacht geschöpft wird und eine Untersuchung folgt. Bei den Alten muß man auf alles gefaßt sein. Charlotte, das ist eine Alibifreundin. In Wirklichkeit bin ich gestern nach dem Lycée... Aber warum sollte ich dir erzählen, daß ich noch zum Quatschen bei einem Laurent gewesen bin und daß wir nicht mal gequatscht haben? Geht dich das was an? Nein. Das geht dich nichts an. Also hörst du gefälligst auf, mich wie ein Bulle zu verhören und läßt mich mich ausziehen und so tun, als hätte ich unter meinem Federbett geschlafen.«

Das Wort Federbett klang wie Musik in meinen Ohren. Was war das, ein Federbett? Eine spezielle Art von Zudecke oder Bettuch? Das interessierte mich. Ich wollte es wissen. Aber in dem Moment, als ich mit ihr in ihr Zimmer gehen wollte, stoppte mich Clémence und deponierte mich auf ein Sofa im größten Zimmer des Hauses.

»Sorry, pussy-cat. Aber die kleinen Neugierigen, die einen ununterbrochen verhören wie bei der Inquisition... Wir werden uns erst wieder in Anwesenheit meines Anwalts wiedersehen.«

Das war gar nicht komisch, das war verletzend. Aber das Sofa tat's auch.

Von der trompetenden Stimme eines Rotzbengels wurde ich aus einem schließlich doch noch guten Schlaf geweckt.

»Papa! Papa! Da is' 'ne Katze! Und eine, die schnarcht!«

Ich habe überhaupt nicht geschnarcht! Ich habe geschnurrt. Ein Poils-d'Ange-Katzenschnurren mit einem Schnarchen zu verwechseln! Also wirklich!

Sein Vater klärte diesen an Gesicht und Händen über und über mit Butter vom Frühstück verschmierten Lausebengel auf (es war Thierry, der wie ein Ei dem anderen seiner Schwester Clémence glich).

»Das ist ein Schnurren, Thierry«, korrigierte er. »Nur Katzen machen so was. Nur Katzen und nur dann, wenn sie zufrieden sind.«

»Warum ist das Vieh denn zufrieden? Und warum ist es in unserem Wohnzimmer?«

»Deine Mama hat das Tier mitgebracht. Man hat es ihr geschenkt.«

»Als Geschenk ist das ja nicht gerade der Hammer. Das Teil ist ja schon gebraucht.«

Das Unerträglichste in einer Familie ist ein kleiner Junge. Besonders ein kleiner Junge von sechs, sieben Jahren mit einem niedlichen, Vertrauen einflößenden Kindergesicht.

Er fuchtelte mir mit seinen Fingern vor der Nase herum. Zehn nach frischer Butter duftende Miniaturwürstchen. Sofort war meine Zunge draußen. Und hat geleckt.

»Igitt, hast wohl den Arsch offen, du Ekel, mir so die Finger zu lecken!«

»Thierry! Bist du vielleicht der Ansicht, ein solches Wort, wie du es gerade ausgesprochen hast, ist schön aus dem Mund eines kleinen Jungen?«

»Genauso schön wie diese verkackte Katze auf einem Sofa, von dem du immer sagst, daß es ein Vermögen wert ist. Wenn ich mich so wie die auf unser Sofa fläzen würde... Hast du nicht gesehen, wie sie mit dreckigem Staub bepudert ist?«

»Tatsache bleibt, daß...«

»Wenn du willst, werde ich mich um sie kümmern.«

»Um sie kümmern – wie denn?«

»Eben kümmern, wie es sich gehört.«

Und schon saß ich in der Badewanne, vor der sich Madame Gaillard so sehr ekelte. Mitsamt Thierry und seiner Schwester Sophie, die sich in Aktion setzten, um aus mir eine Katze zu machen, die der Auszeichnung würdig war, sich auf ein Sofa zu legen, das ein Vermögen wert war. Mit eiskaltem Wasser, das ohne Vorwarnung brüllheiß wurde! Mit Seife in den Augen, in den Ohren, in den Nasenlöchern, in der Schnauze! Mit der Nagelbürste! Mit dem Frotteewaschlappen! Mit einem kratzigen Massagehandschuh! Und es machte ihnen einen Riesenspaß, mich derart unterzutauchen, auszuspülen und zu striegeln. Sie lachten. Und wie die lachten! Niederträchtig. Zwei Tüten Niedertracht mit Beinen. Zwei Kinder eben!

Auf jedes Miauen, das ich auszustoßen versuchte, folgten neues Gelächter und erneutes Untertauchen. Zu versuchen, wenigstens meinen Heidenschrecken laut hinauszubrüllen, war alles, was ich tun konnte. Aber ihnen zu entwischen... Jeder von ihnen hatte mindestens fünfzig oder hundert Hände.

Nach dem Bad kam ich unter den Haarfön! Um mich restlos umzubringen, blieb ihnen keine Zeit mehr, denn dann wären sie zu spät in ihre Schule gekommen. Sie hauten endlich ab. Ich auch.

Ununterbrochen mußte ich bei den Gaillards vor irgendwas abhauen, ewig auf der Flucht vor Gefahren oder vor Leuten. Und wem ich da manchmal begegnet bin! Madame Gaillard zum Beispiel, der ich eines Nachts begegnet bin, als sie, mit einem wallenden, hauchdünnen Negligé bekleidet, gerade unterwegs zu einer Ekelkrise war.

»Ach, du bist ja noch immer da, du.«

Sie war genauso lang wie mager, weshalb sie mich aus weiter Ferne betrachten konnte. Mißtrauisch. Aber nicht mit einem natürlichen Katzenmißtrauen, sondern mit dem Mißtrauen einer Frau, bei der es im Hirn nicht richtig tickte.

»Was hat sie damit bezweckt, diese Doktor Friedman, als sie wollte, daß ich dich mit mir mitnehme? Man tut so, als wollte man eine Katze loswerden. Oder einen Goldfisch. Was hast du eigentlich die ganze Zeit getrieben? Warum hast du mich im Stich gelassen? Bist du etwa die Freundin der anderen geworden? Ja? Steckst du etwa mit Clémence, mit den Kleinen unter einer Decke? Streite es nicht ab. Ich weiß es. Warum hast du es so eilig gehabt, vor ihnen zu katzbuckeln, dich an sie anzuschmiegen, obwohl du doch eine Katze für mich warst? Wir hätten uns gut verstehen können, wir zwei. Aber jetzt... Was sollte dieser faule Trick von dieser Doktor Friedman? Hat der Doktor Freud vielleicht auch Katzen an seine Patienten verteilt? Das würde mich wundern.«

Dann ging sie sich einschließen. Diesmal nicht in die Abstellkammer. In ein Zimmer, das ich nicht kannte.

Mir ist es nie gelungen, alle Zimmer in der Wohnung der Familie Gaillard kennenzulernen. Sie waren zu zahlreich, und die Risiken, dort in die Falle zu geraten, erst recht zu zahlreich. In der Abstellkammer mit der Madame Gaillard gefangen zu werden, war gefährlich. In der Küche mit den beiden Blagen von Maria gefangen zu werden, ebenfalls. Im Kinderzimmer von Sophie und Thierry, sogar noch mehr. Außer den Fluren, ihren Winkeln ohne

Licht und dem Zimmer von Clémence war jeder Quadratmeter dieses Hauses unpassierbar.

Clémence war dagegen ganz passabel. Genauso schön wie Mimi oder Mona, zumindest auf den ersten Blick. Auf den zweiten weniger. Wegen ihres noch unreifen Busens. Wegen ihres Kätzchens, das erst eine Skizze von Kätzchen war, mit so wenig Haaren aus Goldfaden darauf, daß man sie hätte zählen können. Pomäßig war sie dagegen sehr gelungen mit ihren zwei nicht übermäßigen Bällchen, rosa, rundlich, appetitlich einladend zum Lecken. Was ich mir auch ausgiebig erlaubte, wenn sie nur im T-Shirt bäuchlings auf dem Bett liegend telefonierte.

Daß ich das machte, wunderte sie und kitzelte sie. Sie erzählte es in ihr Telefon hinein:

»Was ich habe? Ein Kätzchen, das habe ich, eines, das total speedy ist und mir am Arsch leckt. Ja, meine Liebe, am Po. Und wie das reibt. Und wie das reibt! Noch zehn Sessions wie diese und man kürt mich zur ›Miß Miches‹, der Frau mit dem geilsten Po von Paris!«

Sie machte natürlich nur Witze. Aber den Preis für den geilsten Po hätte sie schon gewinnen können und mehrere für den knappsten Slip. Zwei Kommodenschubladen waren randvoll davon. In allen möglichen Farben. Lustige mit Blumen, Clowns oder Kaninchen drauf, winzige Höschen von der feinen Art mit Smokstickereien. Winzige Höschen Marke Petit-Bateau, die sie nicht mehr anzog, aber zur Erinnerung aufhob. Unzüchtige Höschen, die sie unter den anderen auf dem Grund der Schubladen versteckte und die sie für »bestimmte Gelegenheiten« reserviert hielt.

Meine einzigen positiven Momente bei den Gaillards, die habe ich in diesen zwei Schubladen verbracht. Auf winzigen Höschen.

Clémence... Clémence Gaillard... Ohne mein gesundes Mißtrauen, das ich wieder erlangt hatte, hätte ich gerne angefangen, sie zu lieben. Wegen ihres Tütüs. Aber nicht nur deswegen. Auch wegen der kleinen Streiche, die sie mir spielte. Wegen der Aufmerksamkeiten, mit denen sie mich hie und da bedachte. Wie etwa der, daß sie mir das Fell mit ihrem Gesichtspuder puderte, daß wir beide niesen mußten. Oder daß sie mir ein bißchen Englisch beibrachte oder mich auf ihrem Federbett Tanzschritte von Modetänzen machen ließ. Sie hatte nette Qualitäten. Sie hatte auch kleine Mängel.

Sie hatte nur einen, der gravierend war. Richtig beängstigend. Nämlich den, daß sie unter Anorexie, Appetitlosigkeit, litt. Ein weitverbreiteter Mangel bei den Mädchen, die noch keinen Busen und noch keine Schenkel haben und sich einbilden, sie könnten sich allein durchs Bonbonlutschen und Eisschlecken in Elefantinnen verwandeln. Anorexisch sein, das bedeutet, daß man nicht mal mehr das kleinste Törtchen riechen kann, das bedeutet, daß man Umwege macht, um nicht an einer Konditorei vorbeigehen zu müssen, daß man den Blick abwendet, wenn man einen Bananensplit sieht.

Nicht damit zufrieden, daß sie sich bei Tisch nur lustlos winzigste Häppchen herauspickte, ging Clémence auch noch ihre ganzen Mahlzeiten anschließend wieder auskotzen. Und ihre nächtlichen Magerjoghurts mußte sie sich buchstäblich hineinzwingen. Und dann nicht mal ganz. Was für mich wiederum von Vorteil war. Obwohl, Magerjoghurt...

An einem Abend, an dem wieder eine Zusammenrottung von Lebenskünstlern angesagt war, hier ein bißchen Schleckerei an der Butter, dort heimlich einen Hauch Milch geschlappert, eine Scheibe Lachs vom Toast oder ein Stück Anchovis geklaut, einen Schlag richtiges Fressi in der Küche stibitzt... Schließlich und endlich war mein Magen so ungefähr bis obenhin voll. Aber nur so ungefähr. Und ich mußte mich verdammt anstrengen, mit List und Tücke vorgehen. Man durfte sich von dem Kindermädchen, von den kleinen Monstern Thierry und Sophie, von irgendeinem Gast, von den Massen der Partydrinks schlürfenden Schwätzer nicht auf frischer Tat ertappen lassen.

Keinem Kater, keiner Katze wünsche ich es, ein Familienkater oder eine Familienkatze zu sein. Ich war eine.

Ich wurde von einem Familienkindermädchen als Diebin, von ihren infamen Blagen als Punchingball, von einer Madame

Gaillard als Talisman und als Objekt des Ekels, von einem Monsieur Gaillard als unerwünschtes Tier, von einem Thierry und einer Sophie als Spielzeug behandelt.

Als Spielzeug! Diese beiden haben mich mit Acrylfarbe blau angemalt, damit ich zu ihrer blauen Katzenimitation aus Plüsch paßte. Sie haben mich drei Tage in einen Koffer eingelocht. Nur um mir das Leben zur Hölle zu machen. Sie haben mich zum Skinhead umgestylt (ich sah echt super aus mit nacktrasiertem Schädel!). Sie haben mir an alle vier Pfoten Puppenschuhe gesteckt. Sie haben mir... Ein Haustier zu sein, ist bereits das Letzte. Aber das war wirklich der Gipfel.

Ich war ständig auf der Flucht in diesem verfluchten Appartement, ohne allerdings jemals wirklich zu entkommen! Hätte ich die Gelegenheit, daß die Eingangstür wegen des ständigen Kommens und Gehens, des Ankommens und Fortgehens der kleinen und großen Gaillards, ihrer hordenweise erscheinenden Gäste ständig geöffnet wurde, nur nützen können! Aber diese Tür ging in einen Etagenflur hinaus. Mit einem Lift, der nichts für mich ist. Und einer Treppe, wahrscheinlich einer der edelsten Pariser Treppenaufgänge, mit schmiedeeisernem Geländer, mit Laternen und Stufen aus poliertem, versiegeltem Stein, die sich ganz schön Zeit lassen, bis sie die einzelnen Etagen erreichen.

Das schlimmste war – ich hatte ihn sofort am Hintern gehabt, diesen Widerling! – diesen Treppenhaushund! Eigentum eines Antiquitätenhändlers aus dem Erdgeschoß. Ein rötlich schillernder irischer Setter mit einem Schwanz, der schneller hin und her wedelte als Autoscheibenwischer, und mit Reißzähnen so lang wie meine Ohren. Ein Jagdhund, der die Ratten wie die Hasen behandelte und die Katzen wie die...

Er versuchte, mich aufzufressen. Immer wieder, bei jedem meiner Fluchtversuche.

Und wenn ich über diese Treppe, statt hinunterzusteigen, hinaufsteigen würde? Keine Schwierigkeit, ich landete direkt auf der Dienstbotenetage. Und mit ein wenig Geschick konnte ich mich auf das Dach hinaufschwingen. Auf das Dach, damit mich anstelle des blöden Setters der Schwindel packte?

Es gab keinen Ausweg. Indem sie mich Madame Gaillard als Geschenk aufdrängte, hatte Babeth mir eine lebenslängliche Haft aufgebrummt.

Ohne den Vierzehnten Juli säße ich immer noch bei den Gaillards. Eine der schönsten Erfindungen von Gott, der alles erfunden hat, dieser Vierzehnte Juli!

Auf dem Lande

Am Vierzehnten Juli gibt es immer eine ›Brücke‹. *Un pont* – echt, so sagen die Leute hier! Aber sie meinen natürlich keine echte Brücke, sondern eine Brücke zum nächsten oder vergangenen Wochenende. Um sich, statt zu schuften, auf die faule Haut zu legen. Um sich ein verlängertes Wochenende reinzuziehen. Das alle Leute aus Paris rauszieht.

Eine Vierzehnter-Juli-Brücke kann drei, vier Tage lang dauern und die Pariser bis zu fernen Inseln führen. Oder weniger weit weg. Aber trotzdem immer so weit, daß es eine erschöpfende Strecke im Auto erfordert.

Das Auto der Familie Gaillard dürfte ungefähr so wertvoll gewesen sein wie das Sofa, das ein Vermögen gekostet hatte. Es war ein Ozeandampfer von Wagen mit einem Dampf unter der Haube, der selbst die Ferraris ins Schwitzen bringen konnte. Die fünf Gaillards, die zwei jungen entfernten Verwandten, die in Paris studierten, und Clémences Alibifreundin Charlotte paßten sogar noch mit hinein, inklusive Gepäck. Und ich.

Ich steckte in einem Beutel. Diesmal nicht aus Plastik, sondern aus Schweinsleder, aber ohne Luftloch. Ich wäre glatt erstickt, wenn nicht Clémence – die einzige Gaillard mit Herz – mich vom Tode errettet hätte, indem sie mich an einer Zufahrtsstraße zur Autobahn herausholte.

Die Autobahnzufahrtsstraßen, erst recht die Autobahnen selbst... So was muß man einmal in seinem Leben gesehen haben, um zu begreifen, was ein Mensch so alles aushalten kann, obwohl er weniger robust ist als irgendein Tier. Der würde keine fünf Minuten lang überleben, wenn er in der Haut einer Katze stecken würde. Aber er ist in der Lage, Unerträgliches auszuhalten. Er kann unbeschadet einen Aufenthalt in einem Auto mit geschlossenen Scheiben überstehen, kann in sogenannten »Staus« steckenbleiben, ohne daß ihm die Nerven zerreißen.

Wie schafften sie es, nicht zu kotzen, während mir, kaum daß ich mich von meinem Erstickungsanfall im Innern des Schweinslederbeutels erholt hatte, ein Stück Fleisch, daß ich vor der Abfahrt geklaut hatte, wieder hochkam? Was hatten sie an der Stelle des Magens? Abgeschlossene Kühlschränke?

Ich mußte es unbedingt auskotzen, mein Fleischstück. Aber wohin? Clémence auf den Schoß? Den anderen auf den Schoß? Auf den Teppich des Wagenbodens mit so vielen Füßen darauf? Und wenn ich kotzte, was würde dann passieren? Man würde mich anschnauzen, schlagen, ich würde mich vor mir selbst schämen. Also habe ich mich zurückgehalten. Mit dem Kotzen, mit dem Pipimachen, mit allem. Ich drückte mich zwischen Clémence, zwischen ihre Schenkel. Während mir immer übler wurde.

An einer Autobahnmautstelle hielt Monsieur Gaillard an. Er stieg aus, um eine komplizierte Geldgeschichte mit einem Fünfhundertfrancsschein zu erledigen. Da sprang ich los. Thierry fing mich aber noch im Flug, am Schwanz.

»Du haust nicht ab, du. Du bleibst da.«

Ich mußte dableiben, damit er mich in seine Windjacke einsperrte, so daß nur noch mein Kopf herausschaute und er mir ins Gesicht blasen konnte. Bis Rochefort-en-Yvelines, wo ich endlich mein geklautes Fleischstück auskotzen und Pipi machen konnte.

In Rochefort-en-Yvelines gab es eine Tante Gaillard. Das Haus der Tante war ein heruntergekommener Rest von einem Schloß, in dem es so stark zog, daß man sich einen Schnupfen holte, aber nicht stark genug, um den ätzenden Gestank nach Perserkaterpisse fortzuwehen.

Seine Exzellenz Criquibi, so hieß der Perserkater der Tante. Und er mußte so viel rohe Kalbsleber und so viele Landsauereien gefressen haben, daß er eine angeschwollene und nicht mehr haltende Blase bekommen hatte.

Er warf mir eine Grimasse zu, die, wenn's nach ihm gegangen wäre, furchterregend sein sollte, die aber angesichts des einzigen wackligen Zahns, der ihm noch geblieben war, nur zum Lachen war. Und die Tante Gaillard befahl mir, ich solle mir draußen die Pfoten vertreten.

Draußen – und dann auf dem Lande. Das hat mich für den Rest des Lebens geheilt.

Nur ein einziges Mal, nur an diesem einzigen Vierzehnten Juli habe ich es gesehen, das Land. Das hat mir gereicht.

Draußen auf dem Lande, das heißt Regen, Wind, Morast, Matsch. Das ist eine Gegend mit Kühen und ihren Fliegen, die sie mit ihren verkackten und enthaarten Schwänzen wegpropellern. Kühe, die ununterbrochen an nassem Gras herumkauen, um ununterbrochen zu kacken (sogenannte Kuhfladen zu machen), um Vögel zu ernähren, die genau wie ihre Fliegen und Bauerndeppen immer in Scharen auftreten und vor einer Kätzin von meinem Kaliber überhaupt keinen Respekt haben.

Sie hätten sehen sollen, wie die mich angestarrt haben, die Vögel vom Lande. Sie kamen nicht mal auf den Gedanken, voller Muffensausen aufzufliegen. Viele von ihnen hätten es auch überhaupt nicht mehr geschafft, aufzufliegen. Sie waren zu gemästet, sie strotzten vor Rindviehexkrementen. Ihre Stummeldinger von Hühner-, Enten-, Gänse- und Truthahnflügeln hätten ihnen nicht ausgereicht, um mit ihren massigen Ärschen von dem lehmigen Boden abzuheben und sich durch die Lüfte zu schwingen.

Aber versuchen, mir die Augen auszuhacken, das konnten sie. Besonders ein merkwürdiger Vogel in schmutzigem Weiß. Mit einem roten schwabbelnden Fleischlappen auf seinem Minischädel. Er kam gezielt auf mich losgerast und machte dabei ein Gezeter wie ein Motor mit Grippe. Und der liebe kleine Thierry mußte auch noch seinen Senf dazugeben.

»Das Match des Jahrhunderts! Kommt her, schaut euch das an! Zu meiner Rechten, die Königin der Rinnstein- und Gossenkatzen, zehn Kilo mit ihrem Pyjama aus echtem Pelz, Weltmeisterin im Mittelgewicht von der Rue de Valois. Zu meiner Linken, der Hahn Kikeriki, zehn Kilo, fünfhundert Gramm, Weltmeister im...«

Das sollte ein Hahn sein? Das Vieh hatte nur zwei Pfoten. Aber... Wenn mir ein bis zur Schnauze zugekackter Hund nicht den Weg abgeschnitten hätte, dann wäre ich immer noch am Rennen.

Und worin war er Weltmeister, dieser Hund? Was würde er mit mir tun? Er begnügte sich damit, mich anzubellen. Mit einem Hundegrinsen à la Fra Angelico. Und er gab mir mit der Nasenknolle ein Zeichen, ich solle ihm auf einem kurvigen Feldweg folgen, der zu einem Flecken aufgebrochener Erde führte. Bildete er sich etwa ein, daß ich ihm dorthin folgen würde? Daß ich dahin gehen würde, wo er mich in aller Ruhe anfallen konnte? Hielt er mich vielleicht für eine verblödete Katze ohne Mißtrauen?

Ich traute ihm nicht über den Weg, aber ich folgte ihm. Auf Distanz. Er war ganz in Ordnung. Er benahm sich so korrekt wie nur möglich. Als wir an dem Ackerstück angekommen waren, buddelte er wie besessen an verschiedenen Stellen und fand schließlich einen unappetitlichen Markknochen ohne Mark wieder, den er in die Schnauze nahm und mir vor die Füße legte.

Und er zog vor mir die gleichen Grimassen wie früher mein in mich verknallter Fra Angelico bei Anna. Bis ich ihm zublinzelte.

War ich etwa bereit, mich mit ihm einzulassen? Er war hingerissen. Nachdem er den Knochen wieder eingegraben hatte, war er bereit, mich soviel Land besichtigen zu lassen, wie ich wollte. Er wartete nur darauf, mit mir seine Wiesen, seine Weiden, seine Grünzeug-, Getreide-, Salat- und Matschfelder, seine Gebüsche und Wälder, seine Tümpel und Sümpfe, seine Buckel und Berge aus Erde zu teilen, die nur darauf warteten, sich dir an die Pfoten zu kleben, sie mit Lehm zu panieren. Er zeigte mit seinem Nasenschwamm nach allen Seiten, kläffte mir zu, ich solle ihm folgen, und machte ungeduldige Luftsprünge.

In welche Richtung ich gehen wollte? In gar keine, mein lieber Hund, in gar keine. Vor allem nicht in die Richtung der Pferde, die nur darauf warteten, das war deutlich zu sehen, mich mit ihren Sohlen aus Eisen in die Pampe zu stampfen, ebensowenig zu den Schafen, die Autoscooter spielten. In Richtung Dorf also? Auch nicht. Weder in die eine noch in die andere Richtung wollte ich gehen. Es war alles zu voll von Raum, zu voll von zuviel Himmel.

Ich bekam schon einen Husten in der Kehle, einen Schluckauf. Eindeutige Auswirkungen einer Allergie gegen das Land, die ebenso lästig war, mich genauso um- und aus dem Gleichgewicht haute wie mein Dachschwindelkoller in einer gewissen Nacht. Ich war eine Paris-Katze, nur für Paris, nur für festen Pariser Boden unter den Füßen geschaffen. Die großen Weiten, die volle, unverdünnte Natur, das paßte mir überhaupt nicht, ganz und gar nicht.

Das konnte er verstehen, die ländliche Mischung von einem Bauernhund. Er schminkte sich seine Ausflugpläne wieder ab und schleppte mich in ein Haus aus Holz ohne Fenster ab. Ohne Möbel, ohne Leute, dafür voller Stroh, tonnenweise Stroh. Mit einem Geruch nach Stroh, der nicht unangenehm war, aber mir doch so stark zu Kopf stieg, daß ich in einen ländlichen Schlaf sank.

Als ich aufwachte, war weit und breit kein Hund, ja überhaupt kein Licht mehr da. Aber von allen Seiten drangen seltsame, beunruhigende Schreie und Geräusche auf mich ein.

Als ob die Kühe, ihre Fliegen, ihre fladenfressenden Vögel, die boxenden Hähne, die Fettwänste vom Hühnerhof und jede Menge unbekanntes Landgetier um dieses Strohhaus herumstrichen. Alle beseelt von Absichten, die für einen mit Morast und Kuhmist nicht Vertrauten undurchschaubar waren.

Die Friedhofs-, Straßen-, Keller- (und Dächer-!) Ängste, die hatte ich schon alle kennengelernt und alle heil überstanden. Aber die Nachtängste auf dem Lande, das war etwas ganz fieses Neues.

Bereits tagsüber war die Umgebung des Schlosses rammelvoll von bereits ziemlich abartigem Viehzeug. Aber nachts? Rochefort-en-Yvelines, das war womöglich eine Gegend, wo es Elefanten, Krokodile, Rhinozerosse gab. Vielleicht eine Gegend, wo es

Katzenjäger gab. Die elementarste der Vorsichten befahl mir, vor allem nicht mein Refugium zu verlassen. Aber was war das, dieses Rumoren und Hin und Her in dem immensen Haufen Stroh? Waren das ländliche Nager? Ländliche Giftschlangen? Wilde Menschen, die im Stroh herumkrochen?

Also was tun? Welchen Gefahren sollte ich mich als erstes stellen? Denen von drinnen oder denen von draußen? Schließlich arbeitete ich mich aus diesem überdimensionalen Lager aus Stroh heraus und fand mich in einem pechschwarzen Schwarz wieder. In diesem Scheißkaff gab es nicht einmal einen Mond wie in Paris. Wenn ich doch nur diesen freundlichen Knochengräber von Hund hätte wiederfinden können... Er war aus der Gegend, er war mir freundlich zugeneigt, er hätte mich... Ich fand ihn aber nicht wieder. Ich irrte in diesem Schwarz umher und bemühte mich, so wenig auffallend und geräuschvoll zu sein wie möglich.

Die nächtlichen Landtiere stellten ihre entsetzlichen Machenschaften erst ein, als ein Hahn – mein Boxer vielleicht? – seinerseits seinen Schrei losließ. Einen Schrei, der einer Katze eine Gänsehaut einjagen konnte. Auch mir sträubten sich die Haare, obwohl ich mich immer für ziemlich abgebrüht gehalten hatte.

Drei Tage dauerte sie, die Brücke vom Vierzehnten Juli. Drei Tage Landleben! Drei Tage keine Häuser, keine Straßen, nur lauter Vieh, das nichts anderes tat, als sich über seinen Geschäftchen zu krümmen, und alles Feinde der Katzen – bis auf den kumpelhaften Hund, den ich nie wiedergesehen habe. Drei Tage mit Fröschen, die von allen Seiten dahergesprungen kamen, um mir angst zu machen.

Drei Tage, ohne daß ich das abgehalfterte Schloß der Tante Gaillard betreten durfte, weil ihr Perserpisser dagegen war. Gegen mich.

Wie das Wetter, das nichts anderes tat, als mir mit immer stärkeren Tropfen draufzuregnen und mir um die Ohren zu blasen. Wie die Kühe, wie ihre Fliegen und die flugunfähigen Vögel vom Hühnerhof. Wie noch andere entsetzliche Landprodukte, Ochsen, dann Schweine, die sich in Suppen aus altem vergammelten Essen suhlten, Hammel, Schafe, Bauern, die mit

Jauche einparfümiert waren und drohten, Hackbraten aus dir zu machen.

Diese drei Tage gaben mir den Rest! Ich zitterte während dieser Zeit gleich doppelt, vor Angst und vor Kälte. Und beim Schlafen machte ich immer nur ein Auge zu. Ein Auge geschlossen, das andere offen – und was ich da sah, jagte mir noch mehr Angst ein: Landmäuse zum Beispiel, die fleddrige Flügel hatten und *fliegen* konnten!

Ich fraß diese ganze Zeit über nichts, absolut nichts. Nicht aus Mangel an Beutetieren. Das Land ist sogar noch mehr mit Ratten ausgerüstet als eine Métro. Aber mit Ratten, die nicht normal sind, mit degenerierten Viechern, die man dort bald als Wiesel, bald als Maulwurf bezeichnet oder mit einer ganzen Latte von anderen ländlichen Namen. Man kann sie aber nicht fangen, weil sie Erdlöcher haben und wie Friedhofstote unter der Erde leben.

Viele Leute sagen als Entschuldigung dafür, daß sie aufs Land fahren, sie würden dorthin fahren, um ihre Gesundheit wieder aufzumöbeln.

Ich habe die meine dort aber fast restlos verloren.

Sprung

Wenn sich Clémence, als ihr Vater gerade die letzte der vier Türen seines ozeandampfergroßen Wagens zuschlagen wollte, nicht daran erinnert hätte, daß es mich noch gab, dann säße ich immer noch dort auf dem Land. Vergammelt, verwildert und verblödet.

Aber als die Zeit der Wiedereinquetschung in das Auto kam, rief Clémence mich. Mit keinem Namen. Bei den Gaillards, da war ich der Kater, die Katze – im Grunde einfach ein namenloses Tier.

Wieder in ihren Wagen zu steigen, das bedeutete, sich wieder mal schlimmsten Qualen auszusetzen. Wenn Sie die Wahl gehabt hätten zwischen den Gaillards und dem Land mit all den Kühen, den Bauerntrotteln, den Schweinen, den *fliegenden* Mäusen –

ehrlich, was hätten Sie da gemacht? Ich jedenfalls bin schleunigst in das Auto gesprungen, Clémence auf den Schoß.

Da meine Behausung von der Hinfahrt, der Beutel aus Schweinsleder, von der Tante Gaillard mit überreifen, matschigen Birnen und frischgelegten Eiern gefüllt worden war, blieb mir die Erstickungssession diesmal erspart. Das Zurückfahren vom Lande dauerte noch länger als das Hinfahren. Es befand sich nämlich mindestens die doppelte oder dreifache Menge an Autos auf der Straße. Als ob sie die frische Luft und die offene Weite dazu ausgenutzt hätten, Junge zu kriegen. Diesmal fuhren wir nicht mit einem Ferrari um die Wette. Madame Gaillard sagte kein einziges Wort. Sie hielt sich die ganze Zeit ein Taschentuch vor die Nase, um die Ekel, von denen sie umringt war, möglichst wenig zu riechen. In ihrem Kopf tickte es immer weniger richtig. Die beiden Kleinen verbrachten die Rückreise damit, sich unter prustendem Lachen unanständige Worte ins Ohr zu tuscheln, während sie sich Pflaumenkerne ins Gesicht spuckten. Clémence und ihre Freundinnen waren weit weit weg in die Musik ihrer Walkmans versunken.

Monsieur Gaillard tat bis zur Rue de Valois nichts anderes, als immer wieder zu sagen, daß sie »auf die Minute genau« eine Stunde und vierzig Minuten im Stau gesteckt hätten. In der Rue de Valois flogen die vier Wagentüren alle gleichzeitg auf.

Ich ergriff sofort wieder die Flucht. Aber jetzt mit Köpfchen. Bevor ich aufs Trottoir sprang, biß ich Thierry kräftig in die Hand, damit ihm gar nicht erst der Gedanke kam, er könnte mich am Schwanz zurückhalten.

Ein Meer der Ruhe

Ich war auf das Trottoir der Rue de Valois gesprungen und der Familie Gaillard ein für allemal entronnen. Erst nachher wurde mir so richtig bewußt, wie intelligent mein rettender Reflex gewesen war. Erst viel später, in der seligen Ruhe meines Lebens als Katze des Palais-Royal.

Ein wahrer Paradiesgarten, das Palais-Royal. Mit Bäumen, aber schon kultiviert, mit Arkaden und Kolonnaden. Mit Spaziergängern, die ohne Hast vor sich hin promenieren, und einer erstaunlichen Vielfalt von Sprachen. Und bevölkert mit netten friedlichen Leuten, die imstande sind, ohne das geringste Zögern eine außergewöhnliche Katze von einer vulgären Durchschnittsmieze zu unterscheiden.

Und schon allein der Empfang, den sie mir bereitet haben, die Leute vom Palais-Royal! Der erste von ihnen, der mich entdeckt hatte – ein Briefmarkenhändler überschüttete mich mit Komplimenten.

»Ach! Das ist aber eine schöne Katze! Aber woher kommt die denn zu uns, dieses Wunder der Natur mit seinen Galahandschuhen und seinen Hollywoodstaraugen? Und diese Ponyfrisur! Nein, dieser Pony! Mann, ist der keß! Wer ist nur der Friseur, der dich so schic zurechtgemacht hat?«

Er kannte sich nicht nur in Briefmarken aus, dieser Herr. Er kannte sich in fast allem aus, was das Leben angenehm macht. Nehmen wir zum Beispiel das Essen... Wenn er von dem Restaurant zurückkam, in das er jeden Mittag zum Essen ging, brachte er mir in Alufolie ein Stück von diesen gebratenen Würstchen mit. Ein Stück richtige Bratwurst, wunderbar! Und er sah mir zu, wie ich mir auf der Schwelle seines Briefmarkenkiosks unter den Arkaden vor Appetit die Schnauze beleckte. Da lief ihm das Wasser fast genausosehr im Mund zusammen wie mir.

»Ja, da delektiert sie sich, die Ponykatze. Weil man nicht nur sexy, sondern auch ein Gourmet ist!«

Das hob echt die Stimmung, mit einem solchen Menschen Bekanntschaft geschlossen zu haben. Er stellte mich noch anderen Leuten vom Palais-Royal vor. Von der gleichen Marke wie er: einer Händlerin von Kriegsorden, die über meine Frisur und das regenbogenfarbene Fell genauso in Ekstase geriet. Einer Konditorei-Café-Chefin, die genauso spendabel in Untertassen voll Milch war wie die Zuschneiderin Sarah vom Sentier. Einer Dame, die »noch die Colette gekannt hat« und sich die Mühe machte, mir unter der steilen Treppe im Eingang ihres Hauses mit einer

Obstkiste und alten, abgetragenen Wollsachen einen »sleeping-room« einzurichten. Einem homosexuellen Dekorateur und Inneneinrichter mit Schnauzbart, der bis zur Vollendung die Kunst beherrschte, einer Katze den Bauch zu massieren.

Ich brauchte nicht lange in der Palais-Royal-Gegend zu verbringen, um den Eindruck zu bekommen, daß ich endlich die Ruhe, so etwas Ähnliches (und zwar sehr Ähnliches) wie das Glück gefunden hatte, daß das Schicksal wohl endlich kapiert hatte, daß es keinen Sinn hatte, mir immer nur übel und noch übler mitzuspielen.

Da kamen mir wieder Erinnerungen... Mona, unsere Liebeleien... Ihre Lügereien, ihre Betrügereien... Die Brioches mit ihrer Butter... Die Zärtlichkeiten von Babeth und ihre Krise, ihre verkommene Perfidie... Mimi... Anna... Meine Stadtstreicherin... Montparnasse... Vavin... Mein Fluchtgalopp über den Champ-de-Mars... Die winzigen Höschen von Clémence... Das Fressi der heiligen Frauen... Der Knochendürre... Der Siamkater... Ich mußte sie verscheuchen, diese Erinnerungen. Mich nur nicht durch sie zum Selbstmitleid verleiten lassen. Da, wo ich war, fühlte ich mich wohl, da ging's mir gut. Ich nahm zu. Ich wurde fett.

Es tat gut, auf einem Meer seliger Ruhe zu schippern. Einer Ruhe – und das trotz der Tauben, der anderen Katzen, der streunenden Hunde? Also ehrlich: die Tauben vom Palais-Royal sind eigentlich ganz erträglich, bis auf eine, die mir während einer Siesta voll draufgeschissen hatte. Aber nur ein einziges Mal. Die vorüberstreunenden Hunde hatten Hundeleinen und Frauchen und Herrchen, die ihnen verboten, die Katzen anzumachen. Und die anderen Katzen? Die wurden, so wie ich, von den erstklassigen Leuten dieses erstklassigen Ortes so geachtet und gut behandelt, daß sie keinerlei Grund hatten, ihre Wildheit zum Ausbruch kommen zu lassen. Und doch gab es auch einen ätzenden Wolf im Katzenpelz, einen Kater, der in den Mondnächten anfing, in alle Himmelsrichtungen zu rasen, ein unverständliches Miauen zu faseln und Anfälle von Hirnriß bekam, die aber genauso schnell vergingen, wie sie gekommen waren. Nein, die anderen Katzen waren keine Belästigung. Ganz wie ich nutzten sie die Gelegenheit und setzten Gewicht an.

Ah – das muß ich noch erzählen! Ich fing eine Maus – nein, ich habe sie nicht gefressen, igitt, nein! –, die in Untermiete in der Comedie-Française wohnte und – die Leichtsinnige! – mich in meinem »sleeping-room« bewundern gekommen war.

Wie gesagt, ein Meer der Ruhe. Ein Meer, auf dem ich mich ohne Sorgen, ohne Schrammen dahintreiben lassen wollte bis ans Ende meiner Tage. Etwas langweilig und eintönig zwar, aber gut, echt gut.

Ich war eine Katze vom Palais-Royal geworden, das für die Leute wie für die Katzen ein Hafen des Friedens ist!

Und den hatte ich mir redlich verdient!

Sie

Weniger deutlich, weniger riechend, leichter, flüchtiger als ein Geruch, als ein Duft – was ist das? Sagen wir, es war etwas Undefinierbares, etwas, das ich weiß nicht von woher kam, das nur wie ein Hauch meine Nasenlöcher streifte, aber was mich...

Es war an einem Freitag, einem Tag mit einem Stück Meeraal oder Makrele in Bratfolie oder mit einem (schon leicht schmierigen, aber trotzdem noch eßbaren) Schwanzstück von Lotte in Safransauce. An diesem Freitag war Makrele dran gewesen. Gefolgt von einer Siesta auf einem Haufen welker Blätter und einem kurzen Spaziergang unter den Arkaden, um mir die Pfoten zu vertreten.

Im Augenblick des plötzlichen unvorhersehbaren Phänomens war ich gerade damit beschäftigt, die Kriegsordenhändlerin ein wenig zu unterhalten, die in düsterer Stimmung war und leicht neben den Schuhen stand, weil der Herbst einsetzte und der Winter nicht weit war. Ich unterhielt sie, indem ich so tat, als wollte ich ein lila Band mit Silberfäden fangen, das sie mir vor die Nase hielt und nervös auf der Schwelle ihres Kiosks hin und her schwenkte. Aber es amüsierte sie sicher auch nicht mehr als mich. Aber es machte uns trotzdem Spaß, uns Mühe zu geben, um uns gegenseitig mit Späßen zu unterhalten. Ich befand mich also gerade auf der Schwelle dieses Ladens, als...

Meine Nüstern konnten nicht lügen. Nicht meine hochempfindlich spürnasigen Nüstern.

Ich ließ die Ordenhändlerin sitzen, wo sie saß, steckte meine Nase in alle Himmelsrichtungen und schnupperte.

Es kam ganz hinten vom Ende des Parks, von da, wo er an die Rue Montpensier stößt. Ganz unmerklich kam es von da. Aber es war da, kein Zweifel. Und diese Ahnung von einem Duft wühlte mich plötzlich total auf, verschlug mir den Atem. Ich trabte nicht, ich rannte nicht, ich flog. Meine Pfotenballen berührten kaum noch den Boden. Und dann – unglaublich! – Sie saß auf einem Eisenstuhl. Saß da wie irgendeine x-beliebige. Reglos, in einem Pullover, so dick, daß sie zweimal hineingepaßt hätte. In einem Pullover, den ich noch nie an ihr gesehen hatte. Es war ja auch schon ziemlich kühl. Aber die Beine nackt und ausgestreckt, ganz gespreizt, ganz hergezeigt wegen der Sonne, die so strahlte, als hätte man ihr nichts davon gesagt, daß der Sommer zu Ende war. Sie las ein Buch.

Sie. Mona.

Ein paar Katzensprünge von ihrem Stuhl entfernt blieb ich stehen. Mein Atem auch. Ich dachte, mein Herz würde es ebenfalls tun. Es wäre jammerschade gewesen, im Stehen zu sterben, so nahe bei Mona. Bei Mona, die in ihre Lektüre vertieft war. Würde sie ihre Nase mal von ihren Seiten hochheben? Würde sie sich mal entschließen, mich zu sehen? Würde sie mich wiedererkennen?

Dann hob sie ihre Nase, um einen Vogel zu betrachten. Ich stampfte mit der Pfote auf.

»Nein, ist denn das...!« rief sie.

Unsere Augen trafen sich, warfen sich ein Augenlächeln zu.

»Das ist doch nicht möglich. Ich träume wohl. Poils d'Ange! Das Kätzchen. Das gemeine ausgebüchste Kätzchen!«

Das was??? Was für eine abartige Lügenstory hatte die abartige Babeth der Mona da aufgetischt? Das war doch nicht möglich. Aber offensichtlich doch!

»Das ist ja eine feine Tour, aus einem Haus abzuhauen, in dem man die heißgeliebte Muschi ist. Kannst du dir vorstellen, was für einen Kummer du deinen Mamas bereiten kannst, wenn du mir nichts, dir nichts deine Sachen packst und abhaust, um geilen Katern nachzusteigen, ohne ein Wort des Abschieds? Hast du jemals daran gedacht, ich meine, an den Schmerz deiner Mami Babeth und deiner Mami Mona, als sie entdeckt haben, daß ihr eigenes Fleisch und Blut, daß ihre einzige Tochter... Poils d'Ange – ›Engelshaar‹! Teufelshaar hätten wir dich nennen sollen! Überall haben wir dich gesucht, du miese Motte du! Überall. Babeth hat sich die ganze Nacht damit um die Ohren geschlagen, und ich, ich habe das ganze Viertel abgeklappert. Beim Bäcker, beim Metzger, in sämtlichen Geschäften habe ich Suchanzeigen angeschlagen. Bis hinein in den Prisunic, in dem ich dich gefunden hatte, bin ich gegangen. Fünfhundert Francs Belohnung habe ich dem geboten, der dich wiederfindet. Und du bist hier. Keine fünf Minuten weit von unserem Haus. Von deinem Haus. Was hast du getrieben seit dem Tag, an dem du abgehauen bist wie die Katzenmöse, die du bist? Was? Hast du dich in Schande und Unzucht gesuhlt? Diese entsetzlichen Sorgen, die wir uns gemacht haben, Babeth und ich. Diese entsetzlichen Sorgen. Babeth war zuversichtlich. Sie hoffte, daß du zurückkommen würdest. Ununterbrochen hat sie gesagt: diese Muschi wird genauso von selbst wieder zurückkommen, wie sie fortgegangen ist. Ich, ich habe dich von einem Auto überfahren geglaubt. Und habe geweint um dich, während du dich in diesem Park herumgetrieben und dir eine schöne Zeit gegönnt hast.«

Was ich da alles hörte! Mich eine Ausreißerin zu schimpfen, während sie doch diejenige war, die abgehauen war. Abgehauen für immer. Sogar ohne sich von mir zu verabschieden. Und ihre Dreckschlampe von ohrfeigender Liebestollen hat mich nicht auf die Straße geworfen, nein, sondern noch schlimmer: in eine Familie! Und ihr ›Abhauen für immer‹, war das in Wirklichkeit

Bluff? Eine weitere Lüge? Sie hatte nur so getan, als ob sie abhauen würde, und war wieder zurückgekommen, um sich Orgien im Ozeanriesenbett zu genehmigen, während ich der Folterfamilie Gaillard ausgeliefert war. Und sie hatte das Glück, mich wiederzufinden und saß da und erschlug mich mit Beleidigungen. Und kam nicht mal auf die Idee, sich herabzubeugen und mich hochzunehmen und mich ganz ganz fest an sich zu drücken. Was würde sie jetzt tun, nachdem sie mir mit so vielen ungerechten Gemeinheiten die Hucke vollgebrüllt hat? Ihr Buch zuklappen, von ihrem Eisenstuhl aufstehen und fortgehen und mich sitzenlassen?

»Ging's dir etwa nicht gut mit uns beiden? War das Futter nicht gut genug? Das Bett nicht so, wie du's gerne gehabt hättest? Waren wir zu sehr... waren wir zu temperamentvoll? Waren wir zu bemutternd? Wolltest du dich emanzipieren? Hattest du die Schnauze voll von unseren Küssen, von unseren Schmusegeilheiten? Wolltest du mal was von der Welt sehen?«

Ich war außerstande, ihr zu antworten. Aber Mona dürstete genauso nach Zärtlichkeiten, nach Schmuseliebe wie ich. Sie beleidigte mich weiter, soviel sie nur konnte. Aber sie hörte schnell damit auf. Wir hatten immer noch das dringende Bedürfnis, uns aneinanderzukuscheln, uns aneinanderzu...

Sie klappte ihr Buch zu und reichte mir eine Hand, die ich zärtlich küßte.

»Poils d'Ange! Ich finde es toll, daß ich dich wiedergefunden habe. So was von toll. Ich habe dem Heiligen Antonius zwar keine Kerze versprochen. Aber ich werde ihm eine anzünden gehen. Zwei sogar.«

Während sie mich mitnahm, schimpfte sie mich wieder eine Ausreißerin, eine geile Perverse, die von ihren Müttern abhaut, um sich in amouröse Abenteuer zu stürzen. Aber sie klang überhaupt nicht böse, ganz nach Mona. Und sie nahm meinen Kopf und stopfte ihn in die Wolle ihres Herbstpullovers. Ich war im Siebenten Himmel. Und wo blieb mein Mißtrauen? Was? Ich – und mißtrauisch sein gegenüber Mona?

Tief eingewühlt in dem wonneweichen Herbstpullover, tief eingewühlt in Mona machte ich meine erste Reise mit dem Bus. Warum mit dem Bus, wo Babeths Haus doch nur fünfhundert Meter vom Palais-Royal entfernt war? Ich sollte es noch erfahren, und zwar bis ins kleinste. Kaum saßen wir im Bus, da eröffnete mir Mona, wie es wirklich ausgegangen war.

»Als Ausreißerinnen kann man sich doch alles anvertrauen, oder nicht? Also, mein kleines Mädchen, das ist nämlich so...«

Ich konnte Mona kaum verstehen. Die anderen Reisenden in dem Bus, Leute mit Zeitungen, Leute, die auf die Straßen, auf die Quais der Seine hinausschauten, durften nichts davon erfahren. Was ich wissen sollte, ging nämlich nur sie und mich etwas an.

»Du fragst dich vielleicht, wohin wir fahren? Wir fahren auf die andere Seite der Seine, mein Floh. Weil deine Mama Mona zum anderen Ufer übergewechselt ist. Und zu einem anderen Leben. Babeth – ich fand es himmlisch, daß sie mich anhimmelt. Und ich habe sie auch geliebt. So sehr geliebt, daß ich nach weniger als drei Tagen, nachdem ich sie für immer verlassen hatte, wieder zurückgekommen bin und mich ihr in die Arme geworfen habe. Aber die Liebe, die Lieben... Da genügt schon ein Nichts, ein feiner Sprung, ein Riß. Man liebt sich noch immer, man ist noch ganz Feuer und Flamme. Aber man entdeckt, daß man sich nicht mehr ertragen kann. Als ich sie, Elisabeth, kennenlernte, war ich krank und sie hat mich gerettet, und indem sie mich rettete, hat sie sich auch gerettet. Das war mehr als nur eine Liebesaffäre. Aber was zuviel ist, ist zuviel. Und außerdem... Wir waren ein Paar. Ein echtes. Aber wenn alles mit einem Adam und einer Eva angefangen hat, dann sollte das auch so weitergehen. Sonst hätte es ja im irdischen Paradies einen Adam und noch einen Adam oder eine Eva und noch eine Eva gegeben.«

An der Porte de Vincennes stiegen wir dann aus, wo mich in einem Sträßchen am Rand des Zoos ein neues Haus erwartete. Ein Haus, das Mona gehörte. Aber nicht ganz allein ihr.

»Da sind wir. Glaubst du, dir wird's hier gefallen?«

Man hätte schon ein schwieriger Typ sein müssen, um es nicht zu mögen, dieses Haus, das noch verwinkelter und noch altertümlicher als das von Babeth war, mit Efeu und Moos bedeckt, mit Zimmern, daß man sich darin verlaufen konnte, und anderen Zimmern, die man kaum als Abstellkammern verwenden konnte, mit Blendläden aus verwittertem Holz, mit Reparaturen, die seit langem hätten getan werden müssen und noch lange ungetan bleiben dürften, mit... Mit all dem Zauber eines Hauses auf dem Lande. Aber mitten in der Stadt.

Klar, daß es mir darin gefallen würde. Es gefiel mir sofort, als mich Mona auf ein Kissen abgesetzt und ihre Ballerinenschuhe in die Ecke gefeuert und sich aus dem Pullover herausgearbeitet hatte, unter dem nichts weiter als sie war, ohne irgendein Stück Wäsche.

»Dieses Haus, Poils d'Ange, das gehört bis zum ersten Oktober uns beiden. Danach... Danach werden wir zu dritt sein. Der, dem sie gehört, diese Hütte, und du und ich. Aber du wirst sehen, er ist unheimlich sympathisch. In jeder Hinsicht o.k. Was man bei diesem Mann vermeiden muß, ist nur, ihn zu heiraten. Aber ich war nicht so clever, das zu vermeiden. Ja, Poils d'Ange, der Besitzer dieses Hauses, das ist... also... das war mein Mann. Ein Ehemann, der dir als Ehemann echt auf die Eier geht. Und so was von verführerisch ist. O là là! Du wirst schon sehen, da flippst du auch aus. Man kann gar nicht anders als auszuflippen, wenn man an einen Mann gerät, der so viele Fehler hat. Mein tödlichster Fehler ist der, daß ich es liebe, von unwiderstehlichen Wesen geliebt zu werden, die entweder mein Vater oder meine Mutter sein könnten. Ich bin die Tochterfrau von Vincent gewesen, wie ich die Tochterfrau von Babeth gewesen bin.«

Von Vincent? Es gab also einen Vincent – sehr bestückt mit Fehlern –, der der Ehemann meiner Mona war. Und der im Oktober in dieses Haus zurückkommen würde. Oktober, das war bald. Wir mußten uns also beeilen. Wir haben uns sehr schnell beeilt. Und sehr stark.

Im Vergleich zur seligen Ruhe ist der Wahnsinn der Verliebtheit wie Makrele in Bratfolie im Vergleich zu einer Maus. Wer's kennt, wird mich verstehen.

Geheilt von Babeth, war Mona auch geheilt von ihrer Lust zu arbeiten, in Theaterstücken, Filmen, Fernsehspielen mitzuspielen. Sie war nicht mehr ständig am Telefonieren, nicht mehr ständig im Aufbruch zu irgendwelchen Terminen oder Rendezvous. Sie war zwar immer noch ständig in Aktion. Aber ausschließlich aus Motiven, die total nach meinem Geschmack waren. Sie trat in Aktion, um herauszufinden, auf welchen der Betten oder Diwane oder Empire-Liegen des Hauses ihres Ex-Manns wir am besten liegen würden, um Siesta zu machen, um zu schlafen oder uns, wie sie es nannte, ›in Ausschweifungen zu suhlen‹. Sie trat in Aktion, um in den Geschäften von Vincennes, von Saint-Mandé den besten Quark aufzutreiben. Sie trat in Aktion, um herauszufinden, welche Blendläden man zuziehen oder nicht zuziehen mußte, um die Sonne zu genießen, ohne sich die Knochen zu erfrieren. Sie trat in Aktion, um in dem einen oder anderen Kamin ein aufheiterndes Feuerchen zu machen.

»Genauso gut, wie man sich ein schweres Leben machen kann, kann man sich auch ein feines machen, glaubst du nicht?«

Doch, ich glaubte es. Ich glaubte alles, was mir Mona, meine Liebe, sagte. Und Sachen sagte sie mir... Sachen, sage ich Ihnen!

»Siehst du, Poils d'Ange. Warum es so gut läuft mit uns beiden, kommt daher, weil du die Tochter bist. Weil du – und das ist eine große Premiere für mich – weder meine Mutter noch mein Vater sein könntest.«

Aber ihr geliebtes Mieze-Muschi-Kätzchen, das konnte ich sein. Ihre Miß Poil-Poil. Ihre Bauchwärmflasche. Ihr Marienkäfer mit Schnurrbart. Ihre süße Sünde. Ihr Puderpuschelportiönchen. Ihr Daunensack. Ihre Jugendliebe. Ihre Pussy. Ihre *andere* Pussy. Denn englisch ausgedrückt hatte sie ja selbst auch eine. Ihre englische Pussy, das war ihr kleiner Haarbüschelhügel... Und was sie über alles liebte, war, wenn Pussy und Pussy sich Nase an Nase berührten. Das entlockte ihr ein so kreischendes Kichern, daß es schon kein Kichern mehr war.

Auch sie fing während unserer Liebesnächte, die zu egal welcher Stunde, sogar mitten am Mittag stattfanden, an zu schnurren. Keine unbeholfene Nachahmung von einem Katzen- oder Katerschnurren, sondern ein astreines echtes Schnurren, täuschend ähnlich.

Mona schnurrte. Ich schnurrte. Es war ein Schnurren um die Wette.

Am ersten Oktober fand er uns vollgefressen mit Quark und Zärtlichkeiten und eng ineinander verschlungen vor. Er, genau er, Monas Ehemann. Das hat ihn ein bißchen gewundert. Aber nicht wütend gemacht.

»Wenn der Kater nicht im Haus ist, dann tanzen die Muschis...«, hat er mit einem Grinsen gesagt.

Welchen Kater meinte er? Das war mir ein Rätsel. Aber da mußte Mona auch grinsen. Und er beugte sich auf das Bett, in dem wir aneinandergeschmiegt lagen, um ihr einen Kuß auf die Nasenspitze zu geben, und mir hat er mit dem Finger an die Stirn getupft. Nur einmal. Aber mit einem feinen Finger und feinen Manieren. Er war wirklich *sehr* verführerisch.

Ohne sich auch nur die Zeit zu nehmen, seinen Trenchcoat aufzuknöpfen, holte er aus einem italienischen Plastikbeutel einen italienischen Kuchen heraus. So eine Art Brioche ohne Kugel drauf, aber mit Rosinen drin. Eine Panetone, sagte er. Ein Kuchen ganz nach meinem Geschmack, den wir drei uns ritterlich teilten. Er hatte auch noch eine Flasche Prickelwein, Marke Asti, den sie, Mona und er, tranken, aus einem Glas. Wobei sie bei jedem Schluck »tschin-tschin« zueinander sagten. Und sich bruchstückweise Geschichten erzählten, die für mich ohne Interesse, aber für sie offenbar unheimlich spannend waren. Sie waren ja schließlich Ex-Befreundete, entzückt, sich wiederzusehen. Das merkte man. Und das gefiel mir nur halbwegs. Nur viertelwegs sogar.

Ich hatte keine Lust, die Spaßverderberin zu spielen, zu schmollen, mich in eine finstere Ecke zu verkriechen und mich dort in meinem Frust versinken zu lassen. Aber was sollte ich tun? Mich fernhalten und zuschauen, wie ein verführerischer, sehr verführerischer Ex-Ehemann bei italienischem Wein »tschin-tschins« zu meiner Mona machte, sie mit geheimnisvollem Geschwätz vollquatschte...

Wohin würde uns das führen? Wie könnte das am Ende ausgehen? Was würden sie als nächstes machen, wenn sie die Flasche ausgetrunken, wenn sie einen in der Birne hatten? Vergessen, daß sie ex waren und miteinander schnäbeln, sich erst ein bißchen, dann sehr heftig auf einem zwar nicht ozeanriesigen, aber immerhin Bett wälzen? Würde Mona ihm vielleicht eine Nummer von ihrem Schnurren vorführen?

Meine Mona, meine Liebe, ich kannte sie nämlich von A bis Z, ich wußte, daß sie imstande war, allen Versuchungen zu erliegen. Sogar derjenigen, sich egal wen, selbst den, der sie so wahnsinnig lieb hatte, – für eine Stunde, für eine Nacht? – aus dem Gedächtnis zu schlagen.

Er mimte nämlich ganz den Liebenswerten, dieser Vincent, er spielte den Schönling, den Schmeichler. Während er immer dichter an sie heranrückte und ihr erzählte, wie es in Italien war, wen er dort getroffen hatte, welche Museen er besichtigt hatte, welche Lasagnes, Raviolis, Gnocchis er gegessen hatte, entstruwwelte er ihr die Haare in ihrem Nacken. Obwohl er so tat, als würde er sie dort nicht berühren, berührte er ihren Hals, nahm eine ihrer Hände, um zu prüfen, ob sie ihre Krallen fein gespitzt, ob sie sie mit farbloser Farbe fein bemalt hatte, um ihre so hübschen, so zierlichen Finger zu zählen, um ihr... Das Ganze glich immer weniger einer harmlosen Unterhaltung. Ich kochte, ich schäumte.

Als sie nichts dagegen unternahm, daß ihr der Schal (ein Geschenk von Babeth), der den oberen Teil ihres Körpers bedeckte (auf dem sie absolut weiter nichts trug), von den Schultern glitt, fing es mir um die Magengegend an zu reißen, und in meinen Nerven bildeten sich Knoten.

Als er seine große schlanke Hand mit Ringen an den Fingern auf eine von Monas Brüsten legte, fuhr es mir bis in sämtliche Pfoten hinab, dieses Reißen, und meine Schwanzhaare sträubten sich so stark, als wenn an der Stelle dieses Ex ein Jagdhund oder ein Schwarm von diesen fliegenden Mäusen vom Lande ihre Pfoten auf die Haut meiner Mona gelegt hätten. Aber das Graaaaaghahh, das ich ausstieß, um ihn in die Flucht zu schlagen, bewirkte überhaupt nichts, sondern brachte ihn nur zum Lachen.

»Was singt sie uns da denn vor, deine kleine Freundin? Ihre große Nummer? Ist sie etwa eine Katzendiva?«

»Eine Nervensäge ist sie, wie alle Katzen. Wenn du auch nur eine Tausendstelsekunde lang dasitzt, ohne dich um sie zu kümmern... Ich finde sie himmlisch, meine Poils d'Ange. Aber... eine lästigere Klette als sie...«

Nach aller Logik hätte auf das furchterregende Miauen ein wildes Losspringen und Auskratzen der Augen des Ex-Typen folgen müssen. Ich sprang aber nicht los. Ich kratzte diesem verführerischen Saukerl nicht die Augen aus.

Ich ging nur aus dem Zimmer. Mona hatte etwas gesagt, was sie nicht hätte sagen sollen. Sie hatte die allerinfamste Form von Verrat begangen. Ich ging aus dem Zimmer, denn mit Mona war es aus.

Mit allen Menschen war es aus, endgültig.

Haus

Ich hatte das Haus des Mannes Vincent nicht besichtigt, nicht vom Keller bis zum Speicher erforscht, als ich dort mit Mona ankam. Ich hatte die Begehung als Mieterin nicht vorgenommen und auch nicht die rituellen Pipis als neue Besitzerin gemacht.

Ich hatte überhaupt keinen Grund, dieses Haus zu markieren. Das war es bereits. Durch Monas betörenden Parfümduft. Von

Mona, die mich gerade in etwas viel Schlimmeres als Verwilderung, nämlich in die Gleichgültigkeit gestürzt hatte.

Ich war also eine Nervensäge? Eine Nervensäge wie alle Katzen? Ich war eine Klette? D'accord. Ich war eine. Genauso sehr, wie sie eine Nutte war, die alles machen durfte, was ihr Spaß machte, mit ihrem Arschloch von Typ, der mich eine Diva schimpfte. Was war das, eine Diva? Wenn das eine Katze war, die ganz allein ihr eigenes Leben lebte, so egoistisch wie möglich, dann wollte ich so eine werden. Und wie! Dieser verführerische Vincent war ein Kuhfladen, ein ganzer Berg unsichtbarer, unriechbarer Kuhfladen.

Aber sein Haus war einfach sagenhaft. Ein ideales Katzennest. Ich nahm es in Besitz, während er und diese Sau so viele Sauereien machten, wie sie Lust und Kraft hatten.

Ich verbrachte meine ganze Nacht mit Pipimachen, überall, überall.

Und ich suchte mir eine Ecke, um dort ganz allein für mich zu bleiben. Fern von Mona, die mich für eine Nervensäge und eine Klette hielt, und fern von ihrem Ex, mit dem sie sich allmählich aufführte wie das hassenswerte Weibsstück, das sie war und nie mehr aufhören würde zu sein. Ich riß mir ein Zimmer mit nur lauter Büchern, nur lauter Bücherstaub und einem mit Stroh bespanntem Stuhl darin unter die Kralle. Den stylte ich mir genügend komfortabel zurecht, indem ich seine Bastbespannung mit Krallenhieben zerpflückte.

»Gute Bücher und ein guter Stuhl! Das ist alles, was ein anständiger Mensch braucht. Da hast du die ideale Ecke für dich gefunden, meine Muschi. Allerdings, wenn du nicht unbedingt den Stuhl ruiniert hättest, wär's auch recht gewesen. Aber wegen eines Stuhls werden wir doch nicht anfangen, uns in die Wolle zu geraten. Ach, übrigens, damit du Bescheid weißt: Ich pflege so um zehn, elf zu frühstücken. Selten früher. Also... Du mußt mir auch noch sagen, was du ißt. Denn Mona hat vergessen, mir über dieses Thema auch die kleinste genaue Anweisung zu geben. Sie hat mir lediglich aufgetragen, dir klarzumachen, daß sie sich, da sie keine Ahnung hatte, wo sie ein Plätzchen für sich finden würde, nicht mit dir belasten konnte. Aber sie wird dich wieder abholen kommen, sobald sie ein Dach über dem Kopf gefunden hat. Sie hat mir aufgetragen, dir das zu sagen. An deiner Stelle würde ich mir aber nicht allzu viele Illusionen machen. Ihr Dach, das wird sie vielleicht in New York oder in Poto-Poto finden. *Wenn* sie es findet. Denn Mona... ich hätte sie ja gerne hier behalten. Mona ist fantastisch. Ich heirate sie noch mal, wann immer sie will. Ja, wann immer sie will! Oder auch nicht, wir haben uns gegenseitig das Leben schon zur Genüge versaut. Das ist eine fatale Sache. Gleich und gleich gesellt sich eben gern. Aber was sich zu nah gesellt, tötet einander am Ende doch den Nerv. Das Leben, meine Muschi, ist verdammt kompliziert. Wegen der Männer, wegen der Frauen. Wegen ihres jeweiligen Charakters. Wenn es weder Männer noch Frauen gäbe, dann wäre alles so wahnsinnig einfacher, so wahnsinnig viel...«

Diesen Vortrag hielt mir dieser Saukerl von Vincent, als er mich am Tag nach seiner Rückkehr aus Italien bequem eingerichtet auf *meinem* Stuhl, in *meinem* Zimmer gefunden hatte. Er war zum Plaudern aufgelegt. Aber quatsch ruhig weiter, mein Lieber! Ich hatte meine Ohren dichtgemacht. Ich hörte ihm nicht zu. Er konnte mir so viele Vorträge halten, wie er wollte, ich hörte ihm nicht zu. Natürlich behielt ich trotzdem jedes Wort. Ich war verblüfft, daß ein Mensch zugeben konnte, daß die Leute, die Männer, die Frauen diejenigen waren, die alles so kompliziert machten und alles versauten. Also muß dieser Saukerl etwas weniger menschlich gewesen sein als seinesgleichen, weil er eine so wahre Wahrheit eingestehen konnte.

Da er mit mir einer Meinung war, dürfte es ihn nicht gewundert haben, daß ich ihm nicht einmal einen gnädigen Blick zuwarf, daß ich ihm nicht mehr Aufmerksamkeit schenkte, als er der Statue einer Katze geschenkt hätte. Ich war fertig mit den Leuten. Mit ihm wie mit den anderen.

Aber er hatte einen Vorzug, und zwar einen erheblichen: er war Besitzer eines Hauses, das, solange es mir paßte, mein Haus war und bleiben würde.

Was hatte er noch gesagt außer seiner Wahrheit über die

menschliche Sauerei der Menschen? Daß Mona abgehauen war? Abgehauen, ohne mich zu suchen, um mir einen Abschiedskuß zu geben? Das muß er gesagt haben. Ja. Aber Mona war nun – selbst schuld – passé. Für mich war sie gestorben.

Ah! Er hatte auch vom Füttern gesprochen. Also das, das lohnte sich festgehalten zu werden. Denn er würde mich ja ernähren müssen, dieser Kerl! Und zwar sehr gut. Weil ich in diesem Haus, das jetzt noch mehr mir als ihm gehörte, ein Leben wie eine Made im Speck, wie eine Königin führen wollte. Aus mir war eine Katze geworden, die genug begriffen und genug mitgemacht hatte, so daß sie jetzt nur noch das machte, was ihr gefiel und wann es ihr gefiel.

Erst als ich Lust dazu bekam, und nicht vorher, ging ich in die Küche. Vincent trank dort eine Tasse Tee nach der anderen und rauchte Zigaretten, deren Rauch nach Pfefferminz roch.

»Ah! Da ist ja das neue junge Mädchen im Hause. Ich nehme an, Mademoiselle kommen zum Breakfast. Und was dürfen wir ihr servieren? Tee *nature*, ohne alles? Tee mit Milch? Milch ohne Tee?«

Er hatte mir überhaupt nichts zu servieren. Ich war eine genügend erwachsene Katze, um mich ganz alleine zu bedienen. Auf dem Tisch befand sich Butter in einer Butterdose. Ich sprang auf den Tisch und machte mich daran, die Butter zu fressen. Das ganze Viertel Butter. Und daß dieser Schwätzer nur nicht auf den Trichter kam, mich von der Seite anzuquatschen und etwas dagegen einzuwenden. Ich mußte ihn dressieren. Und zwar unverzüglich.

Er hatte nichts dagegen einzuwenden. Er lachte. Er mußte sich biegen vor Lachen, als er sah, wie ich mich mit frischer Butter vollschlug. Alles, was ich machte, brachte ihn zum Kichern. Er muß nicht ganz dicht gewesen sein. Er hatte zwar eine geniale Wahrheit gesagt, aber trotzdem mußte er einen leichten Dachschaden haben.

Ein ganzes Viertel Butter, das ist zuviel. Kaum verschlungen, hatte ich es dem Ex von Mona bereits wieder auf die Espadrilles gekotzt. Und wieder lachte er nur.

»Das letztemal, als Mona nach ich weiß nicht mehr welcher beruflichen Eskapade hier Zuflucht genommen hat, da hat sie mir, als sie wieder fortging, drei große Koffer voller Theaterkostüme und einen Synthesizer hinterlassen. Aber mit diesem jetzigen Gag hat sie sich selbst übertroffen. Denn... mir eine Künstlerin wie dich zu überlassen...«

Ich war also keine Diva mehr? Ich war eine Künstlerin? Sicher ist zumindest, daß mir hundeelend war. Kotzen allein genügt nicht, um dir die Eingeweide von einem zu hastig reingefressenen Viertel Butter zu kurieren. Danach dreht nämlich die Leber durch, du bekommst Sodbrennen. Was noch mal Kotzen bedeutet. Aber nicht Butter. Sondern echt die Substanz. Schleimiges Zeug. Von einem nicht gerade appetitlichem Gelb. Und du bist auf einmal ganz bekleckert, schwach auf den Beinen und taumelig. Mit so was wie Fieber.

Er merkte sofort, daß ich nicht gut drauf war. Überhaupt nicht gut drauf.

Er wischte das Ausgekotzte mit Papier von der Küchenrolle weg. Ohne mich anzufauchen. Und er lachte mich nicht mehr aus. Er machte sich Sorgen.

»Was ist mit dir los, Mensch? Warum hängst du so durch? Du bist doch nicht etwa krank? Hast du Durst? Willst du Wasser? Meinst du, ich muß dir einen Tierarzt besorgen?«

Ich wollte, daß er mich in Frieden ließ, daß er mich mit seinen Aufmerksamkeiten verschonte, daß er mich selbst wieder in die Reihe kommen ließ, mich mit meiner Besabbertheit und meiner Genervtheit ohne die Hilfe einer menschlichen Hand fertig werden ließ. Aber seine Hand hob mich vom Boden auf, nahm mich mit in sein Wohnbüro und legte mich auf ein Bett.

»Da wirst du dich wohler fühlen als auf deinen Puddingbeinen, stimmt's?«

Ja, das stimmte. Hundertmal wohler. Wieder hatte er einen Punkt gutgemacht, der Ex. Er machte überhaupt nur noch Pluspunkte auf meiner Liste.

Das Fantastische an der Liebe ist, daß man glaubt, man weiß, was es heißt, daß man überzeugt ist, daß man bereits alle Köstlichkeiten genossen hat, und daß dann – wummms! – auf die immenseste Liebe eine noch viel immensere Liebe folgt. Und plötzlich erkennst du, daß das, was du für Liebe gehalten hast, nur eine blasse und fade Kopie davon war und daß das, was du bereits für die Hochgenüsse gehalten hast, nichts weiter als Krümelkacke war.

Mit Mona war's schon heiß wie Ibiza. Aber Tatsache: es gibt Ibizas, die sind noch spitzer als Ibiza.

Ich steckte in meiner Butter-Leberkrise, war fix und fertig und in einer Verfassung, wo ich keine Lust hatte, mich in irgendeiner Weise an diesen Vincent zu binden. Er hatte mich auf ein Bett gelegt, hatte meinen Bauch mit einem Wollfetzen zugedeckt und meinen Kopf behutsam auf das Kopfkissen gebettet. Ich hätte ihm ein kleines Zeichen, ein Augenblinzeln zukommen lassen sollen, um ihm zu danken. Aber ich tat überhaupt nichts.

Er ließ mich allein, ging zu seinem Radio und fummelte daran herum, um etwas Jazzmäßiges zu finden. Dann kam er wieder zu mir zum Bett.

»Na, wie fühlst du dich? Ist's was Ernstes oder nur eine leichte Unpäßlichkeit?«

Das war die verdiente Strafe für eine feinschmeckerische und verfressene Katze. Aber das ging ihn nichts an.

»Du hast doch nicht etwa Fieber?«

Um festzustellen, ob ich eines hatte, legte er mir einen Finger auf die Stirn. Nur einen Finger draufgelegt. Aber, Mann, was für einen Finger!... Da gab es bei mir so was wie eine elektrische Entladung. Er bewegte ihn nicht, seinen Finger. Er drückte nicht, legte ihn nur leicht auf. Und in meinem Kopf, in meinem ganzen Körper, bis an die Spitzen meiner Krallenspitzen... Es war... Ich bin schier ausgeflippt.

Friedhofskatze, Kellerkatze, Wildkatze, Ladendiebkatze, Ausreißerkatze, Palais-Royal-Katze... ich hatte schon einige aufregende Katzenleben hinter mir. Je nach Gelegenheit, je nachdem, wie es der Zufall meiner Schicksalsschläge wollte. Und war dabei immer ich selbst geblieben. Meine Metamorphosen waren wie Masken, wie Verkleidungen. Eine Friedhofskatzenhaut, eine Kellerkatzenhaut, eine Wildkatzen-, eine Ladendiebinkatzenhaut, in die ich für die Dauer einer gewissen Zeit schlüpfte.

Aber meine wahre, tiefe Natur ist die einer verliebten Katze. Nie bin ich etwas anderes gewesen: eine verliebte *Gouttière* oder Rinnsteinkatze. Verliebt in wen?

Verliebt in den Knochendürren mit der Puderquastentolle, in den Siamesen, der mich zu Annas Zeiten geschwängert hatte, in Anna in den Nächten, in denen ich bei ihr geschlafen hatte, in meine Mimi vom Sentier, in Mona und Babeth, dann noch einmal in Mona allein... Das macht, wenn man sie addiert, eine ganze Menge Lieben. Mich deshalb aber für ein leichtes Mädchen, für eine Liegestützmarie zu halten... Der passende, der solide Partner, der fliegt Ihnen nie wie eine gebratene Taube in den Rachen. Das ist wie mit dem Fressi. Bevor Sie finden, was Ihren Gaumen und Magen am besten befriedigt...

Meiner Ansicht nach bin ich mehr als in diesen oder jenen Kater, mehr als in diese oder jene Person in die Liebe selbst verliebt. In die Liebe? Aber in welche? Blöde Frage: natürlich in die, die ich gebe, wenn man sie mir gibt. Und... Achtung, aufgepaßt!... Nicht fifty-fifty geteilt. Bei den Menschen, da kann es, da muß es vorkommen können, daß jeder von beiden die exakte Hälfte eines Paars ist. Aber sobald man einmal mit gemischten, geteilten Lieben anfängt, mit Prozenten...

Alles hängt von dem jeweiligen Tier ab. Wenn Sie einen Hund nehmen... Der Hund ist ein derartiger Stiefellecker, ein derartiger Pantoffelbringer, daß er sich als »treuester Freund des Menschen« eingeschleimt hat. Einem Hund, dem braucht nur ein Mann oder eine Frau eine magere Prise Zuneigung gewähren, und schon fängt er an, blöde zu winseln und verliebt zu werden wie ein Bettvorleger.

Ein Pferd, eine Kuh, ein Hammel ist in den ersten dahergelaufenen Bauerntrottel verknallt, der ihm vorne was zu mümmeln bringt und eins mit der Peitsche oder den Fuß auf den Hintern verpaßt. Solche Tiere praktizieren Haustierliebe. Die bescheuertste, die es gibt.

Bei Katzen läuft die Geschichte ganz anders. In der Liebe sind wir edel wie in überhaupt allem. Wir lieben denjenigen ein klein wenig, der uns sehr liebt, und lieben denjenigen sehr, der uns maßlos liebt.

Eine typische Promenadenmischung, eine Streunerin, eine manisch verliebte. Aber mehr aufs Geliebtwerden als aufs Lieben aus. Genau das bin ich.

Mit Monas Ex-Mann, mit Vincent war es die Liebe auf den ersten Blick, sofort hat es gefunkt. Sein Finger auf meiner Stirn, einfach nur so draufgelegt, das hat bei mir eingeschlagen wie ein Gewitterblitz.

Aber auch bei ihm, auch bei ihm hat es wie ein Gewitterblitz eingeschlagen. Und noch umwerfender, noch elektrisierender. Auch er dürstete nach Liebe und war auf der Suche nach dem Geschöpf, das er umschnuckeln konnte bis zum Gehtnichtmehr. Und da er ein Menschenmann und ich eine Katze war – und zwar eine ganz besondere –, war natürlich sofort er der verwirrtere, der entflammtere von beiden.

Da gab's kein langes Zögern. Keine Sekunde hat er gebraucht, bis er sich vor mir auf Knien liegend wiederfand. Auf Knien! Ich lag auf dem Bett, auf das er mich gelegt hatte, und er kniete sich nieder und machte mir eine Liebeserklärung.

»Weißt du, daß du mir gefällst, du?«

Und er legte mir noch seine ganzen übrigen Finger sanft auf den Kopf. Da gab es gleich zehn Gewitterblitzschläge auf einmal. Zehn Stück! Die ihn noch stärker umgehauen haben als mich. Und seine Lippen, die sich auf gleicher Höhe mit meinen befanden, näherten sich meinem Mund.

Das war mein erster Kuß von einem Mann. Und wie der küßte! Ganz zärtlich, voller Liebe. Einfach umwerfend!

»Wenn ich mich nicht zurückhalten würde, dann würde ich zu dir sagen: Du hast schöne Augen, weißt du? Aber das ist kalter Kaffee. Und ich und kalten Kaffee aufwärmen... Also werde ich zu dir sagen: du hast einen schönen Schnauzbart, weißt du? Und das, meine kleine Olle, habe ich noch nie zu einer gesagt. Noch nie. Und nicht nur, weil sich nie die Gelegenheit dazu ergeben hat. Sondern weil, ganz ehrlich, dein Schnauzbart, also, bis man einen so umwerfenden Schnauzbart findet... Und ich habe schon eine ganze Menge davon gesehen. Angefangen von dem von Clark Gable und von Eroll Flynn bis zu denen von all den Kohlrabiaposteln, all den Jugendstilhomos, denen ich auf den Straßen oder in den Bistros begegne, über die von all den wilden Tieren, die ich hier gleich nebenan im Zoo besuchen gehe... Nicht ein Löwe, nicht ein Seehund hat einen solchen wie deinen. Du hast so was von scharfe Schnurrhaare, meine Mieze...«

An dieser Stelle hörte er auf, mich anzusehen, und sein Blick kehrte sich nach innen, in seinen Kopf. Irgendwas machte ihm zu schaffen. Aber was?

»Meine Mieze! Meine Mieze! Das paßt überhaupt nicht, meine Mieze. Das ist ein Name für eine Conciergen-Katze, für den gichtigen Rollmops eines gichtigen Hausmeisterdrachens. Aber kein Name für dich. Wie hat Mona dich genannt? Das klang nicht schlecht. Aber es ist mir entfallen. Und außerdem war das dein Mona-Katzenname. Jetzt brauchst du aber einen Vincent-Katzennamen. Denn Mona, also bis du die wieder hast... Mona, das ist eine geborene Im-Stich-Lasserin. Es ist einfach stärker als sie. Selbst dann, wenn sie irgendwo glücklich ist, oder *besonders dann*, wenn sie irgendwo glücklich ist, muß sie abhauen. Ich weiß, wovon ich rede. Ich habe Jahre damit verbracht, sie morgens nicht in dem Bett wiederzufinden, in das wir uns abends zusammen schlafen gelegt haben. Und miteinander geschlafen und uns geliebt haben. Eine Sternschnuppe, das ist sie. Aber um auf dich, auf deinen Namen zurückzukommen...«

Und mein Name, der wurde Lou. Und alles war nur noch lauter Liebe.

Mein Mann Vincent

»Lou.«

Zu hören, wie die zärtliche Stimme eines Mannes mich Lou nannte, eines Mannes, der einverstanden war, mein Mann zu werden, das erlöste mich im Nu von meiner Unpäßlichkeit. Das erlöste mich auch von der noch nahen und plagenden Erinnerung an die Verräterin Mona und ihr Abhauen. Daß sie nur ja nicht auf den Trichter kam, zurückzukehren, diese Schlampe!

Es befreite mich von allem, was mir seit meiner Geburt bei der Madame d'Ouiche zugestoßen war. Endlich hatte ich das richtige Haus. Und einen Mann. Denn von einer Stadtstreicherin zu heiligen Friedhofsfrauen, von Anna zu Mimi, zu Mona... war ich immer nur von Frauenhand zu Frauenhand gegangen.

Und selbst Mona – sie soll verrecken und zur Hölle fahren! – wußte, daß Gott eine Eva und einen Adam erschaffen hat, als er (vielleicht zu Unrecht) gedacht hat, daß in seinem Universum noch Leute fehlten.

Alle diese Frauenhände, die mich gestreichelt hatten, waren sanft und zart. Aber als sich die Männerhände von meinem Mann Vincent auf mich legten... Männerhände, die sind rauh. Aber wenn sie anfangen, einen ihre Rauheit vergessen zu lassen...

Er war einhundertneunzig Zentimeter hoch und kräftig wie jemand, der so hoch ist, aber nie seine Kraft mißbraucht. Er war ohne ein Atom schwammiges Fett, aber ohne beim Anfassen unangenehm mager zu sein. Er war in seinen Bewegungen ohne Hektik und hatte Augen in den leuchtendsten Grüntönen. Und die Augen hörten nie auf, leicht zu schmunzeln, selbst wenn sie ernst dreinschauten. Er hatte Jeansbeine, die über sämtliche Betten hinausragten, auf denen er sich zu egal welcher Gelegenheit ausstreckte. Und tadellos herabhängende Arme, die ihm alle Männerplumpheit nahmen und die Eleganz eines sehr gutaussehenden Affen verliehen.

Er war als Anblick ein Hochgenuß und lebte so wie jemand, der zu leben weiß. In den Morgen hineinlächelnd an den Tagen mit schönem Wetter, denn die Tage mit schönem Wetter sind schön. Und ebenso lächelnd an den Tagen mit schlechtem Wetter, denn an diesen Tagen kann man sich – wenn man intelligent ist – mit frischer Luft vollsaugen, die dir die Nasenlöcher und dein ganzes Innenleben reinigt, sich mit Regen vollsaugen, der dich gratis wäscht, mit Schnee, der die Straßen, die Häuser, die Bäume wie Kuchen mit Puderzucker drauf aussehen läßt.

Mein Mann Vincent, der war kein *Lebens*künstler. Der war ein Lebens*künstler*. Der nach seinem eigenen Rhythmus lebte. Der aufstand, wenn seine Augen aufgingen, und einschlief, wenn sie zufielen. Der so lebte, daß er sich möglichst wenig streßte. Aber nicht aus Bock aufs Nichtstun. Sondern aus Lebenskunst. Er, Vincent, mein Mann Vincent, hatte es verstanden, die ideale Arbeit für sich zu finden. Eine Arbeit, die nicht gerade viel einbrachte. Aber das störte ihn nicht.

Wenn es an Geld mangelte, verstand er es immer, sich welches zu verschaffen. Selbst die schreiende Armut brachte ihn nicht aus der Ruhe. Er konnte auch nur Nudeln in Wasser essen, wenn für ein paar Tage die mageren Zeiten über ihn hereingebrochen waren. Und seine Nudeln in Wasser, die verstand er zu kochen wie kein zweiter. Und wie er sie klasse um seine Gabel rollte – einfach klasse!

Alles machte er klasse. Angefangen von seinem unlukrativen Beruf. Er war Schriftsteller. Nicht besonders erfolgreich, kein Zwangsschriftsteller von raffgierigen Verlegern. Sondern er war Inspirationsschriftsteller.

Es konnte vorkommen, daß er, damit der Laden weiterlief, langweilige, wenig anstrengende Schreibereien zusammenschusterte für Zeitungen, für Zeitschriften, die so seicht waren, daß er sie selbst nie las. Es konnte passieren, daß er ein schwachsinniges Fernsehstück schrieb oder mit seiner Prise Salz das Drehbuch eines gichtigen Films nachwürzte. So was konnte ihm passieren, damit er den Strom, das Gas und eine Schuhbesohlung bezahlen konnte oder ein Geschenk, das er Lust hatte, sich zu machen. So was erledigte er in Eile, mit innerem Abstand und machte sich ebenso über sich selbst lustig wie über diejenigen, die ihm für elende Schreibereien Schecks in die Hand drückten.

Schreibereien, die nichts zu tun hatten mit dem, was er *für sich* schrieb. Mit seinem »Œuvre«, wie er es nannte. Seit nun schon einem Jahr, einem Jahr, in dem ich mich auf seinen Blättern räkle, einem Jahr, seit ich diejenige bin, die absolut darauf Wert legt, die Filzspitze seiner Filzstifte zu fassen zu kriegen, die über sein Papier wandert, also da sieht es, was sein Œuvre betrifft, nicht allzu rosig aus.

Nicht, daß er nicht schreiben würde, mein Mann Vincent. Schreiben tut er schon, und wie. Besser als nur sehr guter Durchschnitt. Er hat Talent. Er las mir immer vor aus diesen Seiten, diesen Zeilen, die er gerade ausgebrütet hatte. Mehr Zeilen als Seiten. Denn viele Seiten hatte er bis zum Ende meist nicht vollgeschrieben.

Er ist ein Beginner. Ein Beginnschriftsteller. Ein begabter Beginnschriftsteller. Mit feinsinnigen Ideen, die ihm unaufhörlich kommen. Ideen, die er sich nicht erst mühsam suchen gehen mußte. Sie kommen ihm auf ganz natürliche Weise selbst.

Er sieht das Leben, die Dinge... er sieht einen Wassertropfen, der mit einem »flobb« aus einem Hahn tropft, einen Apfel, der nichts anderes tut, als auf einem Teller zu liegen, seine Katze Lou, die sich mit einer Pfote hinters Ohr fährt, einen roten Vorhang, der noch ein bißchen röter wird, weil der Vollmond voll draufknallt...

Das sieht er, nur das, und schon geht die Post ab, schon beginnt er einen Roman, ein Gedicht, in dem es heißt, daß die bildschöne Katze Lou sich grazil mit der Pfote hinter das Ohr fährt, daß der Apfel auf dem Teller liegt, daß der Vorhang...

Und das drückt er aus mit Worten, die so gut gewählt sind, so gut nebeneinandergesetzt sind, daß es... Er hat Begabung. Alles ist da, er hat Begabung! Er ist ein großer zeitgenössischer lebender Autor, mein Mann Vincent. Der aber nie bis zum Ende gelangt mit seinen Romanen, die sieben- bis achthundert Seiten haben müßten. Genauso mit seinen Gedichten. Nicht, daß er die Reime nicht finden würde, die er finden muß, um eine zweite Verszeile unter eine erste Verszeile zu setzen. Reime findet er schaufelweise. Unvergleichlich geniale Reime. Aber er weiß, daß er noch unvergleichlichere finden kann. Er weiß, daß es keinen Zweck hat, wie verrückt zu rennen, sondern daß es in den Sternen geschrieben steht, daß er ihn eines Tages schreiben wird, *den* Roman, *das* Gedicht, *das* Buch, das das, was der Mühe wert ist, gesagt zu werden, so gut sagen wird, daß man dann sämtliche seit Erfindung der Schrift geschriebenen Bücher wird verbrennen können.

Aber vorläufig...

»Das kotzt mich aber langsam an! Grauenhaft, unerträglich!« brüllt er. »Gott kann mich doch nicht in dieses Jammertal geschleudert haben, damit ich Stunden und Aberstunden mit dem Hintern in einen Sessel geschraubt damit verbringe, Papierfetzen zu schwärzen!«

Und wie grauenhaft ihn das Schreiben ankotzte. Es gab plötzlich derart viele andere Dinge zu tun! Er mußte nachsehen, in welchem Geschäft man die besten Filzschreiber findet und das Papier, auf dem die Tinte der besten Filzschreiber am wenigsten schmiert, auf dem Markt Sachen kaufen gehen, um für sich, um für mich kleine Leckereien zu kochen, sich Filme anschauen, Kunstausstellungen besuchen gehen, einen kleinen Spaziergang machen, einen großen Spaziergang machen, die Bäume im Hof seines Hauses anschauen gehen, das Gras am Fuß der Bäume im Hof seines Hauses, das vom Bois de Vincennes anschauen gehen, die Emus im Zoo, die Meerkatzen, die Bären ansehen gehen, sich auf sein empfindliches malvenfarbenes Sofa ausstrecken und (mit mir auf seinem Bauch) nachdenken, ein Buch lesen, ein Buch wiederlesen, ein Morgen- oder anderes Schläfchen machen, auf den Flohmarkt von Saint-Ouen, von Montreuil, von Porte de Vanves trödeln gehen, auf die Suche nach einem Mädchen gehen, das todsicher in einem Alter ist, daß es wenigstens seine Tochter sein könnte.

Er liebte mich, er hat mich sehr schnell so wahnsinnig geliebt, wie er Mona (diese miese Nutte, an die ich nie mehr denke) wahnsinnig geliebt hatte. Aber weder ich noch die Erinnerung an Mona genügten ihm. Er brauchte noch zusätzlich Mädchen. Junge Dinger. Einen Tag, eine Woche, zwei Wochen lang konnte er ohne sie auskommen. Aber dann...

Je mehr ich darüber nachdenke, desto sicherer bin ich mir, daß das Hinterherrennen hinter den Minimädchen meinem Mann Vincent weniger, viel weniger wichtig war als seine schriftstellerischen Aktivitäten. Er ging sich dort herumtreiben, wo man Minirockträgerinnen findet, wie so viele Kater, die, mit einer Pfote bereits im Grab, auf Mäusejagd gehen. Nicht mehr von echtem Hunger getrieben. Nur weil es so üblich ist, weil es in Mode ist, wenn man allmählich ein Männchen wird, dessen sämtliche Weibchen anfangen ein Alter zu haben, daß sie seine Tochter sein könnten.

Das ist der Dämon (des Mittags oder der Mitternacht!), eine Krankheit, die die Männer beim Älterwerden heimsucht, die eine Art Fieber hervorruft und sehr verführerisch und leicht schwachsinnig macht.

Die kleinen Arschlöcher, die er mit nach Hause brachte, hat er in neun von zehn Fällen nicht einmal vernascht, mein Mann Vincent. Ein Jäger aus reinem Spaß am Jagen, eine faule Haut, ein großer Fan von Siestas, von kleinen Nickerchen zu Zeiten, in denen fast die gesamte Menschheit in Büros und Fabriken schuftete, ein Gourmet, ein entschlossen listiger Fuchs im Umgang mit denen, die für sein täglich Brot sorgen (Verleger, Filmproduzenten und andere Scheckunterzeichner), ein Träumer, der es fertigbringt, stundenlang dazusitzen und einer Fliege beim Fliegen oder dem Gras beim Wachsen zuzusehen, dürstend nach Streicheleinheiten, nach Zärtlichkeiten... damit erfüllte er so viele Voraussetzungen für das Wesen einer Katze, daß er es verdient hätte, eine zu sein.

Aber er war nur ein Mensch. Ein faszinierender Mensch, den ein kleines Arschloch mit dreckigen Turnschuhen ins primitiv Viehische, ins Hundsgemeine abstürzen lassen konnte.

Seitdem wir zusammenleben, waren noch eine Menge andere von dieser Sorte dahergekommen. Eine Clara. Zwei Nathalies. Ein Fotomodell Jacquotte. Eine Christine. Eine Deutsche. Eine Rumänin. Er war zu egoistisch, zu sehr an seiner Bequemlichkeit interessiert, als daß er sie länger als eine Nacht ausgehalten hätte. Eine Nacht und ein Frühstück in den Fällen, wo sein Dämonenvirus ihn etwas stärker plagte.

Aber er hatte immer genügend Urteilsvermögen und Liebe für mich, um seinen Eroberungen am Ende »Adieu und mach's gut« zu sagen.

Immer. Außer mit dieser Virginie und ihrem verzückten Glucksen – es war wirklich schon bis zu diesem Glucksen gekommen.

Sobald er die schönen Phrasen gesäuselt hatte, um diesen Pfurz, diese hohle Nuß mit Parka herumzukriegen, die nicht mal sexy, nicht mal sauber war, kam er in die Küche geschossen, um einen Tee zu machen. Einen Tee für zwei, um ihn in seinem Schlafzimmer zu trinken. In seinem Schlafzimmer, wo sie sich dann einschlossen. In seinem Schlafzimmer, in das er sich sogar ohne ein »Gute Nacht, Lou« verdrückt hatte.

Ja, sogar ohne daran zu denken, sich zu fragen, ob ich nicht Lust hatte, den Tee-Cake zu probieren, der bei ihrem Tee für zwei mit dabei war. Und er weiß doch genau, daß ich auf Cake ganz versessen bin. Es war das erstemal, wo er mein Faible für Cake und alles, was kleine Rosinen mit drin hat, vergaß. Und auch das erstemal, wo er vergaß, daß eine Katze am Abend zu Abend ißt. Und daß man ihr jeden Abend den Streukies aus ihrem Katzenklo wechseln muß.

Ich erfinde nichts dazu. Ich fand mich völlig im Stich gelassen und mit völlig leerem Magen wieder, und ich mußte dieses Gegluckse über mich ergehen lassen. Eher so was wie ein Grunzen. Das Grunzen einer Sau. Wo waren wir? Auf dem Lande? In einem Schweinestall? Verwandelte sich das kleine Arschloch Virginie vielleicht, kaum daß sie in der Horizontalen war, in eine Sau?

Mir war hundeelend, ich schämte mich. Ich schämte mich für meinen Mann Vincent. Mir war hundeelend für ihn.

Als er wieder aus dem Schlafzimmer herauskam, am nächsten Tag, Mittag war schon vorüber, ohne ein Stück Gewand auf dem Leib, mit unrasiertem, verwüstetem Gesicht und aussehend wie hundertjährig, bemerkte er mich auf dem sogenannten *rocking-chair*, einem Sessel, der schaukeln kann, überhaupt nicht. Er strich an mir vorbei, ohne mich zu bemerken! Und als er mit einer

Kaffeekanne voll dampfendem Kaffee und einer einzigen Tasse für zwei wieder an mir vorüberkam, bemerkte er mich immer noch nicht.

Hatte er bei diesen Schweineliebeleien vielleicht schon einen Gedächtnisschwund erlitten? War ich etwa nicht mehr seine Lou? War er etwa nicht mehr mein Mann Vincent?

Drei Tage, drei Nächte hielt ich das aus. Dann bin ich abgehauen.

III

Und dann der Morgen, als...

So, das wär's. Nun wissen Sie alles von Lou, der Streunerin. Jedenfalls alles, was ich von ihr weiß.

Andere Katzen können vielleicht noch unendlich viel mehr aus ihrem Leben erzählen. Möglich. Aber ich...

Ich spazierte durch die Nacht. In niederschmetterndem Regen. Niederschmetternd auf Paris, auf Vincennes, auf seinen Wald, auf seinen Zoo. Dorthin führten sie mich, meine Katzenpfoten, in der Verzweiflung. Hinter Gitter. Zu Tieren, die eingesperrt sind. Ob sie deshalb wohl unglücklich sind?

Wer weiß... Womöglich ist es gesünder, ein Krokodil in Vincennes zu sein, wo man dir dein Badewasser häufig wechselt, statt in bazilligen Sumpfgebieten exotischer Länder herumzuliegen. Womöglich ödet es die Eisbären viel weniger an, die Leute anzuglotzen, die sie anglotzen, als verloren und ganz allein auf abartig kalten Packeistrümmern herumzuhängen. Womöglich wußten die Elefanten vom Zoo von Vincennes, daß sie jetzt mehr Chancen hatten, hier beinalt zu werden als in den Savannen, die brechend voll von schießwütigen Safaris sind.

Sie schliefen alle, die Elefanten, Bären, Krokodile, während ich dahinmarschierte unter Fröstelschauern einer patschnassen, vom Regen niedergeschmetterten Katze und unter Todesgedanken einer von ihrem Mann betrogenen und verratenen Katze. Sie schliefen den schweren guten Schlaf von wilden Tieren, die das Glück hatten, daß sie wilde Tiere geblieben waren.

Ich dagegen marschierte vor mich hin wie eine, die wußte, daß sie nicht mehr Tisch und Bett mit ihrem Mann teilen würde. Mit Leib und Seele gehörte ich ihm! Noch viel viel leib-und-seeliger als selbst Mona in ihren gemeinsamen Flitterwochennächten.

So sicher, wie der Hund sein treuester Freund und das Pferd seine edelste Eroberung sein kann, kann die Katze für ihn, den

Menschen, seine verliebteste Liebe sein. Und das wußte er, mein Vincent. Er wußte es so gut, daß ich – seitdem es mit uns angefangen hatte –, ich, nur noch ich, diejenige war, die all die Seiten füllte, die er schrieb, daß nur noch ich die Muse war, die ihn zu seinem Geschreibe inspirierte. Seine Flittchen, seine Knallerbsen für eine Nacht, die küßte er, d'accord. Aber längst nicht überallhin, wohin er mich küßte. Und keiner – keiner einzigen! – säuselte er Worte wie diejenigen ins Ohr, die ihm einfielen, wenn er seine Nase in meine Haare vergraben hatte.

Und was er mir alles sagen konnte! Was *der* mir alles sagen konnte! Wenn ich doch nur eine blöde und taube Katze gewesen wäre! Wenn mir doch nur nicht so viele Ausdrücke in die Birne gedrungen wären. Schon eine stinknormale Katze registriert zwanzig, dreißig davon, die sie aber nicht immer alle versteht. Ich, ich armes Arschloch von überbegabter Kätzin, habe mir von ihnen noch mehr gemerkt als Zärtlichkeiten. Noch mehr als Flöhe.

Das hatte schon angefangen, als ich kaum erst geboren war, und zwar mit dem Wort *Gouttière* – Rinnsteinkatze. Es war mir ins Hirn eingedrungen und hatte sich dort amtlich eingestempelt. Und unzählige weitere waren gefolgt, unerläßliche, wesentliche, wie etwa das Wort Fressi. Aber manche... Mal ganz ehrlich! Was hat ein – selbst in jeder Hinsicht bemerkenswerter – Vierbeiner davon, technisch bis ins Detail zu wissen, daß der Grund dafür, daß sich ihm ohne jeden Grund die Haare sträuben, genau der ist, daß ihm eine Laus über die Leber gelaufen ist, daß ihm die Galle hochkommt, daß er irgendwelche Krankheiten hat, die ›Melancholie‹ oder ›Frust‹ heißen?

Ich habe mich zu sehr für die Leute interessiert, ich hatte mich zu sehr an sie angleichen wollen. Ein Tier muß aber unbedingt seine Distanz wahren und darf von den Menschen auf keinen Fall mehr annehmen, als was es unbedingt braucht. Sich von ihnen belehren, bilden zu lassen, das ist noch schädlicher, als sich domestizieren zu lassen. Warum habe ich mir nur dermaßen das Hirn vollstopfen lassen? Vor allem bei meinem unerschöpflichen Mann Vincent? Er kannte mehr Worte als ein zehnbändiges

Lexikon. Auch unanständige, die so unanständig waren, daß sie in kein Buch hätten hineinkommen dürfen. Und derart schmeichelnde, derart berauschende, daß...

Und seine Worte, seine verdammten Worte, die schleppte ich alle mit mir herum. Worte, die ich selbst niemals sagen könnte. So was wie überflüssiges Gepäck... Ich mußte unbedingt Ballast abwerfen. Unbedingt. Diese Last von all den Scheißworten, diese Last von...

Die einzige Methode, die einzige, die was taugt, ist, sich gar nicht erst zu belasten. Weder mit der Last der Jahre noch mit der der Schmerzen, noch mit irgendeiner anderen. Sondern man sollte sich im Gegenteil jedes Jahr, jeden Tag um etwas erleichtern. Um jedes Jahr, jeden Tag an Schlankheit zu gewinnen. Wo es doch so elegant ist, rank und schlank zu sein. Und du dürftest schneller ins Paradies gelangen, wenn du – wenn die Stunde kommt, dort hinaufzuklettern – kein oder fast kein Gewicht mehr hast.

Und wenn es kein Jenseits geben sollte? Wer stirbt, wird sehen.

Bis dahin... Bis dahin gehört mir diese Welt. Und zwar ganz, denn ich habe kein Haus mehr, wo man mich einsperren kann. Ich brauche sie nur mit Pipis zu markieren, damit sie ganz und gar mir gehört, die Welt. Mit einem Pipi am Südpol, einem am Nordpol, einem Pipi auf den fernen Inseln, einem anderen in Miami, einem anderen in...

Ich bin eine Katze, die immer wieder abhaut, weil sie Menschen wie mein Mann Vincent einfach ankotzen, ihr gewaltig stinken!

Soll er's ruhig weiterhin nicht fertigbringen, mit seinem Scheißbuch fertig zu werden! Soll er ruhig weiter die kleinen Arschlöcher sammeln, die allmählich das Alter haben werden, daß sie seine Enkelinnen, seine Urenkelinnen sein könnten! Und er soll sich möglichst immer kurzsichtigere aussuchen – bei seinen Falten, die immer tiefer und vielfältiger werden, den Haaren auf seiner Platte, die ihn eines nach dem andern verlassen, wie seine Mona, wie seine Lou ihn verlassen haben!

Armer alter Menschensack! Und glückliche Lou, weil nur eine

noch süßere, noch quicklebendigere und noch bildhübschere Katze als je zuvor! Einen Spaziergang, so groß wie die ganze Welt, werde ich mir genehmigen. Und dabei möglichst alles vermeiden, was nach Land riecht.

Jetzt weiß ich alles, was ich wissen muß. Alles. Nur eines werde ich mir von meinem bedauernswerten Umgang mit den Menschen behalten. Nur eines. Meinen Namen: Lou.

Lou, die nun nur noch ihrer Nase nachgehen wird. Nicht einfach ganz egal wohin. Sondern um von Paris fortzukommen. Und um vielleicht – oder ganz sicher – die ferne Insel zu finden, die ihr paßt, eine Insel mit köstlichen Mäusen, mit Wurstbäumen, mit Schinkenpalmen, mit Seen aus Crème fraîche aus der Normandie, Fettgehalt 100%, mit Sonnenschein alle Tage, mit...

So stand es um mich, als der niederschmetternde Regen aufgehört hatte. Und als ich diesen Schrei hörte. Den Schrei eines Tieres. In einem Zoo ist das nicht ungewöhnlich. Aber das war kein Brüllen. Kein Savannen-, Dschungel- oder Pampaschrei. Dieser Schrei kam nicht aus einem Käfig. Sondern aus der Wiese. Und es war nicht einfach nur ein nächtlicher Schrei. Es war ein Rufen. Gerufen nach mir.

Fünf Tage und eine halbe Nacht dauerte es, das mit Vincent und dieser Virginie. Am Ende ihrer letzten halben Nacht ist sie wutentbrannt abgehauen und knallte so viele Türen hinter sich zu, wie sie dazu hinter sich bringen mußte.

Und er kam in seine Küche, trank gläserweise Leitungswasser und grummelte dabei vor sich hin: »Die Flittchen um die Zwanzig, also echt...«

Als er mich sah, redete er mit mir, als ob nichts gewesen wäre. Daß er mich vergessen hatte, hatte er vergessen. Er redete mit mir, wie man mit einer Lou redet, die man nicht verraten, nicht gedemütigt, nicht gezwungen hat, ihr Heim zu verlassen.

Ich war da. Er konnte nicht wissen und würde es nie erfahren können, daß ich fort gewesen war.

»Guten Tag, du. Oder besser gesagt: Gute Nacht. Warum

schläfst du nicht? Kleine Schlaflosigkeit? Dir fehlt doch hoffentlich nichts? Nein. Du machst dein gutgelauntes Gesicht einer schönen Lou. Du scheinst mir sogar richtig heiter und guter Dinge zu sein. Was soll das heißen, dieses Strahlen? Hast du gerade einen Farbentraum gehabt? Was mich betrifft, ich bin total k.o. Völlig im Eimer. Ich sehe zum Kotzen aus, was? Um wieviel bin ich gealtert? Um ein Jahr? Um zehn? Die Scheiße mit diesen kleinen chéries ist, daß sie sich nicht damit begnügen, zu wollen, daß man sie saugut und viel zu oft bumst, sondern daß sie obendrein noch verlangen, daß man ihnen in allen Einzelheiten erzählt, wie es bei der Okkupation und bei der Libération war und ob man Prévert und Sidney Bechet noch gekannt hat und wie sie waren, daß man ihnen den Existentialismus und die Nouvelle Vague verklickert. Am liebsten hätten sie gewollt, daß du ihnen sogar den Sturm auf die Bastille und die Schlacht von Bouvines schilderst! Denn sobald du nur ein bißchen älter bist als sie, bilden sie sich ein, du wärst schon immer auf der Welt gewesen. Und das, das macht mich echt... He, Lou! Ich rede mit dir.«

Endlich fiel ihm auf, daß ich ihm wenigstens diesmal (das erstemal, seitdem er mein Mann ist) nicht zuhörte. Daß ich nicht sprachlos mit den Ohren an seinen Lippen hing.

Ja, ich war da, ich war immer noch da, in unserem Haus, in seinem und meinem. Aber wegen ihm war ich da. Nur wegen des Hauses, seines Dachs über dem Kopf, seines Komforts.

»Warum hörst du mir nicht zu? Machst du mir eine Eifersuchtsszene? Ist's das?«

Non, monsieur. Eifersucht, für so was muß man noch Würde haben. Und er hatte sich viel zu sehr entwürdigt. Und ich hatte jetzt Wichtigeres zu tun, als zu schmollen, als eine Szene zu machen.

»Was willst du? Entschuldigungen? Willst du, daß ich dich dafür um Entschuldigung bitte, daß ich dich ein bißchen... sagen wir, vernachlässigt habe? D'accord. Ich habe mich schlecht benommen. Ich habe dich vernachlässigt. Ich habe dich eine, zwei Mahlzeiten auslassen lassen, oder mehr? Du hast recht, dafür gibt's keine Entschuldigung. Du stirbst vor Hunger, du bist fast am Eingehen. Das ist meine Schuld, das ist meine riesengroße Schuld. Ich werde es nicht mehr tun. Hoch und heilig versprochen. Und ich werde dir auf der Stelle ein Not-Menü servieren, das sich gewaschen hat.«

Sein Futter, das brauchte ich schon überhaupt nicht. Unter anderen Problemen, die mir immer schon unter den Krallen brannten, hatte ich eines gleich bei meiner Rückkehr in dieses Haus gelöst: mein Problem mit dem Kühlschrank. Das hatte mich eine irre Mühe gekostet, aber... schließlich war es mir gelungen, herauszufinden, welche Pfote man an welcher Stelle durchstecken muß und wie man sie dann bewegen muß, um eine Kühlschranktür zu öffnen.

Und dann hatte ich mich selbst bedient. Mit Schinken und Crème fraîche. In Zukunft brauchte er, Monsieur Vincent, nur noch dafür zu sorgen, daß sein Kühlschrank immer gut sortiert mit Vorrat ausgerüstet war.

Er öffnete ihn mit seiner typischen Handbewegung und holte heraus, was von dem Créme-fraîche-Becher noch übrig war, und für sich eine Flasche Bier. Als er mir die Crème anbrachte, sah er plötzlich, was Sache war.

»Aber... nanu, was ist denn das?«

Das war mehr als eine Überraschung. Er war total baff. Kurz vorm Infarkt, zum Herzstillstand.

»Aber Lou... Das ist doch nicht möglich!«

Doch, das war es. Ungelogen, auf meinem Bauch saß ein kleines Knäuel aus roten, weißen und schwarzen Haaren. Ein lebendiges.

»Lou! Du willst doch nicht etwa sagen, daß du ein Junges hast! Ich kann das gar nicht glauben!«

Ich wollte ihm überhaupt nichts sagen. Mir war scheißegal, was er glauben konnte oder nicht, dieses alte Arschloch. Ich hatte im Gras des Bois de Vincennes etwas schreien gehört. Ein klägliches Schreien. Und ich war darauf zugelaufen. Und ich hatte ein winziges Stück Katze (oder Kater) entdeckt, das wimmerte, weil es sich verlaufen hatte und ganz verloren war. Und da hatte es auf einmal – wie soll ich sagen – klick gemacht, da hatte sich in mir – ein seltsames Gefühl geregt. Irgend etwas war passiert. Etwas Unvorhersehbares. Etwas...

Vielleicht waren es die Störche, von denen Anna redete, die es in das Gras von Vincennes gelegt hatten, dieses kleine Etwas. Wie dem auch sei, ich hatte es mit meinen Beißern am Nackenfell gepackt und...

Und der Mann Vincent soll sein Entsetzen ruhig wieder runterschlucken und mit seinem Bier nachspülen. Jetzt lebe ich mein eigenes Leben. Mit einem Jungen, das genauso promenadengemischt ist wie ich. Mit einem kleinen verirrten Wicht von Findling, der wie ein Irrer an mir nuckelt. Nicht um meine Milch, denn ich habe keine. Sondern es nuckelt um Liebe.

Und ich und die Liebe... Aber Sie kennen mich ja.